I MITI

Patricia Cornwell

LA FABBRICA
DEI CORPI

Traduzione di Anna Rusconi

MONDADORI

Copyright © 1994 by Patricia Cornwell
Titolo originale dell'opera: *The Body Farm*
© 1996 Arnoldo Mondadori Editore S.p.A., Milano
© 2016 Mondadori Libri S.p.A., Milano

I edizione Omnibus gennaio 1996
I edizione Oscar bestsellers ottobre 1997
I edizione I Miti agosto 2021

ISBN 978-88-04-74513-6

Questo volume è stato stampato
presso ELCOGRAF S.p.A.
Stabilimento - Cles (TN)
Stampato in Italia. Printed in Italy

Anno 2021 - Ristampa 27 28

www.patriciacorwell.com

 librimondadori.it

La Fabbrica dei corpi

*Al senatore dello Utah Orrin Hatch
per la sua instancabile lotta contro
il crimine*

Coloro che solcarono il mare sulle navi
trafficando per le grandi acque,
videro le opere del Signore,
le sue meraviglie nel mare profondo.
Salmo 107, 23-24

1

Davanti alla mia finestra ombre di cervi balenavano al limitare della scura boscaglia, mentre il sole faceva capolino dal confine della notte. Era il sedici ottobre. Intorno a me le tubature gemevano, e a una a una anche le altre stanze si illuminarono, mentre secche esplosioni provenienti da poligoni di tiro invisibili crivellavano l'alba. Ero andata a letto e mi ero alzata accompagnata da un sottofondo di spari.

È un rumore incessante, a Quantico, in Virginia, dove l'Accademia dell'FBI sorge come un'isola circondata dai marines. Ogni mese trascorrevo alcuni giorni nel piano di massima sicurezza, una zona dove nessuno poteva rintracciarmi se non ero io stessa a volerlo, né seguirmi dopo aver bevuto qualche birra di troppo in mensa.

A differenza degli spartani dormitori in cui venivano alloggiati i nuovi agenti e i membri della polizia, la mia suite era fornita di tv, cucina, telefono e bagno privato. E, benché fosse proibito fumare e tenere alcolici, immaginavo che le spie e i testimoni sotto protezione normalmente segregati qui non fossero più ligi alle regole di quanto lo era la sottoscritta.

Mentre il caffè si scaldava nel forno a microonde, aprii la valigetta portadocumenti ed estrassi un dossier che mi aspettava dalla sera precedente. Se non gli avevo ancora dato un'occhiata dal momento del mio arrivo era perché non riuscivo più a costringere la mia mente a concentrarsi su materiale simile prima di addormentarmi. In questo senso, ero cambiata.

Dai tempi della scuola di medicina ero stata abituata ad affrontare traumi di ogni tipo a qualsiasi ora del giorno e della notte. Avevo lavorato ventiquattr'ore su ventiquattro in sale di pronto soccorso ed eseguito da sola autopsie in obitorio fino al sorgere del sole. Il sonno, per me, era sempre equivalso a una breve escursione in un luogo scuro, deserto e indefinito di cui raramente conservavo il ricordo. Poi, nel corso degli anni, qualcosa era andato progressivamente e pericolosamente modificandosi. Avevo iniziato a detestare il lavoro quando si protraeva fino a tarda notte e, se la slot machine del mio inconscio espelleva immagini raccapriccianti legate alla mia esperienza quotidiana, mi capitava sempre più spesso di fare brutti sogni.

Emily Steiner aveva undici anni, l'alba della sua sessualità era solo un vago rossore sul suo corpo snello, quando, due domeniche prima, scriveva nel diario:

> Oh, sono così contenta! È quasi l'una di notte e mamma non sa che sto scrivendo il mio diario perché sono a letto con la pila. Siamo andati alla cena comunitaria della chiesa e c'era anche Wren! Ero sicura che si era accorto di me. Più tardi mi ha regalato un sasso! L'ho messo via mentre lui non guardava.

Adesso è nella mia scatola segreta. Oggi pomeriggio abbiamo una riunione del nostro gruppo e lui vuole che ci incontriamo prima senza dirlo a nessuno!!!!

Era il primo di ottobre. Alle tre e mezzo di quel pomeriggio Emily era uscita dalla casa dei genitori, a Black Mountain, non lontano da Asheville, e aveva percorso a piedi i tre chilometri fino alla chiesa. Dopo la riunione, alcune amiche ricordavano di averla vista ripartire da sola verso il tramonto, cioè intorno alle sei. Con la chitarra in mano, aveva abbandonato la strada principale imboccando una scorciatoia che costeggiava un piccolo lago. Gli investigatori ritenevano che proprio durante quella passeggiata solitaria avesse incontrato l'uomo che, qualche ora più tardi, le avrebbe strappato la vita. Forse si era fermata a parlare con lui. O forse, mentre tornava di buon passo verso casa, non si era accorta della sua presenza fra le ombre sempre più fitte della sera.

La polizia locale di Black Mountain, una cittadina di settemila anime nel North Carolina, aveva raramente avuto a che fare con omicidi o aggressioni a sfondo sessuale ai danni di bambini. Soprattutto, non si erano mai verificati episodi che avessero entrambe le caratteristiche. Nessuno si era mai preoccupato per individui come Temple Brooks Gault di Albany, Georgia, nonostante la sua faccia sorridesse ovunque dai manifesti dei dieci maggiori ricercati del paese. In quella pittoresca parte del mondo, nota per via di Thomas Wolfe e Billy Graham, i criminali famosi, così come i loro crimini, non avevano mai rappresentato una vera preoccupazione.

Non riuscivo a capire cosa potesse avere attirato Gault in quei luoghi o verso una creatura fragile come Emily, una bambina che aveva tanta nostalgia di un padre e di un ragazzino chiamato Wren. Ma quando, due anni prima, Gault si era lanciato nei suoi sfrenati bagordi assassini a Richmond, le sue scelte erano apparse altrettanto prive di razionalità. E, infatti, restavano tuttora un mistero.

Uscii dalla mia suite e percorsi corridoi inondati di sole, mentre il ricordo della sanguinosa carriera di Gault sembrava già attirare pesanti ombre sul giorno appena iniziato. In un'occasione, ricordai, quell'uomo era stato letteralmente a portata di mano. Avrei potuto toccarlo, c'era mancato pochissimo, ma era riuscito a fuggire da una finestra e a dileguarsi. All'epoca non ero armata, e comunque andare in giro a sparare alla gente non era il mio mestiere. Tuttavia, per lungo tempo avevo continuato a chiedermi come avrei agito quella volta se avessi avuto con me una pistola.

All'Accademia non avevano mai avuto del buon vino, così adesso mi pentii di averne bevuto più d'un bicchiere la sera prima, in mensa: la mia corsetta mattutina in J. Edgar Hoover Road si stava rivelando un'esperienza più dura del solito.

"Ecco" pensai "questa è la volta che non arrivo in fondo."

Sui margini delle strade che davano sui campi di tiro, alcuni marines stavano aprendo delle sedie pieghevoli in tela mimetica e piazzando dei telescopi. Mentre li superavo con andatura fiacca, mi sentii squadrata da capo a piedi da impudenti occhi maschili e sapevo che lo stemma dorato del

Dipartimento di giustizia sulla mia T-shirt blu non sarebbe passato inosservato. Probabilmente avrebbero immaginato che fossi un'agente di servizio o una donna poliziotto in visita, e pensare a mia nipote che faceva jogging lungo lo stesso percorso mi dava un certo fastidio. Avrei preferito che Lucy si fosse scelta un altro posto per il periodo di pratica. Era chiaro che avevo influenzato le sue scelte di vita, e poche cose mi spaventavano come quella consapevolezza. Inoltre, preoccuparmi per lei mentre mi allenavo faticosamente, in preda alla netta sensazione di stare invecchiando, era diventato una specie di vizio.

L'HRT, o Hostage Rescue Team, la squadra antiostaggio del Bureau, stava effettuando delle manovre con gli elicotteri che frustavano l'aria con regolari colpi di pala. Un pick-up carico di pannelli sforacchiati mi superò rombando, seguito da un camion pieno di soldati. Mi girai e iniziai a ripercorrere la via dell'Accademia, due chilometri buoni di strada; se non fosse stato per i tetti ricoperti di antenne e la sua ubicazione nel cuore di una distesa di boschi, l'edificio avrebbe potuto tranquillamente essere scambiato per un moderno albergo in mattoni rossi.

Quando finalmente raggiunsi la garitta, girai intorno ad alcuni dispositivi fendigomme e salutai stancamente con la mano l'ufficiale di turno dietro il vetro. Ansimante e sudata, stavo già meditando di percorrere l'ultimo tratto a passo normale quando sentii la presenza di una macchina che rallentava alle mie spalle.

«Stai cercando di suicidarti o cosa?» mi gridò il capitano Pete Marino alla guida della sua Crown

Victoria blindata, color argento. Le antenne radio ondeggiavano come canne da pesca, e nonostante le mie ripetute prediche, Marino non aveva la cintura di sicurezza.

«Esistono sistemi più semplici» gli risposi attraverso il finestrino aperto. «Per esempio, non allacciare la cintura.»

«Sai com'è, può sempre capitarmi di dover saltare giù di corsa.»

«In caso di incidente, per dirne una. Magari attraverso il parabrezza.»

Esperto investigatore della Squadra Omicidi di Richmond, dove lavoravamo entrambi, Marino era stato recentemente promosso di grado e assegnato al Primo Distretto, il più turbolento della città. Da tempo collaborava inoltre con il VICAP, il Programma verifiche incrociate crimini violenti dell'FBI.

Cinquant'anni compiuti da poco, Pete Marino era vittima di una dose concentrata di abbrutimento, di una dieta malsana e dell'abuso di alcolici, e il suo viso sembrava una maschera scolpita dai travagli della vita e incorniciata da capelli grigi sempre più radi. Era sovrappeso, in cattiva forma fisica e certo non famoso per il carattere amabile. Sapevo che si trovava lì per la riunione sul caso Steiner, ma non riuscivo a spiegarmi tutto quel bagaglio sul sedile posteriore.

«Hai intenzione di trattenerti a lungo?»

«Benton mi ha messo in lista per le esercitazioni di sopravvivenza urbana.»

«Insieme a chi?» gli chiesi, dato che quel genere di addestramento non era individuale, ma per unità d'intervento.

«Insieme agli uomini del mio distretto.»

«Non dirmi che sfondare porte a calci fa parte delle tue nuove mansioni!»

«Una delle soddisfazioni quando si viene promossi è quella di ritrovarsi sbattuti di nuovo in mezzo alla strada con una bella uniforme indosso. Se non te ne fossi mai accorta, capo, guarda che là fuori le fionde sono passate di moda, ormai.»

«Grazie per la dritta» gli risposi in tono asciutto. «Allora vedi di coprirti bene, eh?»

«Scusa?» I suoi occhi, nascosti dalle lenti scure, scrutarono i vari specchietti mentre altre macchine ci superavano sulla strada.

«Anche i proiettili coloranti fanno male.»

«Veramente non avevo in programma di farmi sparare.»

«Magari ce l'ha in programma qualcun altro.»

«Quando sei arrivata?» mi chiese.

«Ieri sera.»

Marino estrasse un pacchetto di sigarette dalla tasca della visiera parasole. «Ti hanno già aggiornato?»

«Ho dato un'occhiata a un paio di cose. Gli investigatori del North Carolina dovrebbero portare quasi tutta la documentazione in mattinata.»

«È Gault. Non può che essere lui.»

«Indubbiamente esistono delle analogie» commentai senza sbilanciarmi troppo.

Picchiettò il pacchetto sul dorso della mano e prese fra le labbra una Marlboro. «Giuro che inchioderò quel figlio di puttana a costo di seguirlo all'inferno.»

«Be', se scopri che è all'inferno, vedi di lasciarcelo» ribattei. «Sei libero a pranzo?»

«Se offri tu…»

«Offro sempre, io.» Un puro dato di fatto.

«Come è giusto.» Reinserì la marcia. «Sei un ottimo medico.»

Raggiunsi la pista un po' correndo, un po' camminando, la attraversai ed entrai in palestra dal retro. Nello spogliatoio, tre giovani donne dal fisico perfetto e più o meno nude accolsero il mio ingresso con una breve occhiata.

«Buongiorno, signora» mi salutarono all'unisono, identificandosi istantaneamente. Le agenti della DEA, il nucleo antidroga, erano note in tutta l'Accademia per i loro fastidiosi salamelecchi.

In preda a un certo disagio, cominciai a togliermi i vestiti umidi; non mi ero mai abituata a quella forma di cameratismo militaresco in cui le donne non esitavano a commentare o a esibire i propri lividi in costume adamitico. Stringendomi bene addosso un telo di spugna, mi diressi verso le docce. Avevo appena aperto i rubinetti, quando vidi un paio di familiari occhi verdi che mi spiavano dal bordo della tenda facendomi trasalire. La saponetta mi schizzò via dalle mani scivolando sul pavimento di piastrelle per poi arrestarsi accanto alle Nike infangate di mia nipote.

«Ti spiace se prima finisco la doccia, Lucy?» Richiusi con decisione la tenda.

«Cavolo, Len mi ha quasi uccisa, stamattina» replicò lei per tutta risposta, porgendomi allegramente il sapone. «È stato bellissimo. La prossima volta che andiamo a correre in Yellow Brick Road gli chiedo se puoi venire anche tu.»

«Grazie, meglio di no.» Mi massaggiai lo shampoo

sui capelli. «Non ho nessuna voglia di strapparmi i legamenti e rompermi qualche osso.»

«Be', invece una volta dovresti proprio provarci, zia Kay. È una specie di rito di iniziazione, capisci?»

«Non per me, tesoro.»

Lucy tacque un momento, poi riprese in tono incerto: «Devo chiederti una cosa».

Mentre mi sciacquavo i capelli togliendomi le ciocche dagli occhi, riaprii la tenda e guardai fuori. Mia nipote era lì a poca distanza, sporca e sudata dalla testa ai piedi, con la maglietta grigia dell'FBI macchiata di sangue: ventun anni, una laurea imminente presso l'Università della Virginia, un bel viso affilato e corti capelli castano ramato schiariti dal sole. Ripensai a quando aveva i capelli lunghi e rossi, a quando portava le bretelle ed era decisamente paffutella.

«Vorrebbero che dopo la laurea tornassi qui» annunciò. «Il signor Wesley ha già fatto una proposta scritta e con tutta probabilità i federali accetteranno.»

«E la tua domanda quale sarebbe?» La mia antica ambivalenza tornò subito a farsi sentire.

«Niente, mi chiedevo cosa ne pensassi.»

«Lo sai che hanno congelato le assunzioni.»

Lucy mi scrutò intensamente, cercando di leggermi in faccia informazioni che non desideravo affatto passarle.

«Be', comunque non potrei diventare agente appena finito il college» ribatté. «L'importante è che io adesso entri nell'ERF, magari con una borsa di studio. E per quanto riguarda il futuro,» si strinse nelle spalle «chi lo sa?»

L'ERF, Engineering Research Facility, era una

struttura di ricerca e progettazione recentemente istituita dal Bureau e che aveva sede in un austero complesso edificato sugli stessi terreni dell'Accademia. Ciò che avveniva all'interno era top secret, e il fatto che io, capo medico legale della Virginia, nonché consulente di patologia forense dell'unità di supporto investigativo del Bureau, non avessi mai avuto il permesso di varcare un limite oltre il quale la mia giovane nipote transitava ogni giorno, era piuttosto umiliante.

Lucy si tolse le scarpe da corsa e i pantaloncini, quindi si sfilò in un colpo solo maglietta e reggiseno.

«Riprenderemo la conversazione più tardi» le dissi, mentre io uscivo dalla doccia e lei entrava.

«Ahia!» la sentii gemere non appena il getto d'acqua le sfiorò le ferite.

«Usa molto sapone e poi sciacquati bene. Cos'hai fatto a quella mano?»

«Sono scivolata scendendo da un ostacolo e la corda mi ha ustionato.»

«Dovremmo disinfettarla con un po' di alcol.»

«Neanche per sogno.»

«Quando finiresti con l'ERF?»

«Non lo so. Dipende.»

«Okay, senti, ci rivediamo prima che io riparta per Richmond» le promisi, mentre tornavo nello spogliatoio e cominciavo ad asciugarmi i capelli.

Non erano trascorsi due minuti che rividi Lucy, a sua volta non propriamente pudica, passarmi accanto con indosso solo il Breitling da polso che le avevo regalato per il suo compleanno.

«Merda!» sibilò infilandosi frettolosamente nei vestiti. «Non hai idea di quante cose devo fare oggi.

Far ripartire il disco fisso, ricaricare tutto perché continuo a essere senza spazio, crearne dell'altro e modificare alcuni file. Spero solo che non saltino fuori altri problemi con l'hardware.» Andò avanti a lamentarsi ancora per un po', ma non la dava a bere a nessuno: Lucy adorava quello che faceva in ogni minuto della sua giornata.

«Poco fa ho incontrato Marino. Si tratterrà una settimana» dissi.

«Chiedigli se ha voglia di portarmi a sparare.» Lanciò le scarpe nell'armadietto e, con un colpo vigoroso, richiuse lo sportello.

«Ho la sensazione che ne avrà già abbastanza per conto suo.» Le mie parole la raggiunsero verso l'uscita proprio nel momento in cui altre cinque o sei agenti della DEA in tenuta nera entravano nello spogliatoio.

«Buongiorno, signora.» Rumore di stringhe che sbatacchiavano contro il cuoio: le dee si toglievano gli scarponi.

Ora che mi fui rivestita ed ebbi riportato la borsa da ginnastica in camera, erano le nove e un quarto e avevo già accumulato un certo ritardo.

Dopo aver superato due porte di sicurezza, mi precipitai giù per tre rampe di scale, presi l'ascensore nella sala di manutenzione delle armi e scesi di venti metri fino al piano più basso dell'Accademia, dove mi aspettava il solito inferno. Nella sala riunioni, intorno a un lungo tavolo di noce, sedevano nove investigatori della polizia, alcuni esperti di profili psicologici dell'FBI e un analista del VICAP. Presi posto su una sedia di fianco a Marino, mentre i commenti rimbalzavano nella stanza.

«Questo è uno che ha esperienza in fatto di prove giudiziarie.»

«Chiunque sia stato in prigione ce l'ha.»

«Quello che conta è che sembra padroneggiare bene questo genere di comportamento.»

«Il che mi fa pensare che in realtà non sia mai stato in prigione.»

Aggiunsi il mio dossier al resto della documentazione che circolava sul tavolo e chiesi sottovoce a uno degli esperti di profili psicologici di passarmi una fotocopia del diario di Emily Steiner.

«Sì, be', veramente io non sono d'accordo» disse Marino in quel momento. «Il fatto che uno sia già stato dentro non significa che teme di ritornarci.»

«La maggioranza degli ex detenuti sì, però. Come dice il proverbio: chi si è bruciato una volta, ha paura del fuoco.»

«Gault non è come gli altri. A lui il fuoco piace.»

Mi passarono una serie di stampe laser di casa Steiner, una costruzione in stile ranch. Sul retro, una finestra del primo piano era stata forzata e attraverso quella l'aggressore era penetrato in un piccolo locale lavanderia con il pavimento di linoleum bianco e le pareti a scacchi bianchi e azzurri.

«Considerato il tipo di quartiere, la famiglia e la vittima stessa, direi che Gault si sta facendo più audace.»

Seguendo un corridoio moquettato, giunsi nella camera da letto padronale, tappezzata con una carta da parati tinta pastello con mazzi di viole e palloncini svolazzanti. Sul letto a baldacchino contai sei cuscini, e ce n'erano molti altri su un ripiano nel ripostiglio adiacente.

La camera dall'arredamento infantile apparteneva alla madre di Emily, Denesa. Stando alla sua deposizione, si era svegliata intorno alle due di notte sotto il tiro di una pistola.

«Forse Gault ci sta provocando.»

«Non sarebbe la prima volta.»

La signora Steiner aveva descritto l'aggressore come un uomo di altezza media e costituzione normale. Tuttavia, poiché indossava guanti, una maschera, giacca e pantaloni lunghi, non aveva saputo pronunciarsi sulla razza. Era stata imbavagliata e legata con nastro adesivo arancione, quindi rinchiusa nel ripostiglio. Poi l'uomo era andato nella camera di Emily, l'aveva strappata dal suo letto e si era dileguato con lei nel cuore della notte.

«Io dico che dovremmo andarci piano con l'entusiasmo. Insomma, non è detto che sia proprio Gault.»

«Ottima osservazione. Dobbiamo mantenere una prospettiva più ampia.»

A quel punto intervenni io. «Il letto della madre era rifatto?»

Il botta e risposta si interruppe di colpo.

«Affermativo» rispose un investigatore di mezza età dal viso florido e con l'aria del bevitore, mentre i suoi occhi grigi e scaltri si posavano come insetti sui miei capelli biondo cenere, sulle mie labbra, sulla cravatta grigia che spuntava dal colletto aperto della mia camicetta a righe. Il suo sguardo indagatore si spostò quindi sulle mie mani, indugiando sull'anello d'oro con sigillo e sull'anulare privo di fede nuziale.

«Sono la dottoressa Scarpetta» mi presentai allora senza nessuna cordialità, mentre lui mi fissava il petto.

«Max Ferguson, dell'Ufficio investigativo di stato, Asheville.»

«E io sono il tenente Hershel Mote, polizia di Black Mountain.» Un tipo azzimato in completo kaki e abbastanza maturo per andare in pensione si sporse dal lato opposto del tavolo tendendomi una grossa mano callosa. «È un piacere, dottoressa. Abbiamo sentito molto parlare di lei.»

«Evidentemente,» riprese Ferguson, rivolgendosi a tutti «la signora Steiner ha rifatto il letto prima dell'arrivo della polizia.»

«Per quale motivo?» insistetti.

«Pudore, forse» intervenne Liz Myre, l'unica donna esperta di profili dell'unità. «Ha già avuto la visita di uno sconosciuto in camera, e adesso si vede arrivare i poliziotti.»

Ferguson lesse qualcosa da un rapporto. «Indossava una vestaglia rosa con cerniera e delle calze.»

«Nel senso che era andata a letto vestita così?» chiese una voce familiare alle mie spalle.

Mentre il capo dell'unità Benton Wesley richiudeva la porta della sala riunioni, ci scambiammo una breve occhiata. Alto e impeccabile, con i lineamenti affilati e i capelli argentei, indossava un abito scuro e portava con sé una montagna di fogli e alcuni caricatori di diapositive. Tutti i presenti attesero in silenzio che si accomodasse senza tanti complimenti a capotavola e cominciasse a prendere appunti con la sua Montblanc.

«Sappiamo se era vestita così anche al momento dell'aggressione,» ripeté senza sollevare gli occhi «o se si è cambiata dopo il fatto?»

«Be', io la definirei più una camicia da notte

che una vestaglia» rispose Mote. «Tessuto di flanella, maniche lunghe, orlo alle caviglie e chiusura a cerniera.»

«Sotto non portava niente, tranne le mutandine» aggiunse Ferguson.

«Preferisco non chiederti come fai a saperlo» fu il commento di Marino.

«Si vedeva il segno; del reggiseno invece no. Lo stato mi paga per osservare,» lanciò un'occhiata significativa al resto dei presenti «mica per fare lo stronzo.»

«Giusto, non ne vale la pena, o caghi forse oro?»

Ferguson estrasse un pacchetto di sigarette. «A qualcuno dà fastidio se fumo?»

«A me.»

«Sì, anche a me dà fastidio.»

«Kay.» Wesley fece scivolare verso di me una spessa busta di carta. «Referti dell'autopsia, più altre foto.»

«Stampe laser?» La cosa non mi entusiasmava affatto; non amo le immagini a matrice di punti, sono buone solo a una certa distanza.

«No. Di quelle vere.»

«Bene.»

«Stiamo cercando di definire i tratti salienti e le strategie dell'aggressore, giusto?» Wesley si guardò intorno, mentre alcuni collaboratori annuivano. «E abbiamo già un possibile indiziato. O sono io che penso che pensiamo di averlo?»

«Io non ho dubbi» confermò Marino.

«Allora prima analizziamo la scena del delitto, poi parleremo di vittimologia» proseguì Wesley, iniziando a sfogliare la documentazione. «Credo che sia meglio partire escludendo dalle nostre ipotesi i criminali già noti. Almeno per il momento.» Ci spiò al di sopra degli occhiali da lettura. «Abbiamo una cartina della zona?»

Ferguson gli passò alcune fotocopie. «La chiesa e la casa della vittima sono evidenziate. E questo è il sentiero intorno al lago che supponiamo la bambina abbia percorso dopo la riunione.»

Col suo faccino minuto e il corpo esile, Emily Steiner poteva tranquillamente dimostrare otto o nove anni. Quando la primavera precedente, a scuola, le era stata scattata l'ultima fotografia, indossava un golfino verde pisello abbottonato fino al collo e aveva i capelli chiarissimi divisi da una scriminatura laterale e fermati da una molletta a forma di pappagallo.

Per quanto ne sapevamo noi, non le erano state fatte altre foto fino al terso mattino di quel sabato sette ottobre, quando un vecchio era arrivato al lago Tomahawk per pescare. Mentre sulla riva fangosa apriva una sedia da giardino, aveva notato una piccola calza rosa che spuntava da un cespuglio vicino. Poi si era reso conto che la calza rivestiva un piede.

«Abbiamo percorso il sentiero» stava spiegando Ferguson, mentre mostrava alcune diapositive. Sul telo si muoveva l'ombra della sua penna a sfera. «E abbiamo trovato il corpo proprio qui.»

«A che distanza dalla chiesa e dalla casa?»

«Circa un chilometro e mezzo da entrambe, seguendo la strada principale. In linea d'aria forse un po' meno.»

«E il sentiero che costeggia il lago coincide con la distanza in linea d'aria?»

«Non esattamente, ma quasi.»

Quindi, Ferguson riprese il racconto. «La troviamo distesa con la testa rivolta verso nord. Aveva una calza mezzo sfilata dal piede sinistro e una calza sul piede destro. Un orologio. Una collanina. Indossava un pigiama di flanella azzurro e delle mutandine, ma di questi indumenti ancora nessuna traccia. Ecco un primo piano della ferita sul retro della testa.»

L'ombra della penna si spostò, mentre attraverso le spesse pareti sopra le nostre teste giungeva il rumore attutito degli spari esplosi nel poligono di tiro interno.

Emily Steiner era stata ritrovata nuda. Dopo un esame approfondito, il medico legale della contea di Buncombe aveva rilevato segni di violenza sessuale per la presenza di vaste aree scure e lucide all'interno delle cosce, sulla parte superiore del torace e sulle spalle, in corrispondenza delle quali mancavano dei brandelli di carne. Anche lei era stata imbavagliata e legata con nastro adesivo di un arancione fiammante, ma la causa del decesso era un unico colpo sparato alla testa da una pistola di piccolo calibro.

Ferguson mostrò l'una dopo l'altra tutte le diapositive, e mentre le immagini del pallido e giovanissimo corpo squarciavano l'oscurità, nella sala calò un profondo silenzio: nessun investigatore di mia conoscenza si era mai abituato alla vista dei cadaveri di bambini martoriati.

«Che tempo ha fatto a Black Mountain dal primo al sette ottobre?» domandai.

«Nuvoloso. Temperatura notturna da zero a cinque gradi e diurna tra i dieci e i quindici» rispose Ferguson. «In generale.»

«In generale?» Lo guardai.

«Diciamo che questa è stata la media» precisò con una certa lentezza, mentre le luci si riaccendevano. «Ha presente, no, si fa la somma delle temperature e la si divide per il numero dei giorni.»

«Agente Ferguson, qualsiasi fluttuazione di rilievo ha importanza» ribattei con una freddezza che testimoniava il mio crescente disprezzo nei confronti di quell'uomo. «Per alterare le condizioni di un corpo basta anche una sola giornata di caldo, lei capisce.»

Wesley inaugurò una nuova pagina di appunti. Poi si interruppe e mi guardò. «Se la vittima è stata assassinata poco dopo il rapimento, in che stato di decomposizione avremmo dovuto trovarla il sette ottobre?»

«Poste le condizioni meteorologiche appena descritte, direi in stato di lieve decomposizione» risposi. «Inoltre, mi aspetterei di trovare tracce di qualche insetto, e forse danni posteriori al decesso, dipende da quanto era accessibile il cadavere a eventuali predatori.»

«In altre parole, avremmo dovuto trovarla in uno stato decisamente peggiore,» picchiettò con l'indice su alcune foto «visto che era morta da sei giorni.»

«In uno stato di decomposizione più avanzata, sì.»

Il sudore gli imperlava la fronte all'attaccatura dei capelli e aveva già intriso il colletto inamidato della sua camicia bianca. La gola e le tempie erano solcate da vene in rilievo.

«Mi sorprende che qualche cane non l'abbia scovata.»

«No, Max, non devi sorprenderti: non siamo in una città piena di randagi affamati. Qui la gente tiene i cani chiusi in un bel recinto o legati al guinzaglio.»

Marino indulgeva nella sua pessima mania di sbriciolare il bicchierino di polistirolo del caffè.

Il corpo di Emily era così pallido da sembrare addirittura grigio, con alcune aree ancora più sbiadite e verdastre in corrispondenza del quadrante inferiore destro. Aveva i polpastrelli secchi e la pelle stava ritirandosi dalle unghie. Inoltre, si notavano già segni di caduta dei capelli e di distacco della cute dei piedi. Non rilevai invece tracce di ferite da difesa, né tagli, lividi o unghie rotte che potessero far pensare a una lotta.

«Gli alberi e il resto della vegetazione devono averla riparata dal sole» commentai, mentre vaghe ombre oscuravano i miei pensieri. «Non sembra nemmeno aver sanguinato molto, anzi forse le ferite non hanno sanguinato affatto, altrimenti avrebbero senz'altro attirato gli animali predatori.»

«Stiamo dicendo che forse è stata uccisa altrove» interloquì Wesley. «Assenza di sangue, abiti non rinvenuti, localizzazione del corpo: tutto starebbe a indicare che è stata aggredita e assassinata in un luogo diverso da quello dove il cadavere è stato poi ritrovato. Sei in grado di stabilire se questi brandelli di carne sono stati asportati prima o dopo il decesso?»

«Al momento della morte o pochissimo tempo dopo» replicai.

«Ancora una volta per nascondere eventuali morsicature?»

«Non ho elementi sufficienti per affermarlo con sicurezza.»

«Ma secondo te le ferite sono simili a quelle di Eddie Heath?» Wesley si riferiva al ragazzo tredicenne assassinato da Temple Gault a Richmond.

«Sì.» Aprii una seconda busta ed estrassi un fascio di fotografie scattate in sede di autopsia e tenute insieme da elastici. «In entrambi i casi abbiamo pezzi di carne asportati dalla spalla e dalla parte interna e superiore della coscia. Inoltre, anche a Eddie Heath avevano sparato alla testa e il suo corpo era stato trasportato in un luogo diverso da quello del delitto.»

«Nonostante la differenza di sesso, un altro dettaglio che mi colpisce è la somiglianza come tipologia fisica tra la bambina e il ragazzo. Heath era esile e in fase prepuberale, e anche la Steiner era molto gracile, quasi prepuberale.»

«Nel caso di Emily, però, vale la pena di notare che non ci sono incisioni a X, né tagli periferici ai margini delle ferite» sottolineai.

Fu Marino a spiegare qualcosa di più alle autorità del North Carolina: «Per quanto riguarda il caso Heath, pensiamo che in un primo momento Gault ha cercato di mascherare alcuni segni di morsicature incidendoli con un coltello. Poi però si accorge che è tutta fatica sprecata, così decide di asportare interi pezzi di carne, grandi quanto il taschino della mia camicia. Questa volta, con la bambina, visto che ormai ha esperienza potrebbe aver direttamente tagliato via le zone con i segni dei morsi».

«Io però stento a crederci. Non possiamo pensare in maniera così automatica a Gault.»

«Sono passati quasi due anni, Liz. Dubito che Gault sia rinato a nuova vita o che sia entrato nella Croce Rossa.»

«Non è detto. Anche Bundy lavorava in un centro di sostegno psicologico.»

«Sì, e Dio parlava al Figlio di Sam.»

«Ti posso garantire che Dio a Berkowitz non ha detto proprio niente» dichiarò Wesley in tono piatto.

«Il fatto è che Gault, ammesso che si tratti di lui, questa volta avrebbe asportato subito i segni delle morsicature.»

«È vero. Come in tutte le cose, con l'andare del tempo si migliora.»

«Io mi auguro solo che il nostro uomo non faccia altri progressi.» Mote si asciugò il labbro superiore con il fazzoletto piegato.

«Allora, siamo pronti per cercare di tracciare un profilo?» chiese Wesley, guardandosi intorno. «Innanzitutto: è un maschio di razza bianca?»

«Be', la zona è a popolazione prevalentemente bianca.»

«Per me non c'è alcun dubbio.»

«Età?»

«Dalla logica con cui opera, non direi giovanissimo.»

«Sono d'accordo. Ritengo che non abbiamo a che fare con un ragazzino.»

«Dai venti in su. Più vicino ai trenta, forse.»

«Secondo me è fra i trenta e i trentacinque.»

«È un individuo molto organizzato. L'arma, per esempio, l'ha portata con sé, invece di utilizzare la prima cosa che gli capitava a tiro. E non sembra aver avuto alcuna difficoltà nel tenere sotto controllo la vittima.»

«Stando alle dichiarazioni di amici e familiari, Emily non era certo un osso duro. Piuttosto timida, si spaventava facilmente.»

«Senza contare i frequenti problemi di salute. Dentro e fuori dagli studi medici: Emily era abituata a collaborare con gli adulti. In altre parole, sapeva cosa significava ubbidire.»

«Be', non sempre.» Wesley sfogliava con aria impassibile il diario della ragazzina. «Per esempio, non voleva che sua madre scoprisse che all'una di notte era ancora sveglia e si portava a letto una pila. Né sembra avere avuto intenzione di dirle che la domenica sarebbe andata in anticipo alla riunione in chiesa. Qualcuno sa se questo Wren si è poi presentato all'appuntamento?»

«Non l'hanno visto fino alle cinque, quando è iniziata la riunione.»

«Emily aveva rapporti con altri maschi?»

«Sì, i classici rapporti che si hanno a undici anni. Mi ami? Metti una X sul sì o sul no.»

«Che male c'è?» intervenne Marino, e tutti scoppiarono a ridere.

Continuai a disporre le foto davanti a me come si fa con i Tarocchi, in preda a un crescente malessere. La pallottola era penetrata nella regione temporo-parietale del cranio, lacerando la duramadre e un ramo dell'arteria media meningea. Tuttavia, non c'erano contusioni né ematomi subdurali o epidurali, né rilevai segni di reazione vitale alle lesioni dei genitali.

«Quanti alberghi ci sono nella vostra zona?»

«Più o meno una decina, direi. Ci sono anche un paio di bed & breakfast, abitazioni private dove si può affittare una stanza.»

«Avete controllato i registri degli ospiti?»

«Per la verità, non ci abbiamo pensato.»

«Se Gault è in città, da qualche parte dovrà pure alloggiare.»

I risultati delle analisi di laboratorio mi lasciavano altrettanto perplessa: i livelli di sodio e potassio del vitreo erano rispettivamente di 180 e di 58 milliequivalenti per litro.

«Cominceremo dal Travel-Eze, Max. Ci andrai tu, mentre io mi occuperò dell'Acorn e dell'Apple Blossom. Potresti provare anche al Mountaineer, sebbene sia già un po' fuori mano.»

«Gault si sarà cercato un posto che gli garantisca il massimo dell'anonimato. Certo non ha interesse che il personale noti i suoi spostamenti.»

«Comunque non avrà avuto molta scelta. Da noi non c'è granché.»

«Io escluderei il Red Rocker e il Blackberry Inn.»

«Sì, però meglio dare una controllata lo stesso.»

«E ad Asheville? Ci saranno pure degli alberghi più grandi.»

«Oh, c'è di tutto, ormai, da quando servono liquori sfusi.»

«Credete che si sia portato la bambina in camera e l'abbia assassinata lì?»

«No, assolutamente no.»

«È impossibile portarsi un ostaggio così giovane in un posto come quello senza farsi notare. Che ne so, dal personale di pulizia o del servizio in camera, magari.»

«Per questo mi stupirei se Gault avesse scelto un albergo. La polizia ha cominciato a cercare Emily subito dopo il rapimento: ne parlavano tutti i mass media.»

L'autopsia era stata eseguita dal dottor James Jenrette, il medico di contea chiamato anche sul luogo del ritrovamento del cadavere. Patologo dell'ospedale di Asheville, Jenrette aveva un contratto con lo stato che, in caso di necessità, gli imponeva di effettuare le autopsie con valore legale, ma si trattava di un'eventualità ben rara, in quella mite e appartata zona pedemontana del North Carolina. E la sua conclusione secondo cui alcuni reperti non erano "spiegabili sulla base della ferita d'arma da fuoco alla testa" non mi bastava affatto. Mentre Benton Wesley continuava a parlare, lasciai scivolare giù gli occhiali e presi a massaggiarmi il dorso del naso.

«E per quanto riguarda i cottage e in generale le strutture affittabili dai turisti?»

«Oh, sì, signore» rispose Mote. «Di quelle ce ne sono parecchie.» Si voltò verso Ferguson. «Max, credo che faremmo meglio a controllare. Procurati una lista completa, verifica chi ha affittato qualcosa.»

Capii subito che Wesley aveva già intuito il mio stato d'animo, quando disse: «Kay? Ho la sensazione che tu voglia aggiungere dell'altro».

«Sì, sono sconcertata dalla totale assenza di reazione vitale alle ferite» ammisi. «E anche se le condizioni del corpo fanno pensare a una morte recente, i valori degli elettroliti non si adattano al resto del quadro medico…»

«Il valore di che?» Mote mi guardò con espressione vacua.

«Il sodio è alto, e poiché si tratta di valori piuttosto stabili dopo il decesso, possiamo concludere che fosse già elevato al momento della morte.»

«E questo cosa significa?»

«Per esempio, che era estremamente disidratata» spiegai. «E, a proposito, mi sembra sottopeso per la sua età. Sappiamo se soffriva per caso di anoressia? Stava male? Aveva spesso vomito o diarrea? Assumeva diuretici?»

Visto che nessuno rispondeva, Ferguson disse: «Chiederò alla madre. Tanto devo comunque contattarla appena rientro».

«Il potassio presenta a sua volta valori elevati,» continuai «e sarebbe il caso di spiegare anche questo, visto che dopo la morte il contenuto nel vitreo aumenta in maniera incrementale e calcolabile con il progressivo sfaldamento e cedimento delle pareti cellulari.»

«Nel vitreo?» commentò sempre Mote.

«Le analisi del fluido dell'occhio danno risultati molto attendibili, in quanto si tratta di un umore isolato e protetto, quindi meno soggetto a fenomeni di contaminazione e putrefazione» risposi. «Il punto è che il suo livello di potassio indicherebbe un decesso anteriore a quello suggerito dagli altri reperti esaminati.»

«Quindi da quanto tempo sarebbe morta?» volle sapere Wesley.

«Sei o sette giorni.»

«Altre spiegazioni possibili?»

«Un'esposizione a temperature molto elevate che avrebbero accelerato il processo degenerativo.»

«Be', non può essere.»

«Oppure un errore» aggiunsi.

«Puoi verificare?»

Annuii.

«Il dottor Jenrette ritiene che la ferita alla testa abbia provocato una morte istantanea» disse Ferguson. «Mi sembra logico che se vieni ammazzato sul colpo non puoi più avere nessun tipo di reazione vitale.»

«Il problema» spiegai «è che questo genere di lesione al cervello non dovrebbe essere così fatale.»

«Per quanto tempo potrebbe essere sopravvissuta?» chiese Mote.

«Alcune ore.»

«Nessun'altra ipotesi?» insistette Wesley.

«*Commotio cerebri*. È una specie di cortocircuito elettrico… prendi un colpo in testa, muori all'istante e nessuno riesce più a trovare traccia delle ferite.» Feci una pausa. «Oppure, tutte le sue ferite risalgono a dopo la morte, compresa quella d'arma da fuoco.»

Vi fu un attimo di silenzio generale.

Il bicchierino del caffè di Marino era stato ridotto a un mucchietto di neve sbriciolata, il posacenere di fronte a lui a un cimitero di cartine appallottolate di gomma da masticare.

«Nessun segno di un eventuale strangolamento?» mi chiese.

Gli dissi che non avevo notato niente del genere.

Cominciò a schiacciare il pulsante della biro, aperta, chiusa, aperta, chiusa, *clic*, *clic*. «Parliamo ancora un po' della famiglia. Cosa sappiamo del padre, a parte che è morto?»

«Era insegnante presso la Broad River Christian Academy di Swannanoa.»

«La scuola dove andava Emily?»

«No, Emily ha frequentato le elementari pubbliche di Black Mountain. Il padre è morto circa un anno fa» spiegò Mote.

«Sì, l'ho letto» dissi. «Si chiamava Charles, vero?» Mote annuì.

«Di che cosa è morto?»

«Di preciso non lo so. Cause naturali, comunque.»

«Aveva problemi di cuore» si intromise Ferguson.

Wesley si alzò, dirigendosi verso la lavagna bianca. «Okay.» Tolse il tappo di un Magic Marker nero e cominciò a scrivere. «Riepiloghiamo tutti i dati che abbiamo. La vittima proviene da una famiglia borghese, è bianca, ha undici anni ed è stata vista per l'ultima volta da alcuni coetanei alle sei del pomeriggio del primo di ottobre, mentre stava rincasando da una riunione pomeridiana in chiesa. Per tornare, imbocca una scorciatoia che costeggia la riva del Tomahawk, un laghetto artificiale.

«Se guardate sulla cartina, vedrete che all'estremità nord del lago ci sono un circolo sportivo e una piscina pubblica, entrambi aperti solo d'estate. Qui, invece, abbiamo campi da tennis e una zona per i picnic frequentabili tutto l'anno. Stando a quanto dichiarato dalla madre, Emily arrivò a casa poco dopo le sei e trenta, andò dritta filata in camera sua e lì rimase a suonare la chitarra fino all'ora di cena.»

«La signora Steiner ha detto cosa mangiò la figlia quella sera?» chiesi io.

«Maccheroni, formaggio e insalata» rispose Ferguson.

«E a che ora?» Secondo il referto dell'autopsia, il

35

contenuto gastrico consisteva in una modesta quantità di liquido brunastro.

«A me ha detto alle sette e mezzo.»

«Quindi la digestione avrebbe dovuto essere già terminata all'ora del rapimento, cioè alle due del mattino?»

«Esatto» confermai. «In teoria, il suo stomaco avrebbe dovuto essere vuoto già da un po'.»

«Forse mentre è stata tenuta prigioniera non le è stato dato né da mangiare né da bere.»

«Questo basterebbe a spiegare il tasso elevato di sodio e la sua disidratazione?» volle sapere Wesley.

«Certo, è possibile.»

Scrisse ancora qualcosa. «La casa è sprovvista di allarme e non ci sono cani da guardia.»

«Sappiamo se è stato rubato qualcosa?»

«Forse dei vestiti.»

«Di chi?»

«Della madre, probabilmente. Ha dichiarato che, mentre era rinchiusa nel ripostiglio, le è sembrato di sentire l'aggressore che apriva i cassetti.»

«Se lo ha fatto, è un uomo molto ordinato. La signora non è riuscita a dirci se mancava o se era stato spostato qualcosa.»

«Cosa insegnava il padre? Ne abbiamo già parlato?»

«Teneva corsi di catechismo.»

«Il Broad River è un istituto fondamentalista. I ragazzini inaugurano la giornata cantando "Il peccato non avrà alcun dominio su di me".»

«Sul serio?»

«Ci puoi giurare.»

«Oh, Cristo.»

«Sì, anche di Lui parlano molto.»

«Magari potrebbero provarci con mio nipote.»

«Piantala, Hershel: tuo nipote non ha speranze, l'hai viziato da fare schifo. Quante minibike possiede, attualmente? Tre?»

Ripresi la parola. «Mi piacerebbe saperne di più sulla famiglia. Immagino fossero tutti molto religiosi.»

«A quanto pare, sì.»

«Niente fratelli o sorelle?»

Il tenente Mote emise un sospiro stanco e profondo. «Questa è la cosa più triste. Anni fa avevano un'altra figlia… morte neonatale improvvisa.»

«È successo sempre a Black Mountain?» chiesi.

«No, signora, accadde prima che gli Steiner si trasferissero. Vengono dalla California. Sa, dalle nostre parti c'è di tutto.»

«Un sacco di gente viene dopo la pensione, per trascorrere le vacanze in collina, o per i ritiri religiosi. Merda, se mi dessero cinque centesimi per ogni battista che arriva, certo non me ne starei seduto qui, adesso» aggiunse Ferguson.

Lanciai un'occhiata a Marino. La sua rabbia era assolutamente palpabile, la faccia paonazza. «Proprio il posto dove si fionderebbe Gault. Da quelle parti leggono tutti "People", "The National Enquirer", "Parade": figurarsi se non sanno di quel figlio di puttana. Però a nessuno passa per la testa che potrebbe anche arrivare fin lì, nella loro bella cittadina. Per loro è come Frankenstein: fa paura, ma non esiste.»

«E gli hanno anche dedicato un telefilm» disse Mote.

«Quando?» Ferguson aggrottò la fronte.

«L'estate scorsa, mi ha detto il capitano Marino. Non ricordo il nome dell'attore, ma è uno di quelli che compaiono nei vari *Terminator*. Dico bene?»

Marino non gli prestò la minima attenzione. Il suo esercito privato era già in marcia. «Secondo me quel porco è ancora lì.» Spinse indietro la sedia e aggiunse un'ultima carta di gomma da masticare al mucchio nel posacenere.

«Tutto è possibile» dichiarò Wesley.

«Bene.» Mote si schiarì la voce. «Qualunque forma di collaborazione siate disposti a fornirci, sarà bene accetta.»

Wesley lanciò un'occhiata all'orologio. «Pete, sei già pronto a tagliare la corda? Pensavo che avremmo potuto ripassare brevemente i casi precedenti, così da illustrare ai nostri ospiti del North Carolina in che modo Gault trascorreva il suo tempo in Virginia.»

Per tutta l'ora successiva, flash di orrore squarciarono l'oscurità come spezzoni tratti dai miei incubi peggiori. Ferguson e Mote non staccarono un secondo i loro occhi sgranati dal telo delle diapositive, e non dissero una parola.

2

Davanti alle finestre della mensa alcune grasse marmotte prendevano il sole sull'erba, mentre io mangiavo insalata e Marino raccoglieva dal piatto gli ultimi resti di pollo fritto.

Il cielo era di un azzurro slavato e gli alberi lasciavano già presagire il tripudio di colori che li avrebbe incendiati al culmine della stagione autunnale. In un certo senso invidiavo Marino. L'impegno fisico che lo aspettava quella settimana sembrava quasi un sollievo in confronto a ciò che attendeva me, o meglio, che incombeva su di me come un enorme, insaziabile uccello appollaiato su un alto trespolo.

«Lucy sperava che tu trovassi un po' di tempo per andare a sparare con lei, mentre sei qui» dissi.

«Dipende: se ha imparato a comportarsi bene...» Marino allontanò il vassoio.

«Buffo, è quello che lei dice di te.»

Fece scivolare una sigaretta fuori dal pacchetto. «Ti spiace?»

«Oh, non ti preoccupare, tanto fumeresti comunque.»

«Mai dare credito a nessuno, eh, capo?» La sigaretta gli tremolò fra le labbra. «Come se non avessi già diminuito.» Fece scattare l'accendino. «Di' la verità: tu non smetti mai di pensare al fumo.»

«Hai ragione. Non passa minuto senza che mi domandi come ho potuto fare per tanto tempo una cosa così sgradevole e antisociale.»

«Stronzate. Le sigarette ti mancano da morire. In questo momento ti piacerebbe essere al mio posto.» Esalò una nuvola di fumo e guardò fuori dalla finestra. «Un giorno o l'altro questo postaccio diventerà un colabrod, per colpa di quelle maledette marmotte.»

«Perché Gault dovrebbe essere andato proprio nel North Carolina?» gli chiesi.

«Perché cavolo dovrebbe essere andato in qualunque altro posto?» Il suo sguardo si indurì. «Qualsiasi domanda tu faccia sul conto di quel figlio di puttana, la risposta è sempre una: *perché ne aveva voglia*. E non è ancora finita, quella bambina non sarà l'ultima. Al prossimo prurito di Gault, vedrai che qualche bambino, qualche donna, un uomo, quello che vuoi, si troverà nel posto sbagliato al momento sbagliato.»

«E tu pensi davvero che sia ancora nei paraggi?»

Scrollò la cenere della sigaretta. «Sì, lo penso davvero.»

«Perché?»

«Perché il divertimento è appena cominciato» rispose, mentre Benton Wesley entrava. «È il più grande spettacolo di tutti i tempi, e lui è lì, seduto bello comodo in ultima fila, a spanciarsi dalle risate mentre i poliziotti di Black Mountain corrono in tondo come topi, cercando di immaginare quale sarà la sua prossima mossa. A proposito, da queste parti hanno la media di un omicidio all'anno.»

40

Osservai Wesley dirigersi verso il banco del self-service. Si riempì una scodella di minestra, prese un pacchetto di cracker e depositò alcuni dollari su un piatto di cartone che veniva utilizzato in caso di assenza del cassiere. Anche se non dava segno di averci visto, conoscevo la sua particolare abilità nel captare ogni sorta di dettagli esterni pur continuando a mantenere un'aria perfettamente impassibile.

«Alcuni dei reperti fisici di Emily Steiner mi fanno quasi pensare che il suo corpo potrebbe essere stato congelato» dissi a Marino, mentre Wesley ci veniva finalmente incontro.

«Brava. Lo penso anch'io. Dev'essere successo all'obitorio dell'ospedale.» Mi lanciò un'occhiata di compatimento.

«Ho l'impressione di essermi perso qualcosa di importante» commentò Wesley, prendendo una sedia.

«Stavo considerando la possibilità che il corpo di Emily Steiner potesse essere stato congelato prima di venire abbandonato in riva al lago.»

«In base a che cosa?» Quando allungò la mano per prendere il macinapepe, un gemello d'oro del Dipartimento di giustizia fece capolino dalla manica del soprabito.

«Aveva la pelle asciutta e pastosa» risposi. «Inoltre era ben conservata e non era stata intaccata né da insetti, né da altri animali.»

«Il che equivale in pratica a demolire la tesi secondo cui Gault si troverebbe in qualche motel per turisti» osservò Marino. «Di sicuro non ha nascosto il corpo nel minibar della stanza.»

Meticoloso come sempre, Wesley sollevava cucchiaiate di zuppa di mare portandosele alle labbra senza rovesciarne neanche una goccia.

«Effetti personali rinvenuti e conservati?» chiesi.

«Le calze e i suoi gioiellini» disse Wesley. «E il nastro adesivo, sfortunatamente rimosso prima che si potessero cercare le impronte digitali. È arrivato in obitorio già tagliuzzato.»

«Cristo» mormorò Marino.

«Tuttavia, è abbastanza insolito da avere un suo valore. Non ho mai visto un nastro adesivo di un arancione così vivace.» Benton mi guardò.

«Neanch'io» mi associai. «E dai vostri laboratori sono arrivate notizie interessanti?»

«Per ora nessuna, a parte alcune tracce di grasso che fanno pensare a un rotolo di adesivo sporco. Ma non so che importanza possa avere la cosa.»

«Quali altri reperti sono stati analizzati?»

«Tamponi, campioni della terra che si trovava sotto al cadavere, il lenzuolino e il sacco mortuario usati nel trasporto dalle rive del lago» elencò Wesley.

Più lui parlava, più la mia frustrazione aumentava. Mi chiedevo quali indizi fossero andati persi, quali microscopici testimoni fossero stati messi a tacere per sempre.

«Mi piacerebbe avere copie delle fotografie e dei referti, e anche di tutti i risultati di laboratorio» dissi.

«Ciò che è nostro è tuo, Kay» mi assicurò Wesley. «Verrai contattata direttamente dagli analisti.»

«Dobbiamo stabilire con precisione la data e l'ora della morte» intervenne Marino. «Qui i conti non tornano ancora.»

«Sì, è un punto molto importante» concordò Benton. «Puoi eseguire altre indagini?»

«Farò il possibile» risposi.

«Mi aspettano in Hogan's Alley.» Marino lanciò un'occhiata all'orologio e si alzò. «Anzi, mi sa che hanno già cominciato senza di me.»

«Spero che ti cambierai, prima» commentò Wesley. «Ti consiglio una maglia con cappuccio.»

«Sì, così stramazzo per un colpo di calore.»

«Meglio che stramazzare per dei proiettili coloranti da nove millimetri» ribatté Wesley. «Quelli fanno male, e molto, anche.»

«Be', vi siete messi d'accordo, voi due?»

Restammo a guardarlo mentre si allontanava abbottonandosi la giacca sulla pancia, lisciandosi i capelli e sistemandosi i pantaloni. Era un suo vizio, quello di lisciarsi il pelo come un gatto ogni volta che si preparava per un'entrata o un'uscita a effetto.

Poi Wesley contemplò il posacenere stracolmo davanti alla sedia vuota, e quando tornò a fissarmi i suoi occhi mi parvero insolitamente scuri, la bocca seria come se non avesse mai conosciuto il sorriso.

«Devi fare qualcosa per lui» disse.

«Magari ne avessi il potere, Benton.»

«Sei l'unica ad averne almeno un po'.»

«La cosa mi spaventa.»

«Quello che veramente spaventa è stato il colorito acceso della sua faccia durante la riunione. Non fa niente di quanto gli è stato prescritto: si ingozza di cibi fritti, fuma e beve.» Wesley distolse lo sguardo. «Da quando Doris se n'è andata, è in uno stato pietoso.»

«Credo che qualche miglioramento ci sia stato» obiettai.

«Solo esteriore.» Si voltò di nuovo verso di me. «Dentro però si sta uccidendo.»

Dentro Marino si stava uccidendo come aveva sempre fatto nella sua vita. E io non sapevo cosa farci.

«Quando torni a Richmond?» mi chiese Wesley. Chissà come andavano le cose in quel periodo a casa sua. Pensai a sua moglie.

«Dipende. Speravo di poter stare un po' con Lucy.»

«Ti ha detto che la vorremmo ancora tra noi?»

Guardai l'erba illuminata dal sole e le foglie degli alberi che fremevano nella brezza. «È tutta eccitata all'idea» dissi.

«Tu invece no.»

«No.»

«Ti capisco. Non vuoi che Lucy si ritrovi a condividere la tua stessa realtà, vero?» La sua espressione si ammorbidì impercettibilmente. «Be', in fondo sapere che almeno in un campo non sei del tutto razionale o obiettiva dovrebbe procurarmi un certo sollievo.»

Io non ero del tutto razionale o obiettiva in ben più di un campo, e Wesley lo sapeva fin troppo bene.

«Non so neanche che cosa faccia di preciso qui» insistetti. «Tu come ti sentiresti, se si trattasse dei tuoi figli?»

«Come mi sento ogni volta che si tratta di loro: non voglio che entrino nelle forze dell'ordine o nell'esercito. Non voglio che prendano confidenza con le armi. Eppure, vorrei anche che si occupassero di tutto questo.»

«È perché sai cosa c'è là fuori» ribattei, e i miei

occhi incontrarono i suoi indugiandovi più del necessario.

Appallottolò il tovagliolo di carta e lo mise sul vassoio. «A Lucy piace quello che fa. E anche a noi.»

«Sono felice di sentirtelo dire.»

«È una ragazza straordinaria. Ci sta aiutando a elaborare un nuovo programma destinato a rivoluzionare il VICAP. Fra poco saremo finalmente in grado di rintracciare queste belve in tutto il mondo. Pensa se Gault avesse assassinato una bambina come Emily in Australia, credi che saremmo venuti a saperlo?»

«Probabilmente no» risposi. «Certo non così presto. Ma noi non sappiamo nemmeno se è stato veramente lui.»

«Quello che sappiamo è che ogni minuto che passa può significare altre vite.» Prese il mio vassoio e lo appoggiò sopra il suo.

Ci alzammo.

«Penso che dovremmo fare un salto a trovare tua nipote.»

«Non credo di avere il permesso per entrare là dentro.»

«Non ce l'hai, infatti. Ma dammi un paio d'ore e vedrai che troverò il rimedio.»

«Te ne sarei grata.»

«Adesso è l'una. Che ne dici di rivederci qui alle quattro e mezzo?» Ci avviammo insieme verso l'uscita.

«A proposito, come se la passa Lucy al Washington?» Si riferiva al dormitorio meno amato da tutti gli studenti, con letti minuscoli e asciugamani troppo piccoli per coprire alcunché di importante.

«Mi dispiace di non averle potuto offrire un po'
più di privacy.»

«Oh, non ti preoccupare. Avere una compagna
di stanza e condividere un alloggio le fa solo bene,
anche se non è detto che ci vada d'accordo.»

«Spesso i geni lavorano e giocano meglio da soli.»

«È sempre stato l'unico punto dolente nelle sue
valutazioni scolastiche» ammisi.

Trascorsi le ore successive al telefono, cercando
invano di mettermi in contatto con il dottor Jenrette,
che a quanto pareva si era preso un giorno libero
per andare a giocare a golf.

Fui quindi sollevata nell'apprendere che, a
Richmond, la situazione era sotto controllo e che i
casi della giornata richiedevano solo alcune indagini esterne per effettuare dei prelievi di fluidi corporei. Grazie al cielo, dalla sera prima non si erano verificati omicidi, e le due cause in tribunale
programmate per quella settimana si erano risolte.
All'ora prestabilita raggiunsi Wesley in sala mensa.

«Mettiti questo.» Mi consegnò un pass per visitatori, che appesi al taschino della giacca accanto
alla mia targhetta di riconoscimento.

«Hai avuto difficoltà?» chiesi.

«Ho dovuto fare qualche acrobazia, ma alla fine
sono riuscito ad averlo.»

«Sono felice di aver superato l'esame di idonei-
tà» commentai allora in tono ironico.

«Ce l'hai fatta per un pelo.»

«Grazie mille.»

Wesley fece una pausa, quindi mi sfiorò la schiena mentre lo precedevo fuori dalla porta.

«Inutile dirti, Kay, che qualsiasi cosa tu veda o senta all'ERF non dovrà uscire dalla tua bocca.»

«Certo, Benton. Inutile dirmelo.»

Lo spaccio all'esterno della mensa era affollato da studenti con la camicia rossa della National Academy che curiosavano tra i numerosi articoli contrassegnati dalla scritta "FBI". Giovani di entrambi i sessi e in splendida forma ci superarono educatamente sulle scale, diretti alle lezioni. In quella massa di gente codificata per colore, non si vedeva una sola camicia blu: da oltre un anno, infatti, non c'erano corsi di formazione per nuovi agenti.

Percorremmo un lungo corridoio fino all'atrio, dove un'insegna digitale appesa alla parete ricordava agli ospiti di appuntarsi in posizione ben visibile il pass d'ingresso. Oltre il portone principale, lontane raffiche di spari foravano il pomeriggio altrimenti perfetto.

L'ERF era costituito da tre gusci beige di vetro e cemento provvisti di enormi porte d'accesso e altissimi reticolati di protezione. Le file di macchine parcheggiate testimoniavano l'esistenza di una popolazione che non avevo mai visto, poiché l'ERF sembrava ingoiare e risputare fuori i propri dipendenti in orari in cui il resto dell'umanità si trovava in stato di incoscienza.

Raggiunto l'ingresso principale, Wesley si fermò davanti a un modulo a sensori con tastiera numerica incassato nel muro. Appoggiò il pollice della mano destra su una lente di lettura che analizzò la sua impronta, e dopo un attimo il display gli chiese di digitare il numero di identificazione personale. La serratura biometrica scattò con un *clic* quasi impercettibile.

«Naturalmente tu sei già stato qui» commentai, intanto che mi teneva la porta aperta.

«Più di una volta.»

Mentre percorrevamo un corridoio moquettato, silenzioso e in penombra, lungo più del doppio di un campo da football, mi chiesi che genere di lavoro potesse richiedere la sua presenza in un posto del genere. Superammo laboratori in cui scienziati in camice e in sobrie divise si affaccendavano in attività a me totalmente ignote e impossibili da riconoscere a colpo d'occhio. Donne e uomini lavoravano in minuscoli cubicoli, stracolmi di hardware, video e altre strane attrezzature. Dietro una porta di vetro smerigliato a doppio battente, una sega a motore gemeva affondando nel legno.

Agli ascensori, prima di poter accedere alla quiete rarefatta dove Lucy trascorreva le sue giornate, Wesley dovette sottoporsi nuovamente all'esame dell'impronta digitale. In sostanza, il secondo piano era una sorta di scatola cranica climatizzata che racchiudeva un cervello artificiale. Pareti e moquette erano color grigio chiaro, lo spazio suddiviso in maniera precisa, come in una vaschetta per il ghiaccio. Ogni cubicolo conteneva due scrivanie modulari corredate di lucidi computer, stampanti laser e risme di carta. Trovarla fu facile: Lucy era l'unica analista in tenuta da fatica dell'FBI.

Era di schiena e stava parlando in una cuffia telefonica, mentre con una mano azionava una penna ottica su una tavoletta elettronica e con l'altra digitava su una tastiera. Se non avessi saputo già tutto, avrei pensato che stesse componendo musica.

«No, no» disse. «Un *bip* lungo seguito da due corti. Probabilmente allora si tratta di un problema a livello di monitor, forse della scheda video.»

Ruotò sulla poltroncina girevole e con la coda dell'occhio si accorse della nostra presenza.

«Sì, se è solo un *bip* corto cambia tutto» spiegò al misterioso interlocutore telefonico. «In questo caso sarebbe un problema di schede di sistema. Senti, Dave, posso richiamarti fra un po'?»

In quel momento notai un altro scanner biometrico sulla sua scrivania, mezzo sepolto sotto una pila di carte. Accatastati sul pavimento e su uno scaffale sopra la sua testa c'erano voluminosi manuali di programmazione, scatole di dischetti e cassette, montagne di riviste d'informatica e una varietà di pubblicazioni rilegate in azzurro con lo stemma del Dipartimento di giustizia.

«Ho pensato che potevi mostrare a tua zia il lavoro a cui ti stai dedicando» esordì Wesley.

Lucy si tolse la cuffia, e sinceramente non saprei dire se fosse davvero felice di vederci.

«Be', adesso come adesso sono nei pasticci fino al collo» disse. «Abbiamo un paio di 486 che continuano a dare messaggi d'errore.» Poi, a mio esclusivo beneficio, aggiunse: «Stiamo usando i PC per elaborare il nuovo Crime Artificial Intelligence Network, o CAIN».

«*CAIN?*» Ero stupita. «Bell'acronimo per un sistema che va a caccia di criminali violenti.»

«Magari potresti considerarlo come l'estremo atto di contrizione da parte del primo assassino della storia» propose Wesley. «O forse è solo che per questo progetto ci vuole uno del mestiere.»

«Fondamentalmente,» proseguì Lucy «vorremmo che il CAIN diventasse un sistema automatizzato in grado di emulare il più possibile il mondo reale.»

«In altre parole,» sintetizzai io «dovrebbe comportarsi, agire e pensare come noi.»

«Esatto.» Riprese a battere sulla tastiera. «Il tipo di rapporto a cui sei abituata tu è questo.»

Sullo schermo apparvero le ben note domande contenute nelle quindici pagine del formulario che da anni compilavo ogni volta che mi trovavo davanti a corpi non identificati o vittime di aggressori che probabilmente avevano già colpito in passato e che sarebbero tornati a colpire in futuro.

«L'abbiamo condensato un po'.» Lucy fece scorrere le videate.

«Sì, ma il vero problema non è mai stato il modulo in sé,» precisai «bensì fare in modo che l'investigatore in questione lo compilasse e ce lo mandasse.»

«Bene, adesso invece potrà scegliere» si intromise Wesley. «Si potrà installare uno stupido terminale nella stazione di distretto e sedersi a compilare il formulario online; oppure, per il vero luddista, ci sarà sempre la cara vecchia carta, che, come al solito, potrà essere spedita o faxata.»

«Stiamo anche studiando nuove tecniche di riconoscimento calligrafico» continuò Lucy. «I taccuini computerizzati potranno essere utilizzati da qualsiasi agente mentre si trova in macchina, in sala ritrovo alla centrale o in attesa nei corridoi di un tribunale. E qualsiasi cosa riportabile su supporto cartaceo, testi o altro, potrà essere inserito nel sistema.

«La fase interattiva scatta quando il CAIN trova qualcosa o ha bisogno di altre informazioni. Perché allora potrà comunicare direttamente con l'interessato via modem o inviargli dei messaggi a voce o tramite posta elettronica.»

«È un potenziale enorme» rincarò Wesley.

In realtà, sapevo perché mi aveva portata lì. Quel cubicolo sembrava lontano anni luce dagli uffici in prima linea nelle città, dalle rapine alle banche, dalla droga: Wesley voleva convincermi che, lavorando per il Bureau, Lucy sarebbe stata al sicuro. Però io la sapevo lunga, perché conoscevo bene le imboscate tese dalla mente umana.

Le pagine bianche che mia nipote mi mostrava al suo computer puro e innocente si sarebbero ben presto riempite di nomi e descrizioni fisiche che avrebbero dato uno spessore reale alla violenza del mondo. Avrebbe creato un database destinato a trasformarsi in una discarica di membra e cadaveri, di torture, armi e ferite. E un giorno anche lei avrebbe cominciato a udire quelle grida silenziose, a immaginarsi i volti delle vittime in mezzo alla folla in cui camminava.

«Suppongo che queste novità oltre che agli agenti serviranno anche a noi» dissi a Wesley.

«Ovviamente i medici legali faranno parte del network.»

Lucy ci mostrò altre schermate, continuando a elogiare nuove meraviglie con parole oscure anche per me. I computer erano la moderna Babele, avevo deciso: più si alzava il livello tecnologico, più aumentava la confusione linguistica.

«La caratteristica dei linguaggi di quarta generazione per ricerche strutturate è questa» stava spiegando adesso. «Sono più dichiarativi che orientativi, nel senso che l'utente specifica l'oggetto cui vuole accedere tramite database piuttosto che il modo in cui desidera ottenere l'accesso.»

Mi ero distratta a guardare una donna che avanzava nella nostra direzione. Statura alta, andatura aggraziata ma energica, un lungo camice le sventolava intorno alle ginocchia mentre rimescolava lentamente con un pennello in un piccolo barattolo di alluminio.

«Abbiamo già stabilito su cosa lo faremo girare alla fine?» Wesley proseguiva la sua chiacchierata con mia nipote. «Un mainframe?»

«In realtà la tendenza è verso un ridimensionamento dei data base in ambiente client/server. Hai presente, i mini, i LAN. Insomma, diventa tutto più piccolo.»

La donna entrò nel nostro cubicolo e, quando sollevò la testa, il suo sguardo incrociò il mio restandovi incollato per un'intensa frazione di secondo, prima di staccarsi e scivolare nuovamente via.

«Era forse in programma qualche riunione di cui non ero al corrente?» si informò con un sorriso freddo, mentre appoggiava il barattolo sulla scrivania. Avevo la netta sensazione che la nostra presenza la infastidisse.

«Scusami, Carrie, ma il nostro progetto dovrà aspettare un po'» rispose Lucy. Poi aggiunse: «Credo tu conosca già Benton Wesley. Questa è la dottoressa Scarpetta, mia zia. E questa è Carrie Grethen».

«Piacere di conoscerla» mi disse Carrie, ma i suoi occhi continuavano a turbarmi.

La guardai sedersi al suo posto e lisciarsi con gesto automatico i lunghi capelli castani, raccolti in uno chignon démodé. Doveva avere circa trentacinque anni, e la pelle liscia, gli occhi scuri e i lineamenti finemente scolpiti del viso le conferivano una bellezza notevole quanto rara.

Quando aprì il cassetto di uno schedario, notai l'ordine che contraddistingueva il suo spazio di lavoro rispetto a quello di mia nipote; Lucy era troppo presa dal suo mondo esoterico per preoccuparsi di dove metteva un libro o riponeva una risma di carta. Nonostante la sua indiscutibile intelligenza, era rimasta la ragazzina di un tempo, che masticava gomma e viveva in mezzo alla confusione più totale.

«Lucy?» disse Wesley. «Perché non fai fare un giretto a tua zia?»

«Certo.» Con aria riluttante, uscì da una videata e si alzò.

«Allora, Carrie, spiegami meglio qual è il tuo ruolo, qui» sentii dire a Benton mentre ci allontanavamo.

Lucy si girò a guardarli per un istante, e l'emozione che vidi lampeggiare nei suoi occhi mi colpì profondamente.

«Quello che vedrai in quest'area si spiega già da solo» esordì, tesa e preoccupata. «Persone e stazioni di lavoro, nient'altro.»

«Tutti impegnati nel VICAP?»

«A occuparci del CAIN siamo solo in tre. La maggior parte delle attività di questo piano è di natura tattica.» Un'altra occhiata alle sue spalle. «Tattica nel senso che utilizza i computer per far sì che determinate attrezzature operino meglio. Come certi dispositivi elettronici di raccolta e alcuni robot del Crisis Response o dell'HRT.»

Ci dirigemmo verso una stanza protetta da un'altra serratura biometrica, dalla parte opposta dell'edificio, ma era chiaro che la sua mente era rivolta altrove.

«Solo pochi di noi hanno il permesso di entrare qui dentro» disse, appoggiando il pollice destro e digitando il proprio numero di identificazione personale. La porta metallica si aprì su una sala refrigerata in cui erano ordinatamente disposti monitor, stazioni di lavoro e decine di modem con le spie lampeggianti. Fasci di cavi spuntavano dal retro delle attrezzature, scomparendo sotto il pavimento sopraelevato, e su alcuni monitor balenavano brillanti volute azzurrine che proclamavano con orgoglio la parola CAIN. Così come l'aria, anche la luce artificiale era fredda e cristallina.

«Qui vengono immagazzinati tutti i dati relativi alle impronte digitali» mi spiegò Lucy.

«Rilevate dalle serrature?» Mi guardai intorno.

«Rilevate dagli scanner che vedi in giro preposti al controllo dell'accesso fisico e alla sicurezza dei dati.»

«E questo sistema così sofisticato è un'invenzione dell'ERF?»

«Diciamo che qui lo stiamo potenziando e cerchiamo di individuare eventuali guasti e punti deboli. È il progetto di ricerca in cui sto annaspando adesso. C'è ancora molto da fare.»

Si chinò su un monitor, per regolare la luminosità dello schermo.

«Prima o poi riusciremo a immagazzinare anche i dati provenienti dall'esterno, e ogni volta che la polizia arresterà qualcuno e utilizzerà dei sistemi di scanning elettronico per la rilevazione delle impronte,» proseguì «questi dati verranno direttamente convogliati nel CAIN, e se la persona sospettata ha commesso altri crimini lasciando impronte latenti già registrate dal sistema, si risolverà tutto nel giro di pochi secondi.»

«Immagino che in qualche modo tutto questo sarà collegato con i vari sistemi di identificazione dattiloscopica automatizzata nel paese.»

«Nel paese e magari nel mondo. L'obiettivo è far sì che tutte le strade portino in un unico punto: qui.»

«Anche Carrie sta lavorando al progetto CAIN?»

Lucy sembrò colta in contropiede. «Sì.»

«Quindi è una delle tre persone.»

«Esatto.»

Di fronte alla sua apparente reticenza, spiegai: «Mi ha colpito, mi è sembrata strana».

«Immagino siano tutti un po' strani, qui dentro» fu la sua risposta.

«Da dove viene?» insistetti, poiché mi era bastato un attimo per provare antipatia nei confronti di quella ragazza. Non sapevo ancora il perché.

«Dallo stato di Washington.»

«È simpatica?»

«È molto competente.»

«Sì, ma non hai risposto alla mia domanda.» Le sorrisi.

«Sai, io cerco di non pensare troppo alla personalità della gente che lavora qui. Ma perché sei così curiosa?» Aveva assunto un tono difensivo.

«Sono curiosa perché lei mi ha incuriosito» dissi semplicemente.

«Zia Kay, vorrei tanto che la smettessi di essere così protettiva nei miei confronti. Anche se, data la tua professione, è inevitabile che tu pensi sempre il peggio sul conto di tutti.»

«D'accordo. Suppongo sia anche inevitabile, data la mia professione, che io pensi sempre che sono tutti morti» ribattei in tono asciutto.

«Che idiozia.»

«È solo che speravo tu avessi conosciuto qualcuno di simpatico.»

«Mi piacerebbe anche che la smettessi di preoccuparti se ho o non ho amici.»

«Io non voglio interferire con la tua vita, Lucy. Ti chiedo solo di stare attenta.»

«No, non chiedi solo questo. Tu interferisci eccome.»

«Be', non intenzionalmente.» Lucy era in assoluto la persona che riusciva a farmi arrabbiare di più.

«Invece sì. In realtà non vorresti che io fossi qui.»

Delle parole che dissi a quel punto mi pentii già mentre le pronunciavo. «Certo che lo voglio, invece. Sono stata io a farti avere questo maledetto periodo di pratica interna.»

Si limitò a fissarmi.

«Scusami, Lucy. Scusami, davvero. Non litighiamo, per favore.» Abbassai la voce e le appoggiai una mano sul braccio.

Lei si sottrasse al contatto. «Devo andare a controllare delle cose.»

Con mia grande meraviglia se ne andò, così, di punto in bianco, lasciandomi sola in quella stanza di massima sicurezza tanto arida e fredda quanto lo era diventato il nostro incontro. Sui video si succedevano ondate di colore, e luci e numeri digitali rossi e verdi pulsavano mentre nella mia testa i pensieri andavano lentamente alla deriva, trasportati da un fruscio di sottofondo. Lucy era l'unica figlia della mia irresponsabile e unica sorella, Dorothy, e io non avevo figli. Ma questo non bastava a spiegare l'amore che provavo per lei.

Comprendevo il suo segreto pudore nato dall'isolamento e dall'abbandono, e sotto la mia lucida corazza indossavo la stessa veste di dolore. Occupandomi delle sue ferite, curavo le mie: ma questo non potevo dirglielo. Uscii richiudendo con cura la porta, e certo a Wesley non sfuggì il mio ritorno solitario; né Lucy ricomparve in tempo per salutarmi.

«Che cosa è successo?» volle sapere mentre rientravamo in Accademia.

«Un'altra delle nostre divergenze d'opinione, purtroppo» dissi.

Mi lanciò un'occhiata. «Un giorno o l'altro ricordami di parlarti delle mie divergenze d'opinione con Michelle.»

«Se esiste un corso per diventare una buona madre o una buona zia, credo che dovrei iscrivermi. Anzi, avrei dovuto farlo molto tempo fa. Mi sono semplicemente permessa di chiederle se qui aveva fatto amicizia con qualcuno, e lei si è arrabbiata.»

«Cos'è che ti preoccupa?»

«Se ne sta sempre per conto suo.»

Benton aveva l'aria perplessa. «Hai fatto spesso allusioni di questo genere. Ma, per essere sincero, a me non sembra proprio un tipo solitario.»

«Che vuoi dire?»

Ci fermammo per lasciar passare alcune macchine. Il sole era ormai basso e mi scaldava la nuca, Wesley si era tolto la giacca e l'aveva ripiegata sul braccio.

Mi sfiorò un gomito, facendomi segno che potevamo attraversare. «Qualche sera fa ero al Globe and Laurel, e ho visto Lucy con un'amica. Credo fosse Carrie Grethen, ma non posso dirlo con certezza. In ogni caso, sembrava proprio che si divertissero.»

La mia sorpresa non sarebbe stata più grande se Benton mi avesse confidato che Lucy aveva dirottato un aereo.

«E più di una volta ha fatto le ore piccole in sala mensa. Il fatto è che tu vedi solo un lato di tua nipote, Kay, e tutti i genitori, o chi per loro, restano sorpresi quando scoprono che ne esiste anche un altro che a loro sfugge.»

«Il lato di cui stai parlando mi è totalmente sconosciuto» dissi, e non mi sentivo affatto sollevata. L'idea che esistessero parti di lei a me ignote non faceva altro che sconcertarmi ancora di più.

Continuammo a camminare in silenzio; poi, raggiunto l'ingresso, gli chiesi: «Benton, non è che per caso beve?».

«L'età per farlo ce l'ha.»

«Questo lo so.»

Stavo per continuare, quando la mia ansia venne bruscamente messa a tacere dallo scatto repentino con cui Wesley si voltò sganciandosi il cercapersone dalla cintura. Lo sollevò per controllare il numero di provenienza della chiamata, e immediatamente lo vidi rabbuiarsi.

«Forza, scendiamo nell'unità e vediamo cos'è successo» mi disse.

3

Quando Wesley lo richiamò, alle diciotto e ventinove minuti, il tenente Hershel Mote non riuscì a dominare una sfumatura isterica nella voce.

«Dove si trova?» gli chiese di nuovo Benton.

«In cucina.»

«Tenente Mote, si calmi e mi dica esattamente dove si trova.»

«Sono nella cucina dell'agente Max Ferguson. Non posso crederci. Non ho mai visto niente del genere.»

«È solo o c'è qualcuno con lei?»

«Sono solo. A parte quello che c'è di sopra, gliel'ho già detto. Ho chiamato il coroner e qualcuno che venga a prenderlo.»

«Non si agiti, tenente» ribadì Wesley, con l'impassibilità che gli era propria in questi casi.

Dal vivavoce sentii il respiro affannoso di Mote.

«Tenente Mote?» gli dissi. «Sono la dottoressa Scarpetta. Lasci tutto esattamente come si trova.»

«Oh, Dio» gemette. «L'ho toccato...»

«D'accordo...»

«Quando... quando sono entrato io... il Signore abbia pietà, non potevo proprio lasciarlo lì così.»

«D'accordo» lo rassicurai. «Ma che nessun altro lo faccia.»

«E il coroner?»

«Neanche lui.»

Gli occhi di Wesley erano puntati su di me. «Noi partiamo subito. Nel giro di poche ore saremo lì. Nel frattempo, lei si sieda e non si muova.»

«Sì, signore. Mi siederò qui e aspetterò che mi passino questi dolori al petto.»

«Dolori al petto? Quando sono cominciati?»

«Appena l'ho trovato. Ha cominciato subito a farmi male.»

«Ne aveva mai sofferto in precedenza?»

«Non che mi ricordi. Non così.»

«Me li descriva con precisione» dissi, allarmata.

«Sono proprio al centro del petto.»

«E il dolore si è esteso anche alle braccia o al collo?»

«No, signora.»

«Ha le vertigini? Suda?»

«Sto sudando un po'.»

«Le fa male a tossire?»

«Non ho ancora tossito. Non lo so.»

«Ha mai avuto problemi di cuore o di pressione alta?»

«Non che io sappia.»

«Fuma?»

«Lo sto facendo.»

«Mi ascolti bene, tenente. Voglio che adesso spenga la sigaretta e cerchi di calmarsi. Sono preoccupata perché mi rendo conto che ha subito un forte shock: lei è un fumatore e, visti i sintomi, in questo momento le sue coronarie stanno correndo un brutto rischio. Considerata la distanza che ci separa, la prego di chiamare un'ambulanza, d'accordo?»

«Ma i dolori si stanno un po' calmando... e poi tra poco dovrebbe arrivare il medico legale... insomma, è pur sempre un dottore.»

«Jenrette?» chiese Wesley.

«È l'unico della zona.»

«Preferirei che non trascurasse questo disturbo, tenente Mote» ribadii in tono fermo.

«No, signora, non lo trascurerò.»

Benton prese nota di alcuni indirizzi e numeri di telefono, quindi riappese e fece un'altra chiamata.

«Pete Marino è sempre lì fuori che corre?» chiese all'agente che gli rispose. «Gli dica che è urgentissimo. Si prepari una borsa con il cambio per qualche giorno e ci raggiunga immediatamente all'HRT. Gli spiegherò tutto di persona.»

«Senti, vorrei che venisse anche Katz» gli dissi, mentre si alzava dalla scrivania. «Nel caso in cui la situazione non fosse quella che sembra, potremmo avere bisogno di ricorrere ai vapori per cercare le impronte.»

«Buona idea.»

«Dubito però che a quest'ora lo troverai alla Fabbrica dei corpi. Magari prova col cercapersone.»

«D'accordo, vedrò se riesco a rintracciarlo» disse. Katz era un mio collega di Knoxville.

Quando, quindici minuti più tardi, raggiunsi l'ingresso, trovai Wesley già in attesa con una borsa a tracolla. Io avevo fatto appena in tempo a sostituire le décolleté con un paio di scarpe più comode e a mettere insieme lo stretto indispensabile, valigetta medica compresa.

«Il dottor Katz sta partendo adesso da Knoxville» mi annunciò Benton. «Ci incontreremo sul posto.»

La notte calava sotto una falce di luna lontana e gli alberi stormivano nel vento con un rumore di pioggia battente. Risalimmo il viale di fronte al blocco Jefferson e attraversammo la strada che separava il complesso di edifici dell'Accademia da una distesa di uffici operativi e poligoni di tiro. Non lontana da noi, fra gli alberi, i barbecue e i tavoli da picnic della zona smilitarizzata, scorsi una figura familiare così fuori luogo, lì, che per un attimo pensai di aver preso un abbaglio. Poi ricordai che Lucy mi aveva raccontato delle sue occasionali e meditative passeggiate serali, e sentii il cuore balzarmi in petto alla consolante prospettiva di porgerle le mie scuse.

«Benton,» dissi «torno subito.»

Il mormorio della conversazione mi raggiunse mentre mi avvicinavo ai margini della boscaglia, e per qualche strano motivo pensai che mia nipote stesse parlando da sola. Se ne stava appollaiata su un tavolo ed ero già sul punto di chiamarla, quando mi accorsi che in realtà un'altra persona era seduta accanto a lei, più in basso, sulla panca. Erano così vicine, che sembravano formare un unico profilo. Mi paralizzai all'ombra di un pino alto e folto.

«Perché tu continui a farlo» stava dicendo Lucy in un tono ferito che conoscevo molto bene.

«No, perché tu continui a pensare che io lo stia facendo.» La voce dell'altra donna era dolce e suadente.

«Be', e allora tu non darmene l'occasione.»

«Senti, Lucy, perché non cerchiamo di passare oltre? Per favore.»

«Dammene una, dai.»

«Preferirei che tu non cominciassi.»

«Non sto cominciando. Voglio solo fare un tiro.»

Udii lo sfrigolio di un fiammifero che veniva acceso, poi una minuscola fiammella bucò l'oscurità. Per un attimo intravidi il profilo illuminato di mia nipote che si sporgeva verso l'amica, la cui faccia restò invece nascosta. La punta della sigaretta brillò mentre se la passavano dall'una all'altra. Mi girai, allontanandomi in silenzio.

Quando lo ebbi raggiunto, Wesley riprese a camminare a lunghi passi. «Qualcuno che conoscevi?»

«Così credevo» risposi.

Superammo in silenzio alcuni campi di tiro deserti, con le loro file di bersagli e le sagome in acciaio eternamente sull'attenti. Più in là, una torre di controllo si ergeva al di sopra di un edificio interamente costruito con pneumatici, dove i membri dell'HRT, i Berretti Verdi, si esercitavano in manovre ad armi cariche. Un Bell JetRanger bianco e blu aspettava sull'erba come un insetto addormentato, mentre il pilota parlava con Marino.

«Ci siamo tutti?» si informò al nostro arrivo.

«Sì. Grazie, Whit» rispose Wesley.

Whit, un perfetto esemplare di maschio virile in tenuta di volo nera, aprì i portelli dell'elicottero aiutandoci a salire. Allacciammo le cinture, Marino e io sui sedili posteriori, Wesley su quello davanti, quindi indossammo le cuffie, mentre le pale cominciavano a ruotare e il motore si scaldava.

Qualche minuto più tardi la terra scura era già

lontana sotto i nostri piedi e noi ci innalzavamo al di sopra dell'orizzonte, con le bocchette di ventilazione aperte e le luci della cabina spente. Le voci rimbalzavano a intermittenza dalle cuffie alle nostre orecchie. Facemmo subito rotta a sud, verso una minuscola cittadina di montagna dove c'era stata un'altra vittima.

«Non poteva essere arrivato a casa da molto» commentò Marino. «Sappiamo se...?»

«No.» La voce di Wesley gracchiò dal sedile del secondo pilota. «È partito da Quantico subito dopo la riunione. Si è imbarcato al National all'una in punto.»

«A che ora è atterrato ad Asheville?»

«Intorno alle quattro e mezzo. Per le cinque forse era già a casa.»

«A Black Mountain?»

«Esatto.»

«Mote lo ha trovato alle sei» dissi io.

«Cristo.» Marino si girò dalla mia parte. «Ferguson deve avere cominciato a masturbarsi appena arrivato...»

«Se volete possiamo mettere della musica» intervenne il pilota.

«Volentieri.»

«Che genere?»

«Classica.»

«Merda, Benton.»

«Sei in minoranza, Pete.»

«Ferguson non era rincasato da molto. Su questo non c'è dubbio, qualsiasi cosa sia successa dopo» ripresi io, mentre le note di Berlioz si diffondevano nelle cuffie.

«Ha tutta l'aria di un incidente. Una pratica autoerotica finita male. Ma non si sa ancora niente.»

Marino mi diede una gomitata. «Hai un'aspirina?»

Frugai nella borsa, al buio, quindi estrassi una minitorcia dalla valigetta medica e ripresi a cercare. Quando gli feci segno che non potevo aiutarlo, Marino biascicò un paio di commenti profani, e soltanto allora mi accorsi che indossava ancora i pantaloni della tuta, la maglia con il cappuccio e gli scarponi che aveva in Hogan's Alley. Assomigliava a un allenatore avvinazzato di qualche squadra di terz'ordine, e io non resistetti alla tentazione di illuminare alcune eloquenti macchie di vernice rossa sulla sua schiena e sulla spalla sinistra. Lo avevano colpito.

«Sì, be', avresti dovuto vedere gli altri» risuonò improvvisa la sua voce nelle cuffie. «Ehi, Benton. Hai un'aspirina?»

«Mal d'aria?»

«No, mi sto divertendo troppo per pensarci» rispose Marino, che odiava volare.

Le condizioni meteorologiche erano favorevoli. Procedendo a una velocità di circa centocinque nodi, l'elicottero si apriva tranquillamente un varco nella notte serena. Sotto di noi le macchine scivolavano come occhiuti zanzaroni d'acqua, mentre le luci della civiltà tremolavano fra gli alberi simili a piccoli fuochi. Se soltanto i miei nervi non fossero stati tesi come corde di violino, quella vibrante oscurità avrebbe potuto accompagnarmi dolcemente nel sonno. Ma il mio cervello era in fermento, le immagini si affollavano, le domande restavano senza risposta.

Rividi il faccino di Lucy, la curva delicata della

sua mascella e della sua guancia, mentre si chinava verso il fiammifero tra le mani a coppa dell'amica. Le loro voci emozionate mi riecheggiavano nella memoria, e non capivo la ragione del mio stupore, perché dovessi sentirmi così coinvolta. Mi chiesi fino a che punto Wesley fosse informato. Mia nipote si trovava a Quantico dall'inizio del semestre autunnale: lui l'aveva avuta sotto gli occhi molto più a lungo di me.

Arrivammo alle montagne senza incontrare raffiche di vento, e per un po' la terra mi parve un'unica distesa nera come la pece.

«Saliamo a quota millequattrocento» annunciò la voce del pilota. «Tutto bene là dietro?»

«Immagino sia vietato fumare» rispose Marino.

Alle nove e dieci il cielo color inchiostro era punteggiato di stelle, la catena delle Blue Ridge appariva come un oceano corvino gonfio e silenzioso. Seguimmo le ombre fitte delle foreste, piegando infine dolcemente verso un edificio in mattoni che immaginai essere una scuola. Oltre un angolo, in corrispondenza di un campo da football, i fari delle macchine della polizia e alcuni segnali luminosi dai riflessi ramati rischiaravano con zelo eccessivo la nostra zona d'atterraggio. Iniziammo la discesa, mentre dalla pancia del Bell JetRanger si irradiava il potente fascio da trenta milioni di candele del Nightsun. Whit ci depositò a terra con la dolcezza di un gabbiano.

«Home of the Warhorses» lesse Benton su alcune bandiere drappeggiate lungo il recinto. «Spero stiano giocando una stagione migliore della nostra.»

Mentre le pale rallentavano il loro turbinio, anche Pete guardò fuori dal finestrino. «Non vado a una partita del liceo da quando avevo l'età per parteciparvi.»

«Non sapevo che avessi giocato a football» dissi.

«Certo. Numero dodici.»

«Posizione?»

«Tight end.»

«Ti ci vedo.»

«Qui siamo a Swannanoa» ci informò Whit. «Black Mountain è un po' più a est.»

Ad accoglierci furono proprio due agenti in uniforme della polizia di Black Mountain. Sembravano troppo giovani sia per avere la patente, sia per portare armi, erano pallidi e si sforzavano di non guardarci con troppa insistenza. Sembrava che fossimo atterrati da un'astronave, avvolti da una girandola di luci e da una calma ultraterrena. Non sapevano cosa fare di noi né cosa stesse accadendo nella loro cittadina, così l'ultimo tratto di strada in macchina si svolse nel più completo silenzio.

Poco dopo parcheggiavamo in una stradina angusta, intasata da mezzi di soccorso e delle forze dell'ordine con le luci lampeggianti e i motori accesi. Contai tre macchine di pattuglia oltre alla nostra, un'ambulanza, due autopompe, due vetture prive di contrassegni e una Cadillac.

«Fantastico» mormorò Marino, chiudendo la portiera. «Ci sono proprio tutti. Manca solo mio zio.»

Il nastro di delimitazione della scena del delitto andava dalle colonnine della veranda fino ad alcuni cespugli, aprendosi a ventaglio su entrambi i lati della casa a due piani. Sul vialetto di ghiaia una Ford Bronco era posteggiata davanti a una Skylark da cui spuntavano le antenne radio della polizia.

«Le auto appartenevano a Ferguson?» chiese Wesley, mentre salivamo i gradini di cemento.

«Sì, signore, quelle lì sul vialetto erano sue» replicò l'agente. «Adesso si trova lassù, dove c'è la finestra d'angolo.»

Quando mi vidi davanti all'improvviso il tenente Mote, sulla porta d'ingresso, provai una sensazione di sgomento: era chiaro che non aveva seguito i miei consigli.

«Come si sente?» gli chiesi.

«Tengo duro.» Dal sollievo che manifestò nel vederci, quasi quasi mi sarei aspettata un abbraccio. Il suo volto però era grigio. Un alone di sudore gli rigava il colletto della camicia di cotone e gli luccicava sulla nuca e sulla fronte. I suoi abiti erano intrisi di fumo di sigaretta.

Ci trattenemmo nell'atrio, con la schiena rivolta verso le scale che portavano al secondo piano.

«È stato fatto qualcosa?» domandò Wesley.

«Il dottor Jenrette ha scattato delle foto, parecchie, ma non ha toccato nulla. Se avete bisogno di lui, è fuori che parla con gli uomini della squadra.»

«Ho visto molte macchine» intervenne Marino. «Dove sono finiti tutti quanti?»

«Un paio di ragazzi sono in cucina. Altri due stanno ispezionando il giardino e il boschetto sul retro.»

«Ma non sono saliti, giusto?»

Mote emise un lungo sospiro. «Insomma, va bene, non posso mettermi a raccontar storie proprio a voi. Sì, sono saliti e hanno dato un'occhiata. Però hanno tenuto le mani a posto, questo ve lo garantisco. L'unico a essersi avvicinato è stato Jenrette.»

Si avviò sui primi gradini. «Max è... è... Oh, al

diavolo.» Si fermò e si girò a guardarci, gli occhi colmi di lacrime.

«Non ho ancora capito bene come ha fatto a scoprirlo» disse Marino.

Ricominciammo a salire, mentre Mote lottava per darsi un contegno. Il pavimento era ricoperto dalla stessa moquette color rosso scuro che avevo visto al piano di sotto, le pareti erano rivestite con pannelli di pino laccato color miele.

Si schiarì la voce. «Questo pomeriggio, verso le sei, ho fatto un salto per vedere se Max aveva voglia di uscire a cena. Poiché non è venuto ad aprirmi, ho pensato che fosse sotto la doccia o qualcosa del genere, così sono entrato.»

«Aveva mai notato nulla che potesse lasciar intuire abitudini di questo tipo?» si informò delicatamente Wesley.

«No, signore» rispose Mote con trasporto. «Non riesco a capire. Non riesco proprio a capire… Be', certo, a volte si sente parlare di persone che ricorrono a strane attrezzature. Io non so, non so a cosa potesse servire.»

«Nella masturbazione, il laccio a capestro ha lo scopo di esercitare una pressione sulla carotide» spiegai. «In questo modo si comprime l'afflusso di ossigeno e sangue al cervello, il che dovrebbe favorire l'orgasmo.»

«Lo chiamano anche "andare mentre si viene"» puntualizzò Marino con il suo proverbiale tatto.

Mote ci lasciò proseguire da soli verso una porta illuminata in fondo al corridoio.

L'agente Max Ferguson aveva una camera da letto maschile e modesta, con una cassettiera in legno di pino e una rastrelliera piena di carabine e fucili da caccia appesa sopra una scrivania con avvolgibile. Pistola, portafoglio, distintivo e documenti e una confezione di preservativi Rough Rider erano appoggiati sul comodino accanto al letto con piumone; l'abito che indossava a Quantico quella mattina era ordinatamente ripiegato su una sedia, con le scarpe e le calze per terra lì vicino.

A metà strada tra il bagno e l'armadio c'era uno sgabello da bar, a pochi centimetri dal suo corpo sul quale era stata stesa una coloratissima coperta all'uncinetto. Sopra la sua testa, un cavo di nylon tranciato pendeva da un gancio avvitato nel soffitto di legno. Dalla valigetta medica estrassi un termometro e un paio di guanti. Mentre rimuovevo la coperta da quello che doveva essere stato il peggior incubo di tutta la vita di Ferguson, sentii Marino imprecare sottovoce. La prospettiva di una pallottola non gli avrebbe fatto altrettanta paura, ne ero sicura.

Giaceva riverso, con un enorme reggiseno nero imbottito di calze dall'odore vagamente muschiato. Gli slip neri di nylon erano abbassati intorno alle ginocchia pelose, e un preservativo gli penzolava ancora dal pene ormai floscio. Alcune riviste sparse lì attorno rivelavano la sua predilezione per le donne legate, con seni straordinariamente rigonfi e capezzoli grandi quanto piattini da caffè.

Esaminai il laccio di nylon stretto intorno alla salvietta che gli fasciava il collo. Il cavo, vecchio e spelacchiato, era stato tagliato appena sopra l'ottavo giro di un cappio perfetto. Aveva gli occhi semichiusi, la lingua sporgente.

«L'attuale posizione del corpo quadra con l'ipotesi che fosse seduto sullo sgabello?» Marino guardò il segmento di corda ancora appeso al soffitto.

«Sì» risposi.

«Quindi si stava masturbando ed è scivolato?»

«O forse prima ha perso conoscenza e poi è scivolato» dissi.

Marino andò verso la finestra e si chinò su un bicchiere pieno di un liquido ambrato che si trovava sul davanzale. «Bourbon» sentenziò. «Liscio o quasi.»

La temperatura rettale era di trentotto gradi, come c'era da aspettarsi se Ferguson era morto circa cinque ore prima in quella stanza e il suo corpo era rimasto coperto. Nelle fasce muscolari minori si era già instaurato il *rigor mortis*. Il preservativo era di quelli con le borchie, con un grosso serbatoio ancora asciutto. Andai a controllare la confezione sul comodino: ne mancava uno, ed effettivamente nel cestino dei rifiuti in bagno trovai la relativa bustina color porpora.

«Interessante» commentai, mentre Marino apriva i cassetti in camera.

«Cosa?»

«Avrei detto che il preservativo se lo fosse messo mentre era già legato.»

«Infatti.»

«E allora la bustina non avrebbe dovuto essere vicino al corpo?» La ripescai dai rifiuti, toccandola il meno possibile, e la infilai in un raccoglitore di prove in plastica.

Visto che Marino non replicava, aggiunsi: «Be', immagino dipenda tutto da quando si è tirato giù gli slip. Forse prima di mettersi il cappio».

Tornai in camera. Marino se ne stava a quattro zampe di fianco alla cassettiera e fissava il corpo con un misto di incredulità e disgusto.

«E dire che avevo sempre pensato che la cosa peggiore fosse tirare le cuoia seduti sul cesso» commentò.

Guardai il gancio ad anello piantato nel soffitto: impossibile dire da quanto tempo fosse lì. Stavo per chiedere a Marino se aveva trovato altro materiale pornografico, quando trasalimmo nell'udire un pesante tonfo in corridoio.

«Che diavolo…?» esclamò lui.

Si lanciò fuori dalla porta, e io dietro di lui.

Il tenente Mote era crollato vicino alle scale, cadendo a faccia in giù sulla moquette e giaceva immobile. Quando mi inginocchiai al suo fianco e lo voltai, era già livido.

«Ha un arresto cardiaco! Chiama quelli dell'ambulanza!» Gli tirai in avanti la mascella, per evitare un'ostruzione delle vie respiratorie.

Quindi, mentre i passi di Marino rimbombavano giù per le scale, appoggiai le dita sulla carotide di Mote: nessun battito. Gli premetti il torace, ma il suo cuore si ostinava a non rispondere. Iniziai a praticargli la rianimazione cardiopolmonare, comprimendogli il torace una, due, tre, quattro volte, quindi gli rovesciai la testa all'indietro e gli insufflai dell'aria nella bocca. Il petto si sollevò. Ricominciai: uno, due, tre, quattro, aria.

Mantenni un ritmo di sessanta pressioni al minuto, mentre il sudore mi colava dalle tempie e il mio stesso battito cardiaco accelerava all'impazzata. Mi facevano male le braccia, le sentivo già indurirsi come sassi, quando finalmente allo scoccare del terzo minuto udii i passi affrettati del personale paramedico e della polizia salire su per le scale. Qualcuno mi afferrò per il gomito tirandomi da parte. Delle mani guantate estrassero dei lacci, presero un flacone e attaccarono una flebo. Udii voci che urlavano ordini e annunciavano ogni operazione nell'impietosa foga tipica degli interventi di salvataggio e delle sale di pronto soccorso.

Mentre mi appoggiavo al muro cercando di recuperare il fiato, notai un giovane basso, con i capelli biondi, in grottesca tenuta da golf, che osservava il trambusto dal pianerottolo. Dopo aver lanciato diverse occhiate nella mia direzione, si fece timidamente avanti.

«Dottoressa Scarpetta?»

Dalla fronte in giù, evidentemente risparmiata dalla visiera di un cappello, il suo viso appariva ustionato dal sole. Mi venne in mente che poteva essere il proprietario della Cadillac parcheggiata davanti a casa.

«Sì?»

«James Jenrette» disse, confermando i miei sospetti. «Si sente bene?» Estrasse un fazzoletto accuratamente piegato e me lo offrì.

«Sì, grazie. Sono felice che lei sia qui» risposi in tono sincero, visto che non me la sentivo nel modo più assoluto di affidare Mote alle cure di qualcuno che non fosse un medico. «Potrebbe occuparsi del tenente Mote?» Mi asciugai la faccia e il collo, con le braccia che mi tremavano ancora.

«Certamente. Andrò con lui in ospedale.» Quindi mi porse il suo biglietto da visita. «Nel caso in cui avesse bisogno di me, mi chiami pure al cercapersone.»

«Effettuerà l'autopsia su Ferguson domattina?» gli chiesi.

«Sì. Se desidera assistere, è la benvenuta. Poi potremo parlare di questa faccenda.» Lanciò un'occhiata nel corridoio.

«Ci sarò. Grazie.» Riuscii persino a sorridergli.

Jenrette seguì la barella verso l'uscita, e io tornai nella camera in fondo al corridoio. Dalla finestra guardai le luci rosse che pulsavano sanguigne sulla strada, mentre Mote veniva caricato sull'ambulanza. Mi chiedevo se ce l'avrebbe fatta. Alle mie spalle avvertii la presenza di Ferguson con il suo preservativo flaccido e il reggiseno imbottito: niente di tutto questo mi sembrava reale.

I portelloni posteriori sbatterono. Prima di iniziare i loro soliti ululati, le sirene sbottarono quasi in segno di protesta. Non mi resi conto che Marino era entrato nella stanza fin quando mi toccò un braccio.

«Katz è di sotto» mi informò.

Mi voltai lentamente. «Avremo bisogno di un'altra squadra di soccorso» dissi.

4

Da molto tempo ormai esisteva la possibilità teorica di rilevare le impronte digitali dalla pelle umana. Tuttavia le probabilità di riuscita erano sempre state così remote da far desistere la maggioranza di noi da qualsiasi tentativo.

A causa della sua plasticità e porosità, infatti, la pelle costituisce una superficie complessa, senza contare l'azione di fattori esterni quali l'umidità, la peluria e le sostanze oleose. Nel caso, peraltro raro, in cui un'impronta si trasferisca con precisione dall'aggressore alla vittima, i dettagli relativi alle creste cutanee sono troppo delicati per resistere a lungo nel tempo o all'esposizione agli agenti atmosferici.

Il dottor Thomas Katz era un illustre scienziato forense che aveva dedicato gran parte della carriera allo studio e alla ricerca di questi indizi altamente elusivi. Era inoltre un vero esperto nello stabilire il momento esatto del decesso, su cui indagava con estrema perizia utilizzando metodi e strumenti sconosciuti alla maggioranza degli addetti ai lavori. Il suo laboratorio era noto con il nome di Fabbrica dei corpi, e io ci ero andata varie volte.

Era un uomo di piccola statura, con occhi azzurri

e simpatici, una gran massa di capelli bianchi e un volto straordinariamente benevolo se si pensava a tutte le atrocità che doveva avere visto. Quando lo raggiunsi in cima alle scale, aveva con sé un ventilatore portatile da finestra, una cassetta degli attrezzi e qualcosa che sembrava una sezione di tubo per aspirapolvere dotato di strani accessori. Marino lo seguiva con i restanti pezzi di quello che Katz chiamava il suo "sparpagliatore di cianoacrilato", in pratica una scatola di alluminio con doppio coperchio fornita di una piastra riscaldabile e di una ventola da computer: per mettere a punto quel marchingegno, di per sé abbastanza semplice, aveva trascorso centinaia di ore di lavoro nel suo garage di East Tennessee.

«Dove siamo diretti?» mi chiese.

«Nella stanza in fondo al corridoio.» Lo liberai del ventilatore da finestra. «Com'è andato il viaggio?»

«Ho trovato più traffico di quanto sperassi. Raccontami cos'è stato fatto al corpo.»

«Lo hanno tirato giù e gli hanno steso sopra una coperta di lana. Non l'ho ancora esaminato.»

«Prometto che non ci metterò molto. Adesso che ho eliminato la tenda, è tutto più facile.»

«Che vuol dire, *la tenda*?» Marino varcò la soglia della camera con espressione accigliata.

«Prima coprivo il cadavere con una specie di tenda di plastica, sotto la quale effettuavo l'irrorazione. Ma l'eccesso di vapore rischiava di congelare la pelle. Kay, fissa pure il ventilatore a quella finestra.» Katz si guardò intorno. «Potrei avere bisogno anche di un catino pieno d'acqua. È un locale piuttosto secco.»

Lo misi al corrente di quello che avevamo scoperto fino ad allora.

«Avete motivo di pensare che possa trattarsi di qualcosa di diverso da un'asfissia autoerotica accidentale?»

«A parte le circostanze contingenti,» dissi «no.»

«Stava lavorando al caso di quella bambina, la piccola Steiner.»

«È questo che intendiamo per circostanze contingenti» puntualizzò Marino.

«È finito su tutti i giornali.»

«Stamattina a Quantico avevamo avuto una riunione proprio per discutere del caso» aggiunsi io.

«E appena se ne torna qui, guarda cosa gli capita.» Katz lanciò un'occhiata pensosa al cadavere. «Sapete, la settimana scorsa abbiamo trovato una prostituta in un cassonetto della spazzatura: siamo riusciti a rilevare una buona impronta dalla caviglia. Era morta da quattro o cinque giorni.»

«Kay?» Wesley comparve sulla soglia della porta. «Posso parlarti un momento?»

«E avete usato questo aggeggio anche per lei?» La voce di Marino ci seguì in corridoio.

«Sì. Aveva le unghie smaltate, anche loro si stanno dimostrando alquanto utili.»

«Per cosa?»

«Per le impronte.»

«Dove metto questo?»

«Oh, non importa. Irrorerò tutta la stanza. Mi spiace, ma sporcherò in giro.»

«Non credo che avrà modo di lamentarsi.»

In cucina, al piano inferiore, notai una sedia accanto al telefono: probabilmente era lì che Mote ci aveva aspettati per ore. Per terra c'erano un bicchiere d'acqua e un posacenere zeppo di mozziconi.

«Da' un'occhiata» esordì Wesley, da sempre abituato a cercare gli indizi più strani nei posti più strani.

Aveva riempito le due vasche del lavello con le scorte di cibo prelevate dal freezer. Mi avvicinai mentre apriva un pacchetto piccolo e piatto, avvolto in carta da freezer bianca: all'interno c'erano dei pezzi di carne congelata e raggrinzita, secchi lungo i bordi e simili a pergamena cerosa e ingiallita.

«È possibile che mi sbagli?» Il suo tono era cupo.

«Dio santo, Benton» mormorai, esterrefatta.

«Erano nel freezer, sopra a tutto il resto: trita di manzo, pezzi di maiale, pizza.» Con un dito inguantato indicò altri pacchetti. «Speravo mi dicessi che era pelle di pollo. Magari la usava per pescare, o chissà che altro.»

«Non ci sono fori d'impianto delle penne, e i peli sono troppo fini, come quelli umani.»

Benton tacque.

«Dobbiamo metterli nel ghiaccio secco e portarli via con noi» dissi.

«Non ripartiremo certo stasera.»

«Prima riusciremo a effettuare i test immunologici, prima sapremo se sono resti umani. L'esame del DNA ci dirà a chi appartengono.»

Rimise il pacchetto nel freezer. «Dobbiamo cercare se ci sono eventuali impronte.»

«Faremo analizzare la carta esterna in laboratorio» confermai.

«Bene.»

Risalimmo le scale. Il mio cuore non accennava a placarsi. In fondo al corridoio, Marino e Katz attendevano davanti alla porta chiusa. Avevano fatto passare un tubo attraverso il buco dove prima c'era la maniglia, e il ronzante marchingegno stava ora pompando vapori di Super Glue nella camera da letto di Ferguson.

Visto che Wesley aveva omesso di citare la cosa più ovvia, fui costretta a prendere l'iniziativa. «Senti, Benton, io però non ho notato segni di morsicature o altre tracce che qualcuno avrebbe potuto voler rimuovere.»

«Lo so» disse.

«Abbiamo quasi finito» annunciò Katz, mentre ci avvicinavamo. «In una stanza di queste dimensioni, bastano meno di cento gocce.»

«Pete,» disse Wesley «abbiamo un altro problema.»

«Pensavo che per oggi avessimo già raggiunto la quota massima» rispose lui, fissando il tubo che continuava a pompare veleno al di là della porta.

«Così dovrebbe bastare» riprese Katz, come sempre refrattario agli umori di chi lo circondava. «Adesso devo solo eliminare le esalazioni con il ventilatore. Ci vorranno ancora due minuti.»

Aprì la porta, e noi indietreggiammo. La zaffata che ci investì non parve infastidirlo minimamente.

«Secondo me questa roba lo manda su di giri» commentò Marino, mentre Katz entrava.

«Ferguson conservava in freezer della carne che sembrerebbe umana.» Wesley sapeva andare dritto al punto.

«Scusa? Ti spiace ripetere?» esclamò Pete con aria sbigottita.

«Non so di che cosa si tratti» aggiunse Benton, mentre nella stanza la ventola cominciava a ruotare sibilando. «Quello che so è che abbiamo un investigatore morto che conservava nel freezer delle prove incriminanti nascoste fra le pizze e gli hamburger. E che abbiamo un altro agente colpito da infarto. E una ragazzina di undici anni assassinata.»

«Cristo santissimo» grugnì Marino, paonazzo.

«Spero vi siate portati abbastanza vestiti per potervi fermare qualche giorno» terminò Wesley.

«Cristo santissimo» ripeté Pete. «Quel maledetto figlio di puttana.»

Mi fissò dritto negli occhi: sapevo a cosa stava pensando. Una parte di me sperava che si sbagliasse, ma se non si trattava di un altro dei perfidi giochi di Gault, l'alternativa non era certo migliore.

«La casa ha un seminterrato?» mi informai.

«Sì» rispose Wesley.

«E magari anche un congelatore di grosse dimensioni?»

«In giro non ne ho visti. Ma non sono ancora sceso.»

Katz spense la ventola nella camera da letto. Quindi aprì la porta e ci fece segno di entrare.

«Ragazzi, e chi la tira più via 'sta roba?» esclamò Marino guardandosi intorno.

Asciugandosi, il Super Glue diventa bianco e duro come il cemento. Nella stanza, ogni superficie appariva ricoperta da un sottile strato di brina, compreso il corpo di Ferguson. Servendosi di una torcia, Katz illuminò di traverso alcuni segni sulle pareti, sui mobili, sui davanzali delle finestre e sui fucili sopra la scrivania. Ma solo uno di questi lo indusse a inginocchiarsi per guardare meglio.

«Il nylon» mormorò allora il nostro scienziato pazzo, in preda all'estasi, sporgendosi sul corpo in corrispondenza degli slip di Ferguson «è un'ottima superficie per le impronte perché è un tessuto a trama fitta. Sento una specie di profumo.»

Fece scivolare via la guaina di plastica dal suo pennellino, e le setole si aprirono sbocciando come un anemone di mare. Dopo avere svitato il coperchio di un barattolo di polvere magnetizzata Delta Orange, evidenziò con una spolverata un'impronta latente perfetta lasciata da qualcuno sulle mutandine nere e lucide della vittima. Intorno al collo di Ferguson si erano intanto già materializzate alcune impronte parziali, alle quali Katz applicò della polvere nera di contrasto: sfortunatamente, le creste cutanee erano troppo poco nitide per poter servire a qualcosa. La brina che tappezzava la stanza mi dava una sensazione di freddo.

«Naturalmente, questa impronta sugli slip potrebbe essere sua» commentò pensoso lo scienziato, continuando il suo lavoro. «L'avrà lasciata mentre se li tirava giù. Forse aveva le mani sporche: i preservativi in genere sono lubrificati, e il grasso è un ottimo veicolo di impronte. Vi servono?» Si riferiva alle mutande.

«Sì, mi dispiace» dissi.

Annuì. «D'accordo. Scatterò delle foto.» Estrasse la macchina fotografica. «Però vorrei averle, quando voi avrete finito. A meno che non usiate le forbici, le impronte resisteranno. È questo il bello del Super Glue: non lo togli neanche con la dinamite.»

«Hai ancora molto da fare, qui, per stasera?» mi chiese Weslèy, e capii che era ansioso di andarsene.

«Vorrei controllare se c'è qualcosa che potrebbe andare distrutto nel trasporto, e occuparmi di quello che hai trovato nel freezer. Inoltre, sarebbe il caso di dare un'occhiata nel seminterrato.»

Annuendo, si rivolse a Marino: «Perché intanto tu non provvedi a isolare la casa?».

Quel compito non parve elettrizzarlo.

«Comunica a tutti che dovrà restare sotto sorveglianza ventiquattr'ore su ventiquattro» aggiunse quindi in tono fermo.

«Il problema è che in questa città non hanno abbastanza uniformi per fare niente ventiquattr'ore su ventiquattro» rispose Marino in tono risentito, uscendo dalla stanza. «Quel maledetto bastardo ha fatto fuori mezzo dipartimento di polizia.»

Katz sollevò la testa per parlare, con il pennello sospeso a mezz'aria: «Mi sembra che abbiate le idee molto chiare su chi state cercando».

«Non c'è niente di sicuro» rispose Wesley.

«Thomas, devo chiederti un altro favore» intervenni io. «Tu e il dottor Shade dovreste fare un esperimento per me alla Fabbrica dei corpi.»

«Il dottor *Shade*?» ripeté Wesley con aria interrogativa.

«Lyall Shade è un antropologo dell'Università del Tennessee» spiegai.

«E quando?» chiese Katz sostituendo il rullino della macchina fotografica.

«A partire da subito, se possibile. Ci vorrà una settimana.»

«Corpi freschi o vecchi?»

«Freschi.»

«Si chiama veramente così?» insistette Wesley.

Fu Katz a rispondergli, mentre scattava una foto. «Sì. Si scrive L-Y-A-L-L. Era il nome del suo bisnonno, un medico della guerra civile.»

5

Per accedere al seminterrato di Max Ferguson bisognava scendere alcuni gradini di cemento che si trovavano sul retro della casa, e dall'accumulo di foglie che il vento aveva spazzato alla loro base, dedussi che nessuno vi era passato di recente. Da quanto tempo, però, impossibile stabilirlo: l'autunno era ormai inoltrato, da quelle parti. Quando Wesley provò ad aprire la porta, altre foglie calarono su di noi in una spirale silenziosa, come ceneri sparse dalle stelle.

«Dovrò rompere il vetro» disse, forzando di nuovo la maniglia che illuminavo per lui con una torcia elettrica.

Infilando una mano sotto la giacca estrasse dalla fondina ascellare la sua Sig Sauer nove millimetri, quindi abbassò con un gesto deciso il calcio della pistola sul pannello di vetro al centro della porta. Sebbene fossi preparata, il rumore del vetro che andava in frantumi mi fece trasalire e per un attimo mi aspettai di veder sbucare dalle tenebre qualche poliziotto. Ma il vento non portava con sé echi di voci né di passi, così mi ritrovai a immaginare il terrore esistenziale che doveva aver colto Emily Steiner prima di morire. Ovunque ciò fosse avvenuto, nessuno l'aveva sentita gridare, nessuno era andato a salvarla.

Minuscole schegge di vetro rimaste conficcate nella cornice luccicarono, mentre Wesley inseriva lentamente il braccio nell'apertura fino a raggiungere la serratura interna.

«Maledizione» sbottò, appoggiandosi contro la porta. «Il chiavistello dev'essere arrugginito.»

Si sporse ulteriormente con il braccio, per cercare una presa migliore, e stava ancora armeggiando quando all'improvviso il chiavistello cedette e la porta si spalancò di colpo, risucchiando Wesley attraverso l'apertura. Cadendo, diede un calcio alla torcia elettrica che avevo in mano, la quale rimbalzò sul cemento rotolando via e spegnendosi. Mi sentii investire da una folata di aria gelida e viziata, mentre all'interno Wesley si muoveva sul pavimento facendo scricchiolare i vetri.

«Tutto bene?» gli chiesi, avanzando a tentoni nel buio. «Benton?»

«Cristo» borbottò con voce tremante. Si rimise in piedi.

«Tutto bene?»

«Non posso crederci, maledizione.» La sua voce si allontanava.

Nuovi scricchiolii di vetro, mentre lui procedeva a tentoni contro il muro, quindi un rumore sordo e metallico, come di una latta di vernice colpita da un piede. L'improvviso accendersi di una lampadina che penzolava nuda dal soffitto mi costrinse a strizzare gli occhi per un momento, e quando li riaprii misi a fuoco un Benton sporco e sanguinante.

«Aspetta, fammi vedere.» Gli presi delicatamente

il polso sinistro, mentre lui si guardava intorno, ancora accecato. «È meglio andare in ospedale» dissi, esaminando alcune brutte lacerazioni sul palmo della sua mano. «Ci sono schegge di vetro conficcate nelle ferite, avrai bisogno di qualche punto di sutura.»

«Ci sei già tu, come dottore.» Si fasciò con un fazzoletto che immediatamente si tinse di rosso.

«Ci vuole un ospedale» ripetei, notando che il sangue cominciava a colare anche dagli strappi nel pantalone sinistro.

«Odio gli ospedali.» Dietro la facciata stoica, il dolore gli liquefaceva gli occhi come la febbre. «Diamo una controllata qui dentro, e poi ce ne andremo. Ti prometto che nel frattempo non morirò dissanguato.»

Mi chiesi dove accidenti fosse Marino.

A quanto pareva, l'agente Ferguson non aveva messo piede nel seminterrato da anni; né, del resto, vedevo alcuna ragione per cui avrebbe dovuto farlo, a meno che non avesse avuto un debole per la polvere, le ragnatele, gli attrezzi da giardinaggio arrugginiti e le moquette marce. Il pavimento e le pareti di cemento erano solcati da rivoletti d'acqua, e dal numero di grilli morti che notai sparsi in giro intuii che fra quelle mura dovevano essercene accampate intere legioni. Guardammo in tutti gli angoli, ma nulla lasciava pensare che Emily Steiner fosse mai stata là dentro.

«Io ho visto abbastanza» sentenziò a un tratto Wesley, il cui sangue aveva ormai disegnato un cerchio completo sul pavimento.

«Benton, credo che dovremmo fare qualcosa per la tua emorragia.»

«Qualcosa tipo?»

«Guarda un momento da quella parte.» Gli feci segno di girarsi.

Mi obbedì senza fare domande, e io mi tolsi rapidamente le scarpe, tirai su la gonna e mi sfilai i collant.

«Okay. Adesso dammi il braccio» gli dissi.

Lo ancorai saldamente fra il mio gomito e il fianco, come avrebbe fatto qualsiasi medico in circostanze analoghe, e cominciai a bendargli la mano ferita. Sentivo i suoi occhi puntati su di me e all'improvviso fui conscia del suo respiro che mi sfiorava i capelli, del suo braccio contro il mio seno, e un'ondata di calore mi corse su per il collo, così palpabile che temetti potesse avvertirla anche lui. Incredula e disorientata, terminai in fretta e furia quella fasciatura improvvisata e mi allontanai di qualche passo.

«Dovrebbe reggere finché non troveremo un posto dove potrò fare qualcosa di più serio» dissi, evitando di incrociare il suo sguardo.

«Grazie, Kay.»

«Immagino sia lecito chiederti quale sarà la nostra prossima tappa» proseguii in un tono cortese che mascherava la mia agitazione. «A meno che tu non intenda dormire in elicottero.»

«Ho incaricato Pete di occuparsi del problema.»

«Ti piace vivere pericolosamente, eh?»

«Non fino a questo punto.» Spense la luce e uscì senza nemmeno cercare di richiudere la porta.

La luna sembrava un medaglione d'oro spaccato in due, circondato dall'alone blu della notte. Attraverso i rami di alberi lontani brillavano le luci delle case; mi chiesi se gli abitanti della zona avessero già appreso della morte di Ferguson. Sulla strada trovammo Marino seduto in una macchina della polizia di Black Mountain, che stava fumando una sigaretta, con una cartina geografica aperta in grembo. La luce di cortesia era accesa, e il giovane agente al volante non sembrava più rilassato di quanto ci era apparso al campo da football alcune ore prima.

«Ehi, che diavolo ti è successo?» domandò subito Pete. «Hai deciso di prendere a pugni una finestra?»

«Più o meno» rispose Wesley.

Lo sguardo di Marino passò dai collant che fasciavano la mano di Wesley alle mie gambe nude. «Questa sì che è una novità» borbottò. «Peccato non l'abbiano insegnato anche a me alle esercitazioni di pronto soccorso.»

«Dove sono le nostre borse?» chiesi, ignorandolo.

«Nel bagagliaio, signora» rispose l'agente.

«Il qui presente agente T.C. Baird farà il buon samaritano e ci porterà al Travel-Eze, dove il vostro fedelissimo ha già provveduto a fissare delle camere» insistette Marino nello stesso tono indisponente. «Tre stanze di lusso a trentanove e novantanove: mi hanno fatto uno sconto perché siamo piedipiatti.»

«Io non sono una piedipiatti.» Gli lanciai un'occhiataccia.

Gettò il mozzicone di sigaretta fuori dal finestrino. «Tranquilla, capo: quando sei in buona, lo sembri anche tu.»

«Lo stesso vale per te.»

«Sbaglio, o era un insulto?»

«No, sei tu che mi hai insultato. Non avevi nessun bisogno di falsificare i miei dati per ottenere uno sconto, né per altre ragioni» ribattei. Per quanto mi riguardava, ero un funzionario con incarico governativo soggetto a regole ben precise. Marino sapeva perfettamente che non potevo permettermi alcun compromesso, visto che avevo dei nemici. E molti, anche.

Wesley aprì la portiera posteriore della macchina. «Dopo di te» mi disse in tono pacato. «Novità sul tenente Mote?» chiese quindi all'agente Baird.

«È in terapia intensiva, signore.»

«E le sue condizioni?»

«Non troppo buone, signore. Almeno per adesso.»

Benton si accomodò di fianco a me, appoggiandosi delicatamente la mano fasciata sulla coscia. «Dovremo parlare con un bel po' di gente, Pete.»

«Sì, be', mentre voi due eravate in cantina a giocare al dottore, io ho cominciato già a darmi da fare.» Sollevò un blocco e sfogliò alcune pagine ricoperte di appunti illeggibili.

«Possiamo andare?» si informò Baird.

«Certo» rispose Wesley. Anche lui cominciava a perdere la pazienza con Marino.

La luce di cortesia venne spenta e l'auto si mise in cammino. Per un po', mentre percorrevamo strade buie e sconosciute con l'aria frizzante di montagna che entrava dai finestrini appena abbassati, Marino, Benton e io discutemmo come se il giovane agente non fosse presente. A grandi linee decidemmo la strategia da adottare il mattino seguente: io avrei assistito il dottor Jenrette nell'autopsia di Max Ferguson, mentre Marino sarebbe andato a parlare con la madre di Emily Steiner. Wesley sarebbe invece tornato in elicottero a Quantico, portando con sé i tessuti rinvenuti nel freezer della casa. A seconda dei risultati così ottenuti, avremmo quindi stabilito le mosse successive.

Quando arrivammo in vista del Travel-Eze Motel, sulla U.S. 70, con l'insegna al neon che spiccava gialla contro lo sfondo scuro e compatto, erano ormai quasi le due di notte. Personalmente non avrei potuto provare maggior sollievo se mi avessero trovato alloggio in un Four Seasons, finché alla reception non ci comunicarono che il ristorante era chiuso, il servizio in camera già terminato e che non esisteva bar. Anzi, il portiere di notte ci informò nel suo accento del North Carolina che a quell'ora avremmo fatto molto meglio a pensare alla colazione che ci aspettava, invece che rimuginare sulla cena saltata.

«Lei sta scherzando» sbottò Marino, mentre nuvole temporalesche gli oscuravano già il viso. «Se non mangio qualcosa, mi si rivoltano le budella.»

«Sono molto spiacente, signore.» Il portiere era solo un ragazzino dalle guance rosee e i capelli gialli come l'insegna del motel. «Però abbiamo distributori automatici su ogni piano.» Sollevò un dito. «E a meno di due chilometri da qui c'è un Mr. Zip.»

«Il nostro autista se n'è appena andato.» Marino lo fissò intensamente. «Non penserà che voglia farmi due chilometri a piedi a quest'ora di notte per arrivare in chissà quale bettola chiamata *Mr. Zip*?»

Il sorriso si congelò sulle labbra del ragazzo e la paura gli brillava negli occhi mentre guardava me e Wesley in cerca di rassicurazione. Ma anche noi eravamo troppo esausti per essergli d'aiuto, e quando Benton appoggiò sul banco la mano avvolta nei collant sanguinolenti, l'espressione del giovane si trasformò in autentico terrore.

«Signore! Ha bisogno di un medico?» La voce gli salì di un'ottava e si spezzò.

«Mi basta la chiave della camera, grazie» rispose lui.

Il portiere allora si voltò e prelevò da tre gancetti attigui altrettante chiavi, lasciandone cadere due sul pavimento. Quando si chinò per raccoglierle, fu il turno della terza. Finalmente ce le depositò davanti, con i numeri delle stanze impressi nei relativi medaglioni di plastica abbastanza in grande da essere letti anche a venti passi di distanza.

«Mai sentito parlare di misure di sicurezza, eh?» bofonchiò Marino, come se avesse odiato il ragazzo fin dal giorno della sua nascita. «Dovreste scrivere il numero della camera su un pezzo di carta da porgere *con riservatezza* al cliente, in modo tale che il primo pazzo che passa non sappia dove tiene il Rolex e la moglie. Nel caso non foste informati, solo un paio di settimane fa avete avuto un omicidio, da queste parti.»

Ammutolito, il ragazzo guardò Marino sollevare la chiave come fosse una prova schiacciante.

«Niente chiave del minibar? Nel senso che a quest'ora possiamo scordarci anche di bere un goccio in camera?» Poi, alzando ulteriormente la voce: «Non mi risponda: posso fare a meno di avere altre brutte notizie».

Seguimmo il marciapiede che conduceva all'edificio centrale del piccolo motel, accompagnati dai bagliori azzurrini degli schermi televisivi e dalle ombre che si muovevano dietro le tendine leggere delle finestre. Quell'alternanza di porte rosse e verdi mi rammentava gli alberghi e le case di plastica del Monopoli. Infine salimmo a un secondo piano e trovammo le nostre camere: la mia era ordinata e accogliente, il televisore fissato al muro, i bicchieri e il secchiello per il ghiaccio avvolti in sacchetti di plastica sterile.

Marino si rifugiò nella sua tana senza nemmeno augurarci la buonanotte e sbattendosi la porta alle spalle con un pizzico di energia di troppo.

«Cosa diavolo lo rode?» commentò Wesley, seguendomi in camera.

Ma io non avevo nessuna voglia di parlare di Marino, ragion per cui accostai una sedia a uno dei due letti e annunciai: «Prima di tutto, dobbiamo pulire le ferite».

«Non senza un analgesico.»

Uscì a riempire il secchiello del ghiaccio ed estrasse dalla borsa un quinto di Dewar's. Mentre versava da bere per entrambi, stesi un asciugamano sul letto e vi appoggiai delle pinze, alcune confezioni di Betadine in garze e dei punti da sutura in nylon del 5-0.

«Farà male, vero?» Mi guardò, buttando giù una sorsata abbondante di scotch.

Infilai gli occhiali. «Un male cane. Vieni.» Mi diressi verso il bagno.

Trascorremmo i successivi minuti vicino al lavandino, fianco a fianco, mentre io gli lavavo le ferite con acqua calda e sapone. Cercai di essere più delicata possibile, e lui non si lamentò, ma sentivo i muscoli della sua mano contrarsi senza sosta. Quando guardai la sua faccia riflessa nello specchio, vidi che era pallido e sudato. Cinque lacerazioni gli solcavano il palmo come altrettante bocche spalancate.

«Fortuna che non ti sei tagliato l'arteria radiale» commentai.

«Ah, guarda, non sai come mi sento fortunato in questo momento.»

Lanciando un'occhiata al suo ginocchio, aggiunsi: «Siediti lì». Abbassai il coperchio del gabinetto.

«Devo togliermi i pantaloni?»

«L'alternativa è tagliarli.»

Si sedette. «Tanto sono già rovinati.»

Presi un bisturi e incisi il tessuto di lana leggera, mentre lui restava fermo immobile con la gamba tesa. Il taglio sul ginocchio era profondo; depilai la zona circostante e la lavai accuratamente, dopo aver steso un paio di asciugamani sul pavimento per evitare di spargere acqua e sangue dappertutto. Mentre lo riaccompagnavo in camera, zoppicò verso la bottiglia di scotch e si riempì di nuovo il bicchiere.

«A proposito,» dissi «grazie per il pensiero, ma prima di entrare in sala operatoria non bevo mai.»

«Ti sono grato, Kay.»

«Sì, e fai bene.»

Tornò a sedersi sul letto e io avvicinai la sedia. Aprii un paio di pacchettini in alluminio di Betadine e cominciai a tamponargli le ferite.

«Cristo santo» sibilò a denti stretti. «Ma cos'è, acido per batterie?»

«Una soluzione antibatterica allo iodio per uso topico.»

«E te la porti sempre in giro nella valigetta?»

«Sì.»

«Non sapevo che i tuoi pazienti avessero bisogno di cure da pronto soccorso.»

«Purtroppo no, infatti. Ma può sempre servire.» Presi le pinze. «A me o a qualcun altro... a te, per esempio.» Estrassi una scheggia di vetro e la depositai sull'asciugamano. «So che la cosa ti stupirà, agente speciale Wesley, ma anch'io ho iniziato la mia carriera occupandomi dei vivi.»

«E quando hanno cominciato a morire?»

«Immediatamente.»

Un'altra minuscola scheggia. Benton si irrigidì.

«Stai fermo» gli dissi.

«Allora, che cos'ha Marino? Ultimamente è insopportabile.»

Appoggiai sull'asciugamano altre due scagliette di vetro, tamponando il sangue con la garza. «Ti suggerirei di bere un altro sorso.»

«Perché?»

«Con le schegge ho finito.»

«Ah, allora si festeggia.» Aveva un tono estremamente sollevato.

«Non ancora.» Mi chinai per esaminare da vicino la mano: avevo fatto un ottimo lavoro. Quindi aprii una confezione di punti da sutura.

«Niente Novocaina?» protestò lui.

«Occorrono così pochi punti, che ti farebbe più male l'anestesia» gli spiegai in tono calmo, afferrando l'ago con le pinze.

«Preferirei lo stesso un po' di Novocaina.»

«Be', non ne ho. Senti, è meglio che non guardi. Vuoi che ti accenda la tv?»

Distolse stoicamente lo sguardo, rispondendomi con le mascelle serrate: «Sbrigati».

Non emise un solo gemito di protesta, ma ogni volta che gli sfioravo la mano e la gamba lo sentivo tremare. Quando alla fine cominciai a medicarlo con il Neosporin e la garza, inspirò profondamente e si rilassò.

«Sei un ottimo paziente.» Gli diedi un paio di colpetti sulla spalla, rialzandomi.

«Mia moglie la pensa altrimenti.»

Non ricordavo da quanto tempo non lo sentivo più parlare di Connie chiamandola per nome e, nelle rare occasioni in cui la nominava, sembrava solo alludere di sfuggita a una forza ineluttabile, come la gravità.

«Andiamo a sederci fuori e finiamo i nostri drink» propose.

Il balcone su cui si affacciava la mia camera in realtà girava intorno a tutto il secondo piano ed era in comune con le altre stanze. I pochi ospiti ancora svegli, tuttavia, erano troppo lontani per sentirci. Wesley prese due sedie di plastica e le avvicinò. Dato che non avevamo un tavolino, appoggiammo i bicchieri e la bottiglia di scotch per terra.

«Vuoi ancora ghiaccio?» mi chiese.

«Va bene così.»

Aveva spento la luce in camera e le sagome degli alberi davanti a noi, appena visibili oltre il balcone, sembravano danzare all'unisono. Sulla statale, in lontananza, correvano minuscoli e sporadici fari.

«In una scala da uno a dieci, che voto daresti a questa orribile giornata?» esordì con voce tranquilla nell'oscurità.

Esitai. Di giornate orribili ne avevo conosciute tante, nella mia carriera. «Diciamo sette?»

«Ponendo che dieci sia il peggio del peggio.»

«Fino a oggi, non ho mai conosciuto un dieci.»

«Come dovrebbe essere?» Sentii che mi stava guardando.

«Non lo so» risposi per scaramanzia, temendo

che nominare il peggio potesse in qualche modo attirare altre disgrazie.

Benton rimase in silenzio per un po', e mi domandai se non stesse per caso pensando all'uomo che avevo amato e che era stato il suo migliore amico. Quando Mark venne assassinato a Londra, qualche anno prima, avevo creduto che al mondo non potesse esistere dolore più grande. Oggi, speravo di non essermi sbagliata.

«Non mi hai risposto, Kay» riprese.

«Ti ho detto che non lo so.»

«No, non hai risposto a un'altra domanda. Mi riferisco a Marino. Che cos'ha?»

«Immagino che sia molto infelice» dissi.

«È sempre stato infelice.»

«Ho detto *molto*.»

Fece una pausa.

«Marino non ama i cambiamenti» continuai allora.

«Intendi la promozione?»

«La promozione, e quello che sta succedendo a me.»

«Vale a dire?» Riempì ancora i nostri bicchieri, sfiorandomi con il braccio.

«La posizione che ho assunto nei confronti della tua unità rappresenta un cambiamento importante.»

Invece di approvare o dissentire, lasciò che andassi avanti.

«È come se percepisse uno spostamento nel mio asse di alleanze.» Ero consapevole di esprimermi in termini sempre più vaghi. «Questo è destabilizzante per lui, voglio dire.»

Wesley continuò a rimanere silenzioso, e i cubetti di ghiaccio tintinnavano nel bicchiere mentre sorbiva il suo drink. Sapevamo entrambi molto bene in cosa risiedesse parte del problema di Marino, ma nessuno di noi ne era responsabile. Semplicemente, era qualcosa che Marino intuiva.

«Credo che a frustrarlo sia la sua vita privata» disse Benton. «È solo.»

«Secondo me sono entrambe le cose.»

«Vedi, ha passato trent'anni e più con Doris, e all'improvviso si ritrova senza di lei. Non sa come cavarsela, non ha idea di come si faccia a vivere da soli.»

«Non ha neanche mai affrontato il fatto che lei se ne sia andata. È ancora tutto lì, in attesa che una scintilla esterna lo faccia esplodere.»

«Il che mi preoccupa. Mi sono chiesto spesso quale potrebbe essere questa scintilla.»

«Doris gli manca. Credo ne sia ancora innamorato.» La notte e l'alcol mi immalinconivano. Raramente riuscivo a restare arrabbiata a lungo con Marino.

Wesley si accomodò meglio sulla sedia. «Immagino che questo varrebbe un bel dieci. Almeno per me.»

«Se Connie ti lasciasse?» Lo guardai.

«Se perdessi qualcuno che amo. Un figlio con cui ho un cattivo rapporto. Senza poter arrivare a una conclusione.» Guardava dritto davanti a sé, il profilo affilato appena illuminato dalla luna. «Forse mi prendo in giro da solo, ma credo che potrei sopportare qualunque cosa, a patto che vi fosse una vera risoluzione, una fine che mi liberasse dal passato.»

«Non ce ne liberiamo mai.»

«Non del tutto, su questo sono d'accordo.» Continuò a guardare davanti a sé. «Marino prova dei sentimenti per te e non sa come comportarsi, Kay. Credo sia sempre stato così.»

«È meglio che sentimenti del genere restino dove sono.»

«Adesso sei molto dura.»

«No, non è durezza, la mia. È solo che non vorrei mai farlo sentire rifiutato.»

«E cosa ti fa pensare che non si senta già così?»

«Niente.» Sospirai. «Anzi, credo che in questi giorni ne stia soffrendo abbastanza.»

«La parola giusta è gelosia.»

«Gelosia nei tuoi confronti.»

«Ti ha mai invitata fuori?» proseguì Wesley, come se non avesse udito la mia ultima frase.

«Mi ha portata al ballo della polizia.»

«Uhm. Allora è grave.»

«Non scherzare, Benton.»

«Non stavo scherzando» si difese lui. «I suoi sentimenti mi stanno a cuore, e tu lo sai.» Fece una pausa. «Anzi, li capisco molto bene.»

«Anch'io.»

Mise il bicchiere per terra.

«Credo che farei meglio a cercare di dormire un paio d'ore» dissi, senza muovermi.

Si sporse verso di me, appoggiando la mano sana sul mio polso. Aveva le dita gelate dal bicchiere. «Whit mi riporterà a Quantico all'alba.»

Avrei voluto prendergli la mano e stringerla nella mia. Avrei voluto accarezzargli il viso.

«Mi dispiace doverti lasciare.»

«Ho solo bisogno di una macchina» risposi, con il cuore che mi batteva forte.

«Chissà se è possibile affittarne una, da queste parti. Magari all'aeroporto?»

«Ecco perché sei diventato un agente dell'FBI: perché riesci sempre a calcolare tutto.»

Le sue dita scesero lentamente fino alla mia mano. Cominciò ad accarezzarmi con il pollice. Avevo sempre saputo che un giorno sarebbe successo. Quando mi aveva chiesto di entrare come consulente nella sua unità, ero consapevole del pericolo. E avrei potuto rispondergli di no.

«Stai soffrendo molto?» gli chiesi.

«Soffrirò domattina, per colpa degli strascichi.»

«È già domattina.»

Mi abbandonai contro lo schienale della sedia e chiusi gli occhi, mentre lui mi toccava i capelli. Sentii il suo viso avvicinarsi, le sue dita sfiorarmi la gola, poi le sue labbra. Mi toccò come se quello fosse sempre stato il suo unico desiderio, mentre l'oscurità dilagava nella mia mente e le mie vene erano percorse da vampate di luce. Ci baciammo. Baci rubati come il fuoco. Sapevo che quello era il peccato imperdonabile a cui non ero mai riuscita a dare un nome, ma non mi importava.

Lasciammo i vestiti dov'erano caduti e andammo a letto. Trattammo le sue ferite con il dovuto rispetto, senza lasciarci però intimidire, e facemmo l'amore finché l'alba iniziò a sbiadire il profilo dell'orizzonte. Dopo, restai seduta in veranda a osservare il sole che spuntava da dietro le montagne colorando le foglie. Immaginai il suo elicottero che si sollevava e volteggiava nell'aria leggero come un ballerino.

6

In centro, di fronte alla stazione Esso, c'era la Chevrolet di Black Mountain, dove l'agente Baird depositò Marino e me alle sette e quarantacinque del mattino.

Evidentemente la polizia locale aveva già fatto sapere alla cittadinanza che i federali erano arrivati e che alloggiavano "in segreto" al Travel-Eze. Sebbene non mi sentissi affatto una celebrità, quando ripartimmo a bordo di una Caprice fiammante color argento non mi sentivo nemmeno una perfetta sconosciuta: l'intero staff di impiegati dell'autosalone era uscito in strada a guardarci.

«Ehi, ho sentito che qualcuno ti chiamava *Quincy*» commentò Marino, aprendo una confezione di temibili cracker aromatizzati alla carne.

«Mi hanno affibbiato anche nomi peggiori. Hai idea di quanti grassi e quanto sodio stai mettendoti nello stomaco?»

«Sì, circa un terzo di quello che sto mangiando. Me ne sono rimasti tre e non intendo lasciarne neanche una briciola. Se la memoria recente non ti funziona, ti ricordo che ieri sera non ho cenato.»

«Non hai nessun bisogno di essere scortese.»

«Quando sono a corto di cibo e di sonno, lo divento.»

Evitai di dirgli che, in quanto a sonno, ero messa peggio di lui, ma sospettavo che in un modo o nell'altro lo sapesse già. Quel mattino non mi aveva ancora guardato negli occhi, e intuivo che dietro la sua irritabilità si celasse una profonda tristezza.

«Non ho chiuso occhio» proseguì. «In quel cesso si sentono tutti i rumori.»

Abbassai la mascherina del parabrezza, sperando che quel gesto alleviasse un po' il mio imbarazzo, quindi accesi la radio e continuai a cambiare stazione finché non trovai un pezzo di Bonnie Raitt. Sulla macchina noleggiata da Marino stavano installando una ricetrasmittente e uno scanner della polizia, e non sarebbe stata pronta prima di sera. Lo avrei accompagnato a casa di Denesa Steiner e qualcun altro sarebbe passato a prenderlo più tardi. Mentre io guidavo, lui mangiava e mi indicava la strada.

«Rallenta» disse, consultando una cartina. «Adesso dovrebbe esserci Laurel, sulla sinistra. Okay, alla prossima gira a destra.»

Dopo una seconda svolta, ci ritrovammo davanti un laghetto color muschio non più grande di un campo da football. Le aree picnic e i campi da tennis erano deserti, e, a prima vista, anche il vicino circolo sportivo, tutto ordinato e curato, sembrava chiuso. Le rive erano fiancheggiate da alberi che cominciavano ad assumere le prime sfumature autunnali. Immaginai una ragazzina con la sua chitarra che tornava a casa, tra le ombre del tardo pomeriggio; poi immaginai un vecchio che, in un mattino come quello, se ne andava a pescare, e l'orrore che doveva aver provato dinanzi al macabro ritrovamento.

«Più tardi voglio tornare qui e fare il giro del lago a piedi» dissi.

«Svolta alla prossima» proseguì Marino. «La casa si trova proprio all'angolo.»

«Dove l'hanno seppellita?»

«A circa tre chilometri, da quella parte.» Indicò un punto verso est. «Nel cimitero della chiesa.»

«La stessa in cui si era svolta la riunione?»

«La Terza presbiteriana. Se al posto del lago ci metti il Mall di Washington, la chiesa è praticamente a un'estremità, e la casa degli Steiner a quella opposta, con tre chilometri di strada in mezzo.»

Riconobbi la casa in stile ranch delle foto esaminate a Quantico il giorno precedente. Vista dal vero sembrava più piccola, come spesso accade con gli edifici quando finalmente li si situa nel loro contesto reale. Sorgeva su una collinetta rientrata rispetto alla strada, circondata da una fitta macchia di rododendri, allori, oxydendrum e pini.

Il vialetto di ghiaia e la veranda erano stati spazzati di recente, e notai alcuni sacchi rigonfi di foglie ammucchiati a un'estremità del sentiero. Denesa Steiner aveva una berlina Infiniti verde, un modello nuovo e costoso, cosa che mi sorprese. Mentre mi allontanavo in macchina, intravidi uno scorcio del suo braccio avvolto in una manica nera, mentre teneva aperta la porta a zanzariera per fare entrare Marino.

L'obitorio del Memorial Hospital di Asheville assomigliava alla maggior parte di quelli che avevo visto fino a quel giorno. Situato al piano più basso dell'ospedale, non era altro che una piccola e tetra stanza d'acciaio e piastrelle bianche, con un unico tavolo da autopsie che il dottor Jenrette aveva sistemato nei pressi di un lavandino. Quando arrivai, poco dopo le nove, stava già praticando l'incisione a Y sul corpo di Ferguson. Mentre il sangue fuoriusciva, mi giunse alle narici l'odore dolciastro e nauseante dell'alcol.

«Buongiorno, dottoressa Scarpetta» mi salutò Jenrette, apparentemente felice di vedermi. «Il camice e i guanti sono in quell'armadietto.»

Lo ringraziai, sebbene sapessi di non averne bisogno perché il giovane medico non avrebbe avuto a sua volta bisogno di me. Sapevo che si sarebbe trattato di un'autopsia inutile, e quando lanciai un'occhiata da vicino al collo di Ferguson la mia ipotesi trovò immediata conferma: i segni rossastri osservati la notte precedente erano già spariti. Non avremmo quindi rilevato alcuna ferita profonda sotto la fascia dei tessuti e dei muscoli. Mentre osservavo il mio collega al lavoro, ricordai con umiltà che la patologia non può mai sostituirsi alle indagini; se non fossimo stati al corrente delle circostanze, infatti, non avremmo saputo dire di che cosa era morto Ferguson, se non che non gli avevano sparato, non lo avevano accoltellato o percosso e non era deceduto in seguito a qualche malattia.

«Immagino abbia notato l'odore che impregnava le calze con cui aveva imbottito il reggiseno» disse Jenrette. «Stavo chiedendomi se per caso non ne aveste identificato anche l'origine: un flacone di profumo, magari un'acqua di colonia…»

Estrasse il blocco degli organi. Il fegato di Ferguson appariva leggermente ingrossato.

«No, niente del genere» risposi. «Potrei anzi aggiungere che i profumi compaiono spesso in scenari del genere, quando le persone coinvolte sono più di una.»

Jenrette sollevò la testa a guardarmi. «Come mai?»

«Be', perché profumarsi, se si è da soli?»

«Abbastanza logico, direi.» Svuotò il contenuto dello stomaco in un cartone. «Qualche traccia di fluido brunastro» aggiunse. «Forse alcune particelle simili a noccioline. Ha detto che era rientrato in aereo poco prima del ritrovamento?»

«Esatto.»

«Quindi potrebbe averle consumate a bordo. E aveva bevuto. Tasso alcolemico del sangue: zero virgola quattordici.»

«È possibile che lo abbia fatto anche una volta rincasato» dissi, rammentando il bicchiere di bourbon trovato in camera da letto.

«Quando accenna al possibile coinvolgimento di più persone, intende omosessuali o eterosessuali?»

«Spesso omosessuali, ma il materiale pornografico offre buoni indizi in questo senso.»

«Lui stava guardando delle donne nude.»

«Le riviste trovate vicino al cadavere mostravano delle donne nude» mi limitai a precisare, poiché era impossibile sapere con certezza cosa stesse guardando Ferguson in quel momento: conoscevamo solo quello che avevamo rinvenuto. «Ed è importante anche il fatto che non abbiamo trovato altre pubblicazioni o strumenti erotici in casa sua» aggiunsi.

«Immagino sarebbe normale il contrario» disse Jenrette, inserendo la spina della sega Stryker.

«Di solito questi individui ne hanno la casa piena. Non se ne disfano mai. Francamente mi preoccupa un po' il fatto di aver trovato solo quattro riviste, e numeri recentissimi, oltretutto.»

«È come se fosse un novellino, giusto?»

«In effetti, molti elementi comproverebbero la sua inesperienza. Ma in realtà quello che mi colpisce sono le contraddizioni.»

«Per esempio?» Incise il cuoio capelluto dietro le orecchie e lo tirò indietro fino a scoprire il cranio, mentre la faccia si afflosciava di colpo in una specie di maschera triste.

«Così come non abbiamo trovato dei flaconi di profumo che giustificassero l'odore di cui erano intrise le calze, non abbiamo nemmeno trovato altri indumenti femminili a parte quelli che già indossava» spiegai. «E dalla confezione mancava solo un preservativo. La corda era vecchia, ma non abbiamo rinvenuto nulla, nessun rotolo da cui potesse essere stata tagliata. Inoltre, è stato così prudente da proteggersi il collo con un asciugamano, eppure ha deciso di usare un nodo estremamente pericoloso. Il cappio si stringe gradualmente, però non si scioglie più. Non è certo la scelta migliore se sei alticcio e te ne stai appollaiato su uno sgabello da bar, da cui tra l'altro è molto più facile cadere che non da una normale sedia.»

«Non so quante persone sarebbero in grado di fare un cappio» rifletté Jenrette.

«Il punto è: come mai Ferguson sì?»

«Forse ha consultato un libro.»

«Non abbiamo trovato nessun libro sui nodi, né manuali di nautica o cose simili in tutta la casa» lo informai.

«Ma è così difficile da fare? Voglio dire, seguendo delle istruzioni scritte?»

«Certo non impossibile, ma occorre lo stesso una certa pratica.»

«E per quale ragione una persona dovrebbe interessarsi a un nodo del genere? Non sarebbe più facile ricorrere a uno scorsoio?»

«Il cappio ha un che di morboso, di sinistro. È un nodo pulito, preciso. Non lo so.» Poi aggiunsi: «Ha notizie del tenente Mote?».

«Le sue condizioni sono stabili, ma lo terranno in terapia intensiva per un po'.»

Jenrette accese la sega Stryker e, smettendo di parlare, rimosse la calotta cranica. Quindi, sempre in silenzio, estrasse il cervello ed esaminò il collo. «Io non vedo proprio niente. Nessuna emorragia muscolare, lo ioide è intatto, non ci sono fratture dei corni superiori della cartilagine tiroidea... La spina dorsale non è rotta, ma questo credo che succeda solo nelle esecuzioni giudiziarie.»

«O in caso di impiccagione accidentale se sei obeso e soffri delle conseguenti alterazioni artritiche delle vertebre cervicali» dissi io.

«Vuole dare un'occhiata?»

Infilai i guanti e mi avvicinai.

«Dottoressa Scarpetta, come facciamo a sapere se quest'uomo era ancora vivo quando il cappio è stato tirato?»

«Non possiamo affermarlo con certezza. A meno di non trovare un'altra causa di morte.»

«Come l'avvelenamento.»

«È l'unica a cui riesco a pensare in questo momento. Ma in tal caso dovrebbe essersi trattato di una sostanza a effetto rapidissimo: Mote l'ha trovato morto poco dopo il suo rientro. Quindi le maggiori probabilità sono che si tratti realmente di asfissia dovuta a strangolamento.»

«E la modalità?»

«In corso di verifica» proposi.

Una volta sezionati gli organi e reinseriti in una busta di plastica all'interno della cavità toracica di Ferguson, aiutai Jenrette a pulire. Innaffiammo con una canna il tavolo operatorio e il pavimento, mentre un assistente di sala trasportava la barella con il cadavere in una cella frigorifera. Quindi sciacquammo le siringhe e gli strumenti, chiacchierando sugli ultimi avvenimenti verificatisi in un'area geografica che in origine aveva attratto il giovane dottore proprio per la tranquillità che vi regnava.

Mi raccontò del suo desiderio di metter su famiglia in un luogo dove la gente credeva ancora in Dio e nella sacralità della vita. Voleva vedere crescere i suoi figli in chiesa e sui campi sportivi, incontaminati dalla droga, dall'immoralità e dalla violenza celebrata dalla tv.

«Il fatto è, dottoressa Scarpetta,» proseguì «che in realtà ormai nessun posto si salva. Neanche questo. La settimana scorsa mi è capitata una ragazzina di undici anni vittima di molestie sessuali e infine assassinata. E adesso un agente dell'Ufficio investigativo di stato, travestito da donna. Il mese scorso è stata la volta di una ragazza di Oteen: overdose di cocaina. Aveva solo diciassette anni. Poi ci sono quelli che si mettono al volante ubriachi: arrivano loro, e le loro vittime.»

«Dottor Jenrette?»

«Mi chiami pure Jim» disse con aria afflitta, cominciando a raccogliere alcuni fogli da un banco.

«Che età hanno i suoi figli?»

«Be', mia moglie e io continuiamo a provarci.» Si schiarì la voce, distogliendo lo sguardo, ma feci in tempo a notare tutto il suo dispiacere. «E lei? Ha figli?»

«Sono divorziata, però ho una nipote che è come una figlia» risposi. «Frequenta l'ultimo anno all'UVA, attualmente sta facendo un periodo di pratica a Quantico.»

«Chissà come sarà orgogliosa di lei.»

«Sì» confermai, l'umore subito offuscato dal pensiero delle paure che segretamente covavo per Lucy.

«Senta, vorrei che mi raccontasse qualcosa di più su Emily Steiner. Ho anche conservato il suo cervello, se le interessasse esaminarlo.»

«Oh, sì, ci terrei molto.»

Non è raro che i patologi conservino i cervelli in una soluzione al dieci per cento di formaldeide, comunemente detta formalina. Il processo chimico mantiene e fissa i tessuti rendendo possibili ulteriori indagini, soprattutto nei casi di trauma, poiché il cervello è senza dubbio il più incredibile e meno capito fra tutti gli organi del corpo umano.

Evidentemente, considerandola da un altro punto di vista, si trattava di un'operazione così tristemente utilitaristica da risultare quasi indegna. Il dottor Jenrette si diresse a un lavandino e da sotto la vasca estrasse un secchio di plastica con sopra scritto il nome e il numero di registrazione di Emily Steiner. Nell'attimo stesso in cui tirò fuori il cervello dal bagno di formalina per deporlo su un tagliere, capii che mi sarebbe bastato un esame superficiale per vedere confermate le mie perplessità: il caso Steiner era decisamente sospetto.

«Totale assenza di reazioni vitali» esclamai meravigliata, mentre le esalazioni di formalina mi facevano bruciare gli occhi.

Jenrette inserì una sonda nel canale del proiettile.

«Nessuna emorragia, nessun gonfiore. Eppure non ha trapassato il ponte, né i gangli basali, né altre aree vitali.» Lo guardai. «Questa non è una ferita fulminante.»

«Non posso contraddirla.»

«Dovremo cercare un'altra causa per il decesso.»

«Vorrei sapere quale, dottoressa. Ho dato ordine ai laboratori di eseguire alcuni esami tossicologici, ma se non daranno risultati significativi non so proprio a che altro pensare. Non c'era niente, a parte questa ferita d'arma da fuoco alla testa.»

«Mi piacerebbe vedere una sezione di tessuto polmonare» dissi.

«Venga nel mio ufficio.»

L'idea era che Emily potesse essere stata annegata, ma quando di lì a poco mi sedetti al microscopio di Jenrette per esaminare un campione su vetrino, scoprii che mi era impossibile anche dissipare quel dubbio.

«Se fosse annegata,» commentai, l'occhio incollato alla lente «gli alveoli dovrebbero essere dilatati. E nelle cavità alveolari dovremmo trovare del liquido edematico, con una marcata alterazione autolitica dell'epitelio respiratorio.» Regolai di nuovo la messa a fuoco. «In altre parole, se i polmoni fossero entrati in contatto con l'acqua avrebbero dovuto decomporsi più rapidamente del resto dei tessuti. Invece non è così.»

«E se fosse stata soffocata, o strangolata?» chiese Jenrette.

«Lo ioide era intatto. Non c'erano emorragie petecchiali.»

«Questo è vero.»

«E, cosa ancora più importante,» aggiunsi «se qualcuno cerca di soffocarti o di strangolarti, certo lotti disperatamente. Eppure non sono state rilevate contusioni al naso o alle labbra, né generiche ferite da difesa.»

Mi porse un dossier voluminoso. «Qui c'è tutto» disse.

Mentre Jenrette dettava il referto relativo al caso Max Ferguson, io lessi tutti i rapporti, tutti gli esami richiesti ai laboratori e la lista delle chiamate relative all'omicidio di Emily Steiner. Da quando era stato rinvenuto il suo cadavere, la madre, Denesa, aveva telefonato all'ufficio del medico legale anche cinque volte al giorno, cosa che trovai fuori dal comune.

«La salma è arrivata in un sacco di plastica nero con i sigilli della polizia di Black Mountain. Il numero è il 445337, il sigillo è intatto.»

«Dottor Jenrette?» lo interruppi.

Sollevò il piede dal pedale del dittafono. «Mi chiami Jim» ripeté.

«Mi pare che la madre l'abbia chiamata con una frequenza piuttosto inusuale.»

«A volte siamo noi, qui, che non ci facciamo trovare. Comunque ha ragione.» Si tolse gli occhiali, sfregandosi le palpebre. «Sì, ha chiamato spesso.»

«Perché?»

«Soprattutto perché era disperata, dottoressa Scarpetta. Voleva assicurarsi che la figlia non avesse sofferto.»

«E lei che cosa le ha detto?»

«Che con una ferita del genere, probabilmente non aveva sofferto. Cioè, avrà perduto i sensi… insomma, le altre cose gliele avranno fatte dopo.»

Fece una pausa. Sapevamo entrambi che Emily Steiner aveva sofferto. Che aveva conosciuto il terrore puro. Che a un certo punto aveva capito che sarebbe morta.

«Tutto qui?» insistetti. «Ha chiamato così spesso solo per sapere se la figlia aveva sofferto?»

«Be', no. Voleva anche chiedermi alcune cose, darmi delle informazioni. Niente di rilevante.» Fece un sorriso triste. «Credo abbia semplicemente bisogno di qualcuno con cui parlare. È una signora dolce che ha perso tutti gli affetti. Non so dirle quanta compassione mi susciti, e mi auguro proprio che catturiate il mostro che ha fatto tutto questo. Quel Gault di cui ho letto: finché esisterà un mostro simile, il mondo non potrà mai essere un luogo sicuro per nessuno.»

«Il mondo non sarà mai un luogo sicuro, dottor Jenrette. Ma le garantisco che anche noi non vediamo l'ora di catturarlo. Gault, o chiunque abbia fatto una cosa del genere» dissi, aprendo una spessa busta contenente alcune stampe su carta lucida.

Soltanto una era nuova per me, e mentre la voce piatta di Jenrette ricominciava a dettare, rimasi a studiarla intensamente. Non sapevo cosa stessi osservando perché non mi ero mai trovata davanti a nulla del genere, ma la mia reazione emotiva fu un misto di eccitazione e di paura. La fotografia mostrava la natica sinistra di Emily Steiner; sulla pelle spiccava una macchia marroncina e irregolare, non più grande di un tappo di bottiglia.

«La pleura viscerale mostra petecchie sparse lungo le scissure interlobari…»

«E questa cos'è?» tornai a interromperlo.

Posò il microfono sul tavolo, mentre gli giravo intorno e gli mettevo davanti la foto. Indicai il segno sulla pelle di Emily, e in quel momento sentii odore di Old Spice, un profumo che mi fece ripensare a Tony, il mio ex marito, che se ne metteva sempre troppo.

«Nel suo referto non si parla di questa macchia sul gluteo» notai.

«Non so che cosa sia» rispose lui, senza mettersi affatto sulla difensiva. Era semplicemente molto stanco. «Ho pensato si trattasse di qualche esito *post mortem*.»

«Non conosco esiti *post mortem* di questo genere. Ha effettuato una resezione?»

«No.»

«Il suo corpo è rimasto appoggiato su qualcosa che le ha impresso quel segno.» Tornai alla mia sedia, mi sedetti e mi sporsi verso il bordo della sua scrivania. «Potrebbe essere importante.»

«Sì, certo, se le cose stanno così posso capire quanto sarebbe importante» ammise, con aria sempre più abbattuta.

«Non è stata seppellita da molto» dissi in tono calmo ma partecipe.

Mi guardò, a disagio.

«Non sarà mai in condizioni migliori di quelle

attuali» continuai. «Credo davvero che dovremmo darle un'altra occhiata.»

Si umettò le labbra senza battere ciglio.

«Dottor Jenrette,» conclusi «esumiamola subito.»

Jenrette sfogliò rapidamente le schede del piccolo archivio telefonico da tavolo, quindi sollevò la cornetta. Lo guardai comporre un numero.

«Buongiorno, parla il dottor Jenrette» annunciò poco dopo. «Vorrei sapere se per caso il giudice Begley si trova lì.»

L'onorevole Hal Begley disse che ci avrebbe ricevuti nel giro di mezz'ora. Prendemmo la mia macchina, Jenrette mi indicò il percorso, e parcheggiammo con largo anticipo in College Street.

Il tribunale di contea di Buncombe era un vecchio edificio in mattoni scuri che doveva essere stato fino a pochi anni prima la costruzione più alta di tutta la città. In cima ai suoi tredici piani si trovava la prigione, e mentre sollevavo la testa a guardare le finestre sbarrate contro il cielo azzurro e terso, pensai al carcere sovraffollato di Richmond, distribuito su ettari di superficie e circondato unicamente da spirali di micidiale filo spinato tagliente come un rasoio. Ero convinta che, con il costante aumento della violenza, entro breve tempo anche cittadine come Asheville avrebbero avuto bisogno di più celle.

«Il giudice Begley non è certo noto per la sua pazienza» mi avvisò Jenrette, mentre salivamo lo scalone di marmo all'interno del vecchio tribunale. «Sono sicuro che non apprezzerà la sua proposta.»

Sapevo che neanche lui, Jenrette, la apprezzava, perché nessun anatomopatologo è felice che un collega vada a disseppellire il suo lavoro. Sapevamo entrambi che la premessa implicita e sottintesa era che lui potesse non aver eseguito l'autopsia a regola d'arte.

«Senta,» gli dissi in un corridoio del terzo piano «neanche a me piace l'idea. Non amo le esumazioni, vorrei che esistesse un altro modo.»

«Mi dispiace solo di non avere più esperienza nel genere di casi che a lei capitano quotidianamente» aggiunse lui.

«Casi come questo non sono affatto quotidiani» risposi, colpita dalla sua umiltà. «Grazie a Dio.»

«Be', dottoressa, se le dicessi che non mi ha sconvolto essere chiamato sulla scena del delitto di quella bambina, le mentirei. Forse avrei dovuto dedicarle più tempo.»

«Io credo che la contea di Buncombe sia molto fortunata ad avere un uomo come lei» ribattei in tutta sincerità, mentre aprivamo la porta dell'anticamera del giudice. «Anche in Virginia ne occorrerebbero di più. Sarebbe un piacere poter lavorare insieme.»

Sapeva che non scherzavo, così sorrise quando una segretaria di età assolutamente classica per quel genere d'impiego ci squadrò al di sopra degli occhiali spessi. Invece di un computer, usava ancora una macchina per scrivere elettrica, e dal numero di schedari in acciaio grigio che tappezzavano le pareti dedussi che l'attività di archivista doveva essere il suo forte. La luce del sole filtrava attraverso le veneziane appena sollevate, una galassia di polvere sospesa nell'aria. Mentre la donna si spalmava sulle mani ossute della crema idratante, avvertii l'odore inconfondibile dell'essenza di rosa.

«Il giudice Begley vi aspetta» disse, prima ancora che potessimo presentarci. «Andate pure. È quella porta.» Indicò esattamente di fronte all'ingresso da cui eravamo appena entrati. «A titolo informativo, la seduta è stata aggiornata per l'intervallo di pranzo: deve essere di ritorno per l'una in punto.»

«Grazie» dissi. «Cercheremo di non trattenerlo troppo a lungo.»

«Anche se ci provaste, sarebbe lo stesso.»

Al timido colpetto di Jenrette sulla massiccia porta in quercia rispose un distratto «Avanti!» proveniente dalla parte opposta. Trovammo il giudice dietro una scrivania dirigenziale, seduto ben eretto su una vecchia sedia di cuoio rosso. Si era tolto la giacca; era un uomo magro, prossimo alla sessantina e con la barba. Mentre lui scorreva alcuni appunti su un blocco di carta legale, mi concessi una serie di considerazioni a priori sulla sua persona. Dall'ordine della scrivania si deduceva che era un uomo impegnato e piuttosto capace, così come la cravatta fuori moda e le scarpe con la suola leggera indicavano un individuo a cui non importava un bel niente di quello che la gente come me poteva pensare di lui.

«Per quale motivo intendete violare la tomba?» chiese con la pigra cadenza del Sud che tradiva in realtà una mente sveglissima, e girò una pagina del blocco.

«Dopo aver studiato i referti del dottor Jenrette,» risposi «ci siamo trovati d'accordo sul fatto che a un primo esame del corpo di Emily Steiner molte domande sono rimaste senza risposta.»

«Conosco il dottor Jenrette, ma non credo di poter dire altrettanto di lei» commentò il giudice Begley, appoggiando il blocco sulla scrivania.

«Sono la dottoressa Kay Scarpetta, capo medico legale della Virginia.»

«Mi hanno detto che lei ha qualcosa a che fare con l'FBI.»

«Sì, signore. Sono consulente patologo dell'ISU, l'Unità investigativa di supporto.»

«Che corrisponde all'Unità di scienze comportamentali?»

«Esattamente. Il Bureau ha cambiato il suo nome poco tempo fa.»

«Quindi mi sta parlando di esperti che tracciano profili psicologici dei serial killer e di altri aberranti criminali che fino a poco tempo fa da queste parti non avevamo nessuna ragione di temere.» Mi guardò attentamente, incrociando le mani sul grembo.

«È ciò che facciamo, sì» confermai.

«Vostro Onore,» intervenne Jenrette «la polizia di Black Mountain ha chiesto l'intervento dell'FBI. Si teme che l'assassino di Emily Steiner possa essere lo stesso uomo che ha già ucciso più volte in Virginia.»

«Questo lo so già, dottor Jenrette, visto che per telefono è stato così gentile da fornirmi qualche spiegazione in merito. Tuttavia, ora come ora l'unico punto all'ordine del giorno è il suo desiderio di ricevere il mio benestare per l'esumazione di questa povera bambina. Perché io le permetta di compiere un gesto tanto terribile e irrispettoso, dovrà però fornirmi ottime e convincenti ragioni. Nel frattempo, vi pregherei di sedere e mettervi comodi: è per questo che ci sono delle sedie anche da quella parte della scrivania.»

«La bambina ha un segno sulla pelle» dissi, raccogliendo il suo invito.

«Che genere di segno?» Mi rivolse un'occhiata interessata, mentre Jenrette estraeva una fotografia da una busta e la appoggiava sul piano di carta assorbente della scrivania.

«Lo può vedere anche lei, qui» disse.

Gli occhi del giudice si abbassarono sulla foto, ma la sua espressione rimase indecifrabile.

«Non sappiamo di cosa si tratta,» spiegai «però potrebbe aiutarci a capire dov'è stato tenuto il cadavere. Potrebbe trattarsi di un particolare tipo di ferita.»

Il giudice raccolse la fotografia, strizzando gli occhi per esaminarla meglio. «E non c'è modo di eseguire uno studio approfondito della stampa? Credevo che ormai esistessero ogni sorta di strumenti e di metodi scientifici.»

«Infatti» risposi io. «Ma il problema è che quando avremo finito questi esami, il corpo si troverà in uno stato di decomposizione troppo avanzata per poterci essere di qualche utilità, nel caso avessimo ugualmente bisogno di esumarlo. Più tempo passa, più difficile sarà distinguere tra una ferita o un segno comunque importante ed eventuali esiti del processo degenerativo.»

«Questo caso è pieno di particolari a dir poco insoliti, Vostro Onore» aggiunse Jenrette. «Ci occorre tutto l'aiuto possibile.»

«Ho saputo che ieri è stato trovato impiccato anche l'agente della polizia investigativa che si stava occupando del caso. L'ho letto sul giornale di stamattina.»

«Sì, signore» disse Jenrette.

«E anche la sua morte presenta particolari a dir poco insoliti?»

«Sì» risposi io.

«Spero non abbiate intenzione di tornare da me una settimana dopo i funerali per chiedermi di esumare anche lui.»

«Non vedo perché» replicai.

«Questa povera bambina aveva una madre. Come pensate che la prenderà?»

Questa volta né Jenrette né io rispondemmo alla domanda. Il cuoio stagionato della sedia scricchiolò sotto il peso del giudice, che lanciò un'occhiata a un orologio appeso alla parete alle nostre spalle.

«Vedete, è proprio questo il problema principale» riprese. «Io penso a quella sventurata madre, a tutto ciò che ha dovuto passare. Non vorrei mai causarle altra sofferenza.»

«E noi non lo chiederemmo, se non pensassimo che fosse importante ai fini delle indagini sulla morte di sua figlia» ribattei. «Inoltre, immagino che anche la signora Steiner desideri che venga fatta giustizia, Vostro Onore.»

«Bene, andate a prenderla, allora, e portatemela qui» disse il giudice, alzandosi dalla sedia.

«Chiedo scusa?» Jenrette aveva l'aria sbigottita.

«Ho detto che voglio che portiate la signora Steiner qui, nel mio ufficio» ripeté Begley. «Entro le due e mezzo dovrei liberarmi. Vi aspetto per quell'ora.»

«E se non acconsentisse a venire?» domandò il mio collega, mentre ci alzavamo a nostra volta.

«Non potrei certo biasimarla.»

«Lei non ha bisogno del suo permesso» dissi allora, con una calma che non mi apparteneva.

«No, signora, non ho bisogno del suo permesso» rispose il giudice aprendo la porta.

7

Prima di scomparire nei laboratori dell'ospedale, il dottor Jenrette fu così gentile da mettermi a disposizione il suo ufficio, per cui trascorsi le ore successive attaccata al telefono.

Ironia della sorte, il compito più delicato si rivelò in realtà il più semplice. Marino non ebbe alcuna difficoltà a convincere Denesa Steiner ad accompagnarlo nell'ufficio del giudice quel pomeriggio stesso. Più complicato fu invece capire come ci sarebbero arrivati, visto che Marino era ancora senza macchina.

«Qual è il problema?» chiesi.

«Quel fottuto scanner non funziona» rispose lui in tono irritato.

«E non puoi farne a meno?»

«Secondo loro, no.»

Lanciai un'occhiata al mio orologio. «Forse è meglio se vengo a prendervi io.»

«Be', preferirei essere io a venire. La signora si tratta bene, sai. C'è chi dice che una Infiniti sia meglio di una Benz.»

«Su questo possiamo discutere, Pete, visto che al momento io dispongo di una Chevrolet.»

«Mi ha detto che suo suocero aveva una Benz tipo la tua, e che dovresti prendere in considerazione una Infiniti o una Legend.»

Non risposi.

«Dicevo solo per dire.»

«E io ti dico solo di volare qui» tagliai corto.

«D'accordo, d'accordo, sto arrivando.»

«Bene.»

Riattaccammo senza nemmeno salutarci, e io mi sedetti alla disordinata scrivania di Jenrette oppressa da un senso di stanchezza e di tradimento. Ero stata accanto a Marino durante tutta la sua crisi con Doris, offrendogli sostegno quando poi aveva ricominciato ad avventurarsi nel vertiginoso mondo degli appuntamenti galanti; in cambio, non si era mai trattenuto dal tranciare giudizi sulla mia vita privata anche se nessuno gli chiedeva di farlo.

Era stato critico nei confronti del mio ex marito e ancor più nei riguardi del mio amante, Mark. Raramente trovava qualcosa di carino da dire sul conto di Lucy o sul mio rapporto con lei, e naturalmente i miei amici non gli andavano a genio. Ma, soprattutto, adesso sentivo il suo sguardo gelido puntato sulla mia relazione con Wesley. E percepivo chiaramente la sua gelosia.

Quando, alle due e mezzo, Jenrette e io ci ripresentammo nell'ufficio del giudice Begley, Pete non c'era ancora. I minuti passavano, e la mia rabbia cresceva.

«Mi dica, dottoressa Scarpetta, dove è nata lei?» chiese il giudice, dalla parte opposta della sua immacolata scrivania.

«A Miami.»

«Non parla certo come una del Sud. Avrei detto che veniva da qualche zona del Nord, piuttosto.»

«Ho studiato al Nord, infatti.»

«Anch'io, per quanto la cosa possa stupirla» disse lui.

«E come mai si è stabilito da queste parti?» intervenne il dottor Jenrette.

«Molto probabilmente per ragioni analoghe alle sue.»

«Ma lei è di qui, no?» domandai io.

«Da tre generazioni. Il mio bis-bisnonno nacque in una casetta di tronchi d'albero qui vicino. Era un maestro. Sto parlando del ramo materno. Dalla parte di mio padre, fino a circa metà di questo secolo sono stati tutti distillatori clandestini di whisky. Poi sono diventati predicatori. Ah, devono essere arrivati.»

In quel momento Marino aprì la porta, infilando dentro il naso prima ancora dei piedi. Denesa Steiner era alle sue spalle, e anche se non mi sognerei mai di accusarlo di cavalleria, devo dire che nei riguardi di quella donna per la quale ci trovavamo lì riuniti mi parve insolitamente premuroso. Il giudice si alzò, e altrettanto feci io per abitudine, mentre la signora Steiner ci guardava con occhi tristi e curiosi.

«Sono la dottoressa Scarpetta.» Le tesi la mano incontrando la sua, fresca e morbida. «Mi dispiace molto per il disturbo.»

«Io sono il dottor Jenrette. Ci siamo già parlati al telefono.»

«Perché non si accomoda» le disse il giudice in tono gentile.

Marino avvicinò alla scrivania due sedie, invitandola con un'occhiata a prenderne una, mentre lui si sedeva sull'altra. La signora Steiner doveva avere fra i trentacinque e i quarant'anni e vestiva di nero da capo a piedi, con una gonna arricciata, lunga fin sotto il ginocchio e un golf abbottonato sino al mento. Non usava trucco, e l'unico gioiello che portava era una semplice vera nuziale. Aveva l'atteggiamento della zitella missionaria, eppure più la osservavo e più mi accorgevo di ciò che la sua aria puritana non era in grado di dissimulare.

Era bella, con la pelle chiara e liscia, la bocca generosa e i capelli ricci color miele. Aveva il naso aristocratico e zigomi alti, e sotto le pieghe dei suoi orribili vestiti si celava un corpo voluttuosamente ben fatto. Le sue doti inoltre non erano sfuggite a tutto ciò che di maschile respirava in quella stanza. Marino, soprattutto, non riusciva a staccarle gli occhi di dosso.

«Signora Steiner,» esordì il giudice «il motivo per cui ho desiderato vederla questo pomeriggio è che i medici qui presenti mi hanno sottoposto una richiesta di cui volevo metterla al corrente. E lasci che le esprima tutta la mia riconoscenza per essere venuta. Di lei ho sentito dire che in questi giorni così indescrivibilmente duri e difficili ha mostrato di possedere grande coraggio e forza d'animo, e non ho dunque intenzione di aggiungere nuovi pesi al suo già oneroso fardello.»

«La ringrazio, signore» rispose lei in tono mesto, le mani pallide e affusolate saldamente strette in grembo.

«Ora, questi dottori hanno rilevato alcuni dettagli nelle fotografie scattate a Emily dopo la sua morte. Dettagli misteriosi, in virtù dei quali vorrebbero poterla riesaminare.»

«E come possono farlo?» chiese in tono innocente la signora Steiner, la voce dolce e ferma che tradiva le sue origini forestiere.

«Vorrebbero esumarla» rispose il giudice.

Non parve tanto turbata quanto piuttosto colta alla sprovvista, e mentre lottava per ricacciare indietro le lacrime provai una fitta di dolore al petto.

«Prima di accogliere o respingere la loro richiesta,» continuò Begley «desideravo conoscere la sua opinione.»

«Volete disseppellirla?» La signora Steiner guardò Jenrette, poi me.

«Sì» le risposi. «Vorremmo poterla riesaminare al più presto.»

«Non capisco perché. Cosa potreste trovare adesso che non avete trovato prima?» Questa volta le tremava la voce.

«Forse nulla di importante» ammisi. «Tuttavia, signora Steiner, ho avuto modo di notare nella foto alcuni particolari che vorrei studiare più da vicino. Sono indizi misteriosi che potrebbero aiutarci a catturare chiunque abbia fatto del male a Emily.»

«Allora, desidera darci una mano a identificare l'assassino di sua figlia?» rincarò il giudice.

Denesa annuì energicamente, piangendo, e a quel punto fu Marino a prendere la parola, con grande trasporto: «Con il suo aiuto, le prometto che inchioderemo quel bastardo».

«Sono davvero dolente di procurarle questo nuovo dispiacere» disse Jenrette, destinato a restare eternamente convinto di avere fallito nel suo compito.

«Bene, allora possiamo procedere?» Begley si sporse sulla sedia come per prepararsi a spiccare un salto. Nemmeno lui poteva ignorare l'orribile lutto di quella donna, e pensai che una vulnerabilità così indifesa avrebbe forse cambiato per sempre il suo modo di guardare ai rei che si presentavano alla sbarra con storie e scusanti di una vita dura e ingrata.

Denesa Steiner annuì di nuovo, incapace di parlare. Poi, Marino la aiutò a uscire dalla stanza, lasciando me e Jenrette con il giudice.

«Il tempo vola, occorre elaborare un programma» sentenziò Begley.

«E dovremo anche coordinare diverse persone» concordai.

«Qual è l'impresa che si è occupata dei funerali?» chiese Begley a Jenrette.

«La Wilbur's.»

«Di Black Mountain?»

«Sì, Vostro Onore.»

«Come si chiama il direttore?» Il giudice prendeva appunti.

«Lucias Ray.»

«E l'investigatore che segue il caso?»

«Attualmente si trova in ospedale.»

«Ah, già.» Begley sollevò lo sguardo, emettendo un sospiro.

Non so per quale motivo ci andai subito, forse perché avevo detto che l'avrei fatto, e perché ero furiosa con Marino. La cosa che più di tutto mi aveva offeso, in maniera del tutto irrazionale, era stata la sua allusione alla mia Mercedes, sfavorevolmente paragonata a una Infiniti.

Non che il suo commento fosse di per sé giusto o sbagliato; semplicemente, il suo obiettivo era appunto quello di offendere e far innervosire. Adesso non gli avrei chiesto di accompagnarmi neanche se avessi creduto nei mostri di Loch Ness, nelle creature delle lagune e nei morti viventi, e se lui mi avesse pregata in ginocchio avrei rifiutato lo stesso, nonostante la mia segreta paura dei serpenti d'acqua. Anzi, diciamo pure di tutti i serpenti, grandi e piccoli, terrestri e non.

Quando raggiunsi il lago Tomahawk decisa a ricostruire gli ultimi spostamenti di Emily, il cielo era ancora abbastanza chiaro. Parcheggiai vicino a un'area picnic e seguii con lo sguardo tutta la riva del lago, chiedendomi per quale ragione una ragazzina di undici anni dovesse avventurarsi in un posto simile alle prime ombre della sera. Ricordavo ancora la paura che mi assaliva alla sua età a Miami, nella zona dei canali: ogni tronco era un alligatore, e sulle spiagge isolate viveva la gente cattiva.

Scesi dalla macchina chiedendomi come mai quel giorno Emily non avesse avuto paura. Forse aveva scelto quel sentiero per una ragione che ancora non conoscevamo.

Stando alla cartina che Ferguson aveva fatto circolare durante la riunione di Quantico, la sera del primo ottobre Emily era uscita dalla chiesa e aveva lasciato la strada principale nel punto in cui mi trovavo adesso.

Quindi aveva superato i tavoli da picnic e aveva imboccato un sentiero sulla destra, apparentemente creato più dall'usura dovuta ai frequenti passaggi che non dall'espressa opera delle vanghe; in alcuni punti infatti era molto ben definito, in altri invece addirittura irriconoscibile, laddove attraversava macchie d'alberi e distese d'erba.

Mi addentrai con decisione fra i cespugli, mentre l'ombra delle montagne sprofondava nell'acqua e il vento saliva, portando con sé la pungente promessa dell'inverno. Sentivo le foglie scricchiolare sotto i piedi, mentre mi avvicinavo alla radura contrassegnata sulla mappa dal minuscolo contorno di un corpo. Ormai faceva buio.

Frugai nella borsetta alla ricerca della torcia elettrica, ricordandomi solo all'ultimo momento che l'avevo lasciata, rotta, nel seminterrato di Ferguson. In compenso trovai una bustina di fiammiferi, ricordo dei miei giorni di fumatrice, ma solo per scoprire che era mezza vuota.

«Merda» sibilai, sentendomi assalire dai primi brividi di inquietudine.

Estrassi la mia .38 e la infilai nella tasca della giacca, con la mano in prossimità dell'impugnatura, mentre fissavo la sponda fangosa dov'era stato rinvenuto il cadavere di Emily. Confrontando mentalmente le ombre con le fotografie che avevo visto, mi accorsi che i cespugli lì attorno erano stati potati di recente, ma qualsiasi altro tipo di intervento era già stato occultato dalla natura e dalla notte. A terra c'era uno spesso strato di foglie. Le scostai con un piede, cercando ciò che invece temevo la polizia locale non avesse cercato.

Nella mia carriera avevo lavorato a un numero di casi sufficiente a insegnarmi un'importantissima verità: che ogni scena di delitto ha una vita propria. La memoria del trauma si conserva nel terreno, negli insetti alterati dal contatto con i fluidi corporei, nelle piante calpestate. E perde la propria privacy esattamente come qualsiasi testimone, poiché nessuna pietra sopravvive indisturbata, e i curiosi non smettono di venire nemmeno quando hanno esaurito tutte le domande.

È un fatto comune che la gente continui a visitare le scene dei delitti anche dopo la risoluzione del caso. Vengono per collezionare souvenir e scattare fotografie, per recapitare lettere, cartoline e fiori. Arrivano in segreto e in segreto se ne vanno, perché non riuscire a vincere il bisogno di guardare è un fatto vergognoso, e anche lasciare una rosa può essere un modo di violare una cosa sacra.

Non trovai alcun fiore in quel punto, ma le mie dita sfiorarono più volte qualcosa di piccolo e duro, così alla fine mi misi carponi per terra e aguzzai la vista. Dopo una lunga ricerca trovai quelle che sembravano quattro palline di gomma da masticare, ancora avvolte nella plastica. Solo quando le avvicinai a un fiammifero acceso mi accorsi che si trattava di caramelle dure, i cosiddetti "sassi", come anche Emily le aveva chiamate nel suo diario. Mi alzai. Avevo il respiro affannoso.

Tendendo le orecchie, mi lanciai intorno un'occhiata furtiva, quindi tornai sul sentiero ormai invisibile, mentre sotto i miei piedi le foglie calpestate sembravano produrre un frastuono insopportabile. Erano spuntate le stelle e a guidarmi restava solo una mezza luna, dato che avevo consumato tutti i fiammiferi. Ricordando la cartina, sapevo di non essere distante da casa Steiner e mi sentivo molto più incline a dirigermi da quella parte che non a tornare verso la macchina.

Stavo sudando ed ero terrorizzata all'idea di inciampare: non solo ero senza torcia elettrica, ma avevo anche dimenticato il telefonino. In quel momento non avrei voluto essere vista da nessuno dei miei colleghi, e se mi fossi fatta male probabilmente avrei mentito.

Altri dieci minuti di quella tremenda passeggiata, fra cespugli che mi afferravano le gambe lacerandomi le calze. Mi insaccai l'alluce contro una radice e sprofondai nel fango fino alle caviglie. Quando poi un ramo mi colpì in pieno viso, mancando l'occhio per un soffio, mi fermai ansimante e frustrata, a un passo dalle lacrime. Sulla destra, fra la strada e il punto in cui mi trovavo, c'era una fitta distesa di alberi; sulla sinistra, l'acqua.

«Merda» esclamai di nuovo a voce alta.

Seguire la riva mi parve il pericolo minore, e dopo un po' ebbi la sensazione di procedere anche più spedita: i miei occhi ci vedevano meglio, i miei passi erano diventati istintivamente più sicuri, e dai mutamenti di umidità e temperatura riuscivo a intuire la prossimità di un terreno asciutto piuttosto che acquitrinoso, o a sapere se mi stavo allontanando troppo dal sentiero. Fu come se, per istinto di conservazione, mi fossi istantaneamente trasformata in una creatura notturna.

Poi, all'improvviso, mentre raggiungevo l'estremità opposta del lago, vidi davanti a me la luce dei lampioni. Qui la macchia era stata tagliata e sostituita dai campi da tennis e da un parcheggio, e, come aveva fatto Emily un paio di settimane prima, abbandonai il sentiero ritrovandomi subito sulla strada asfaltata. Dopo pochi passi mi accorsi che stavo tremando.

Ricordavo che casa Steiner era la terza sulla sinistra, e mentre mi avvicinavo non sapevo ancora cos'avrei raccontato alla madre di Emily. Non avevo nessuna voglia di dirle dov'ero stata né perché, dato che l'ultima cosa di cui aveva bisogno in quel momento erano nuovi motivi di turbamento; tuttavia, non conoscevo nessuno in quella zona e non potevo pensare di bussare alla prima porta per chiedere di fare una telefonata.

Per quanto ospitali fossero gli abitanti di Black Mountain, chiunque mi avrebbe chiesto come mai sembravo reduce da un mese nella foresta vergine. Anzi, era probabile che qualcuno si sarebbe anche spaventato, soprattutto se avessi dovuto spiegare cosa facevo di professione. Ma tutti i miei timori svanirono grazie all'inattesa entrata in scena di un cavaliere, che proprio allora sbucò dalle tenebre rischiando di investirmi.

Ero arrivata al vialetto degli Steiner mentre Marino usciva in retromarcia a bordo di una Chevrolet blu notte nuova fiammante. Mentre mi sbracciavo verso di lui nel fascio di luce dei fari, riuscii persino a scorgere la sua espressione esterrefatta quando pigiò di colpo sul freno. Il suo umore passò repentinamente dall'incredulità all'ira.

«Porca puttana, a momenti mi viene un infarto! Potevo tirarti sotto!»

Allacciai la cintura e chiusi la portiera.

«Che cazzo ci fai qui? Merda!»

«Sono felice che finalmente ti abbiano consegnato la macchina. Sai, ho un tremendo bisogno di uno scotch, ma non so dove potremmo trovarlo da queste parti» dissi io, cominciando a battere i denti. «Come si accende il riscaldamento?»

Marino prese una sigaretta, e non so cos'avrei pagato per fumarne una anch'io, ma ci sono promesse che non si possono rompere. Mi accontentai del riscaldamento al massimo.

«Cristo, sembri una lottatrice di wrestling nel fango» commentò Pete con un'aria perplessa che non gli vedevo da tempo. «Cosa accidenti hai combinato? Insomma, stai bene?»

«La mia auto è parcheggiata vicino al circolo sportivo.»

«Quale circolo sportivo?»

«Quello sul lago.»

«Sul lago? Cosa? Sei stata là fuori di notte? Dico, ma hai perso il lume della ragione?»

«No, solo la torcia, ma me ne sono ricordata troppo tardi.» Mentre parlavo, estrassi la .38 dalla tasca e la rimisi in borsa, cosa che Marino non mancò di notare. E il suo umore naturalmente peggiorò.

«Sai, non so proprio quale sia il tuo problema. Secondo me sei messa male, capo, ti è andato in cortocircuito il cervello e ti stai agitando come un topo nella merda. Forse è la menopausa.»

«Se anche fosse la menopausa o qualunque altra cosa di così personale, e quindi non certo affari tuoi, sta' tranquillo che non verrei a discuterne con te, non fosse altro che per la tua sconfinata ottusità maschile. Un pezzo di legno è senz'altro più sensibile, ma visto che non credo che tutti gli uomini siano come te, preferisco non generalizzare, o mi vedrei costretta a rinunciare all'intera categoria.»

«Forse dovresti.»

«Forse lo farò!»

«Bene! Così poi diventerai come quella saputella di tua nipote! Non penserai che non si veda da che parte pende.»

«Ecco un'altra cosa che non ti riguarda nel modo più assoluto» ribattei, furibonda. «Ma come puoi cadere in stereotipi così volgari, perché devi disumanizzare Lucy solo perché non fa le stesse scelte che faresti tu, eh?»

«Ah, no? Be', guarda, il fatto è che lei fa proprio le stesse scelte che faccio io. Infatti esco con le donne.»

«Tu non sai un bel niente, delle donne» sbraitai, e in quel momento mi accorsi che la macchina era un forno e che non avevo la più pallida idea di dove stessimo andando. Abbassai il riscaldamento e guardai fuori dal finestrino.

«Ne so abbastanza per capire che tu tireresti scemo chiunque. E non posso credere che te ne sia andata a spasso sul lago di notte. *Da sola!* Mi dici cosa diavolo avresti fatto se ci fosse stato anche lui?»

«Lui chi?»

«Oh, Cristo. Senti, ho fame. Mentre venivo qui ho visto una griglieria, in Tunnel Road: spero che sia ancora aperta.»

«Marino, sono solo le sette meno un quarto.»

«Perché ci sei andata?» ripeté. Stavamo calmandoci tutti e due.

«C'erano delle caramelle, nel punto in cui hanno scoperto il corpo. Sai, dei sassi.» Poiché non mi rispose, aggiunsi: «Come quelle che citava nel suo diario».

«Non mi ricordo.»

«Quel ragazzino di cui si era presa una cotta. Wren, mi pare si chiami. Ha scritto di averlo incontrato a una riunione in chiesa e che lui le aveva dato un sasso. L'aveva messo in una scatoletta segreta.»

«Mai ritrovata.»

«Che cosa?»

«La scatoletta. Neanche Denesa è riuscita a scovarla, qualunque cosa fosse. Insomma, è possibile che Wren abbia lasciato le caramelle sulla riva del lago.»

«Dovremmo parlargli» dissi. «Mi pare che tu e la signora Steiner siate in buoni rapporti.»

«Una come lei non si merita cose del genere.»

«Nessuno si merita cose del genere.»

«Senti, vedo un Western Sizzlin.»

«No, grazie.»

«Che ne dici di un Bonanza?» Fece scattare la freccia.

«Assolutamente no.»

Mentre fumava un'altra sigaretta, Marino lesse le varie insegne colorate dei ristoranti che affollavano Tunnel Road. «Senza offesa, capo, ma sei un po' difficile.»

«Risparmiati pure i preamboli stile "senza offesa", Pete: servono solo a farmi capire che stai per offendermi.»

«Senti, so che da queste parti dev'esserci un Peddler. L'ho visto sulle Pagine Gialle.»

«Come mai hai cercato i ristoranti sulle Pagine Gialle?» ribattei. Per quello che ne sapevo, sceglieva i ristoranti con lo stesso criterio con cui faceva la spesa: senza una lista e pescando tra ciò che era più a portata di mano, che costava meno e che riempiva di più.

«Ho dato un'occhiata pensando che magari potevo aver voglia di qualcosa di buono. Che ne dici di telefonare, così ci facciamo dire la strada?»

Presi il cellulare e ripensai a Denesa Steiner, perché certo non ero io quella che Marino aveva sperato di portare a cena da Peddler.

«Pete, stai attento, per favore» gli dissi.

«Non ricominciare con le tue tirate sulla carne rossa.»

«Non è solo la carne rossa che mi preoccupa.»

8

Il cimitero alle spalle della Terza chiesa presbiteriana era un campo di lapidi che si estendeva oltre una recinzione metallica fiancheggiata da alberi.

Quando vi arrivai, alle sei e un quarto, l'alba ilividiva l'orizzonte e dalle labbra mi uscivano nuvole di fiato bianco. I ragni avevano già teso i loro accampamenti nell'erba, dando inizio ai traffici della giornata, e io li evitai accuratamente mentre con Marino mi dirigevo verso la tomba di Emily Steiner.

Era stata sepolta in un angolo vicino agli alberi, là dove il prato era piacevolmente punteggiato di fiordalisi e trifoglio. Riposava sotto la statua di un piccolo angelo di marmo, e per trovarlo non dovemmo fare altro che seguire lo stridente rumore di vanghe che scavavano nella terra. Poco distante era parcheggiato con il motore acceso un camion munito di argano, i cui fari illuminavano l'attività di due anziani uomini in tuta da lavoro. Le vanghe luccicavano, l'erba circostante sembrava incolore e un odore di terra umida mi colpì le narici, mentre delle zolle marroni si staccavano dalle lame d'acciaio e si accumulavano ai piedi della fossa.

Marino accese la torcia elettrica, e la statua risaltò subito in tutta la sua tristezza contro lo sfondo del mattino, con le ali richiuse all'indietro, la testa china in un gesto di preghiera. L'epitaffio scolpito alla base diceva:

Nessun altro vi è al mondo –
mio era l'unico caro

«Cavoli. Hai idea di cosa significa?» mi sussurrò Marino all'orecchio.

«Forse potremmo chiederlo a lui» risposi, vedendo avvicinarsi un uomo sorprendentemente massiccio dai folti capelli bianchi.

Il lungo soprabito scuro gli danzava intorno alle caviglie dando da lontano la sensazione sinistra che camminasse sollevato di una spanna dal terreno. Quando ci raggiunse, vidi che portava una sciarpa Black Watch attorno al collo, guanti neri di pelle sulle mani enormi e le soprascarpe di gomma. Superava senz'altro i due metri di altezza e aveva un torace del diametro di un barile.

«Sono Lucias Ray» disse, stringendoci calorosamente la mano mentre anche noi ci presentavamo.

«Stavamo chiedendoci cosa significa questo epitaffio» esordii.

«La signora Steiner amava moltissimo la sua bambina. È davvero penoso» commentò l'impresario con voce strascicata. Una parlata più da Georgia che da North Carolina. «Abbiamo un intero libro di versi a disposizione della nostra clientela.»

«Quindi è da lì che li ha presi la madre di Emily?»

«Be', a dire il vero no. Se non sbaglio ha detto che sono di Emily Dickinson.»

I becchini avevano riposto le vanghe, e adesso che c'era più luce riuscii anche a scorgere i loro volti bagnati di sudore e solcati come messi agitate dal vento. Con un clangore di ferro srotolarono la catena dell'argano. Poi uno degli uomini scese nella fossa e, mentre Ray ci raccontava dell'immensa folla che aveva accompagnato il funerale di Emily, fissò la catena ai ganci laterali della volta in cemento armato.

«C'era gente sin fuori dalla chiesa e sui prati, ci sono volute quasi due ore perché tutti potessero sfilare accanto al feretro per l'estremo saluto.»

«Vuole dire che la bara era aperta?» chiese Marino, sorpreso.

«No, signore.» Ray lanciò un'occhiata ai suoi uomini. «O meglio, la signora Steiner avrebbe voluto, ma io mi sono rifiutato. Le ho detto che in quel momento era troppo disperata, e che in seguito mi avrebbe ringraziato per essermi opposto. Insomma, quella bambina non era certo nelle condizioni adatte a una cosa del genere e io sapevo che molta gente sarebbe accorsa solo per curiosare. Be', naturalmente tanti ficcanaso sono venuti lo stesso, con il gran parlare che se n'era fatto.»

L'argano gemette e il motore diesel del camion borbottò energicamente: la volta di cemento cominciò a sollevarsi lentamente. Zolle di terra rotolavano giù, a ogni giro di manovella la tomba saliva mentre un uomo si sbracciava dirigendo le manovre come un addetto di scalo su una pista di decollo.

Quasi nel preciso istante in cui la bara usciva dalla fossa e veniva calata sull'erba, ci ritrovammo assediati da reporter, fotografi e troupe televisive armate di telecamere. Sciamarono intorno alla ferita spalancata nella terra e alla volta ricoperta di argilla rossa, quasi sanguigna.

«Perché state esumando il corpo di Emily Steiner?» gridò qualcuno.

«È vero che la polizia ha già un sospetto?» aggiunse qualcun altro.

«Dottoressa Scarpetta?»

«Per quale ragione è stato coinvolto l'FBI?»

«Dottoressa Scarpetta?» Una donna mi piazzò un microfono sotto il naso. «Sembra quasi che non si fidi del lavoro svolto dal medico legale di Buncombe.»

«Perché profanate la tomba di una povera bambina?»

Poi, al di sopra della confusione generale, Marino si mise a urlare come se fosse stato ferito. «Fuori di qui! State interferendo in un'indagine! Mi avete sentito, maledizione?» Pestò i piedi per terra. «Andatevene immediatamente!»

I reporter si immobilizzarono stupefatti. Lo guardarono a bocca aperta, mentre lui continuava a inveire contro di loro, la faccia paonazza e le vene del collo che si gonfiavano.

«Gli unici che profanano questa tomba siete voi, stronzi! E se non ve ne andate subito giuro che spacco tutto quel che mi capita a tiro, comprese le vostre teste di merda!»

«Marino» dissi, appoggiandogli una mano sul braccio. Era così teso, che sembrava d'acciaio.

«Per tutta la mia fottuta carriera ho avuto a che fare con stronzi come voi e ne ho abbastanza! Mi avete sentito? Ne ho abbastanza, manicadifiglidiputtana, PARASSITI DEL CAZZO!»

«Marino!» Lo tirai per il polso, mentre la paura

mi incendiava i nervi. Mai, mai lo avevo visto così fuori di sé. "Signore, ti scongiuro," pensai "fa' che non si metta a sparare!"

Mi piazzai davanti a lui, cercando di costringerlo a guardarmi, ma i suoi occhi scorrevano ferocemente oltre la mia testa. «Ascoltami! Se ne vanno. Per favore, calmati. Cerca di calmarti, Pete. Ecco, vedi, se ne stanno andando tutti. Li vedi? Hanno capito, hanno capito. Guarda, stanno quasi correndo.»

I giornalisti sparirono con la stessa rapidità con cui erano comparsi, come una banda di pirati fantasma sbucati all'improvviso e subito inghiottiti nuovamente dalla nebbia. Marino fissò il morbido declivio erboso costellato di fiori di plastica e le impeccabili file di lapidi grigie, mentre in sottofondo si udivano i colpi penetranti dell'acciaio contro l'acciaio: armati di martello e scalpello, i becchini spaccarono il sigillo di catrame sulla tomba e sollevarono il coperchio. Allora Marino corse in direzione degli alberi, e tutti noi fingemmo di non udire gli sconvolgenti grugniti e i conati che provenivano dalla macchia di allori montani dove si era rifugiato per vomitare.

«Conservate ancora i flaconi delle sostanze usate per il trattamento delle salme?» chiesi a Lucias Ray, la cui reazione all'avanzata delle truppe dei mass media e all'esplosione di Marino sembrava più di curiosità che di fastidio.

«Credo di averne ancora mezzo di quello che ho utilizzato per lei» rispose.

«Dovrò far eseguire dei controlli tossicologici» gli spiegai.

«Non è altro che formaldeide e metanolo con un

goccio di olio di lanolina… sono prodotti di uso assolutamente comune. Naturalmente in questo caso ho usato una concentrazione bassa, viste le piccole dimensioni. Ho idea che il suo amico investigatore non si senta troppo bene» aggiunse, vedendo Marino riemergere da dietro gli alberi. «C'è in giro una brutta influenza.»

«Non credo sia quello il problema. Piuttosto, come hanno fatto i giornalisti a scoprire che eravamo qui?»

«Be', sa che non lo so? Ma la gente è fatta così.» Una pausa per sputare. «C'è sempre qualcuno che deve far andare la lingua.»

La piccola bara d'acciaio di Emily era dipinta di bianco e i becchini non avevano avuto alcun bisogno di ricorrere ancora all'argano per sollevare il coperchio e riadagiarlo delicatamente sulla terra. Lucias Ray estrasse una ricetrasmittente dalla tasca del soprabito e la accostò alle labbra.

«Puoi venire» disse.

«Dieci-quattro» rispose una voce.

«Niente giornalisti, vero?»

«Se ne sono andati tutti.»

Un carro funebre lucido e nero scivolò oltre il cancello d'ingresso, attraversando le macchie di alberi e le aiuole e superando con grazia miracolosa l'irregolare percorso disseminato di lapidi e tronchi. Un tizio piuttosto grasso con un trench e un cappello con la falda rialzata scese ad aprire i portelloni posteriori, mentre gli operai caricavano la bara. Marino intanto osservava da una certa distanza, asciugandosi la faccia con il fazzoletto.

«Io e te dobbiamo parlare» gli dissi in tono tranquillo, dopo averlo raggiunto, mentre il carro funebre si allontanava.

«Non ho bisogno di niente, grazie.» Era pallidissimo.

«Senti, io devo andare da Jenrette, in obitorio. Vieni con me?»

«No. Torno al Travel-Eze. Scolerò birra fino a vomitare di nuovo, poi passerò al bourbon, quindi telefonerò a Wesley e gli chiederò quando cazzo possiamo andarcene da questo posto di merda, perché non ho camicie di ricambio e questa è rovinata. Non ho neanche una cravatta.»

«Cerca di riposare, Pete.»

«Mi sono portato una borsa grande così» proseguì, indicando con le mani un oggetto decisamente piccolo.

«Prendi un Advil, bevi più acqua che puoi e mangia un po' di pane. Verrò da te appena avrò finito in ospedale. Se Benton chiama, digli che mi può trovare al portatile o al cercapersone.»

«I numeri ce li ha?»

«Sì.»

Mi lanciò un'occhiata al di sopra del fazzoletto, tornando ad asciugarsi la faccia: il suo sguardo ferito scomparve istantaneamente dietro il solito, impervio, muro difensivo.

9

Quando arrivai insieme al carro funebre, poco prima delle dieci, il dottor Jenrette stava sbrigando alcune pratiche nel suo ufficio. Mi sorrise nervosamente, mentre mi toglievo la giacca e indossavo un grembiule di plastica.

«Ha idea di come la stampa abbia saputo dell'esumazione?» gli chiesi, spiegando un camice chirurgico.

Mi guardò strabiliato. «Che cos'è successo?»

«Una decina di giornalisti sono piombati nel cimitero.»

«È una vergogna.»

«Dobbiamo fare in modo che non trapelino altre notizie» dissi, allacciandomi il camice sulla schiena e facendo del mio meglio per sembrare paziente. «Quello che succede tra queste mura deve rimanere tra queste mura, dottore.»

Questa volta non rispose.

«Lo so, io sono un'estranea e certo non la posso biasimare se la mia presenza la infastidisce, quindi la prego di non pensare che non mi renda conto della situazione o che me ne infischi della sua autorità. Ma può stare sicuro che chiunque abbia assassinato questa bambina legge i giornali e ascolta la radio. E se si verifica una fuga d'informazioni, anche lui lo verrà a sapere.»

Gentile come sempre, Jenrette mi ascoltava senza apparire minimamente offeso. «Stavo solo cercando di pensare a chi era al corrente» disse. «Il problema è che potrebbe essere stato chiunque.»

«Allora facciamo in modo che oggi invece non si sappia nulla» conclusi, sentendo arrivare la barella.

Il primo a entrare fu Lucias Ray, seguito dal tizio con il trench e il cappello che spingeva la lettiga. La parcheggiarono accanto al tavolo operatorio, quindi Ray estrasse una manovella di metallo dalla tasca del soprabito e la inserì in un piccolo foro a un'estremità della bara. Dopo qualche giro che serviva a rompere il sigillo, disse: «Bene, così dovrebbe bastare». Rimise la manovella in tasca. «Spero non vi dispiaccia se resto nei paraggi per dare un'occhiata al mio lavoro. È un'occasione che non abbiamo quasi mai, visto che non siamo abituati a esumare cadaveri a così breve distanza di tempo dalla sepoltura.»

Fece per sollevare il coperchio, ma se il dottor Jenrette non avesse provveduto ad appoggiarci sopra le mani, lo avrei fatto io al posto suo.

«Normalmente non sarebbe un problema, Lucias» disse. «Ma, davvero, è meglio che nessuno resti qui, adesso.»

«Siamo un po' permalosi, eh?» Il sorriso di Ray si fece più tirato. «Come se non avessi mai visto questa poveretta. Tra il dentro e il fuori, la conosco meglio della sua mamma.»

«Lucias, ora devi proprio andartene, così la dottoressa Scarpetta e io possiamo sbrigare il nostro lavoro» insistette Jenrette nello stesso tono triste e accomodante. «Ti chiamerò quando avremo finito.»

«Dottoressa Scarpetta.» Ray mi fissò. «Ho la sensazione che da quando i federali sono arrivati in città la gente sia meno amichevole del solito.»

«Si tratta di un'indagine su un omicidio, signor Ray» replicai. «Forse sarebbe meglio non prendere le cose a titolo personale, visto che non è in quel senso che sono intese.»

«Vieni, Billy Joe» disse allora l'impresario al tizio con il trench. «Andiamo a mettere qualcosa sotto i denti.»

Quando furono usciti, il dottor Jenrette chiuse a chiave la porta.

«Mi dispiace» commentò, infilandosi i guanti. «A volte Lucias si comporta in modo un po' invadente, ma è un'ottima persona.»

Temevo potessimo scoprire che il cadavere di Emily non era stato opportunamente ricomposto, o che era stato sepolto in maniera inadeguata rispetto alla cifra pagata dalla madre. Ma quando Jenrette e io aprimmo la bara, non notai alcuna palese anomalia. Il drappo di satin bianco era stato ripiegato sul corpo e sopra era stato posato un pacchetto avvolto in carta velina bianca e stretto da un fiocco rosa. Cominciai a scattare alcune foto.

«Ray aveva parlato di questo?» Porsi il pacchetto a Jenrette.

«No.» Se lo rigirò tra le mani con aria perplessa.

L'odore delle sostanze usate per la ricomposizione della salma esalò dai lembi aperti del tessuto: Emily Steiner era ben conservata nel suo abitino di velluto celeste a maniche lunghe con il collo alto, e le trecce legate da nastri dello stesso tessuto. Un sottile velo di muffa biancastra e pelosa, osservabile in qualsiasi corpo esumato, le copriva il viso e iniziava ad allargarsi anche sul dorso delle mani, posate sul petto e strette intorno a una copia del Nuovo Testamento. Emily portava calzettoni bianchi e scarpe di pelle nera. Nessuno degli indumenti aveva l'aria di essere nuovo.

Scattai altre foto, quindi insieme a Jenrette la estraemmo dalla bara trasferendola sul tavolo d'acciaio, dove iniziammo a spogliarla. Sotto le vesti di quella dolce e giovane ragazzina si celava l'orribile segreto della sua morte: chi ha la grazia di morire nel suo letto non porta certo con sé simili ferite.

Qualunque patologo onesto ammetterà che le procedure dell'autopsia sono agghiaccianti. In nessun intervento *premortem* ci si sognerebbe di praticare cose come un'incisione a Y, poiché è esattamente come la descrive il nome: il bisturi corre da ciascuna clavicola fino allo sterno, e da lì scende lungo tutto il torace per terminare all'altezza del pube, dopo aver compiuto una breve deviazione intorno all'ombelico. Non è più piacevole l'incisione da orecchio a orecchio lungo la parte posteriore della testa, operazione che prelude all'apertura del cranio per mezzo di una sega.

Naturalmente, poi, su un cadavere le ferite non guariscono: al massimo si possono pietosamente coprire con opportuni colletti di pizzo e strategiche acconciature dei capelli. Con il pesante strato di cerone steso dall'impresa funebre e la vistosa cucitura che la solcava per intero, Emily assomigliava a una triste bambola di stoffa privata dei suoi vezzosi vestitini e abbandonata da una mano crudele.

L'acqua tamburellava nel lavandino d'acciaio, mentre Jenrette e io grattavamo via la muffa, il cerone e il gesso color carne che riempiva il foro della pallottola sul retro della testa e le zone sulle cosce, sul petto e sulle spalle, dove l'assassino aveva asportato la carne. Estraemmo i bulbi dalle orbite oculari e rimuovemmo i punti di sutura, mentre dalla cavità toracica si levavano acri esalazioni che ci fecero piangere e colare il naso. Gli organi interni erano impastati di polvere per l'imbalsamazione, così li prendemmo e li sciacquammo. Per prima cosa esaminai il collo, senza però trovare nulla che il mio collega non avesse già documentato. Quindi incuneai uno scalpello lungo e sottile fra i molari per aprirle la bocca.

«Uhm, resiste. Dovremo recidere il massetere» dissi, delusa. «Voglio controllare la lingua nella sua posizione anatomica, prima di arrivarci dalla parte posteriore della faringe. Chissà se ci riusciamo.»

Il dottor Jenrette sostituì la lama del bisturi. «Che cosa stiamo cercando?»

«Voglio capire se si è morsicata la lingua.»

Qualche minuto dopo scoprii che era così.

«Ci sono dei segni lungo il margine» gli feci notare. «Può misurarli, per favore?»

«Tre millimetri per sei.»

«E anche le emorragie sono profonde circa sei millimetri. È come se si fosse morsicata ripetutamente. Lei cosa ne pensa?»

«Credo sia possibile.»

«Dunque, il decesso è stato accompagnato da convulsioni.»

«Una lesione cranica può effettivamente scatenarle» confermò lui, prendendo la macchina fotografica.

«Sì, ma allora per quale ragione le condizioni del cervello non testimoniano il fatto che sia sopravvissuta abbastanza a lungo per avere un attacco?»

«Un'altra domanda senza risposta, immagino.»

«Sì. Tutto ciò è molto sconcertante.»

Una volta girato il corpo, mi immersi nell'esame dello strano segno che aveva reso necessaria la seconda autopsia, mentre il fotografo legale arrivava e sistemava le sue attrezzature. Per quasi tutto il pomeriggio scattammo rullini di pellicola a infrarossi, a ultravioletti, a colori, ad alto contrasto e in bianco e nero, ricorrendo a un gran numero di filtri e lenti speciali.

Quindi andai a prendere la mia valigetta medica ed estrassi una decina di anelli neri in plastica ABS, il materiale di cui sono fatte le tubature fognarie e quelle per il trasporto idrico. Ogni paio d'anni chiedevo a un dentista forense di tagliarmi con una sega a nastro quegli anelli spessi un centimetro, e di levigarmeli bene. Fortunatamente non mi capitava spesso di dover estrarre simili aggeggi dalla borsa, poiché di rado occorreva asportare segni di morsicature umane o altre amenità del genere dal corpo di vittime assassinate.

Decisi di utilizzare un anello di sette centimetri e mezzo di diametro, quindi presi una perforatrice di piastrine e impressi il numero progressivo di Emily Steiner e le tacche di posizionamento sui due lati. La pelle, come la tela di un pittore, è tesa, e per conservare l'esatta configurazione anatomica del segno sulla natica sinistra di Emily sia durante, sia dopo l'asportazione, mi occorreva una matrice stabile.

«Ha del Super Glue?» chiesi al dottor Jenrette.

«Certo.» Me ne portò un tubetto.

«Per favore, continui a scattare fotografie in rapida successione» dissi poi al fotografo, un giapponese smilzo che non stava fermo un momento.

Posizionato l'anello in corrispondenza del segno, lo fissai alla pelle con la colla e per una maggior tenuta aggiunsi alcuni punti di sutura. Quindi dissezionai il tessuto intorno all'anello e lo misi in blocco sotto formalina. Per tutto il tempo continuai a chiedermi quale potesse essere il significato di quel segno, un cerchio irregolare con un parziale scolorimento marroncino simile a un'impronta. Un'impronta di che cosa, però, non riuscii a capirlo nonostante le numerose istantanee scattate da ogni possibile angolazione.

Non pensammo più al pacchetto avvolto nella carta velina finché il fotografo non se ne fu andato e noi comunicammo all'impresa di pompe funebri che potevano venire a riprendersi il corpo.

«Di questo cosa ne facciamo?» chiese allora Jenrette.

«Dobbiamo aprirlo.»

Dispose alcune salviette pulite su un carrello e vi appoggiò sopra il pacchetto. Dopo avere delicatamente inciso la carta con un bisturi, tirò fuori una vecchia scatola che aveva contenuto delle ballerine da donna numero 36. Quindi tagliò vari strati di nastro adesivo e sollevò il coperchio.

«Oh, mio Dio» mormorò, fissando allibito quello che qualcuno aveva voluto infilare di nascosto nella tomba di una bambina.

Chiuso in due sacchetti da freezer, c'era un gattino di pochi mesi, morto. Estrassi il corpicino rigido come legno e dalle minuscole costole sporgenti: era una femmina nera con le zampine bianche, senza collare. Non notai cause evidenti di morte finché non la portai in sala radiologica, e poco dopo inserii la lastra in un diafanoscopio.

«Ha le cervicali rotte» dissi, mentre un brivido mi drizzava i capelli sulla nuca.

Il dottor Jenrette si avvicinò aggrottando le sopracciglia. «Sembra che qui la colonna vertebrale sia fuori sede» commentò, toccando la lastra con una nocca. «Strano. Una dislocazione laterale? Non credo che possa essere il risultato di un incidente stradale.»

«Infatti non è stata investita da una macchina» confermai. «Le hanno ruotato la testa di novanta gradi in senso orario.»

Quando tornai al Travel-Eze, verso le sette del pomeriggio, trovai Marino nella sua stanza intento a mangiare un cheeseburger. La pistola, il portafoglio e le chiavi della macchina erano appoggiati su un letto e lui era sdraiato sull'altro, mentre le scarpe e le calze giacevano sparse sul pavimento come se le avesse tolte camminando. Non doveva essere rientrato da molto. I suoi occhi mi seguirono fino al televisore, che spensi.

«Forza» gli dissi. «Dobbiamo uscire.»

La "vera verità", secondo Lucias Ray, era che a mettere il pacchetto nella cassa di Emily era stata Denesa Steiner. Per quanto lo riguardava, aveva

semplicemente pensato che contenesse un giocat-
tolo o la sua bambola preferita.

«Quando lo avrebbe fatto?» chiese Marino, mentre attraversavamo a passo deciso il parcheggio
del motel.

«Subito prima del funerale. Hai le chiavi della
tua macchina?»

«Sì.»

«Be', allora guida tu.»

Le esalazioni della formalina, il digiuno e la mancanza di sonno mi avevano provocato un brutto
mal di testa.

«Hai sentito Benton?» mi informai poi, nel tono
più naturale possibile.

«Alla reception c'era una pila di messaggi per
te, no?»

«Sono salita direttamente in camera tua. Ma tu
come fai a saperlo?»

«Perché l'impiegato voleva consegnarli a me.
Aveva pensato che di noi due il dottore fossi io.»

«È solo perché sei un uomo.» Mi massaggiai le
tempie.

«Gentile notarlo, da parte tua.»

«Senti, mi piacerebbe che la smettessi di parlare come un razzista, perché in realtà non credo affatto che tu lo sia.»

«Che ne dici della mia bagnarola?»

Gli avevano dato una Chevrolet Caprice color testa di moro munita di luci lampeggianti, radiotra-
smittente, telefono e scanner, nonché di una cinepre-
sa e di un fucile Winchester in acciaio inossidabile
calibro dodici: lo stesso modello usato dall'FBI, un
sette colpi a pompa.

«Santo cielo» mormorai incredula, mentre salivo. «E da quando a Black Mountain hanno bisogno di armi antisommossa?»

«Da adesso.» Accese il motore.

«Sei stato tu a chiederlo?»

«No.»

«Mi spieghi come fa un corpo di polizia di dieci persone a essere equipaggiato meglio della DEA?»

«Forse perché da queste parti la gente ha capito davvero cosa significa essere tutori dell'ordine. In questo momento la comunità locale ha un brutto problema da risolvere, e i commercianti e i cittadini cercano di collaborare regalando roba come questa: macchine, telefoni, fucili. Uno dei poliziotti mi ha detto che stamattina ha chiamato una vecchia signora ansiosa di sapere se i federali arrivati in città per i rinforzi avevano voglia di pranzare da lei domenica.»

«Be', ma che gentile» commentai, ammirata.

«E il consiglio cittadino sta già pensando di potenziare il dipartimento di polizia. Credo che da questo si capiscano molte cose.»

«Per esempio?»

«Black Mountain avrà bisogno di un nuovo comandante.»

«Perché, quello vecchio che fine ha fatto?»

«Mote era quanto di più simile a un capo avessero qui.»

«Scusa ma non ti seguo bene.»

«Forse non dovrai fare molta strada per seguirmi. Stanno cercando una persona che abbia esperienza, e già mi trattano come una specie di 007. Non occorre essere un genio per capire.»

«Pete, mi spieghi che cosa ti sta succedendo?» chiesi in tono conciliante.

Si accese una sigaretta. «Senti, prima non ti sembra possibile che mi scambino per un dottore, e adesso non ti convinco neanche come comandante? Ah, già, certo, per lei sono un povero derelitto, un illuso, un mangiaspaghetti che esce con donnine in abiti attillati e pettinature vaporose.» Sbuffò una rabbiosa boccata di fumo. «Ehi, il fatto che mi piace giocare a bocce non significa che sono uno zotico ottuso, sai? E anche se non ho frequentato le vostre belle scuole da Ivy League non vuol dire che sono un povero coglione.»

«Hai finito?»

«No, c'è un'altra cosa,» proseguì imperterrito «ed è che qui intorno ci sono un sacco di bei posti dove andare a pescare. Bee Tree e Lake James, per esempio, e tranne che a Montreat e Biltmore le case costano pochissimo. Forse sono solo stufo marcio di pazzi che si sparano a vicenda e di serial killer che costa più mantenere in vita dietro le sbarre di quello che pagano me per mandarceli. Quando ci restano, poi, quei fottuti, quando ci restano…»

Eravamo parcheggiati sul vialetto di casa Steiner da cinque minuti buoni. Lanciai un'occhiata all'edificio illuminato, chiedendomi se Denesa sapeva che eravamo lì e perché.

«Adesso hai finito?»

«No, non ancora. È che mi sono rotto di parlare.»

«Bene. Innanzitutto, io non ho mai frequentato scuole da Ivy League…»

«Be', perché, la Johns Hopkins e Georgetown come le chiami?»

«Cristo, Marino, vuoi star zitto?»

Si voltò a guardare fuori dal finestrino e accese un'altra sigaretta.

«Sono stata anch'io un'italiana povera cresciuta in un quartiere di italiani poveri, proprio come te» ripresi. «La differenza è che io stavo a Miami e tu nel New Jersey. Non ho mai finto di essere meglio di te, né ti ho mai dato dello stupido. Anzi, non hai niente a che fare con la stupidità, tu, anche se parli come uno zotico e non sei mai andato all'opera.

«Per quanto mi riguarda, c'è solo una cosa che non mi va di te: che sei un maledetto testone, e nei momenti peggiori diventi bigotto e intollerante. In altre parole, ti comporti con gli altri così come temi che loro si stiano comportando con te.»

Marino aprì la portiera. «Non solo non ho tempo per prendere lezioni da te, ma non mi interessano neanche.» Gettò a terra la sigaretta, che spense con il tacco della scarpa.

Ci avviammo in silenzio verso la porta di casa Steiner. Quando Denesa venne ad aprirci, ebbi la netta sensazione che avesse intuito che Marino e io avevamo litigato. Mentre la nostra ospite ci conduceva nel salotto già tristemente familiare per via delle foto circolate a Quantico, Pete evitò accuratamente di guardarmi. La stanza era arredata in stile country, con un'abbondanza di tessuti plissettati, di cuscini panciuti, di piante pensili e di macramè. Dietro uno sportello di vetro baluginavano le fiamme di un caminetto a gas. C'erano un sacco di orologi fermi, e la signora Steiner doveva essere stata interrotta nel bel mezzo di un vecchio film di Bob Hope trasmesso da una tv via cavo.

Andò a spegnere il televisore e sedette su una sedia a dondolo. Aveva l'aria molto stanca. «Non è stata una buona giornata» disse.

«Be', Denesa, ci credo, con tutto quel che è successo» rispose Marino, accomodandosi su una poltrona di vimini e dedicandole tutta la propria attenzione.

«Siete venuti per dirmi cos'avete scoperto?» chiese, e mi ci volle un attimo per capire che si riferiva all'esumazione.

«Dobbiamo ancora eseguire parecchi esami» la tranquillizzai.

«Quindi non c'è nulla che possa aiutarvi a catturare quell'uomo.» Dalle sue parole trapelava una pacata disperazione. «Quando non sanno cosa dire, i medici si aggrappano sempre agli esami. Dopo tutto quel che ho passato, lo so bene.»

«Sono cose che richiedono tempo, signora Steiner.»

«Senta, Denesa,» riprese Marino «sono davvero spiacente di disturbarla ancora, ma dobbiamo rivolgerle un paio di domande. La dottoressa ha qualcosa da dirle.»

La donna mi guardò, continuando a dondolarsi.

«Signora Steiner, nella bara di Emily abbiamo trovato un pacchetto che l'impresario delle pompe funebri ha dichiarato che è stato messo lì da lei» esordii.

«Oh, sta parlando di Calzina» disse Denesa con voce piatta.

«Calzina?»

«Una micetta che spesso gironzolava qui intorno. Da un mese circa, direi. Naturalmente, sensibile com'era, Emily aveva cominciato a darle da mangiare. Si era affezionata tanto.» Sorrise, gli occhi colmi di lacrime.

«La chiamava Calzina perché era tutta nera tranne le zampine, perfettamente bianche.» Distese le mani, allargando le dita. «Sembrava proprio che portasse le calze.»

«E come è morta?» chiesi in tono cauto.

«Non lo so.» Estrasse dalla tasca un fazzolettino di carta e si asciugò gli occhi. «Una mattina l'ho trovata qui fuori, proprio davanti a casa. Subito dopo che Emily... Ho pensato che fosse morta di crepacuore.» Si coprì la bocca col fazzoletto, singhiozzando.

«Vado a prepararle qualcosa da bere» disse Marino, alzandosi e uscendo dalla stanza. Tanta familiarità con la casa e la nostra ospite mi colpì come un fatto alquanto inusuale, e dentro di me sentii crescere l'imbarazzo.

«Signora Steiner» ripresi, sporgendomi in avanti sul divano. «La gattina di Emily non è morta di crepacuore. Aveva il collo spezzato.»

Denesa Steiner abbassò le mani e trasse un respiro tremante e profondo. «Che cosa sta dicendo?»

«Che si è trattato di morte violenta.»

«Be', sarà stata investita da una macchina. Che tristezza. Avevo anche detto a Emily che c'era quel pericolo.»

«Non è stata investita da una macchina.»

«Allora pensa che forse uno dei cani della zona...?»

«No» risposi nell'attimo in cui Marino tornava con quello che sembrava un bicchiere di vino bianco. «No, la gattina è stata uccisa da qualcuno. Deliberatamente.»

«Come fa a saperlo?» Aveva un'espressione terrorizzata, e quando prese il bicchiere per appoggiarlo sul tavolinetto accanto alla sedia, le tremavano le mani.

«Alcuni reperti fisici dimostrano che il collo è stato torto» le spiegai con calma. «So che per lei è terribile dover ascoltare simili particolari, signora, ma se desidera aiutarci a trovare il responsabile è necessario che sappia la verità.»

«Ha idea di chi potrebbe aver fatto del male alla vostra gattina?» intervenne Marino. Si era già seduto, ma ora tornò a sporgersi verso di lei, con gli avambracci appoggiati alle ginocchia, come a dimostrarle che in sua presenza poteva fidarsi e sentirsi al sicuro.

Denesa Steiner lottò per darsi un contegno. Sollevò il bicchiere e bevve qualche sorso di vino. «So che ci sono state delle telefonate.» Inspirò a fondo. «Dio, ho le unghie blu. Sono un rottame.» Allungò una mano. «Non riesco a farmene una ragione. Non riesco a dormire. Non so cosa fare.» E ricominciò a sciogliersi in lacrime.

«Va tutto bene, Denesa» la consolò Marino. «Se la prenda comoda. Noi siamo sempre qui. Ora, mi racconti delle telefonate.»

Si asciugò gli occhi. «Per lo più sono uomini. Una volta forse c'è stata una donna che mi ha detto che se avessi tenuto d'occhio la mia bambina come una buona madre, tutto questo non sarebbe... E poi una voce giovane, come un ragazzino che fa gli scherzi. Ha detto qualcosa. Una cosa tipo che aveva visto Emily sulla bicicletta. Ma è stato dopo... insomma, non può essere... E poi uno più grande, sì, con la voce più da grande. Ha detto che non aveva ancora finito.» Un altro sorso di vino.

«Che non aveva ancora finito?» ripetei. «Nient'altro?»

«Non ricordo.» Chiuse gli occhi.

«E quando è successo?» volle sapere Marino.

«Subito dopo che l'hanno trovata. Al lago.» Tornò ad allungare la mano verso il bicchiere, rovesciandolo.

«Ci penso io.» Marino si alzò di scatto. «Prima, però, devo fumarmi una sigaretta.»

«Sa a cosa si riferisse?» le domandai.

«A quello che era accaduto. A chi le aveva fatto del male. Stava dicendo che le disgrazie non erano finite. Be', se non sbaglio è stato il giorno dopo che ho ritrovato Calzina.»

Poi, apparentemente dimentica del bicchiere rovesciato e della macchia di vino che si allargava sul tavolinetto, aggiunse: «Forse potrebbe prepararmi un po' di pane tostato con del burro di arachidi o del formaggio, capitano. Sento che ho un calo di zuccheri».

Marino lasciò di nuovo il soggiorno.

«Quando quell'uomo entrò in casa e portò via sua figlia,» ripresi «per caso le disse qualcosa?»

«Mi disse che se non gli avessi ubbidito alla lettera, mi avrebbe ammazzata.»

«Quindi sentì la sua voce.»

Annuì, dondolandosi sulla sedia, gli occhi fissi su di me.

«E assomigliava forse alla voce che poco fa diceva di aver sentito al telefono?»

«Non lo so. Può essere. Ma è difficile dirlo.»

«Signora Steiner…?»

«Mi chiami pure Denesa.» Aveva uno sguardo intenso.

«Che altro ricorda di lui, dell'uomo che fece irruzione e che la immobilizzò con il nastro adesivo?»

«Si sta chiedendo se è lo stesso che in Virginia ha ucciso quel ragazzino, vero?»

Non risposi.

«Ricordo di aver visto delle foto su "People". C'erano anche i suoi familiari. E avevo pensato che era una cosa così orribile, che non riuscivo a immaginare come doveva sentirsi quella povera madre. Per me fu già abbastanza drammatico quando morì Mary Jo: credevo non potesse esistere niente di peggio.»

«Mary Jo è la bambina che ha perso per la sindrome della morte in culla?»

Una scintilla d'interesse brillò dietro il suo cupo dolore, come se fosse rimasta impressionata o incuriosita dal fatto che fossi a conoscenza di quel particolare. «Morì nel mio letto. Mi svegliai e lei era lì, accanto a Chuck, morta.»

«Chuck era suo marito?»

«All'inizio pensai che girandosi l'avesse inavvertitamente schiacciata, soffocandola, ma dissero di no, che era quella sindrome della morte in culla.»

«Quanto tempo aveva Mary Jo?»

«Aveva appena festeggiato il suo primo compleanno.» Inghiottì nuove lacrime.

«Ed Emily era già nata?»

«Emily arrivò un anno dopo, e io temevo tanto che le succedesse la stessa cosa. Aveva delle coliche, era così delicata. E i dottori sospettavano soffrisse di apnea, così mi toccava sorvegliarla costantemente durante il sonno. Per essere sicura che respirasse, capisce. In quel periodo sembravo uno zombie, non riuscivo a fare una nottata di sonno. Su e giù, continuamente, una notte dopo l'altra. In preda a quell'eterna paura.»

Tornò a chiudere gli occhi per un momento e a dondolarsi sulla sedia, le sopracciglia inarcate dalla sofferenza e le mani aggrappate ai braccioli.

In quell'istante pensai che Marino non voleva sentirmi interrogare la signora Steiner perché era troppo arrabbiato, e che questo spiegava le sue lunghe assenze dal soggiorno. Sapevo che era stato sopraffatto dalle emozioni, e temevo che non riuscisse più a lavorare con efficienza a quel caso.

La signora Steiner riaprì gli occhi, posandoli ancora una volta su di me. «Ha ucciso un sacco di gente e adesso è qui» disse.

«Chi?» Ero confusa, completamente assorta nei miei pensieri.

«Temple Gault.»

«Non abbiamo alcuna prova che sia qui.»

«Io lo so.»

«E come lo sa?»

«Da quello che ha fatto alla mia Emily. È la stessa cosa.» Una lacrima le rotolò lungo la guancia. «Vede, so che adesso dovrei temere di essere la prossima vittima, ma non mi importa. Tanto, che cosa mi resta?»

«Sono davvero addolorata» le dissi il più gentilmente possibile. «Senta, perché non mi racconta qualcosa di quella domenica? Di domenica primo ottobre?»

«La mattina andammo in chiesa, come sempre.

E poi alla scuola domenicale. Quindi pranzammo ed Emily salì nella sua stanza. Si esercitò anche un po' con la chitarra. Non la vidi molto.»

La signora Steiner aveva gli occhi spalancati sui ricordi.

«Rammenta se uscì presto per andare alla riunione del suo gruppo?»

«Venne in cucina, io stavo preparando un dolce di banane. Disse che doveva andare via presto per esercitarsi con la chitarra e io le diedi qualche soldino per le offerte, come sempre.»

«E al suo ritorno?»

«Cenammo. Aveva un'aria infelice. Voleva far entrare Calzina in casa, ma io le dissi di no.»

«Cosa le fa pensare che fosse infelice?»

«Era scontrosa. Sa come diventano i ragazzini, quando sono di cattivo umore. Salì in camera e dopo un po' era già a letto.»

«Mi parli delle sue abitudini alimentari» la esortai, ricordando che Ferguson avrebbe dovuto farle questa domanda al suo ritorno da Quantico. Purtroppo, non doveva averne avuto il tempo.

«Era molto difficile. Esigente.»

«E quella sera, domenica, mangiò tutto a cena?»

«In realtà fu uno dei motivi per cui ci mettemmo a discutere. Continuava a spingere via il piatto. Mise il broncio.» Le si stava incrinando la voce. «Ogni volta era una lotta... Era una tale fatica farla mangiare.»

«Soffriva di nausee o diarree?»

Il suo sguardo tornò a focalizzarsi su di me. «Spesso stava poco bene.»

«Poco bene può voler dire molte cose, signora

Steiner» osservai in tono paziente. «Soffriva di nausee o diarree frequenti?»

«Sì. L'ho già detto a Max Ferguson.» Nuove lacrime le rigarono il viso. «E non capisco perché devo continuare a rispondere sempre alle stesse domande. Non servono ad altro che a riaprire le ferite.»

«Mi dispiace» mormorai, con una cortesia che mascherava il mio stupore. Quando ne aveva parlato con Max Ferguson? Le aveva forse telefonato dopo essere partito da Quantico? Se era così, Denesa Steiner era stata forse una delle ultime persone che l'avevano sentito prima che morisse.

«Ma non le è successo perché stava poco bene» proseguì, piangendo più forte. «Credevo che mi voleste rivolgere delle domande utili per catturare l'assassino.»

«Signora Steiner, so che non le sarà facile rispondere, ma… dove abitavate quando Mary Jo morì?»

«Oh, Dio, Dio, aiutami.»

Affondò il viso tra le mani, e io rimasi a fissarla imbambolata mentre cercava di ricomporsi, le spalle che sussultavano a ogni singhiozzo. A poco a poco si calmò, i piedi, le braccia, le mani smisero di tremare. Sollevò gli occhi e mi guardò: in quell'annebbiamento brillava una strana luce fredda che, curiosamente, mi fece pensare al lago della notte prima, a quell'acqua così scura che sembrava quasi un altro elemento. E provai la stessa ansia che mi assaliva nei sogni.

Quando riprese a parlare, la sua voce era molto bassa. «Quello che vorrei sapere è se lei lo conosce, dottoressa Scarpetta.»

«Se conosco chi?» chiesi, e proprio allora Marino tornò con un toast di burro d'arachidi e gelatina, uno strofinaccio e una bottiglia di chablis.

«L'uomo che ha ammazzato quel ragazzo. Ha mai parlato con Temple Gault?» rispose, mentre Marino rimetteva in piedi il bicchiere e lo riempiva, appoggiando il toast lì accanto.

«Aspetta che ti aiuto» dissi, e gli presi lo strofinaccio per asciugare il vino versato.

«Me lo descriva.» Chiuse gli occhi.

Allora rividi Gault, i suoi occhi penetranti e i capelli biondo chiaro. Aveva lineamenti affilati, era piccolo e scattante. Ma quegli occhi: non li avrei mai potuti dimenticare. Sapevo che era capace di sgozzare un uomo senza battere ciglio. Sapevo che aveva ammazzato tutte le sue vittime mantenendo la stessa espressione inalterata. Gelidi occhi azzurri.

«Mi scusi» mormorai, rendendomi conto che nel frattempo la signora Steiner aveva continuato a parlare.

«Perché lo avete lasciato scappare?» ripeté lei in tono d'accusa, e si rimise a piangere.

Marino le consigliò di andarsi a riposare: noi avevamo finito. In macchina, il suo umore era orribile.

«Gault le ha ucciso la gatta» disse.

«Non ne abbiamo le prove.»

«In questo momento non mi interessa affatto sentirti parlare come un avvocato.»

«Io sono un avvocato» ribattei.

«Ah, già. Scusa se mi sono scordato l'ennesimo titolo. È che continua a sfuggirmi di mente che sei *davvero* un dottore-avvocato-grande-capo-indiano.»

«Sai per caso se Ferguson aveva telefonato alla Steiner dopo essere partito da Quantico?»

«No.»

«Durante la riunione aveva dichiarato di volerle rivolgere alcune domande di ordine medico. Da quanto mi ha detto adesso, pare che l'abbia fatto, il che significa che deve averle parlato poco prima di morire.»

«Forse le ha telefonato appena rientrato dall'aeroporto.»

«Dopodiché sale in camera da letto e si infila un cappio al collo?»

«No, capo. Sale in camera da letto e si masturba. Magari la conversazione telefonica l'ha eccitato.»

Era possibile.

«Come si chiama di cognome il ragazzino che piaceva a Emily? Quel Wren, ricordi?»

«Perché?»

«Vorrei andare a trovarlo.»

«Caso mai non ti intendessi troppo di bambini, sappi che sono le nove di sera e che domani c'è scuola.»

«Marino» dissi in tono piatto. «Limitati a rispondere alla mia domanda.»

«So che non abita lontano da casa Steiner.» Accostò al ciglio della strada e accese la luce di cortesia. «Di cognome fa Maxwell.»

«Andiamo da lui.»

Sfogliò il blocco per gli appunti, quindi mi guardò. Nei suoi occhi stanchi lessi qualcosa di più del semplice rancore: Marino stava soffrendo in maniera indicibile.

I Maxwell vivevano in una casa di tronchi moderna, forse prefabbricata, con vista sul lago.

Imboccammo un vialetto di ghiaia illuminato dalla luce intensa di alcuni faretti, e aspettammo nella veranda che qualcuno venisse ad aprirci. Faceva abbastanza freddo perché le foglie dei rododendri cominciassero ad accartocciarsi e il nostro alito si trasformasse in nuvole di vapore bianco. Quando finalmente la porta si aprì, ci trovammo di fronte un uomo giovane e snello, con il viso magro e occhiali con la montatura nera; era in pantofole e indossava una vestaglia scura di lana. Chissà se da quelle parti qualcuno osava restare alzato fin dopo le dieci di sera, pensai.

«Sono il capitano Marino, e questa è la dottoressa Scarpetta» annunciò Pete, con la classica voce grave da poliziotto che avrebbe terrorizzato qualunque buon cittadino sulla faccia della terra. «Stiamo collaborando con le autorità locali per il caso Emily Steiner.»

«Siete quelli che vengono da fuori» disse l'uomo.

«Lei è il signor Maxwell?» insistette Marino.

«Lee Maxwell. Prego, accomodatevi. Immagino che siate venuti per parlare con Wren.»

Varcammo la soglia di casa proprio mentre una donna in sovrappeso con una tuta da ginnastica rosa scendeva le scale. Ci guardò come se sapesse esattamente perché ci trovavamo lì.

«È di sopra, in camera sua. Gli stavo leggendo un libro» disse.

«Mi chiedevo se fosse possibile scambiare qualche parola con lui» buttai lì io, cercando di suonare il meno minacciosa possibile. I Maxwell erano visibilmente turbati.

«Se vuole posso andarlo a chiamare» si offrì il padre.

«Preferirei raggiungerlo di sopra, se permettete.»

La signora Maxwell tormentava con aria assente una cucitura mezzo disfatta del polsino della felpa. Ai lobi delle orecchie spiccavano dei piccoli orecchini d'argento a forma di croce, appaiati a una catenina che portava al collo.

«Magari, mentre la dottoressa è impegnata, potremmo fare due chiacchiere anche noi» propose Marino.

«Quel poliziotto, quello che è morto, aveva già parlato con Wren» disse il padre.

«Lo so» ribatté ancora Pete, in un tono che più o meno significava: non m'importa di chi ha già parlato con vostro figlio. «Non vi ruberemo molto tempo, potete contarci.»

«Okay, va bene» acconsentì infine la signora Maxwell, rivolgendosi a me.

La seguii dunque nella lenta e faticosa salita delle scale prive di passatoia, fino a un primo piano con pochissime stanze ma così illuminato da farmi dolere gli occhi. Sembrava che dentro e fuori casa Maxwell non ci fosse un solo angolo risparmiato da quell'inondazione di luce. Entrando trovammo Wren in pigiama, immobile al centro della stanza: ci guardò come se l'avessimo colto nel bel mezzo di qualcosa che non avremmo dovuto vedere.

«Perché non sei a letto, figliolo?» disse la madre, più stanca che severa.

«Avevo sete.»

«Vuoi che ti porti un altro bicchiere d'acqua?»

«No, non fa niente.»

Non era difficile immaginare perché Emily si fosse sentita attratta da quel ragazzino. Wren Maxwell era cresciuto in altezza più velocemente di quanto la sua muscolatura potesse sopportare, e i capelli dorati gli ricadevano in ciuffi ribelli sugli occhi di un azzurro scuro. Dinoccolato e scomposto, con una bocca e una carnagione perfette, si era rosicchiato le unghie fino alla carne. Portava alcuni braccialetti di cuoio intrecciato che per essere tolti avrebbero richiesto l'intervento delle forbici, e quel particolare mi disse che a scuola doveva avere parecchio successo, soprattutto con le ragazze, che probabilmente però trattava con una certa rudezza.

«Wren, questa è la dottoressa…» mi guardò «mi dispiace, ma dovrebbe ripetermi il suo nome.»

«Sono la dottoressa Scarpetta.» Rivolsi a Wren un sorriso, notando la sua espressione allarmata.

«Non sto mica male» fu lesto a precisare.

«Non quel genere di dottore, Wren» spiegò la signora Maxwell.

«Che genere, allora?» La curiosità aveva avuto la meglio sulla timidezza.

«Be', più o meno del genere di Lucias Ray.»

«Lui non è un dottore.» Wren lanciò un'occhiata cupa alla madre. «È un becchino.»

«Figliolo, adesso per favore rimettiti a letto o ti buscherai un raffreddore. Dottoressa Scarletti, prenda pure quella sedia. Io intanto torno dabbasso.»

«Si chiama *Scarpetta*» gridò Wren alla madre, già fuori dalla porta.

Quindi si arrampicò sul letto infilandosi sotto una coperta di lana. Notai i motivi a mazze e palle da baseball disegnati sulle tendine della finestra, e le ombre di vari trofei allineati sul davanzale.

Alle pareti di legno di pino erano appesi i poster di alcuni campioni sportivi; l'unico che riconobbi fu Michael Jordan, immortalato come un dio nel tipico salto sponsorizzato Nike. Tirai una sedia vicino al letto e improvvisamente mi sentii vecchia.

«Che sport pratichi?»

«Gioco negli Yellow Jackets» rispose, illuminandosi tutto: finalmente aveva trovato un complice per restare sveglio.

«Gli Yellow Jackets?»

«È la squadra della lega giovanile. Siamo i più forti, da queste parti. Strano che non abbia mai sentito parlare di noi.»

«Sono sicura che se vivessi qui lo saprei, Wren. Ma io abito lontano.»

Mi guardò come se fossi un animale esotico nella gabbia di uno zoo. «Gioco anche a basket. Sono bravissimo a dribblare fra le gambe. Scommetto che lei non è capace.»

«È vero, hai indovinato, non sono capace. Senti, vorrei che mi parlassi un po' della tua amicizia con Emily Steiner.»

Il suo sguardo si abbassò immediatamente sulle mani, che giocherellavano nervose con il bordo della coperta.

«La conoscevi da molto tempo?»

«L'ho vista qualche volta in giro. Siamo nello stesso gruppo in chiesa.» Tornò a scrutarmi. «Facciamo anche la stessa classe a scuola, ma abbiamo insegnanti diversi. La mia è la signora Winters.»

«E hai conosciuto Emily poco dopo che si è trasferita qui con i suoi genitori?»

«Più o meno. Venivano dalla California. Mamma dice che là ci sono i terremoti perché la gente non crede in Gesù.»

«Sembra che tu le fossi molto simpatico» dissi. «Anzi, mi sa che aveva una bella cotta per te. Lo sapevi?»

Annuì, abbassando nuovamente gli occhi.

«Wren, puoi dirmi quando l'hai vista l'ultima volta?»

«In chiesa. Era venuta con la chitarra perché toccava a lei.»

«Toccava a lei cosa?»

«Suonare. Di solito Owen o Phil suonano il piano, ma certe volte Emily suonava la chitarra. Non era molto brava.»

«E quel giorno dovevate incontrarvi in chiesa?»

Il rossore si diffuse sulle sue guance, e Wren si morse il labbro inferiore per impedirgli di tremare.

«Stai tranquillo. Non hai fatto niente di male.»

«Le avevo chiesto se ci vedevamo là un po' prima» ammise allora in tono calmo.

«E lei come reagì?»

«Rispose che sarebbe venuta, ma di non dirlo a nessuno.»

«Perché volevi vederla prima?» continuai a indagare.

«Volevo sapere se avrebbe accettato.»

«E per quale motivo?»

Il rossore era vistosamente aumentato, doveva fare uno sforzo per non piangere. «Non lo so» mormorò con voce rotta.

«Per favore, Wren, raccontami cosa è successo.»

«Andai fino alla chiesa in bicicletta, per vedere se c'era.»

«Più o meno a che ora?»

«Non lo so. Almeno un'ora prima dell'inizio della riunione» rispose. «La vidi attraverso la finestra. Sedeva per terra e suonava la chitarra.»

«E poi?»

«E poi me ne sono andato e sono tornato alle cinque con Paul e Will. Abitano da quella parte.» Fece un segno con la mano.

«E non le hai detto niente?»

Le lacrime cominciarono a rotolargli giù per le guance. Se le asciugò con le mani, impaziente. «No, non le ho detto niente. Continuava a guardarmi, ma io facevo finta di non vederla. Era arrabbiata. Jack le chiese cos'aveva.»

«Chi è Jack?»

«Il leader del gruppo. Frequenta l'Anderson College di Montreat. È un grassone con la barba.»

«E lei che cosa rispose, quando Jack glielo domandò?»

«Disse che si sentiva come se le stesse venendo l'influenza. Poi se ne andò.»

«Quanto mancava alla fine della riunione?»

«Io stavo prendendo il cestino da sopra il piano. Era il mio turno di raccogliere le offerte.»

«Quindi mancava pochissimo?»

«In quel momento lei è corsa fuori. Ha preso la scorciatoia.» Si morse di nuovo il labbro inferiore, stringendo la coperta con tale energia da far risaltare chiaramente le piccole ossa delle mani.

«Come fai a sapere che prese la scorciatoia?»

Sollevò gli occhi per guardarmi, tirando su rumorosamente col naso. Gli porsi dei fazzolettini e lui se lo soffiò.

«Wren,» insistetti «tu l'hai vista *con i tuoi occhi* mentre prendeva la scorciatoia?»

«No, signora» rispose in tono mesto.

«E qualcun altro la vide?»

Si strinse nelle spalle.

«Allora perché pensi che abbia preso quella strada?»

«Perché lo dicono tutti» fu la sua risposta.

«Così come tutti hanno raccontato dov'è stato trovato il corpo?» Dinanzi al suo silenzio, aggiunsi una nota di energia al mio tono affettuoso: «Quindi tu sai esattamente in che punto, giusto, Wren?».

«Sì» disse in un bisbiglio.

«Vuoi raccontarmi qualcosa di quel posto?»

Continuando a osservarsi le mani, riprese: «È dove va a pescare tutta quella gente di colore. C'è il fango, è pieno di erbacce, gli alberi sono zeppi di rane toro e di bisce, è lì che stava. L'ha trovata uno di colore, aveva indosso solo le calze, si è preso uno spavento così forte che è diventato bianco come lei. Dopo il papà ha messo tutte le luci».

«Quali luci?»

«Sugli alberi e dappertutto. Io faccio fatica a dormire e la mamma è arrabbiata.»

«È stato tuo padre a raccontarti di quel posto sul lago?»

Wren scosse la testa.

«Allora chi?»

«Creed.»

«Creed?»

«È uno dei custodi della scuola. Fa gli stuzzicadenti, noi li compriamo per un dollaro. Dieci per un dollaro. Li infila nella menta e nella cannella.

Io preferisco quelli alla cannella, sono più forti, come i sassi. Certe volte li prendo al posto delle caramelle, se mi avanzano soldi dalla merenda. Ma non lo dica a nessuno.» Aveva l'aria preoccupata.

«Che aspetto ha Creed?» gli chiesi, mentre un campanello d'allarme cominciava a suonarmi nel cervello.

«Non lo so» rispose Wren. «È un tipo strano, si mette sempre le calze bianche con gli scarponi. Secondo me è vecchio.» Emise un sospiro.

«Sai come si chiama di cognome?»

Di nuovo scosse la testa.

«E ha sempre lavorato a scuola?»

Scosse la testa. «È venuto al posto di Albert. Albert si è ammalato perché fumava, gli hanno tagliato via un polmone.»

«Senti, Wren, Creed e Emily si conoscevano?»

Si era messo a parlare sempre più in fretta. «Noi la prendevamo in giro dicendo che Creed era il suo ragazzo perché una volta lui aveva raccolto dei fiori e glieli aveva dati. E poi le offriva le caramelle, perché a lei gli stuzzicadenti non piacevano. Sa, le femmine preferiscono quasi tutte le caramelle.»

«Eh, sì,» risposi con un sorriso tirato «posso immaginarlo.»

L'ultima cosa che gli domandai fu se si era recato sul luogo del ritrovamento del corpo. Lui rispose di no.

«Io gli credo» dissi a Marino, mentre ripartivamo dalla casa superilluminata dei Maxwell.

«A me non la racconta. Mente perché ha paura che il suo vecchio gliele suoni.» Abbassò il riscaldamento. «Questa bagnarola ha un impianto grandioso. Le mancano solo i sedili riscaldati della tua Benz.»

«Da come mi ha descritto il punto in riva al lago, ho capito che non c'è mai stato. Non credo che sia stato lui a lasciare le caramelle» insistetti.

«E allora chi è stato?»

«Cosa sai di un certo custode di nome Creed?»

«Un bel niente.»

«Magnifico. Sarà il caso che tu vada a cercarlo» dissi. «E ti dirò di più. Non credo che Emily abbia preso la scorciatoia del lago, tornando a casa.»

«Merda» si lamentò Marino. «Odio quando parti per la tangente in questo modo. Appena i conti cominciano a tornare, tu ti metti a cambiare tutte le carte in tavola.»

«Senti, io quel sentiero l'ho percorso dall'inizio alla fine e non è assolutamente possibile che una ragazzina di undici anni, né chiunque altro, prenda quella strada mentre sta calando il buio. E alle sei del pomeriggio, l'ora in cui Emily si avviò verso casa, era *già* buio.»

«Allora ha mentito a sua madre.»

«Evidentemente. Ma per quale ragione?»

«Forse perché stava tramando qualcosa.»

«Del tipo?»

«Non lo so. Senti, hai dello scotch in camera tua? Voglio dire, inutile chiederti se hai del bourbon.»

«Brava» rispose Marino. «Infatti non ce l'ho, il bourbon.»

Al mio rientro in albergo trovai cinque messaggi. Tre erano di Benton Wesley: il Bureau avrebbe mandato l'elicottero a riprendermi l'indomani mattina all'alba.

Quando finalmente riuscii a mettermi in comunicazione con lui, mi sentii annunciare in tono misterioso: «Fra le altre cose, si è creata una situazione piuttosto critica con tua nipote. Ti porteremo direttamente a Quantico».

«Cos'è successo?» chiesi, con lo stomaco chiuso come un pugno. «Lucy sta bene?»

«Kay, questa non è una linea sicura.»

«Ma sta bene?»

«Fisicamente sì» rispose.

10

Il mattino seguente mi svegliai con la nebbia. Non si vedevano più le montagne, così il mio rientro venne posticipato al pomeriggio e io uscii per fare una corsetta nell'aria umida e fredda.

Attraversai alcuni isolati di casette accoglienti e automobili modeste, sorridendo allo spettacolo di un piccolo collie che saltava da una parte all'altra di un giardino cintato, abbaiando furiosamente alle foglie che cadevano. A un tratto la padrona del cane uscì.

«Shooter, piantala!»

Indossava una vestaglia trapuntata, pantofole foderate di pelo e bigodini, ma non sembrava affatto preoccupata di comparire in quello stato. Raccolse il giornale e se lo batté sul palmo della mano, urlando qualcos'altro. Immaginai che, prima della morte di Emily Steiner, gli unici crimini che avevano turbato quella parte del mondo dovessero essere stati i furti di giornali davanti alla porta o indesiderati addobbi di carta igienica sugli alberi dei giardini privati.

Le cicale intonavano la stessa gracidante canzone della sera prima, e le robinie, i piselli odorosi e i convolvoli erano coperti di rugiada. Alle undici cominciò a cadere una pioggia gelida; mi sentivo circondata da un mare di acque tristi.

Solo verso le due e mezzo il tempo migliorò abbastanza da consentirmi di partire. L'elicottero non sarebbe potuto atterrare nel campo sportivo della scuola perché a quell'ora si esercitavano i Warhorses e le majorette; Whit e io ci saremmo incontrati su uno spiazzo erboso all'interno della porta in pietra a doppio arco di una minuscola cittadina di nome Montreat, presbiteriana fino al midollo e solo a pochi chilometri dal Travel-Eze.

La polizia di Black Mountain mi scortò fino al luogo dell'appuntamento, ma poiché Whit non si era ancora fatto vedere, io rimasi seduta in macchina sul bordo di una strada sterrata a guardare dei bambini che giocavano a bandiera. I maschi rincorrevano le femmine e le femmine rincorrevano i maschi, e tutti rincorrevano la gloria di strappare un fazzoletto rosso dalla cintura di un giocatore della squadra avversaria. Il vento trasportava le loro giovani voci e spesso anche la bandiera, infilandola fra i rami degli alberi, e ogni volta che rotolava in mezzo alla strada o ai rovi, tutti si fermavano. Qualunque spirito di eguaglianza finiva allora in panchina, dove le femmine aspettavano il recupero della bandiera da parte dei maschi; poi, il gioco riprendeva invariato.

Quando si cominciò a sentire il tipico rumore scoppiettante dell'elicottero, provai un moto di dispiacere all'idea di dover interrompere tanta vivacità e allegria. I ragazzini si pietrificarono in sculture di meraviglia, mentre il Bell JetRanger si abbassava al centro del prato sollevando un turbine di vento. Salii a bordo e sventolai la mano in segno di saluto; quindi l'elicottero tornò a innalzarsi oltre le cime degli alberi.

Dopo un po' vidi il sole coricarsi all'orizzonte come Apollo che, stanco, si sdraia per riposare; poi il cielo si trasformò in una macchia d'inchiostro nero soffiato da un polipo. Quando arrivammo all'Accademia, non si vedevano nemmeno le stelle. Wesley, che si era tenuto informato via radio, ci aspettava all'atterraggio, e non appena scesi dall'elicottero mi prese per un braccio e mi condusse via.

«Vieni» mi disse. «Sono contento di rivederti, Kay» aggiunse quindi in un sussurro, e la pressione delle sue dita sul braccio aumentò il mio turbamento.

«Le impronte rilevate sugli slip di Ferguson appartengono a Denesa Steiner.»

«Che cosa?»

Mi guidava a passi veloci nell'oscurità. «E il gruppo sanguigno dei tessuti trovati nel freezer è 0 positivo. Lo stesso di Emily. Stiamo ancora aspettando i risultati degli esami sul DNA, ma a quanto pare Ferguson ha rubato la biancheria da casa Steiner quando è entrato per rapire la bambina.»

«Vuoi dire, quando *qualcuno* è entrato per rapire la bambina.»

«Giusto. Potrebbe trattarsi di Gault che ci sta giocando uno dei suoi tiri.»

«Benton, per l'amor del cielo, adesso vuoi dirmi di che crisi si tratta? Dov'è Lucy?»

«Nella sua stanza al dormitorio, immagino» rispose, mentre varcavamo l'atrio del Jefferson.

La luce intensa mi costrinse a strizzare gli occhi e, nonostante il display che annunciava BENVENU-

TI ALL'ACCADEMIA FBI, quella sera a Quantico non mi sentivo affatto la benvenuta.

«Che cosa ha combinato?» insistetti, mentre Benton usava una scheda magnetica per aprire la barriera di porte in cristallo recanti gli stemmi del Dipartimento di giustizia e della National Academy.

«Aspetta finché non saremo di sotto.»

«Come sta la tua mano? E il ginocchio?» Me n'ero quasi scordata.

«Molto meglio, da quando sono stato dal dottore.»

«Grazie» risposi in tono asciutto.

«Guarda che mi riferivo a te. Sei l'unico medico che abbia visto negli ultimi tempi.»

«Be', già che ci sono potrei anche toglierti i punti.»

«Non occorre.»

«Mi basterà un po' d'acqua ossigenata e del cotone idrofilo. Non ti preoccupare.» Attraversammo la sala manutenzione delle armi da fuoco, impregnata del tipico odore dei prodotti per la pulizia Hoppe's. «Non dovrebbe farti male.»

L'ascensore ci portò al piano più basso dell'edificio, dove si trovava l'Unità investigativa di supporto, il cuore delle attività dell'FBI. Wesley era a capo di altri undici esperti di profili psicologici ma, a quell'ora, se n'erano già andati tutti. Lo spazio in cui lavorava mi era sempre piaciuto, perché Benton era un uomo sensibile e modesto, anche se per saperlo bisognava conoscerlo molto bene.

Se la maggioranza dei tutori dell'ordine tappezzavano le loro pareti e i loro scaffali di souvenir e attestati di merito guadagnati nel corso della loro guerra contro gli aspetti più infimi della natura umana, Wesley amava invece circondarsi di quadri di ottima qualità. Il mio preferito era un enorme paesaggio di Valoy Eaton, a mio parere paragonabile a un Remington e che un giorno avrebbe senz'altro raggiunto le stesse quotazioni. Anch'io avevo alcuni suoi dipinti a olio, e la cosa interessante era che Wesley e io avevamo scoperto questo artista dello Utah in maniera del tutto indipendente.

Questo non per dire che Benton non conservasse anche qualche trofeo esotico, ma si limitava a esporre solo quelli più significativi. Come il berretto bianco della polizia viennese, o il colbacco di una Coldstream Guard, o ancora gli speroni d'argento da gaucho argentino: tutte cose che non avevano nulla a che fare con i serial killer o altre simili atrocità a cui lavorava di solito. Si trattava piuttosto di doni di amici di lunga data come me. Wesley possedeva infatti svariati ricordi del nostro rapporto, perché quando le parole venivano meno anch'io mi esprimevo attraverso dei simboli: un fodero italiano, una pistola con l'impugnatura in avorio lavorato e una Montblanc che portava sempre nel taschino della giacca all'altezza del cuore.

«Dai, racconta» dissi, prendendo una sedia. «Che altro è successo? Hai un pessimo aspetto.»

«E infatti è così che mi sento.» Allentò il nodo della cravatta e si passò le dita tra i capelli. «Kay,» mi guardò «non so come dirtelo. Cristo!»

«Dillo e basta» risposi, sentendomi gelare il sangue nelle vene.

«Sembra che Lucy abbia violato l'ERF, infrangendo i sistemi di sicurezza.»

«In che senso?» ribattei, incredula. «Lei era già autorizzata all'accesso, no?»

«Non all'accesso alle tre di mattina, ora in cui lo scanner della serratura biometrica ha registrato una sua impronta.»

Lo fissai sbalordita.

«E certo non ha il permesso di aprire dei file riservati relativi ad altrettanti progetti in corso di elaborazione.»

«Quali progetti?» osai domandare.

«Pare che abbia curiosato in file di ottica elettronica, di grafica termica, di raffinamento progressivo video e audio. E che abbia stampato dei programmi dalla versione elettronica della gestione dei casi su cui sta lavorando per noi.»

«Ti riferisci al CAIN?»

«Esattamente.»

«Per farla breve, ha risparmiato qualcosa?» esclamai allibita.

«Be', ecco, è proprio questo il punto. In pratica si è infilata dappertutto, il che rende più difficile capire cosa cercasse in realtà e per conto di chi.»

«Ma questi sistemi a cui lavorano là dentro sono davvero così segreti?»

«Alcuni sì, e dal punto di vista della sicurezza lo sono senz'altro tutte le tecniche impiegate. Non vogliamo che si venga a sapere a quale strumento ricorriamo in ogni singolo caso, capisci?»

«Non può essere stata lei.»

«Invece sappiamo che è così. Il problema è perché.»

«D'accordo, allora: perché?» Lottai per ricacciare indietro le lacrime.

«Denaro. È l'unica ipotesi che riesco a fare.»

«Ma è ridicolo! Sa benissimo che se ha bisogno di soldi può rivolgersi a me.»

«Kay,» si sporse sulla scrivania, intrecciando le dita «hai idea di quanto possano valere informazioni del genere?»

Non risposi.

«Prova a immaginare se l'ERF stesse elaborando un sistema di sorveglianza in grado di filtrare i rumori di sottofondo, in modo tale da consentirci di controllare qualsiasi conversazione di potenziale interesse in qualunque parte del mondo. Prova a immaginare quante persone là fuori morirebbero dalla voglia di conoscere i dettagli dei nostri sistemi di prototipizzazione rapida o dei satelliti tattici, piuttosto che i software che Lucy sta mettendo a punto per i servizi segreti…»

Sollevai una mano per interromperlo. «Okay, basta così» dissi, tirando un respiro profondo tutta tremante.

«Allora dimmelo tu» riprese Benton. «Dimmi tu perché, visto che conosci Lucy meglio di noi.»

«Non sono più tanto sicura di conoscerla. E non so come abbia potuto fare una cosa del genere.»

Esitò, distogliendo brevemente lo sguardo prima di tornare a fissarmi. «Mi avevi accennato a qualche preoccupazione relativa all'alcol. Perché non ti spieghi meglio?»

«Temo che Lucy beva esattamente nello stesso modo in cui fa tutte le altre cose, cioè senza misura. Lucy o riesce benissimo o riesce malissimo, e l'alcol è solo un esempio.» Mentre pronunciavo quella frase, mi resi conto che stavo aggravando i timori di Wesley.

«Capisco» disse. «Ci sono stati casi di alcolismo, nella sua famiglia?»

«Sinceramente comincio a pensare che ci siano casi di alcolismo in tutte le famiglie» commentai con amarezza. «Comunque sì. Suo padre era alcolista.»

«Stai parlando di tuo cognato?»

«Lo è stato per pochissimo tempo. Come sai, Dorothy si è sposata quattro volte.»

«Tu sapevi che Lucy ha trascorso alcune notti fuori dal dormitorio?»

«No, non lo sapevo. E la notte dell'irruzione all'ERF, dov'era? Se non sbaglio ha una compagna di stanza e altre ragazze con cui condivide l'alloggio.»

«Può benissimo essere uscita di soppiatto mentre dormivano. Insomma, non lo sappiamo. Come sono i vostri rapporti, Kay?» mi chiese poi.

«Non troppo buoni.»

«Non potrebbe aver agito così per punirti in qualche modo?»

«No» risposi, e sentii che iniziavo ad arrabbiarmi. «Ma in questo momento non ho nessuna voglia di essere usata da te per costruire il profilo di mia nipote.»

«Kay,» la sua voce si ammorbidì «vorrei che tutto questo non fosse vero, proprio come lo vorresti tu. Ma sono la persona che l'ha raccomandata all'ERF, quella che si sta battendo per farla assumere dopo il diploma all'UVA. Come credi che mi senta?»

«Dev'esserci un'altra spiegazione.»

Wesley scosse la testa. «Anche se qualcuno avesse scoperto il NIP di Lucy, il suo numero di identificazione personale, non sarebbe potuto entrare lo stesso perché il sistema biometrico avrebbe richiesto la sua impronta digitale.»

«Allora voleva farsi beccare» sentenziai. «Lucy

sa meglio di chiunque altro che irrompere in file riservati significa lasciarsi dietro delle registrazioni orarie dei log-in e log-out, la lista delle operazioni eseguite e chissà quante altre tracce.»

«Sono d'accordo con te. Lo sa meglio di chiunque altro. Ed è proprio questa la ragione per cui è così importante scoprire il movente. In altre parole: cosa stava cercando di dimostrare? A chi stava cercando di nuocere?»

«Cosa succederà adesso, Benton?»

«L'OPR istituirà un'indagine ufficiale» rispose, riferendosi all'Ufficio responsabilità professionali del Bureau, l'equivalente degli Affari interni in un dipartimento di polizia.

«E se viene riconosciuta colpevole?»

«Dipende. Se saremo in grado di stabilire che ha rubato qualcosa, si tratterà di un vero e proprio crimine.»

«E in caso contrario?»

«Anche qui, dipende dalle conclusioni a cui giungerà l'OPR. Ma credo di poter già affermare che, come minimo, Lucy ha violato i nostri codici di sicurezza, e tanto basta per cancellare ogni sua prospettiva futura all'interno dell'FBI.»

Avevo la bocca così asciutta da non farcela quasi più a parlare. «Ne uscirà distrutta.»

Gli occhi di Wesley erano velati dalla stanchezza e dalla delusione. Sapevo quanto amasse mia nipote.

«Nel frattempo,» proseguì tuttavia, nel tono piatto che avrebbe usato per affrontare qualsiasi altro caso «non può restare a Quantico. Le hanno già comunicato di preparare i bagagli. Potrebbe trattenersi da te a Richmond finché l'indagine non sarà conclusa.»

«Certo, però sai benissimo che io non ci sarò sempre.»

«Non la stiamo mandando agli arresti domiciliari, Kay» ribatté lui, e per un istante il suo sguardo si riscaldò, lasciandomi intravedere uno scorcio di ciò che silenziosamente si agitava nelle sue oscure profondità.

Si alzò.

«Tornerò a casa questa sera stessa» dissi, alzandomi a mia volta.

«Spero che tu stia bene» disse Benton, e io capii a cosa si riferiva, pur essendo consapevole che in quel momento non potevo nemmeno pensarci.

«Grazie» risposi, mentre una tempesta agitava i miei neuroni nella sanguinosa battaglia che si era appena scatenata dentro di me.

Quando la raggiunsi nella sua stanza, poco più tardi, Lucy stava sistemando il letto.

«In cosa posso aiutarti?» le chiesi.

Infilò le lenzuola in una federa. «In niente» rispose. «È tutto sotto controllo.»

La sua camera era arredata con gli istituzionali due letti singoli, le scrivanie e le sedie in laminato rovere. Rispetto agli standard degli yuppie, le stanze dei dormitori del blocco Washington erano spaventose, ma per essere degli alloggiamenti militari non erano poi così male. Mi domandai dove fossero le compagne di Lucy e se erano già state messe al corrente dell'accaduto.

«Magari da' un'occhiata nell'armadio per vedere se ho preso tutto» disse. «Il mio è quello a destra. E controlla i cassetti.»

«È tutto vuoto, a parte gli appendiabiti, ma non so se sono tuoi. Questi con le spalle imbottite, intendo.»

«Sono della mamma.»

«Allora immagino che tu li voglia.»

«No. Lasciali pure qui per la prossima idiota che finisce in questo cesso.»

«Lucy,» la pregai «non è colpa del Bureau.»

«Non è giusto.» Si inginocchiò sulla valigia per chiuderla. «Che ne è del principio di presunta innocenza fino a prova contraria?»

«Legalmente, sei innocente fino a prova contraria. Ma finché non chiariranno com'è avvenuta la violazione della sicurezza, non puoi criticare la decisione dell'Accademia di sollevarti da qualsiasi incarico all'interno di aree riservate. Inoltre, non ti hanno arrestata: semplicemente ti è stato chiesto di allontanarti per un po'.»

Si girò a guardarmi, con gli occhi stanchi e arrossati. «Per un po' significa per sempre.»

Quando in macchina le feci alcune domande più dettagliate, la vidi oscillare tra lacrime di commozione e focose impennate che bruciavano tutto quanto era a portata di mano. Poi si addormentò, e io non avevo ancora saputo niente di nuovo. Cominciò a piovere; accesi i fari antinebbia e mi accodai alla lunga fila di luci di posizione che si snodava sulla striscia d'asfalto. Di quando in quando, in corrispondenza di curve e avvallamenti, le nuvole e l'acqua si trasformavano in un muro che mi impediva di vedere a un metro dalla macchina. Ma invece di fermarmi e aspettare che il rovescio si esaurisse, scalavo la marcia e continuavo a guidare il mio guscio mobile di noce, acciaio e morbida pelle.

Ancora non mi spiegavo bene per quale motivo avessi comprato una Mercedes 500E; sapevo solo che, dopo la morte di Mark, mi era sembrato importante poter salire a bordo di un'auto nuova. Forse era per via dei ricordi, poiché sulla mia macchina precedente ci eravamo molto amati e altrettanto disperatamente avevamo lottato; o forse era solo che con il passare degli anni la vita per me diventava sempre più dura, e avevo bisogno di più potenza per andare avanti.

Svoltando in Windsor Farms, il vecchio quartiere di Richmond dove abitavo, fra imponenti dimore in stile georgiano e Tudor nei pressi del fiume James, udii Lucy stiracchiarsi. La luce dei fari illuminò i minuscoli catarifrangenti fissati alle caviglie di un ragazzino sconosciuto che andava in bicicletta, quindi superai un'altra coppia di sconosciuti che camminavano mano nella mano portando a passeggio il cane. Gli alberi della gomma avevano scaricato nel mio giardino un'altra montagna di semi spinosi, sulla veranda erano ammucchiati alcuni giornali arrotolati e i bidoni dei rifiuti si trovavano ancora vicino al ciglio della strada. Mi bastava una breve assenza per sentirmi una perfetta estranea, e perché la mia casa sembrasse totalmente disabitata.

Mentre Lucy portava dentro le valigie, accesi il fuoco nel camino della sala e misi su un bollitore per il tè. Per un po' rimasi seduta da sola davanti al caminetto, ascoltando la colonna sonora del trasloco di mia nipote, lo scroscio della doccia e altri rumori della sua presenza non meglio identificati. Ci aspettava una discussione che riempiva entrambe di sgomento.

«Hai fame?» le chiesi, quando finalmente la udii varcare la soglia del soggiorno.

«No. Hai una birra?»

Dopo una breve esitazione, risposi: «Nel frigorifero del bar».

Rimasi in ascolto qualche altro minuto, senza voltarmi; sapevo che, se avessi alzato gli occhi, l'avrei vista solo come io desideravo che fosse. Mentre sorseggiavo il tè, chiamai dunque a raccolta tutta l'energia necessaria per fronteggiare quella ragazza bellissima e brillante con cui avevo in comune misteriosi segmenti di codice genetico. Dopo tanti anni, era ora che ci incontrassimo veramente.

Mi raggiunse vicino al camino e si sedette sul pavimento, appoggiandosi contro il bordo in pietra e bevendo a canna dalla bottiglia di Icehouse. Aveva indossato senza chiedermi il permesso una tuta sfacciatamente colorata che usavo nelle ormai rare occasioni in cui riprendevo in mano la racchetta da tennis; per il resto, era a piedi nudi e si era tirata indietro i capelli. In quel momento mi resi conto che, se non l'avessi conosciuta di persona e mi fosse passata di fianco per strada, mi sarei girata a guardarla, e non solo per il suo corpo e il suo viso. In Lucy si intuiva una spigliatezza di comunicativa e di portamento davvero eccezionale: sembrava che per lei tutto fosse facile, cosa che in parte spiegava il suo scarso numero di amicizie.

«Lucy,» esordii «aiutami a capire.»

«Mi hanno incastrata» disse, bevendo un sorso di birra.

«Se è così, in che modo?»

«Che vuoi dire, se?» Mi guardò intensamente,

mentre gli occhi le si riempivano di lacrime. «Come puoi pensare anche solo per un istante… Oh, merda. Tanto a che serve?» Distolse lo sguardo.

«Se non mi dici la verità non posso aiutarti» risposi, alzandomi. Avevo deciso che in effetti nemmeno io avevo molto appetito. Andai al bar e mi versai uno scotch con ghiaccio.

«Partiamo dai fatti» proposi, tornando a sedermi sulla poltrona. «Sappiamo che qualcuno è penetrato nell'ERF verso le tre del mattino di martedì. Sappiamo che per fare questo sono stati usati il tuo numero di identificazione personale e l'impronta del tuo pollice. Inoltre, il sistema ha documentato che questa persona – la quale, ripeto, ha il tuo NIP e la tua impronta digitale – ha aperto numerosi file riservati. Il log-out registra le quattro e trenta precise.»

«Mi hanno incastrata» ripeté Lucy.

«Dove ti trovavi, in quel momento?»

«Dormivo.» Scolò nervosamente il resto della birra e si alzò per prendere un'altra bottiglia.

Dal canto mio centellinavo il bicchiere di scotch perché non si può proprio buttare giù di corsa un Dewar's Mist. «Pare che certe notti il tuo letto sia rimasto vuoto» dissi in tono calmo.

«Ah, sì? Be', sono affari che non riguardano nessuno.»

«Invece sì, e lo sai benissimo. La notte in cui si sono svolti i fatti eri o non eri nel tuo letto?»

«In quale letto dormo, quando e dove, sono affari miei ed esclusivamente miei» ribadì.

Tacemmo entrambe per un istante, mentre io la rivedevo seduta sul tavolo da picnic, nell'ombra della sera, il viso brevemente illuminato da un fiammifero nelle mani di un'altra donna. La risentii parlare all'amica e di colpo compresi il carico di emozione nella sua voce: anch'io conoscevo bene il linguaggio dell'intimità, e sapevo riconoscere la voce di una persona innamorata.

«Dove ti trovavi esattamente la notte in cui l'ERF è stato violato?» le chiesi di nuovo. «O forse dovrei dire, con chi ti trovavi?»

«Io a te non lo chiedo mai.»

«Lo faresti, se servisse a risparmiarmi un mucchio di guai.»

«La mia vita privata non conta.»

«No, quello che temi è il rifiuto» dissi.

«Non so di cosa stai parlando.»

«L'altra sera ti ho vista nell'area dei picnic. Eri con un'amica.»

Distolse lo sguardo. «Così adesso mi spii anche.» Le tremava la voce. «Be', non sprecare prediche con me, e scordati il senso di colpa cattolico perché io non ci credo.»

«Non ti sto giudicando, Lucy» dissi, anche se in un certo senso lo facevo. «Aiutami solo a capire.»

«Tu stai sottintendendo che sono anormale o che vado contro natura, altrimenti non avresti nessun bisogno di capire. Verrei accettata per quella che sono senza doverti nessuna spiegazione.»

«La tua amica può testimoniare dove ti trovavi martedì notte alle tre?»

«No.»

«Capisco» commentai, e da parte mia accettare la sua posizione significava ammettere che la ragazza che conoscevo io non esisteva più. Non conoscevo questa nuova Lucy, e mi domandavo cos'avessi sbagliato con lei.

«Adesso che cosa farai?» mi chiese, mentre i minuti trascorrevano con sfibrante lentezza.

«Ho un caso da seguire nel North Carolina. Credo che dovrò trascorrere parecchio tempo laggiù.»

«E il tuo ufficio?»

«Se ne occupa Fielding. Domattina però devo presentarmi in tribunale, credo. Anzi, sarà meglio che chiami Rose per sapere a che ora.»

«Di che caso si tratta?»

«Omicidio.»

«Be', questo lo immaginavo. Posso venire con te?»

«Se vuoi.»

«O forse sarebbe meglio che tornassi a Charlottesville.»

«A fare che?» chiesi.

Lucy aveva l'aria spaventata. «Non lo so. E non so nemmeno come andarci.»

«Usa pure la mia auto, quando non ci sono. Altrimenti potresti andare a Miami fino alla fine del semestre, e poi rientrare all'UVA.»

Buttò giù l'ultima sorsata di birra e si alzò, i suoi occhi erano nuovamente lucidi di lacrime. «Dai, ammettilo, zia Kay. Tu pensi che sia stata io, vero?»

«Lucy,» risposi onestamente «non so che cosa pensare. Le prove dicono una cosa, e tu ne dici un'altra.»

«Io non ho mai dubitato di te.» Mi guardò come se le avessi appena spezzato il cuore.

«Sarei felice se tu trascorressi qui il Natale» dissi.

11

Il membro della North Richmond Gang a giudizio il mattino successivo indossava un completo doppiopetto blu e una cravatta di seta italiana con un impeccabile nodo Windsor. La camicia era bianca e fresca di bucato, il viso perfettamente sbarbato; si era anche tolto l'orecchino.»

L'avvocato della difesa, Tod Coldwell, aveva provveduto a curare l'aspetto del suo assistito perché conosceva la difficoltà dei giurati nel distinguere tra sostanza e forma. Naturalmente anch'io credevo in quel tipo di assioma, e per lo stesso motivo non esitai a portare come prove il maggior numero possibile di fotografie a colori dell'autopsia della vittima. Ero certa che Coldwell, proprietario di una Ferrari rossa, non mi amasse molto.

«Non è forse vero, signora Scarpetta,» pontificava in quel freddo mattino d'autunno nell'aula del tribunale «che un individuo sotto effetto della cocaina può diventare molto violento e persino possedere una forza sovrumana?»

«Senza dubbio la cocaina può provocare delle forme di allucinazione e di sovraeccitamento» risposi, rivolgendomi come sempre al banco della giuria. «La forza sovrumana, come lei la definisce, è spesso associata alla cocaina o al PCP, un sedativo per cavalli.»

«E nel sangue della vittima sono state trovate tracce sia di cocaina, sia di benzoilecgonine» insistette Coldwell, come se gli avessi appena dato ragione.

«Sì, è esatto.»

«Mi chiedevo, signora Scarpetta, se per caso non potrebbe spiegare meglio il significato di tutto ciò alla giuria.»

«Innanzitutto desidero precisare ai giurati che sono medico legale con laurea in legge. La mia specializzazione è nel campo della patologia, nella fattispecie quella legale, come lei ha già convenuto, signor Coldwell. Le sarei quindi grata se volesse rivolgersi a me come dottoressa Scarpetta, e non come signora.»

«Certamente.»

«Le spiacerebbe ripetere la sua domanda?»

«Potrebbe per cortesia spiegare alla giuria cosa significa se nel sangue di un individuo vengono rilevate tracce di cocaina e» lanciò un'occhiata ai suoi appunti «di benzoilecgonine?»

«Il benzoilecgonine è un metabolita della cocaina. Affermare che una persona aveva entrambe le sostanze nel sangue significa che parte della cocaina assunta era già stata metabolizzata, e parte no» dissi, consapevole della presenza di Lucy in un angolo dell'aula, il viso seminascosto da una colonna. Era in condizioni pietose.

«Il che indicherebbe che questa persona ne faceva abitualmente uso, visti e considerati anche i numerosi segni di aghi sulle braccia. E questo autorizza a pensare che, quando la notte del tre luglio scorso il mio cliente si è trovato di fronte al soggetto in questione, abbia avuto a che fare con una persona particolarmente agitata, eccitata e violenta, e dunque non abbia avuto altra scelta che difendersi.» Coldwell camminava avanti e indietro, sotto lo sguardo da gatto nervoso del suo azzimato cliente.

«Signor Coldwell,» replicai «la vittima, Jonah Jones, è stata freddata da sedici colpi sparati da un Tec-9 nove millimetri, con un caricatore da trentasei munizioni. Sette proiettili l'hanno raggiunto alla schiena, e tre sono stati sparati a bruciapelo alla nuca.

«Personalmente, date le premesse, ritengo poco credibile la legittima difesa, soprattutto considerato il fatto che nel sangue del signor Jones è stato rilevato un tasso alcolemico di due virgola nove, vale a dire tre volte superiore al limite legale consentito in Virginia. In altre parole, al momento dell'aggressione le capacità motorie e le facoltà di giudizio della vittima erano notevolmente ridotte. Francamente, mi domando come potesse reggersi in piedi.»

Coldwell si girò verso il giudice Poe, soprannominato "il Corvo" fin dai tempi del mio arrivo a Richmond. Era un uomo profondamente stanco di tutte le storie di regolamenti di conti tra spacciatori, e di bambini che andavano a scuola armati per poi spararsi tornando a casa in autobus.

«Vostro Onore,» riprese Coldwell in tono drammatico «le chiedo di stralciare dagli atti l'ultima affermazione della signora Scarpetta, che oltre a essere tendenziosa, esula certamente dal suo campo di competenza.»

«Ebbene, io non so se quel che la dottoressa ha da dire esuli dal campo delle sue competenze, signor Coldwell, ma di certo le ha già cortesemente chiesto di essere chiamata con il dovuto titolo di dottore, e per quanto mi riguarda sto perdendo la pazienza con il suo comportamento e le sue manovre...»

«Ma, Vostro Onore...»

«Il fatto è che la dottoressa Scarpetta è già comparsa molte volte in quest'aula e io conosco molto bene il suo grado di competenza» proseguì il giudice nella sua morbida e calda parlata del Sud.

«Vostro Onore...?»

«Mi sembra inoltre che abbia a che fare ogni giorno con questo genere di cose...»

«Vostro Onore?»

«Signor Coldwell,» tuonò il Corvo, con la testa affetta da calvizie incipiente visibilmente arrossata «se cercherà di interrompermi ancora una volta la accuserò di oltraggio alla corte e le farò passare qualche notte nella nostra bella prigione! È chiaro?»

«Sì, signore.»

Lucy aveva tirato il collo per vederci meglio e i giurati erano attentissimi.

«Metteremo agli atti tutto quello che la dottoressa Scarpetta ha da dire» concluse quindi il giudice.

«Non ho altre domande» dichiarò l'avvocato in tono secco.

Poe chiuse la seduta con un violento colpo di martelletto. Allora una vecchia seduta nelle ultime file, che si era quasi addormentata sotto la tesa del cappello di paglia nero, trasalendo, si raddrizzò sulla sedia ed esclamò: «Sì, chi è?». Poi ricordò dove si trovava e scoppiò in lacrime.

«Va tutto bene, mamma» udii un'altra donna mormorarle, mentre ci aggiornavamo per il pranzo.

Prima di lasciare il centro feci un salto alla Divisione anagrafica del Ministero della sanità, dove una mia vecchia amica e collega lavorava come archivista. In tutta la Virginia era impossibile venire al mondo o essere restituiti alla terra in maniera legale senza la firma di Gloria Loving. Nonostante fosse autoctona come l'uccello del paradiso, conosceva i propri omologhi in tutti gli altri stati dell'unione, e nel corso degli anni mi ero rivolta spesso a lei per sapere chi aveva o non aveva legalmente popolato il pianeta, chi si era sposato, aveva divorziato o era stato adottato.

In ufficio mi dissero che Gloria era in pausa pranzo alla caffetteria del Madison Building, e all'una e un quarto la trovai sola a un tavolo, intenta a mangiare uno yogurt alla vaniglia e una macedonia di frutta in scatola. Come sempre, stava leggendo un thriller tascabile di qualche centinaio di pagine, a giudicare dalla copertina probabilmente un best-seller del «New York Times».

«Piuttosto che mangiare quella roba, preferirei saltare il pasto» dissi, prendendo una sedia.

Sollevò la testa per guardarmi, e all'espressione inizialmente distaccata del suo viso si sostituì subito un sorriso gioioso. «Buon Dio! Guarda chi si rivede! Che ci fai qui, Kay?»

«Se mai te ne fossi dimenticata, lavoro dall'altra parte della strada.»

Gloria rise deliziata. «Posso offrirti un caffè? Tesoro, ma hai un'aria così stanca!»

Il nome Gloria Loving l'aveva segnata fin dalla

nascita, ed era cresciuta fedele alla propria vocazione. Era una donna grande e generosa, intorno ai cinquanta, che si prendeva a cuore ogni singolo certificato che transitava dalla sua scrivania. Per lei i documenti d'archivio erano qualcosa di più di semplici pezzi di carta e codici nosologici, e nel loro nome sarebbe stata pronta a combattere all'ultimo sangue contro chiunque.

«Niente caffè, grazie.»

«Be', mi pareva di aver sentito che invece tu non lavorassi più qui.»

«È carino il modo in cui la gente è pronta a darmi per dimissionaria non appena mi assento per un paio di settimane. Adesso sono consulente dell'FBI. Un impegno saltuario.»

«Su e giù dal North Carolina, immagino, viste le ultime notizie sui giornali. Persino Dan Rather ha parlato del caso Emily Steiner, l'altra sera, e anche la CNN le ha dedicato dei servizi. Ragazzi, certo che qui si gela.»

Mi guardai intorno: la caffetteria dei dipendenti statali era quasi in rovina, e i frequentatori non avevano certo l'aria entusiasta. La maggioranza se ne stava ingobbita sui vassoi, con le giacche e i maglioni abbottonati fino al collo.

«Hanno regolato tutti i termostati sui quindici gradi per risparmiare energia, dimmi tu se non è la barzelletta del secolo» proseguì Gloria. «Noi usiamo il riscaldamento *a vapore* prodotto dal Medical College della Virginia, quindi abbassare i termostati non serve a risparmiare un solo watt di elettricità.»

«Pensavo che fossero meno di quindici gradi» commentai.

«Infatti qui ne abbiamo dodici, fa freddo esattamente come fuori.»

«Vieni pure a scaldarti nel mio ufficio quando vuoi» le dissi, rivolgendole un sorriso maligno.

«Ah, ma certo, quello è senz'altro il posto più caldo di tutta la città. Allora, in cosa posso aiutarti, Kay?»

«Vorrei avere qualche informazione su un ipotetico caso di morte neonatale improvvisa verificatosi circa dodici anni fa in California. Il nome della bambina era Mary Jo Steiner, il nome dei genitori Denesa e Charles.»

L'associazione fu immediata, ma Gloria era troppo professionale per fare domande. «Conosci il nome da signorina di Denesa Steiner?»

«No.»

«In California dove, esattamente?»

«Non so neanche questo» ammisi.

«E pensi di poterlo scoprire? Più dati abbiamo, meglio è.»

«Preferirei che intanto provassi con questi. Se non arriviamo da nessuna parte, vedrò che altro posso trovare.»

«Hai detto *probabile* caso di morte neonatale improvvisa: hai qualche dubbio sulla diagnosi? Ho bisogno di saperlo, perché potrebbero averlo registrato sotto un codice diverso.»

«Teoricamente la bimba aveva un anno, quando morì, il che mi dà da pensare. Come saprai, la fascia d'età più colpita va dai tre ai quattro mesi. Dai sei in poi, le probabilità di morte improvvisa calano drasticamente, e passato l'anno si può già parlare di forme di decesso repentino di altra origine.

Quindi sì, potrebbe essere stato registrato sotto un codice diverso.»

Gloria giocherellava con la bustina del tè. «Se fosse l'Idaho, potrei chiamare Jane e in un minuto e mezzo avremmo una risposta. Ma in California vivono trentadue milioni di persone, capisci, è uno degli stati dove la ricerca è più difficile. Potrebbero rendersi necessarie indagini particolari. Vieni, ti accompagno fuori, così anche per oggi avrò fatto un po' di esercizio fisico.»

«L'archivio si trova a Sacramento?» Percorremmo un deprimente corridoio affollato di cittadini alla ricerca di qualche servizio sociale.

«Sì. Adesso lo chiamo appena salgo in ufficio.»

«Quindi conosci il responsabile?»

«Ma certo.» Rise. «Siamo solo cinquanta in tutta l'America: con chi altri vuoi che parliamo per lavoro?»

Quella sera portai Lucy da Petite France, dove ci rimettemmo al giudizio di Paul, lo chef, che propose un kebab di agnello marinato con verdure e una bottiglia di Château Gruaud Larose dell'86. Promisi a mia nipote che a casa le avrei servito una bella porzione di una deliziosa mousse di cioccolata con pistacchi e marsala che tenevo congelata nel freezer per i casi di emergenza culinaria.

Ma prima andammo a Shockoe Bottom, e lì passeggiammo sui ciottoli illuminati dai lampioni, in una parte della città dove fino a poco tempo prima non avrei mai osato avventurarmi. Eravamo nei pressi del fiume, il cielo blu scuro era punteggiato di stelle. Pensai a Benton; poi, per ragioni quasi opposte, pensai a Marino.

«Zia Kay,» mi chiese Lucy, mentre entravamo da Chetti's per un cappuccino «posso cercarmi un avvocato?»

«A che scopo?» ribattei, ma lo sapevo già.

«Anche se non riusciranno a dimostrare niente contro di me, io sarò comunque radiata dall'FBI per il resto della mia vita.» La sua voce ferma non riusciva a celare il dolore.

«Dimmi che cosa vuoi.»

«Un pezzo grosso.»

«Te lo troverò.»

Invece di tornare nel North Carolina, come da programma, il lunedì successivo mi recai a Washington. Nonostante gli impegni con l'FBI, avevo urgente bisogno di incontrare un vecchio amico.

Il senatore Frank Lord e io avevamo frequentato lo stesso liceo cattolico di Miami, anche se non nello stesso periodo. Lui aveva parecchi anni più di me, e la nostra amicizia era sbocciata allorché avevo iniziato a lavorare per l'Ufficio del medico legale della contea di Dade; allora, Frank era procuratore distrettuale. In seguito era diventato governatore e poi senatore, ma all'epoca io avevo già lasciato la mia città natale. Non ci eravamo più visti fino al giorno in cui era stato eletto presidente del Comitato giudiziario del Senato.

Lord aveva chiesto la mia consulenza mentre lottava per fare approvare il più ambizioso disegno di legge sul crimine della storia della nazione, e anch'io ero ricorsa spesso al suo aiuto. A insaputa dell'interessata, era stato il santo patrono di Lucy poiché, senza il suo intervento, probabilmente non le avrebbero accordato né il consenso né il credito accademico necessari per entrare nell'FBI. Adesso non sapevo come riferirgli dell'accaduto.

Verso mezzogiorno lo aspettavo seduta su un lucente divano di cotone, in una sala dalle pareti rosso scuro decorata da tappeti persiani e da uno splendido lampadario in cristallo. Fuori, echi di voci rimbombavano nel corridoio di marmo, e di quando in quando un turista spiava dalla porta, nella speranza di intravedere qualche uomo politico o altri personaggi famosi radunati nella sala da pranzo del Senato. Lord arrivò puntuale e pieno di energia, salutandomi con un abbraccio veloce e un po' rigido. Era un uomo gentile e modesto, con qualche difficoltà a esternare i sentimenti.

«Aspetta, ti ho lasciato un segno di rossetto sulla guancia.» Glielo levai.

«Oh, dovresti lasciarcelo, invece, così i miei colleghi avrebbero qualcosa di cui parlare.»

«Ho idea che quello che manca, qui, non sono certo le chiacchiere.»

«Sono così felice di rivederti, Kay» disse lui, guidandomi verso la sala da pranzo.

«Forse cambierai presto idea.»

«Non credo.»

Scegliemmo un tavolo davanti a una finestra con vetrata artistica dedicata a George Washington e, visto che tanto non cambiava mai, non persi tempo a consultare il menu. Il senatore Lord era un uomo distinto, con folti capelli grigi e occhi azzurri; piuttosto alto e snello, aveva un debole per le cravatte di seta eleganti e per dettagli ormai superati tipo panciotti, gemelli, orologi da taschino e spille da cravatta.

«Qual buon vento ti porta nel distretto di Columbia?» mi chiese, spiegando il tovagliolo di lino.

«Certi reperti di cui devo discutere con i laboratori dell'FBI» dissi.

Annuì. «So che ti occupi di quel caso terribile nel North Carolina.»

«Sì.»

«Quel pazzo va assolutamente fermato. Pensi che sia stato lui?»

«Non ne ho idea.»

«Sai, mi stavo giusto domandando per quale ragione dovrebbe trovarsi lì» proseguì Lord. «Ero convinto che si sarebbe cercato un posto dove starsene tranquillo per un po'... Be', suppongo che le decisioni di personaggi del genere rispondano assai poco a criteri di logica.»

«Frank,» dissi «Lucy è in un mare di guai.»

«Mi sembrava che qualcosa non andasse» rispose lui in tono pragmatico. «Te lo si legge in faccia.»

Mi ascoltò per mezz'ora, mentre gli raccontavo tutta la storia, e alla fine mi sentii profondamente grata per la sua pazienza: sapevo che quel giorno lo aspettavano numerose sedute di voto e che molta gente avrebbe desiderato, come me, rubargli un po' del suo tempo.

«Tu hai il cuore grande,» gli dissi con calore «e io ti ho deluso. Ti ho chiesto un favore, cosa che non faccio quasi mai, e sei stato ripagato con un disastro.»

«È stata lei?» mi chiese, davanti al suo piatto di verdure alla griglia ancora intatto.

«Non lo so» risposi. «Certo, gli indizi sono schiaccianti.» Mi schiarii la voce. «Lucy sostiene di no.»

«E ti ha sempre raccontato la verità, in passato?»

«Così credevo. Ma ultimamente ho avuto modo di scoprire alcuni suoi lati di cui non mi aveva mai messa al corrente.»

«Ne avete parlato?»

«Mi ha fatto capire in maniera alquanto chiara che certe cose non mi riguardano. E che non dovrei essere io a giudicarla.»

«Se hai paura di giudicarla, Kay, probabilmente è perché lo fai. E Lucy se ne accorge, a dispetto di qualunque cosa tu possa dire o non dire.»

«Non mi è mai piaciuto mettermi nei panni di quella che la critica e la corregge» dissi, scoraggiata. «Ma sua madre dipende troppo dagli uomini ed è troppo egocentrica per affrontare la realtà di una figlia.»

«E adesso Lucy è nei guai e tu ti stai chiedendo fino a che punto sia colpa tua.»

«Se è così, lo faccio in maniera inconscia.»

«Raramente siamo consapevoli di certe angosce ataviche: si insinuano sotto il velo della ragione, e l'unico modo per dissiparle è fare piena luce in ogni angolo. Ti senti abbastanza forte per questa impresa?»

«Sì.»

«Vorrei solo ricordarti che, se decidi di fare domande, poi devi essere all'altezza delle risposte.»

«Lo so.»

«Bene. Allora supponiamo per un momento che Lucy sia innocente» riprese Lord.

«Quindi?»

«Quindi, se non è stata lei a violare la sicurezza, ovviamente è stato qualcun altro. La mia domanda è: perché?»

«La mia domanda è *come*?» dissi io.

Con un cenno ordinò alla cameriera di portarci il caffè. «La cosa più importante da stabilire è il movente. Quale potrebbe essere il movente di Lucy? E il movente di qualsiasi altra persona?»

Il denaro, pensai, ma benché fosse la risposta più facile non ci credevo, e glielo dissi.

«Il denaro è potere, Kay, e tutto è potere. Noi povere creature mortali non ne abbiamo mai abbastanza.»

«Certo, il frutto proibito.»

«Esatto. È da qui che nasce ogni crimine.»

«Una verità che ogni giorno mi passa sotto gli occhi su qualche barella» concordai.

«E questo che cosa ti dice a proposito del problema in questione?» Mescolò lo zucchero nella tazza.

«Mi dice qual è il movente.»

«È così chiaro. Potere: solo di questo si tratta. Cosa vuoi che faccia per te?»

«Non vi saranno accuse a suo carico finché non stabiliranno che effettivamente ha rubato delle informazioni dall'ERF. Ma già da ora il suo futuro è rovinato, almeno per quanto riguarda le possibilità di carriera come tutore dell'ordine o in qualsiasi altro campo che implichi attività investigative.»

«E hanno già le prove per dire che è stata lei a violare l'ERF?»

«Tutte le prove che desiderano, Frank. Proprio questo è il problema: non sono affatto certa che si daranno molto da fare per riabilitare il suo nome, nel caso in cui si rivelasse innocente.»

«Nel caso in cui?»

«Sto cercando di conservare un atteggiamento possibilista.» Allungai la mano verso la tazza di caffè, e contemporaneamente decisi che l'ultima cosa di cui avevo bisogno in quel momento erano altre stimolazioni sul piano fisico. La tachicardia e il tremore alle mani erano già più che sufficienti.

«Posso parlarne con il direttore» si offrì Lord.

«Vorrei solo poter contare su qualcuno che da dietro le quinte controlli che venga fatto tutto il possibile. Viste le spiacevoli conseguenze da gestire e il fatto che ormai Lucy se n'è andata, potrebbero pensare che la cosa non ha più tanto peso. Oltretutto è solo una studentessa, accidenti: perché dovrebbe importargliene più di tanto?»

«Be', voglio sperare che invece il Bureau la tenga nella dovuta considerazione» commentò, con un'espressione seria.

«Io le conosco, le istituzioni burocratiche. È una vita che ci lavoro.»

«Se è per questo anch'io.»

«Quindi sai bene a cosa mi riferisco.»

«Sì che lo so.»

«Vogliono che resti con me a Richmond fino al prossimo semestre.»

«Dunque, hanno già un verdetto.» Riprese la tazza di caffè.

«Esatto. Ma se per loro è facile, non si può dire lo stesso per mia nipote. In fondo ha solo ventun anni, e già si è vista sgretolare fra le dita il sogno più bello. Cosa dovrebbe fare, adesso? Tornarsene all'UVA appena finite le vacanze di Natale e fingere che non sia successo nulla?»

«Ascolta.» Mi sfiorò il braccio con una tenerezza che ogni volta mi faceva rimpiangere di non averlo avuto come padre. «Farò tutto quanto mi sarà possibile senza dovermi impantanare in questioni di ordine amministrativo. Ti fidi di me?»

«Sì.»

«Nel frattempo, posso darti un consiglio?» Lanciando un'occhiata all'orologio, fece segno alla cameriera di avvicinarsi. «Sono già in ritardo.» Poi tornò a guardarmi. «Il tuo problema maggiore è di natura domestica.»

«Non sono d'accordo» risposi vivacemente.

«Puoi non essere d'accordo finché vuoi.» Sorrise alla cameriera che gli porgeva il conto. «Ma tu sei quanto di più simile a una madre Lucy abbia mai avuto. Come intendi aiutarla ad affrontare questo momento?»

«Pensavo di averlo già fatto venendo qui.»

«E io che invece credevo fossi venuta solo per vedere me. Senta, scusi?» Richiamò la cameriera. «Non penso che questo conto sia nostro: non abbiamo ordinato quattro portate.»

«Dia un po' qua. Oh, santo cielo. Mi dispiace, senatore Lord. È di quell'altro tavolo.»

«In tal caso, lasci pure che il senatore Kennedy paghi per entrambi.» Le restituì i due conti. «Non rifiuterà certo. Lui crede nella circolazione rapida del denaro.»

La cameriera era un donnone con vestito nero e grembiule bianco, e una chioma corvina alla paggio scolpita dalla lacca. Sorrise senza più imbarazzo per l'errore commesso. «Certo, signore! Riferirò tutto al senatore.»

«E gli dica anche di aggiungere una mancia generosa, Missouri» concluse Lord, mentre la donna si allontanava. «Gli dica pure che sono stato io a dirglielo.»

Missouri Rivers aveva settant'anni, e dal giorno in cui, svariati decenni prima, era partita da Raleigh a bordo di un treno diretto al Nord, aveva visto quegli stessi senatori festeggiare e digiunare, dimettersi e venire rieletti, innamorarsi e precipitare. Sapeva quando poteva interrompere una conversazione per servire, e quando riempire di nuovo una tazza di tè o invece ritirarsi. Missouri conosceva tutti i segreti del cuore nascosti in quella meravigliosa sala, perché la vera misura dell'umanità degli individui la si vede dal modo in cui trattano persone come lei quando nessuno li osserva. E lei adorava il senatore Lord; lo si capiva dalla luce che le brillava negli occhi quando lo guardava o anche solo sentiva pronunciare il suo nome.

«Volevo semplicemente invitarti a trascorrere un po' più di tempo con Lucy» riprese Frank. «E a non lasciarti coinvolgere nella lotta contro i draghi altrui, soprattutto i suoi.»

«Non credo che lei sia in grado di sconfiggere questo drago da sola.»

«Quello che voglio dire è che non occorre che Lucy venga a sapere della nostra conversazione di oggi. Non occorre che scopra da te che io prenderò in mano il telefono per occuparmi di lei non appena avrò rimesso piede in ufficio. Se proprio qualcuno dovrà dirglielo, lascia che sia io a farlo.»

«D'accordo.»

Poco dopo salivo su un taxi davanti al Russell

Building e, alle due e un quarto spaccate, raggiungevo Wesley esattamente dove aveva detto che si sarebbe fatto trovare. Sedeva su una panchina nell'anfiteatro di fronte al quartier generale dell'FBI, e nonostante sembrasse immerso nella lettura di un romanzo, mi sentì arrivare molto prima che lo chiamassi per nome. Passò una comitiva di ignari visitatori. Benton richiuse il libro, se lo infilò in tasca e si alzò.

«Com'è andato il viaggio?» mi chiese.

«Con quello che ci si mette ad andare e venire dall'aeroporto, tanto vale prendere la macchina.»

«Sei venuta in aereo?» Mi tenne aperta la porta dell'atrio.

«Ho lasciato l'auto a Lucy.»

Si tolse gli occhiali scuri e prese due pass per visitatori. «Conosci il capo dei laboratori criminali, Jack Cartwright?»

«Ci siamo già incontrati.»

«Ora andremo nel suo ufficio per una piccola e odiosa seduta di aggiornamento, poi però voglio portarti in un posto.»

«E dove?»

«Un posto difficile da raggiungere.»

«Oh, se vuoi fare il misterioso mi vedo costretta a risponderti in latino, Benton.»

«Sai quanto ti odio quando lo fai, vero?»

Inserimmo i nostri pass in un tornello e seguimmo un lungo corridoio fino a un ascensore. Ogni volta che rimettevo piede nel quartier generale dell'FBI mi tornava in mente di colpo quanto mi fosse antipatico quel luogo. Raramente incontravo qualcuno che mi degnasse di un'occhiata, e mi sembrava che tutto e tutti si nascondessero dietro varie sfumature di bianco o di grigio; infiniti corridoi si dipanavano in un labirinto di laboratori che da sola non ero mai in grado di trovare, ma il peggio era che nemmeno chi ci lavorava sembrava sapere dove andare.

Jack Cartwright aveva un ufficio con una bella vista e inondato di sole, che mi fece subito pensare a quante magnifiche giornate mi perdevo nei periodi in cui lavoravo molto.

«Benton, Kay. Buongiorno.» Ci stringemmo la mano. «Sedetevi, prego. George Kilby e Seth Richards, dei laboratori: non vi conoscete, vero?»

«No. Piacere» dissi, guardando i due giovani scienziati dall'aria seria e dall'aspetto sobrio.

«Qualcuno gradisce un caffè?»

Visto l'unanime rifiuto, Cartwright mi parve ansioso di mettersi al lavoro. Era un uomo attraente, la cui scrivania testimoniava a gran voce il suo metodo di lavoro: ogni documento, ogni busta e messaggio telefonico si trovava al posto giusto, e sopra un blocco per appunti di carta legale era appoggiata una vecchia Parker stilografica d'argento, uno strumento da vero purista. Notai che davanti alle finestre erano appese diverse piante, e sui davanzali campeggiavano le fotografie della moglie e delle figlie. Fuori, il sole ammiccava con barbagli improvvisi dai parabrezza delle macchine bloccate nei soliti ingorghi, mentre i venditori ambulanti decantavano la bontà di magliette, bibite e gelati.

«Stiamo lavorando al caso Steiner,» esordì il nostro ospite «e ci sono alcuni sviluppi interessanti. Partirò da quello che considero il più importante, e cioè l'analisi del tessuto epidermico trovato nel freezer.

«Sebbene i risultati del test sul DNA non siano ancora pronti, possiamo già affermare con sicurezza che si tratta di pelle umana e che il gruppo sanguigno è 0 positivo. Inoltre, la dimensione e la forma dei tessuti collimano con la dimensione e la forma delle ferite trovate sul corpo della vittima.»

«Siete riusciti a stabilire che genere di strumento è stato utilizzato per l'asportazione?» chiesi io, prendendo appunti.

«Uno strumento affilato a lama semplice.»

«In pratica, un coltello non meglio precisato» commentò Wesley.

«Il punto esatto di penetrazione della lama è ben riconoscibile,» continuò Cartwright «e questo ci consente di affermare che si tratta di un coltello affilato e appuntito a lama semplice. Tuttavia è il massimo che possiamo dire per il momento. A proposito,» lanciò un'occhiata a Wesley «sui coltelli che ci avete mandato non abbiamo trovato tracce di sangue umano. Parlo di quelli prelevati in casa Ferguson.»

Wesley annuì, la sua espressione era impenetrabile.

«Bene. Passiamo ai reperti» riprese Cartwright. «Qui la cosa si fa interessante. Sul corpo, sui capelli e sotto le scarpe di Emily Steiner abbiamo trovato tracce microscopiche di un materiale molto strano. Certo, ci sono anche fibre acriliche azzurre provenienti dalla coperta del letto e fibre di cotone verdi del cappottino di velluto che indossava alla riunione parrocchiale.

«Poi abbiamo trovato altre fibre di lana di origine non identificata e acari della polvere che potrebbero venire da qualsiasi posto. Ma ciò che non può avere una provenienza qualsiasi è questo.»

Cartwright ruotò sulla sedia e accese un video appoggiato sul bancone alle sue spalle. Lo schermo inquadrò quattro sezioni distinte di un materiale cellulare, e la prima cosa che mi venne in mente fu la struttura dei favi, solo che questo aveva strane zone di colore ambrato.

«Ciò che state osservando» riprese Cartwright «sono sezioni di una pianta chiamata *Sambucus simpsonii*, un arbusto legnoso tipico delle pianure costiere e delle lagune della Florida meridionale. La parte più affascinante è questa con le macchie scure.» Indicò le zone che avevo già notato. «George,» disse poi, rivolgendosi a uno dei due giovani scienziati «tocca a te.»

«Si tratta di sacche di tannino.» George Kilby si avvicinò, inserendosi nella discussione. «Le potete osservare chiaramente in questa sezione radiale.»

«Cosa sarebbe, di preciso, una sacca di tannino?» volle sapere Wesley.

«Un veicolo che trasporta materiale su e giù per lo stelo della pianta.»

«Materiale di che genere?»

«Di solito prodotti di scarto delle attività cellulari. E, a titolo di cronaca, questo è il midollo: è qui che sono contenute le sacche di tannino.»

«Dunque il reperto di laboratorio è midollo vegetale?» chiesi.

L'agente speciale George Kilby annuì. «Esatto. Il nome commerciale è *pithwood*, anche se, tecnicamente parlando, non esiste nulla del genere.»

«E per quali scopi viene impiegato?» chiese Wesley.

Fu Cartwright a rispondere. «Spesso per sistemarvi piccole componenti meccaniche o pezzi di gioielleria. Per fare un esempio, un gioielliere potrebbe fissare nel pithwood un orecchino particolarmente piccolo o un ingranaggio d'orologio su cui sta lavorando, per evitare che rotoli via o di urtarlo e farlo cadere inavvertitamente con la manica. Oggi come oggi, però, usano quasi tutti il polistirolo.»

«E ne avete rinvenute grandi quantità?» mi informai.

«Abbastanza, soprattutto nelle aree dove c'era stata fuoriuscita di sangue e dove peraltro era concentrata la maggioranza delle tracce.»

«Se qualcuno volesse procurarsi del pithwood,» chiese Wesley «dove potrebbe rivolgersi?»

«Potrebbe andare nelle Everglades, ammesso che desiderasse procurarsi personalmente gli arbusti» rispose Kilby. «Altrimenti, lo ordinerebbe.»

«Da chi?»

«So che a Silver Spring, nel Maryland, c'è una ditta che lo fornisce.»

«Immagino che dovremo scoprire chi ripara gioielli a Black Mountain» commentò Wesley, guardandomi.

«Sarei stupita di trovare un artigiano del genere, da quelle parti» ribattei io.

Cartwright riprese la parola. «Oltre a questi reperti, abbiamo rinvenuto anche microscopici pezzi di insetti: scarabei, grilli, scarafaggi… niente di insolito. E scaglie di vernice bianca e nera, ma non da carrozzeria. Infine, aveva della segatura tra i capelli.»

«Di quale legno?» chiesi.

«Soprattutto noce, ma abbiamo identificato anche del mogano.» Lanciò un'occhiata a Wesley, che stava guardando fuori dalla finestra. «Sui tessuti umani trovati nel freezer non c'è traccia di tutto questo, ma nelle ferite sì.»

«Le ferite sarebbero state quindi inferte prima che il corpo venisse a contatto con le sostanze poi rilevate?»

«Sì, in teoria sì» gli risposi io. «Ma chiunque abbia asportato la pelle per conservarla potrebbe anche averla lavata. Sarà stata senz'altro sporca di sangue.»

«L'interno di un veicolo, di una macchina?» insistette Wesley. «Magari un bagagliaio?»

«È una possibilità» ammise Kilby.

Sapevo già in quale direzione stavano puntando i pensieri di Wesley. Gault aveva assassinato il povero Eddie Heath, di soli tredici anni, in un furgone semidistrutto pieno di tracce di sostanze di tutti i generi. Per farla breve, il signor Gault, figlio psicopatico di un ricco proprietario di una piantagione di pecan della Georgia, provava un immenso piacere nel lasciarsi dietro indizi apparentemente privi di senso.

«Per quanto riguarda invece il nastro adesivo arancione,» disse Cartwright, giungendo finalmente a toccare anche quel punto «mi pare che il rotolo non sia ancora stato trovato, giusto?»

«Giusto» confermò Wesley.

«Be',» proseguì Cartwright rivolgendosi all'agente speciale Richards, immerso nella lettura di alcuni appunti «cerchiamo di venire al dunque, visto che personalmente lo ritengo un elemento fondamentale per la soluzione di questo caso.»

Richards cominciò a parlare in un tono serissimo, perché, come tutti gli scienziati forensi che avevo conosciuto, era animato da una vera passione nei confronti della propria specialità. L'archivio bibliografico dell'FBI conteneva riferimenti a più di un centinaio di tipi di nastro adesivo, riferimenti utili per l'identificazione di reperti connessi ai crimini. L'impiego delittuoso di questo prodotto era infatti così comune, che ormai non riuscivo più a passare di fianco a uno scaffale del supermercato o in cartoleria senza che normali immagini di uso domestico si trasformassero in qualche agghiacciante ricordo.

Mi era capitato di raccogliere brandelli di corpi dilaniati dall'esplosione di una bomba confezionata con del nastro adesivo, così come mi era capitato di rimuoverlo dalle vittime immobilizzate di qualche sadico killer, o dai corpi appesantiti da blocchi di cemento e gettati nei fiumi o nei laghi. Impossibile poi contare le volte in cui l'avevo staccato dalle labbra di povere creature a cui era stato impedito di gridare fino al lettino del mio obitorio: perché era proprio lì, su quel tavolo d'acciaio, che i corpi delle vittime tornavano a potersi esprimere liberamente. Soltanto lì qualcuno aveva a cuore le atrocità cui erano stati sottoposti.

«Non ho mai visto del nastro simile prima d'ora» stava dicendo Richards. «E, considerato lo spessore del filato, direi che chiunque ne abbia fatto uso non l'ha acquistato in un normale negozio.»

«Come fa a essere così sicuro?» volle sapere Wesley.

«Si tratta di un tipo di nastro industriale a sessantadue fili di ordito e cinquantasei di trama, mentre quello classico che si può comprare per due dollari in qualsiasi negozio o grande magazzino ha un rapporto di venti a dieci. Quello industriale può costare anche dieci dollari a rotolo.»

«E sa chi l'ha prodotto?» chiesi.

«La Shuford Mills di Hickory, North Carolina. È uno dei maggiori produttori di nastro adesivo del paese. La loro marca commerciale più conosciuta è la Shurtape.»

«Hickory dista solo una novantina di chilometri da Black Mountain, in direzione est» dissi.

«Ha già parlato con qualcuno della Shuford Mills?» chiese Wesley a Richards.

«Sì. Stanno ancora cercando di recuperare le informazioni necessarie. Ma sappiamo già qualcosa: questo tipo di nastro arancione fiammante è stato prodotto su commissione esclusiva per un'etichetta privata alla fine degli anni Ottanta.»

«Cosa si intende per etichetta privata?»

«Qualcuno che ha bisogno di un nastro particolare e ne ordina un quantitativo minimo di cinquecento casse. Il che significa che in circolazione possono esserci centinaia di rotoli di cui noi non sapremo mai niente, a meno che non ne salti fuori un altro in circostanze analoghe a queste.»

«Ma che genere di committente potrebbe richiedere il proprio speciale tipo di adesivo?» insistetti io.

«Be', per esempio certi piloti di stock car» rispose Richards. «Richard Petty se n'è fatto preparare uno rosso e blu per la sua squadra di tecnici ai box, mentre quello di Daryl Waltrip è giallo. Anni fa un cliente della Shuford Mills si stancò dei continui furti da parte dei dipendenti, così ne commissionò uno viola fosforescente. Era ovvio che se gli amici vedevano le tubature di casa tua riparate o il taglio nella piscinetta gonfiabile di tuo figlio rattoppato con del nastro viola, capivano subito che l'avevi rubato in ditta.»

«Quindi potrebbe essersi trattato dello stesso scopo anche per questo nastro arancione? Evitare possibili furti?»

«È probabile» convenne Richards. «Comunque, volevo specificare anche che si tratta di un adesivo ignifugo.»

«Il che è insolito?» chiese Wesley.

«Eccome. Di solito i materiali ignifughi vengono usati sugli aerei o nei sottomarini, ma in nessuno dei due casi mi pare necessario ricorrere a un colore del genere.»

«Allora perché qualcuno può aver voluto proprio un arancione così sgargiante?» chiesi.

«Questa è una domanda da un milione di dollari» intervenne Cartwright. «Le uniche cose che mi vengono in mente sono le riserve di caccia e i coni stradali.»

«Torniamo un momento al nostro killer, che immobilizza con il nastro adesivo la signora Steiner e la figlia» propose Wesley. «Che altro potete dirci sulla meccanica di questa operazione?»

«Su alcune estremità dei pezzi di nastro abbiamo trovato tracce di quella che sembrerebbe essere vernice per mobili» riprese Richards. «Inoltre, la successione con cui i pezzi sono stati strappati dal rotolo non è la stessa con cui sono stati legati i polsi e le caviglie della madre. Il che significa che probabilmente l'aggressore ne ha strappati tanti segmenti quanti ha pensato che gliene occorressero, attaccandoli provvisoriamente al bordo di un mobile. Quando ha iniziato a legare la signora Steiner, i pezzi erano già tutti lì, pronti per l'uso.»

«Solo che non ha seguito l'ordine esatto» ripeté Wesley.

«Appunto. Li ho fatti numerare rispettando la successione utilizzata per la madre e la figlia. Volete dare un'occhiata?»

Trascorremmo così il resto del pomeriggio nell'Unità analisi materiali, in compagnia di gas-cromatografi, spettrometri di massa, calorimetri a scanning differenziale e altri misteriosi strumenti per l'identificazione dei materiali e dei punti di fusione. Mi fermai accanto a un detector di esplosivi portatile, mentre Richards continuava a parlare della particolarità dell'adesivo usato per immobilizzare Emily e la madre.

Ci spiegò che, separando con un getto d'aria calda il blocco di adesivo recapitatogli dalla polizia di Black Mountain, aveva contato diciassette pezzi di nastro tra i venti e i quarantotto centimetri di lunghezza. Dopo averli montati su fogli di vinile trasparente, li aveva numerati secondo due diversi criteri: il primo per indicare la successione in cui i segmenti erano stati strappati dal rotolo, l'altro per indicare la successione usata dall'aggressore nel legare le sue vittime.

«La sequenza usata sulla madre è completamente illogica» stava dicendo. «Questo pezzo avrebbe dovuto essere il primo, invece era l'ultimo. E questo, strappato per secondo dal rotolo, era il quinto.

«La bambina, invece, è stata immobilizzata con pezzi in sequenza: sette in totale, finiti sui suoi polsi nello stesso ordine con cui sono stati tagliati dal rotolo.»

«Forse perché era un soggetto più facile da controllare» osservò Wesley.

«È il primo pensiero che ho avuto anch'io» concordai. Poi chiesi a Richards: «E sul nastro usato per Emily avete trovato gli stessi residui di vernice?».

«No» fu la risposta.

«Interessante» commentai io, ma quel particolare mi preoccupava.

L'ultima questione che affrontammo fu quella relativa alle tracce di sporco rinvenute sull'adesivo. Erano state identificate come idrocarburi, in pratica solo un nome altisonante per dire "grasso". Il che non ci portò né avanti né indietro, perché sfortunatamente il grasso è grasso e nient'altro. Quello sul nastro poteva provenire da una macchina. Oppure da un tir dell'Arizona.

12

Alle quattro e mezzo, sebbene fosse un po' presto per un aperitivo, Wesley e io andammo al Red Sage. Il fatto è che non ci sentivamo per niente in forma.

Trovandoci nuovamente soli, però, notai che mi era difficile guardarlo negli occhi, e dentro di me speravo fosse lui a parlare per primo di quello che era accaduto fra noi qualche notte addietro. Non volevo pensare di essere l'unica a dare importanza alla cosa.

«Se ti piace la birra,» disse Wesley, mentre io studiavo il menu «qui ne hanno un'ottima qualità alla spina.»

«Bevo birra solo in piena estate, dopo aver lavorato come un mulo per almeno due ore, quando muoio di sete e di voglia di pizza» risposi, leggermente offesa dal fatto che non sembrava conoscere questo lato di me. «In realtà la birra non mi piace e non mi è mai piaciuta. La bevo solo se proprio non c'è nient'altro, e anche così non la trovo affatto buona.»

«Be', non capisco perché ti arrabbi tanto.»

«Non sono arrabbiata.»

«Però dai l'impressione di esserlo. E poi non mi guardi in faccia.»

«Va tutto bene.»

«Kay, studiare la gente è il mio mestiere, e ti posso garantire che non va affatto tutto bene.»

«Studiare gli psicopatici, ecco qual è il tuo mestiere» ribattei. «Certo non ti occupi di donne capo medico legale che vivono nel pieno rispetto della legge e hanno semplicemente voglia di rilassarsi dopo una lunga e intensa giornata di riflessioni su bambini assassinati.»

«Trovare un posto in questo ristorante non è per niente facile.»

«Mi rendo conto. Grazie mille per la fatica.»

«Ho dovuto esercitare qualche pressione.»

«Non ho dubbi.»

«Allora, vino per cena. Sono sorpreso che abbiano l'Opus One. Forse ti farà sentire meglio.»

«Costa troppo e assomiglia a un Bordeaux, un po' pesantino a stomaco vuoto. Ma non avevo capito che avremmo cenato qui. Il mio aereo riparte fra meno di due ore. Credo che mi accontenterò di un bicchiere di Cabernet.»

«Come preferisci.»

In quel momento non sapevo affatto cosa preferivo, né cosa volevo.

«Domani tornerò ad Asheville» continuò Wesley. «Se tu volessi fermarti stanotte, potremmo ripartire insieme.»

«Perché ci ritorni?»

«Avevano già chiesto il nostro intervento prima che Ferguson morisse e Mote fosse colpito da infarto. La polizia di Black Mountain non sa che pesci pigliare e si trova in una situazione di emergenza. Io mi sono impegnato a fare tutto il possibile per aiutarla: e se scoprirò che è necessario mobilitare altri agenti, non mi tirerò certo indietro.»

Wesley aveva l'abitudine di farsi sempre dire il nome del cameriere e di usarlo per tutta la durata del pranzo; quel pomeriggio avevamo a che fare con uno Stan, e mentre discutevano insieme di vini fu un vero tripudio di Stan qui e Stan là. Sebbene fosse l'unica debolezza, la sola affettazione nel modo di fare di Benton, in quel momento la cosa mi irritava particolarmente.

«Sai, questo non significa che lui senta di avere un reale rapporto con te. Anzi, mi sembra un atteggiamento un po' condiscendente.»

«Che cosa?» Non capiva proprio di cosa stessi parlando.

«Il fatto che lo chiami per nome. Continuamente, intendo dire.»

Mi fissò.

«Non ti sto facendo una critica» insistetti, peggiorando la situazione. «Te lo dico da amica, visto che non lo fa nessun altro. Credo sia giusto che tu lo sappia. Insomma, un amico può permettersi di essere onesto, no? Un *vero* amico.»

«Hai finito?»

«Be', sì» dissi con un sorrisetto forzato.

«Adesso vuoi dirmi cosa ti agita, o preferisci che tiri eroicamente a indovinare?»

«Non c'è proprio niente che mi agita» ripresi, mettendomi a piangere.

«Santo cielo, Kay.» Mi offrì il suo tovagliolo.

«Ho il mio.» Mi tamponai gli occhi.

«È per l'altra notte, vero?»

«Forse faresti meglio a dirmi quale altra notte. Forse tu di altre notti ne hai finché ne vuoi.»

Vidi che cercava di reprimere una risata senza però riuscirci. Per qualche minuto non ci scambiammo una parola, lui che rideva e io a metà tra il riso e il pianto.

Stan il cameriere tornò portandoci quello che avevamo ordinato, e prima di riprendere a parlare bevvi una lunga sorsata d'incoraggiamento.

«Senti,» dissi infine «mi dispiace. Ma sono stanca, questo è un caso orribile, Marino e io non andiamo d'accordo e Lucy è nei guai.»

«Ce n'è abbastanza per far piangere chiunque» commentò Wesley, ma si vedeva che il fatto di essere stato escluso dalla lista lo rattristava. E quella fu la mia perfida rivincita.

«Comunque, sì, sono agitata per quanto è successo nel North Carolina» aggiunsi a quel punto.

«Sei pentita?»

«A che serve metterla su questo piano?»

«Mi farebbe bene sapere che non è così.»

«Non posso dirlo» risposi.

«Allora sei pentita.»

«No.»

«Allora non sei pentita.»

«Oh, maledizione, Benton, lascia perdere.»

«Neanche per sogno» ribatté lui. «C'ero anch'io.»

«Scusa?» chiesi con aria interrogativa.

«La notte in cui è successo, ricordi? In realtà era mattina presto. Per farlo bisogna essere in due, Kay. Io c'ero. Non sei stata l'unica a ripensarci per tutti questi giorni. Perché non mi chiedi se io me ne sono pentito?»

«No» dissi. «Perché tu sei sposato.»

«Se ho commesso adulterio, l'hai commesso anche tu. Le cose si fanno in due» ripeté.

«Il mio aereo parte tra un'ora. Devo andare.»

«Avresti dovuto pensarci prima di iniziare questa conversazione. Non puoi prendere e andartene via così proprio adesso.»

«Invece sì.»

«Kay?» Mi guardò negli occhi, abbassando la voce. Poi allungò un braccio sul tavolo e mi prese la mano.

Quella notte presi una stanza al Willard. Wesley e io chiacchierammo a lungo, risolvendo la questione abbastanza da riuscire a razionalizzare il ripetersi dell'evento peccaminoso. Quando il mattino seguente uscimmo dall'ascensore nell'atrio, eravamo molto cauti e gentili l'uno con l'altra, come se ci fossimo appena conosciuti ma avessimo già molto in comune. Prendemmo un taxi fino al National Airport e un aereo per Charlotte, dove feci una telefonata di un'ora con Lucy. «Sì,» confermai «ti sto cercando qualcuno. Anzi, ho già mosso qualche passo» le dissi nella sala dell'US Air Club.

«Devo fare subito qualcosa» mi ripeté lei.

«Ti prego, cerca di essere paziente.»

«No. Io so chi mi sta facendo tutto questo e devo trovare una soluzione.»

«Chi?» domandai, allarmata.

«Quando verrà il momento, lo saprai.»

«Lucy, per favore, chi ti ha fatto che cosa? Ti prego, dimmi di cosa stai parlando.»

«Adesso non posso. Prima devo agire. Quando torni?»

«Non lo so. Ti chiamerò da Asheville non appena avrò tastato il polso della situazione.»

«Allora posso usare la tua macchina?»

«Certo.»

«Tu non ne avrai bisogno per almeno un paio di giorni, giusto?»

«Non credo. Mi dici che cos'hai in mente?» Ero sempre più allarmata.

«Potrei dover fare un salto a Quantico, e in quel caso volevo essere sicura che non ti dispiacesse.»

«No, non mi dispiace» risposi. «Però stai attenta, Lucy, per favore. È l'unica cosa che mi importa.»

L'aereo era un modello a elica, troppo rumoroso per consentire qualsiasi conversazione, così Wesley dormì e io me ne restai tranquillamente seduta a occhi chiusi, mentre il sole che penetrava dall'oblò mi infuocava l'interno delle palpebre. Lasciai vagare i miei pensieri e da oscuri angoli della memoria riemersero immagini ormai dimenticate. Vidi mio padre e l'anello d'oro bianco che portava all'anulare sinistro al posto della fede nuziale, che aveva perso sulla spiaggia e non si era potuto permettere di ricomprare.

Mio padre non aveva mai frequentato il college, e ricordavo di avere sempre sperato che la pietra rossa incastonata nel suo anello del liceo fosse un rubino vero. Eravamo così poveri che pensavo che forse l'avremmo potuta vendere e vivere meglio. Rammentavo ancora la delusione cocente provata quando alla fine lui mi rivelò che non ci avrebbe fruttato nemmeno abbastanza benzina per arrivare dall'altra parte della città. Dal modo in cui lo disse, capii che la fede non era andata veramente persa.

L'aveva venduta in un momento di disperazione, ma confessarlo alla mamma sarebbe equivalso a distruggerla. Erano molti anni che non ripensavo a quella storia e immaginavo che mia madre conservasse ancora l'anello, a meno che non lo avesse sepolto con lui, e probabilmente era così. La memoria non mi poteva aiutare, in quel caso, perché quando mio padre morì io avevo solo dodici anni.

Entrando e uscendo dai ricordi, assistetti a una silenziosa parata di persone che apparivano semplicemente senza essere state invitate. Un'esperienza davvero singolare. Per esempio, non capivo per quale motivo suor Martha, la mia maestra di terza elementare, dovesse comparirmi all'improvviso nell'atto di scrivere col gesso sulla lavagna; o perché una ragazzina di nome Jennifer dovesse uscire da una porta mentre dei chicchi di grandine rimbalzavano nel cortile della chiesa come una pioggia di milioni di biglie bianche.

La processione svanì mentre scivolavo sempre più nel sonno, ma un'ondata di malinconico dolore si sollevò, restituendomi la consapevolezza del braccio di Wesley: ci stavamo sfiorando. Quando mi concentrai sul punto di contatto preciso, sentii l'odore della sua giacca di lana riscaldata dal sole e immaginai lunghe dita affusolate, pianoforti, penne stilografiche e calici da brandy vicino a un caminetto acceso.

Credo fu proprio allora che capii di essere innamorata di Benton. E, poiché avevo perso tutti gli uomini che avevo amato prima di lui, evitai di aprire gli occhi fino a quando l'assistente di volo ci pregò di raddrizzare i sedili e di prepararci all'atterraggio.

«Verrà a prenderci qualcuno?» gli chiesi, come se quello fosse stato il mio unico pensiero durante tutta l'ora di viaggio.

Mi guardò per un lungo momento. In condizioni di luce particolari, i suoi occhi avevano il colore della birra in bottiglia; poi, quando l'ombra delle preoccupazioni tornava a velarli, diventavano nocciola a macchioline dorate, e quando il peso dei pensieri si faceva addirittura insopportabile, semplicemente distoglieva lo sguardo.

«Immagino che torneremo al Travel-Eze» dissi poi, mentre lui prendeva la valigetta portadocumenti e si slacciava la cintura prima del dovuto. L'assistente fece finta di non vedere: Wesley era in uno dei momenti in cui lanciava segnali capaci di mettere a disagio chiunque.

«Hai parlato a lungo con Lucy, a Charlotte» commentò.

«Sì.» Superammo un manicotto segnavento floscio e malinconico.

«Allora?» Si girò verso il finestrino, e i suoi occhi tornarono a riempirsi di luce.

«Allora pensa di sapere chi c'è dietro tutta la faccenda.»

«Cosa significa chi c'è dietro?» Aggrottò le sopracciglia.

«Credo che il senso della frase sia abbastanza chiaro» ribattei. «A meno che tu non ritenga che non possa esserci dietro nessuno perché la vera colpevole è lei.»

«La sua impronta è stata rilevata alle tre di notte, Kay.»

«Su questo non c'è dubbio.»

«E un'altra cosa su cui non c'è alcun dubbio è che l'impronta non potrebbe essere stata rilevata se sullo scanner non si fosse fisicamente appoggiato il suo pollice, il che certamente necessitava della sua intera presenza fisica all'ora registrata dal computer.»

«Lo so, così sembrerebbe» dissi.

Inforcò gli occhiali da sole e ci alzammo. «E io sono qui per ricordartelo» mi bisbigliò all'orecchio, seguendomi nel corridoio tra i sedili.

Ad Asheville ci saremmo potuti trasferire in qualche albergo più lussuoso del Travel-Eze, ma dovevamo incontrarci con Marino al Coach House, un ristorante inspiegabilmente famoso, e la questione dell'alloggio passò in secondo piano.

Una strana sensazione mi assalì non appena l'agente di Black Mountain venuto a prenderci in aeroporto ci scaricò nel parcheggio del ristorante e se ne andò senza aprire bocca. La Chevrolet superaccessoriata di Marino era vicina all'ingresso e lui se ne stava seduto a un tavolo d'angolo, come cercano sempre di fare coloro che hanno avuto guai con la legge.

Quando entrammo non si alzò per accoglierci, ma ci guardò indifferente continuando a mescolare con un cucchiaio il tè freddo che aveva nel bicchiere. Sì, avevo proprio la sensazione che Marino, l'uomo con cui lavoravo da anni, l'onesto e semplice nemico dei potentati e del protocollo, ci avesse a nostra insaputa convocati per una riunione. I modi freddi e cauti di Benton mi dicevano che anche lui aveva notato la stranezza della situazione. Tanto per cominciare, Marino indossava un abito scuro nuovo di zecca.

«Pete» lo salutò Wesley, prendendo una sedia.

«Ciao» gli feci eco io, prendendone un'altra.

«Fanno dell'ottimo pollo fritto» esordì lui, distogliendo lo sguardo. «Ma se preferite qualcosa di più leggero, ci sono le insalate dello chef» aggiunse, probabilmente a mio esclusivo beneficio.

La cameriera ci riempì i bicchieri d'acqua, distribuì i menu e recitò meccanicamente l'elenco dei piatti del giorno prima ancora che avessimo il tempo di dire una parola. Quando se ne andò con i nostri svogliati ordini, la tensione intorno al tavolo era insopportabile.

«Abbiamo parecchie informazioni che penso troverai interessanti» iniziò Wesley. «Ma, prima, perché non ci aggiorni tu?»

Marino, triste come non l'avevo mai visto, prese il bicchiere di tè freddo e lo riappoggiò senza berne nemmeno un sorso. Si palpò la tasca della giacca, in cerca delle sigarette, poi raccolse il pacchetto che era già sul tavolo. Non disse una parola finché non se ne fu accesa una, e il fatto che continuasse a evitare i nostri sguardi mi inquietava. Si comportava come se fossimo dei perfetti sconosciuti, e ogni volta che in passato mi ero trovata in circostanze analoghe con qualcuno c'era sempre qualche brutto guaio in vista. Marino aveva chiuso le finestre affacciate sulla sua anima per impedirci di vedere cosa si agitava dentro.

«La questione principale, in questo momento,»

esordì finalmente, sbuffando una nuvola di fumo e scrollando la cenere con fare nervoso «riguarda il bidello della scuola di Emily Steiner. Si chiama Creed Lindsey, maschio, razza bianca, trentaquattro anni, da due bidello della scuola elementare.

«In passato è stato custode della biblioteca pubblica di Black Mountain, e prima ancora bidello in una scuola elementare di Weaverville. E potrei aggiungere che, nel periodo in cui lavorava a Weaverville, un ragazzino di dieci anni fu investito da una macchina che poi si dileguò. Dissero che forse Lindsey era coinvolto…»

«Un momento» si intromise Wesley.

«Un investimento con omissione di soccorso?» esclamai io. «Cosa significa "forse era coinvolto"?»

«Aspetta, aspetta» disse Wesley. «Tu hai parlato con questo Lindsey?» Lanciò un'occhiata a Marino, che subito guardò altrove.

«Ci stavo appunto arrivando. Quell'idiota è scomparso. Appena gli è giunta voce che volevamo parlargli, e che il cielo mi maledica se so chi diavolo ha aperto bocca, *puf*, era già sparito. Non si è presentato al lavoro e non è tornato a casa.»

Accese un'altra sigaretta. Quando la cameriera comparve all'improvviso dietro di lui portando ancora del tè, Marino le annuì con aria complice, come fosse un cliente abituale del ristorante e le avesse sempre lasciato ottime mance.

«Racconta dell'incidente» dissi.

«Quattro anni fa, a novembre, un ragazzino di dieci anni, mentre sta andando in bicicletta, viene investito da uno stronzo che esce da una curva viaggiando al centro della strada. La vittima muore sul colpo, e tutto quello che la polizia riesce a scoprire è che, più o meno all'ora dell'incidente, nella zona c'era un pick-up bianco che circolava a velocità sostenuta. Ah, e sui jeans del ragazzo trovano tracce di vernice bianca.

«Ora, Creed Lindsey ha un vecchio pick-up bianco, marca Ford, e spesso percorre la strada dov'è avvenuto l'incidente. Inoltre, nei giorni di paga la fa per andare al negozio dei liquori, e guarda caso quando il ragazzo viene investito si tratta proprio di un giorno di paga.»

I suoi occhi non stavano fermi un istante, comunicando anche a noi un profondo senso di agitazione.

«Ma quando i poliziotti lo vanno a cercare per interrogarlo, *puf*, lui è sparito» continuò Marino. «Non si fa vedere per ben cinque settimane, dopodiché racconta di essere stato a trovare qualche parente malato o un'altra stronzata del genere. Nel frattempo, il pick-up è diventato azzurro. Tutti sanno che è stato quel figlio di puttana, ma nessuno ha le prove.»

«Okay.» Il tono imperioso di Wesley ordinò a Marino di fermarsi. «Tutto ciò è molto interessante, e forse questo bidello era coinvolto nell'incidente. Ma dove vuoi arrivare con questa storia?»

«Be', mi sembra piuttosto ovvio, no?»

«No, Pete. Aiutami a capire, per favore.»

«A Lindsey piacciono i bambini, è così semplice. E cerca sempre lavori che lo tengano in contatto con loro.»

«Io pensavo che avesse accettato di fare il bidello perché l'unica cosa che gli riesce è spazzare un pavimento.»

«Merda. Una cosa così può farla anche nel negozio di alimentari, all'ospizio o dove gli pare. Invece, tutti i posti in cui ha lavorato pullulavano di bambini.»

«D'accordo, allora mettiamola così: il nostro uomo spazza pavimenti solo dove ci sono bambini. E poi?» Wesley lo studiava con attenzione, ma Pete aveva una teoria da cui non si sarebbe lasciato distogliere tanto facilmente.

«E poi, quattro anni fa, uccide il primo ragazzino, e con questo non voglio dire che l'abbia fatto apposta. Succede e basta. Allora mente, ed è schiacciato dai sensi di colpa, e a un certo punto il segreto che si porta dentro lo fa uscire di testa. È così che spesso iniziano le altre cose.»

«Le altre cose?» chiese Wesley. «Quali altre cose, Pete?»

«Si sente colpevole nei confronti dei bambini. Ogni maledetto giorno ce li ha intorno, li guarda e vorrebbe uscire allo scoperto, ottenere il loro perdono, avvicinarsi, tornare indietro... merda, non lo so neanch'io.

«Invece, le cose vanno avanti e un giorno si ritrova a osservare questa ragazzina. Le si affeziona, ha una gran voglia di avvicinarla. Forse la vede anche la sera in cui sta tornando a casa dopo la riunione in chiesa. Forse addirittura le parla e, be', certo non è un problema per lui scoprire dove vive, in questo buco di posto. E così parte all'attacco.»

Bevve un sorso di tè, si accese la terza sigaretta e ricominciò a parlare.

«La rapisce perché, se la tiene con sé per un po', magari riuscirà a farle capire che non ha mai avuto intenzione di fare del male a nessuno, che è buono. Vuole che lei diventi sua amica. Vuole che lei gli voglia bene, perché se gli vorrà bene lo riscatterà dalla sua terribile colpa passata. Ma le cose non vanno così. Lei non collabora. È terrorizzata. Quando vede che le sue fantasie non si realizzano, il nostro uomo perde la testa e la uccide. Così, maledizione, l'ha rifatto: due ragazzini assassinati.»

Wesley fece per ribattere, ma proprio in quel momento le nostre ordinazioni arrivarono su un grande vassoio.

La cameriera, una donna non più giovane, con le gambe appesantite e stanche, ci mise parecchio a distribuire i piatti. Desiderava più che mai accontentare l'importante forestiero che quel giorno sedeva al tavolo in un completo blu nuovo di zecca.

Si profuse in una quantità di "sì, signori" e parve alquanto compiaciuta quando la ringraziai dell'insalata, che peraltro non intendevo affatto mangiare: avevo già perso l'appetito prima ancora di arrivare al Coach House. Proprio non riuscivo a guardare quell'insieme di prosciutto a striscioline, cheddar e tacchino, e soprattutto le fettine di uova sode. Anzi, mi davano la nausea.

«Manca qualcosa?»

«No, grazie. Va bene così.»

«Uhm, questi piatti hanno un'aria invitante, Dot. Le spiacerebbe portarci ancora un po' di burro?»

«Certo, signore, provvedo subito. E lei, signora? Desidera forse più condimento?»

«Oh, no, grazie. Va benissimo così.»

«Molto gentile. Siete così gentili. La vostra presenza ci è tanto gradita. Se vi interessa, tutte le domeniche dopo la messa organizziamo un buffet.»

«Terremo senz'altro presente.» Wesley le sorrise.

Sapevo che le avrei lasciato almeno cinque dollari di mancia, se solo avesse potuto perdonarmi per non aver toccato la sua insalata.

Wesley stava cercando di pensare a qualcosa da dire a Marino, e io mi resi conto che era la prima volta in cui assistevo a una scena simile tra loro.

«Quel che mi chiedo è se quindi hai abbandonato del tutto la tua teoria iniziale» riuscì alla fine a commentare.

«Quale teoria?» Marino tentò invano di tagliare la bistecca con la forchetta, quindi prese il pepe e la salsa piccante.

«Temple Gault. Mi pare che tu abbia praticamente smesso di cercarlo.

«Non ho detto niente del genere.»

«Senti,» mi intromisi io «cosa c'entrava questa storia dell'incidente stradale?»

Sollevò una mano, chiamando la cameriera. «Dot, ho bisogno di un coltello affilato, grazie. La storia dell'incidente e dell'omissione di soccorso è importante perché conferma i trascorsi violenti di questo individuo. La gente del posto ce l'ha parecchio con lui proprio per quella faccenda e anche perché rivolgeva troppe attenzioni a Emily Steiner. Tutto qui. Volevo solo aggiornarvi sulla situazione.»

«E la tua teoria come spiegherebbe i lembi di pelle umana trovati nel freezer di Ferguson?» chiesi. «Ah, a proposito, il gruppo sanguigno è lo stesso di Emily. Per l'analisi del DNA dovremo aspettare ancora qualche giorno.»

«Non la spiega punto e basta.»

Dot ritornò con un coltello seghettato, che lui affondò subito nella bistecca. Wesley sbocconcellava svogliatamente la sua sogliola ai ferri, con gli occhi incollati al piatto ogni volta che il collega riprendeva la parola.

«Insomma, per quanto ne sappiamo, a uccidere la ragazzina è stato Ferguson. Ma indubbiamente non possiamo escludere la possibilità che Gault sia in città, e io non dico certo che dovremmo farlo.»

«Che altro sappiamo sul conto di Ferguson?» chiese Wesley. «Lo sai che l'impronta rilevata dagli slip che indossava è di Denesa Steiner?»

«Be', certo, quella roba l'hanno rubata in casa sua la notte del rapimento. Ricordate? Ha detto che mentre si trovava legata nello sgabuzzino ha sentito l'aggressore frugare nei cassetti, e in seguito le è venuto il sospetto che avesse preso qualcosa.»

«Questo fatto e la pelle nel freezer mi fanno venire voglia di scavare più a fondo nella vita di Ferguson» disse Wesley. «Nessuna possibilità che in passato avesse avuto a che fare con Emily?»

«Vista la sua professione,» intervenni io «senza dubbio doveva essere a conoscenza dei casi verificatisi in Virginia, di Eddie Heath. Con l'omicidio Steiner potrebbe aver cercato di imitare un esempio. O forse si è solo ispirato ai fatti della Virginia.»

«Ferguson era un tipo strano» sentenziò Marino, tagliando un altro pezzo di carne. «Di questo potete stare sicuri, ma qui nessuno sembra saperne più di tanto.»

«Da quanto tempo lavorava per l'Ufficio investigativo di stato?»

«Da dieci anni. Prima era nella polizia a cavallo, e prima ancora nell'esercito.»

«Divorziato?» chiese Wesley.

«Perché, esiste qualcuno che non lo sia?»

Wesley non rispose.

«Due volte. Una ex moglie nel Tennessee e una a Enka. Quattro figli, tutti grandi e sparsi per il mondo.»

«E i parenti cos'hanno detto di lui?» domandai.

«Be', mica lavoro qui da sei mesi.» Riprese la salsa piccante. «In una giornata posso parlare solo con un certo numero di persone, e questo se sono così fortunato da beccarle per telefono al primo o al secondo colpo. E visto che voi non c'eravate e che il peso è rimasto tutto sulle mie spalle, spero non la prenderete come un'offesa personale se vi dico che una fottuta giornata è fatta solo di ventiquattr'ore.»

«Lo sappiamo, Pete» rispose Wesley nel tono più comprensivo possibile. «Ed è per questo che adesso siamo qui. Siamo perfettamente consapevoli che c'è un sacco di lavoro da fare. Forse anche più di quanto non pensassi all'inizio, perché non c'è un solo conto che torni. A quanto pare, il caso potrebbe prendere almeno tre direzioni diverse, e purtroppo non vedo molti indizi. Per ora so solo che intendo indagare meglio su Ferguson, perché le uniche prove scientifiche a nostra disposizione riguardano lui: la pelle umana nel freezer, piuttosto che gli slip di Denesa Steiner.»

«Qui fanno un ottimo dolce alle ciliegie» disse Marino, cercando con lo sguardo la cameriera, che era ferma davanti alla porta della cucina e lo osservava in attesa di un suo cenno.

«Quante volte sei già venuto in questo posto?» gli chiesi allora.

«Da qualche parte dovrò pur mangiare, giusto, Dot?» Alzò la voce, mentre il nostro angelo custode riappariva al tavolo.

Wesley e io ordinammo due caffè.

«L'insalata non era di suo gradimento?» si informò subito la donna, sinceramente dispiaciuta.

«No, era buonissima» le assicurai. «È solo che avevo meno fame del previsto.»

«Vuole che gliela confezioni per portarla via?»

«No, grazie.»

Quando si allontanò, Wesley riferì a Marino ciò che avevamo appreso dalle analisi di laboratorio. Per un po' discutemmo del midollo vegetale e del nastro adesivo, e ora che gli venne servito il dolce, che lo ebbe mangiato e che si fu riacceso una sigaretta, avevamo quasi esaurito tutti gli argomenti. D'altronde, nemmeno Marino aveva idea di cosa significassero quei nuovi sviluppi.

«Maledizione,» bofonchiò a un certo punto «è tutto assurdo. Non mi sono imbattuto in un solo indizio che collimi con quello che mi avete raccontato.»

«Certo,» commentò Wesley, la cui attenzione cominciava a venire meno «un nastro adesivo del genere è talmente fuori del comune, che qualcuno deve pur averlo notato. Ammesso che provenga da questa zona. E anche se così non fosse, ho una certa fiducia nel fatto che riusciremo a scoprire qualcosa.» Spinse indietro la sedia.

«Pago io» dissi, prendendo il conto.

«Guarda che qui non accettano l'American Express» mi avvertì Marino.

«Sono le due meno dieci.» Wesley si alzò. «Ci rivediamo in albergo alle sei per elaborare un piano.»

«Odio dovertelo ricordare,» dissi io «ma è un motel, non un albergo, e in questo momento né tu né io abbiamo una macchina.»

«Vi porterò al Travel-Eze. La tua auto dovrebbe essere già lì ad aspettarti. Ma se pensi di poterne avere bisogno anche tu, Benton, possiamo procurartene una» intervenne Marino, come se fosse il nuovo capo della polizia di Black Mountain, o magari il nuovo sindaco.

«In questo momento non so ancora di cosa potrò avere bisogno» ribatté lui.

13

L'investigatore Mote era stato trasferito in una stanza privata e, quando più tardi andai a trovarlo, le sue condizioni erano stabili ma veniva tenuto costantemente sotto osservazione. Non essendo pratica della città, avevo ripiegato sul piccolo negozio di articoli regalo dell'ospedale, la cui bacheca refrigerata offriva una misera scelta di composizioni floreali.

«Tenente Mote?» Esitai sulla soglia.

Lo avevano messo a sedere sul letto, e stava dormicchiando, accanto alla tv accesa con il volume alto.

«Buongiorno» dissi, alzando un po' la voce.

Aprì gli occhi, e per un istante non capì chi ero. Poi gli tornò la memoria e allora sorrise come se non avesse fatto altro che sognarmi per giorni interi.

«Oh, il Signore sia ringraziato, dottoressa Scarpetta. Non avrei mai pensato che fosse ancora da queste parti.»

«Chiedo scusa per i fiori: il negozio qui sotto non offriva granché.» Gli porsi un vergognoso mazzo di margherite e crisantemi in un pesante vaso verde. «Va bene se li metto qui?»

Li appoggiai sulla cassettiera, dove constatai con

una certa tristezza che gli unici altri fiori della camera erano ancora più patetici dei miei.

«Se vuole sedersi un minuto, là c'è una sedia.»

«Come si sente?» chiesi.

Era pallido e smagrito, e mentre osservava dalla finestra la splendida giornata autunnale i suoi occhi tradivano un'infinita debolezza.

«Be', sto cercando di prenderla con filosofia, come si dice» rispose. «È sempre difficile prevedere quel che ci aspetta dietro l'angolo, ma io penso già ad andare a pescare e ai miei amati lavoretti di falegnameria. Sa, erano anni che volevo costruirmi un piccolo rifugio da qualche parte, e poi mi piace intagliare bastoni da passeggio.»

«Tenente Mote,» chiesi con una certa apprensione, non desiderando turbarlo «qualcuno del dipartimento è già venuto a trovarla?»

«Ma certo» rispose lui, continuando ad ammirare il cielo incredibilmente azzurro. «Sono venute un paio di persone, mi hanno anche telefonato.»

«E che sensazioni ha delle indagini sul caso Steiner?»

«Non molto buone.»

«Perché?»

«Be', innanzitutto perché non vi partecipo. E poi, mi sembra che ognuno vada in una direzione diversa. Sono un po' preoccupato.»

«Lei ha avuto a che fare con questo caso fin dall'inizio. Certo doveva conoscere bene Max Ferguson.»

«Non tanto quanto pensavo, evidentemente.»

«Lei sa che è un indiziato?»

«Lo so. So tutto.»

La luce del sole gli sbiadiva gli occhi rendendoli chiari come l'acqua. Sbatté le palpebre ripetutamente, asciugandosi le lacrime provocate dall'eccessiva luminosità, o forse dall'emozione.

Riprese a parlare. «So anche che stanno indagando su Creed Lindsey, e da un certo punto di vista è una bella vergogna per entrambi.»

«Da quale punto di vista?» chiesi.

«Ecco, dottoressa Scarpetta, Max purtroppo non è più qui per difendersi.»

«No, certo.»

«E Creed non saprebbe da che parte cominciare a difendere se stesso, anche se fosse qui.»

«Dov'è?»

«Ho sentito che è scappato, e non è la prima volta. Fece la stessa cosa quando quel ragazzino venne investito e morì. Tutti pensarono che Creed fosse più colpevole del diavolo, così lui scomparve dalla circolazione e quando tornò era messo male. Ogni tanto prende e va in un posto che una volta chiamavano Colored Town, e si ubriaca fino a non sapere più chi è.»

«Dove abita?»

«Dalle parti di Montreat Road, su a Rainbow Mountain.»

«Purtroppo non conosco la zona.»

«Quando arriva alle porte di Montreat, è la strada che sale sulla destra. Una volta ci vivevano solo i montanari, ma negli ultimi vent'anni molti si sono trasferiti altrove o sono morti, e hanno cominciato ad andarci quelli come Creed.» Fece una pausa, l'espressione distante e pensierosa. «La sua casa si vede anche dalla strada. Ha una vecchia lavatrice sulla veranda e butta quasi sempre le immondizie fuori dalla porta sul retro, nel bosco.» Sospirò. «Il fatto è che il povero Creed non è tanto sveglio.»

«In che senso?»

«Nel senso che ha paura di tutto quello che non capisce, e di sicuro non capisce cosa sta succedendo adesso.»

«Quindi lei non lo ritiene coinvolto nella morte della piccola Steiner?»

L'investigatore Mote chiuse gli occhi, mentre il monitor sopra il letto registrava 66 pulsazioni costanti. Aveva l'aria molto stanca. «No, non l'ho pensato neanche per un attimo. Ma se è scappato ci sarà una ragione, mi dirà lei, e io non riesco a darmi una risposta.»

«Ha detto che è spaventato. Come ragione mi sembra sufficiente.»

«Sì, però ho la sensazione che ci sia dell'altro. In ogni caso, è inutile che ci rimugini sopra: non c'è nulla che possa fare. A meno che non vengano qui tutti quanti a dirmi che sono a mia completa disposizione, ma non credo proprio che succederà.»

Benché non ne avessi voglia, sentii che dovevo chiedergli di Marino. «E il capitano Marino? Ha avuto modo di parlare anche con lui?»

Mote mi guardò diritto negli occhi. «È venuto a trovarmi l'altro giorno, con una bottiglia di Wild Turkey. È lì, nell'armadietto» disse, sollevando un braccio dalle lenzuola e indicando con la mano.

Sedemmo entrambi in silenzio per un momento.

«So che non dovrei bere» aggiunse.

«Vorrei che desse retta ai dottori, tenente Mote. D'ora in poi dovrà sempre fare i conti con il suo cuore, il che significa evitare di concedersi sfizi dannosi.»

«So che devo smettere di fumare.»

«Ce la si può fare. Io credevo che non ci sarei mai riuscita.»

«E le manca?»

«Certo non mi manca come mi faceva sentire.»

«Lo so, anche a me non piace il modo in cui ci si sente per colpa dei vizi, ma questo è un altro discorso.»

Gli sorrisi. «Sì, il fumo mi manca. Ma col tempo diventa più facile.»

«Ho detto a Pete che non mi andava di vedergli fare la stessa fine che ho fatto io, dottoressa Scarpetta. Ma ha la testa dura.»

Il ricordo di Mote cianotico sul pavimento mentre cercavo di salvargli la vita mi procurò una fitta al cuore, ed ero convinta che fosse solo una questione di tempo: prima o poi anche a Marino sarebbe successo qualcosa del genere. Ripensai al pollo fritto che aveva mangiato, ai suoi abiti nuovi, alla macchina e al suo strano comportamento. Sembrava quasi che avesse deciso di non avere più rapporti con me, e l'unico modo per farlo era trasformarsi in un estraneo.

«Certo si è lasciato molto coinvolgere da tutta questa storia. È un caso difficile» commentai debolmente.

«La signora Steiner non ha molte altre risorse, non posso certo biasimarla. Al suo posto, forse anche io ci investirei tutto.»

«Tutto cosa?»

«Ha parecchio denaro» disse Mote.

«In effetti me l'ero chiesta.» Mi tornò in mente la sua macchina.

«Si è prodigata molto per agevolare le indagini.»

«Agevolare?» ripetei. «In che modo, esattamente?»

«Ha fornito le auto. Quella di Pete, per esempio. Qualcuno deve pur pagare i mezzi.»

«Pensavo che si trattasse di donazioni degli imprenditori locali.»

«Be', di sicuro il gesto della signora Steiner ha ispirato anche altre persone. Il suo caso ha fatto riflettere molto la gente di qui, e nessuno vorrebbe che altri ragazzini facessero la stessa fine di Emily.

«In ventidue anni di carriera, non avevo mai visto niente di simile. Ma è anche vero che non mi ero mai trovato di fronte a casi del genere.»

«Quindi anche la mia macchina è stata pagata da lei?» Controllare la voce e mantenere la calma mi costò uno sforzo enorme.

«La signora Steiner ha donato entrambe le vetture, mentre alcuni privati hanno fornito gli equipaggiamenti: le radio, gli scanner e via dicendo.»

«Tenente Mote,» dissi «quanti soldi ha dato al vostro dipartimento?»

«Cinquanta, credo.»

«Cinquanta?» Lo guardai incredula. «Cinquantamila dollari?»

«Esatto.»

«Il che non ha creato problemi a nessuno?»

«Per quanto mi riguarda, non è diverso da quando alcuni anni fa l'azienda elettrica ci donò una macchina perché volevano che tenessimo d'occhio un certo impianto. E i Quick Stop e i 7-Eleven ci danno il caffè gratis in cambio di visite frequenti nei loro negozi. È solo gente che ci aiuta ad aiutarla. E funziona bene, finché qualcuno non cerca di approfittarsene.» I suoi occhi continuavano a fissarmi, le sue mani giacevano immobili sulle coperte. «Certo immagino che in una città delle dimensioni di Richmond le regole siano diverse.»

«Qualsiasi donazione superiore ai duemilacinquecento dollari al dipartimento di polizia di Richmond deve ricevere formale approvazione.»

«Da parte di chi?»

«Del consiglio comunale.»

«Una procedura complessa.»

«Necessariamente, per ovvie ragioni.»

«Be', certo» ammise Mote, ma ormai appariva terribilmente stanco, e soprattutto terribilmente triste all'idea di non potersi più fidare del proprio corpo come in passato.

«Potrebbe solo dirmi in che modo verranno utilizzati questi cinquantamila dollari, oltre all'acquisto di altre vetture?» chiesi.

«Ci serve un nuovo comandante. Il candidato numero uno ero io, ma a questo punto le mie prospettive cambiano, e anche se potessi tornare a svolgere mansioni leggere, è ormai tempo che questa città abbia un uomo di grande esperienza. La vita è cambiata anche qui da noi.»

«Capisco» dissi, e la realtà di quanto stava accadendo in quei giorni mi si chiariva di minuto in minuto, procurandomi nuova angoscia. «Adesso sarà meglio che si riposi.»

«Sono molto felice che lei sia venuta.»

Mi strinse la mano così forte da farmi male, comunicandomi una disperazione che, se anche ne fosse stato consapevole, forse non avrebbe saputo spiegarmi a parole. Sfiorare la morte significa rendersi conto davvero che un giorno moriremo, e non si può più essere quelli di prima. Invece di tornare subito al Travel-Eze, mi recai fino alle porte di Montreat, entrai e feci il giro della cittadina. Uscii dalla parte opposta, meditando sul da farsi. Il traffico era scarso e quando mi fermai sul ciglio della strada guardandomi intorno, i passanti credettero probabilmente che fossi l'ennesima turista smarrita o venuta per ammirare la casa di Billy Graham. Dal punto in cui avevo parcheggiato godevo di una vista perfetta della zona in cui abitava Creed Lindsey. Addirittura, riconobbi la sua casa con il cubo biancastro della vecchia lavatrice nella veranda.

Rainbow Mountain doveva essere stata battezzata così in un pomeriggio autunnale come quello: mentre l'astro infuocato si abbassava all'orizzonte e l'oscurità si insinuava nelle valli e nei crepacci, le foglie sugli alberi esibivano un arcobaleno di sfumature rosse, arancioni e gialle, addirittura esplosivo sotto il sole e intenso all'ombra. Probabilmente non avrei mai deciso di risalire la strada sterrata se dallo sghembo comignolo in pietra di Creed non avessi intravisto uscire un filo di fumo.

Tornai dunque sulla carreggiata e attraversai il nastro d'asfalto, imboccando un sentiero stretto e pieno di buche. Alle spalle della macchina si innalzava un polverone rossastro che accompagnò tutta la mia arrampicata verso un agglomerato dall'aria decisamente inospitale. Sembrava che la strada proseguisse fino alla cima della montagna per poi interrompersi lì, disseminata di roulotte dal tetto gibboso e case ormai in rovina, fatte di tronchi o assi di legno grezzo. Alcune avevano il tetto di catrame, altre di lamiera, e i pochi veicoli che incontrai furono dei vecchi camioncini e una station wagon di uno strano color menta.

Davanti alla casa di Creed Lindsey, sotto alcuni alberi, c'era uno spiazzo sterrato che lui probabilmente usava come parcheggio privato, così mi fermai e spensi il motore. Rimasi per un po' a guardare quella baracca con la veranda mezzo sfondata. Forse all'interno era accesa una luce, o forse erano solo i raggi dell'ultimo sole riflessi nei vetri. Mentre ripensavo al giovane che vendeva stuzzicadenti aromatizzati ai ragazzini e coglieva fiori per Emily, spazzando i pavimenti e vuotando i cestini della scuola, valutai l'opportunità di lanciarmi in quella nuova avventura.

Dopotutto, la mia idea iniziale era solo di scoprire dove viveva Creed Lindsey rispetto alla chiesa presbiteriana e al lago Tomahawk. Adesso che la mia domanda aveva trovato una risposta, nuovi punti interrogativi mi si affacciavano alla mente. Di sicuro non potevo allontanarmi come se nulla fosse dal comignolo fumante di una casa in cui in teoria non avrebbe dovuto esserci nessuno. Non riuscivo a smettere di pensare alle parole di Mote, senza contare le caramelle – i sassi – che avevo trovato. In realtà, questi rappresentavano il motivo principale per cui avevo bisogno di parlare con Creed.

Bussai a lungo alla porta, convinta di udire dei rumori provenienti dall'interno e con la sensazione di essere spiata. Nessuno venne ad aprire, e nessuno rispose ai miei richiami. La finestra alla mia sinistra era coperta di polvere. Al di là dei vetri scorsi una striscia di pavimento di legno scuro e una sedia illuminata da una piccola lampada da tavolo.

Mentre fra me e me ragionavo che una lampada accesa non costituiva ancora una prova che in casa ci fosse qualcuno, un profumo di legna bruciata mi colpì le narici, e quando guardai la catasta ammucchiata nella veranda mi sembrò che si trattasse di ceppi appena tagliati. Tornai a bussare, e questa volta la porta mi parve piuttosto cedevole sotto i miei colpi leggeri.

«Ehi!» gridai. «C'è nessuno in casa?»

Mi rispose il fruscio degli alberi agitati dalle folate di vento. All'ombra, l'aria era fredda e sentivo un vago odore di muffa, di decomposizione, di decadenza. Nel bosco, a entrambi i lati della piccola baracca con il tetto arrugginito e le antenne televisive piegate, erano accumulati i rifiuti di anni, in parte pietosamente ricoperti dalle foglie cadute. Ciò che vidi furono soprattutto cartacce, cartoni del latte plastificati e bottiglie di Coca-Cola abbandonate da abbastanza tempo perché le etichette fossero ormai illeggibili.

Conclusi dunque che il signore del castello doveva aver rinunciato alla sua pessima abitudine di gettare le immondizie fuori dalla porta, poiché lì in mezzo nulla sembrava recente. Mentre ero assorta in quei ragionamenti, d'un tratto avvertii una presenza alle mie spalle. La sensazione di uno sguardo incollato alla mia schiena fu così palpabile che lentamente mi girai con tutti i peli ritti sulle braccia.

Mi trovai di fronte una strana apparizione. La

ragazza sostava sulla strada, vicino al paraurti posteriore della mia auto, immobile come un cerbiatto che ti fissa al crepuscolo, i capelli di un castano smorto che le cadevano mollemente intorno al viso stretto e pallido, gli occhi leggermente strabici. I suoi arti lunghi e dinoccolati mi dissero che avrebbe potuto spiccare un salto e sparire nel bosco al mio minimo gesto o rumore. Per un tempo interminabile continuò a guardarmi, e io ricambiai lo sguardo come se accettassi l'inevitabilità di quello strano incontro. Quando finalmente si mosse per respirare e tornare a battere le palpebre, trovai il coraggio di parlare.

«Forse tu puoi aiutarmi» dissi, con gentilezza e senza tradire alcuna paura.

Infilò le mani nude nelle tasche di un giaccone di lana scura decisamente troppo piccolo per lei. Indossava pantaloni color kaki, stropicciati e arrotolati alle caviglie, e vecchi scarponi di cuoio marrone chiaro. Pensai che doveva avere circa quindici anni, ma era difficile dirlo.

«Non sono di queste parti,» tentai ancora «ma ho bisogno di trovare Creed Lindsey. Il tizio che vive qui, o almeno credo che abiti in questa casa. Potresti aiutarmi?»

«Che lo vuoi?» Aveva una voce acuta che mi ricordava il suono del banjo. Mi resi subito conto che capirla sarebbe stata un'impresa.

«Ho bisogno che mi aiuti» dissi lentamente.

Si avvicinò di qualche passo. I suoi occhi, sempre fissi nei miei, erano pallidi e strabici come quelli dei gatti siamesi.

«So che lui pensa che certa gente lo stia cercando» proseguii con grande calma. «Ma io non sono una di loro. Non ho niente a che fare con loro. Non sono qui per fargli del male.»

«Ti chiami?»

«Il mio nome è Kay Scarpetta. Sono una dottoressa» risposi.

Mi guardò ancora più intensamente, come se le avessi appena rivelato un segreto. In quel momento pensai che, ammesso che sapesse cos'era un dottore, probabilmente non ne aveva mai incontrato uno che fosse anche una donna.

«Sai cos'è un medico legale?» chiesi.

Lanciò un'occhiata alla mia macchina, quasi fosse una prova che contraddiceva la mia precedente affermazione.

«Ci sono dei dottori che aiutano la polizia quando qualcuno resta ferito. È quello che faccio io» spiegai. «Sto aiutando la polizia locale. È per questo che ho una macchina così. Me l'hanno prestata perché io non sono di qui. Vengo da Richmond, in Virginia.»

Continuò a guardare in silenzio la macchina, mentre mi assaliva l'infelice presentimento di essermi sbilanciata troppo e di aver rovinato ogni cosa. Non avrei mai trovato Creed Lindsey. Anzi, era stata pura follia pensare anche solo per un attimo di poter comunicare con gente che non conoscevo e che a stento capivo.

Stavo già per tornare alla macchina e andarmene, quando all'improvviso la ragazza si avvicinò e, con mia enorme sorpresa, mi prese per mano tirandomi in direzione dell'automobile. Attraverso il finestrino indicò la mia valigetta medica, sul sedile del passeggero.

«È la mia borsa da dottore» dissi. «Vuoi che la prenda?»

«Sì, prendi» rispose lei.

Aprii la portiera e presi la valigetta. Mi chiedevo se fosse semplicemente curiosa, ma subito ricominciò a trascinarmi verso la strada sterrata da cui era comparsa. Senza dire una parola, mi condusse su per la collina, la sua mano ruvida e secca come le foglie di mais era saldamente e risolutamente aggrappata alla mia.

«Perché non mi dici il tuo nome?» domandai, continuando a inerpicarmi di buon passo.

«Deborah.»

Aveva i denti cariati e appariva macilenta e più vecchia della sua età, come spesso mi capitava di osservare nei casi di malnutrizione cronica in una società in cui il problema vero non stava nella quantità di cibo ingerito: ero infatti abbastanza sicura che tutta la sua famiglia, così come molte altre incontrate nelle città dell'interno, si nutrisse con gli alimenti poco sostanziosi che poteva acquistare con i buoni spesa.

«Deborah e poi?» insistetti, mentre ci avvicinavamo a una minuscola capanna di assi. Sembrava fosse stata costruita con gli scarti di una segheria ed era coperta di carta catramata con un motivo a finti mattoni.

«Deborah Washburn.»

La seguii su per alcuni traballanti scalini di legno fino a una veranda consumata dal tempo, ingombra di cataste di legna da ardere e con uno sbiadito dondolo turchese. Aprì una porta che non vedeva un pennello da troppi anni per potersi ancora ricordare del proprio colore, quindi mi trascinò all'interno, dove il motivo della sua missione si fece subito chiaro.

Due faccine precocemente invecchiate si sollevarono a guardarmi da un nudo materasso sul pavimento dov'era seduto un uomo che perdeva sangue e stava cercando di curarsi un brutto taglio al pollice destro. Per terra, poco più in là, vidi un barattolo di vetro con del liquido trasparente che dubitai essere acqua; l'uomo era riuscito a cucirsi la ferita con uno o due punti dati con ago e filo normali. Alla luce di una lampadina che penzolava nuda dal soffitto, ci guardammo per un istante.

«'l dottore» esordì Deborah.

L'uomo tornò a guardarmi, mentre il pollice continuava a sanguinare. Soltanto allora mi accorsi che doveva avere tra i venticinque e i trent'anni: i capelli, neri e lunghi, gli spiovevano sugli occhi e la sua pelle tradiva un pallore malsano, come se non si fosse mai esposto al sole. Alto e panciuto, puzzava di grasso stantio, sudore e alcol.

«Dove l'hai trovata?» le chiese.

Gli altri bambini fissavano con aria assente la tv, l'unico apparecchio elettrico della casa a parte la lampadina.

«Cerca a te» gli rispose Deborah, mentre al di là delle sgrammaticature mi rendevo improvvisamente conto che quell'uomo doveva essere Creed Lindsey.

«E perché l'hai portata qui?» Non sembrava particolarmente turbato né spaventato.

«Là soffriva.»

«Come si è tagliato?» gli chiesi, aprendo la valigetta.

«Col coltello.»

Lo esaminai da vicino. Si era sollevato un vasto lembo di pelle.

«In questo caso i punti non sono la cosa migliore» dissi, estraendo dell'antisettico per uso topico, alcuni Steri-Strip e della colla al benzoino. «Quando è successo?»

«Nel pomeriggio. Stavo cercando di aprire una lattina.»

«Ricorda quand'è stata l'ultima volta che le hanno fatto un'antitetanica?»

«No.»

«Sarà bene che provveda domani stesso. Gliela farei anch'io, ma non ho con me l'occorrente.»

Mi seguì con lo sguardo, mentre cercavo dei fazzolettini di carta. La cucina consisteva esclusivamente in una stufa a legna, e l'acqua usciva da un tubo di gomma sopra il lavandino. Mi sciacquai le mani e le scrollai per asciugarle alla meglio, quindi mi inginocchiai accanto a lui sul materasso e gli presi la mano: era muscolosa e piena di calli, con le unghie sporche e rotte.

«Le farà male» lo avvisai. «E purtroppo non ho con me antidolorifici, quindi se ha qualche altro sistema lo usi pure.» Lanciai un'occhiata al barattolo di liquido trasparente.

Lui fece altrettanto, poi allungò la mano sana per sollevarlo. Bevve un sorso del liquido, forse un distillato fatto in casa, e subito gli lacrimarono gli occhi. Aspettai che ne bevesse un altro po', quindi gli pulii la ferita e rimisi il lembo di pelle al suo posto, fissandolo con delle striscioline di nastro di carta. Quando ebbi finito, si era ormai rilassato. Gli fasciai il pollice con la garza.

«Tua madre dov'è?» chiesi a Deborah, mentre riponevo l'ago e la roba da buttare nella valigetta, non avendo visto in giro un cestino dei rifiuti.

«A Burger Hut.»

«Lavora lì?»

Annuì, mentre uno dei piccoli si alzava per cambiare canale.

«Lei è Creed Lindsey?» chiesi in maniera abbastanza retorica al mio paziente.

«Perché me lo chiede?» ribatté lui sullo stesso tono, il che mi fece pensare che non fosse tanto lento quanto me lo aveva descritto il tenente Mote.

«Devo parlargli.»

«Per quale motivo?»

«Perché credo che non abbia niente a che fare con quanto è successo a Emily Steiner. Però penso che sappia qualcosa che potrebbe esserci utile per scoprire il colpevole.»

Tornò a prendere il barattolo di liquore. «E cosa dovrebbe sapere?»

«Be', mi piacerebbe chiederlo a lui» dissi. «Secondo me aveva un debole per Emily, e ciò che è accaduto deve averlo sconvolto. E, sempre secondo me, quando qualcosa lo sconvolge cerca di allontanarsi dalla gente, come sta facendo adesso, soprattutto se teme di trovarsi in qualche guaio.»

Fissò il barattolo, facendone roteare lentamente il contenuto.

«Quella sera non le ha fatto niente.»

«Quella sera?» ripetei. «Nel senso della notte in cui Emily è scomparsa?»

«L'ha vista camminare con la chitarra e ha rallentato col furgone per dirle ciao. Ma non le ha fatto niente. Non le ha dato nessun passaggio, né niente.»

«Ma le ha chiesto se lei lo voleva?»

«No, perché sapeva che lei non l'avrebbe accettato.»

«E come mai?»

«Perché a lei non piace. Creed non le piace anche se lui le fa dei regali.» Gli tremava il labbro inferiore.

«Io ho sentito dire che lui era molto gentile con lei. Che a scuola le aveva regalato dei fiori. E delle caramelle.»

«No, le caramelle no, perché lei non le avrebbe prese.»

«Davvero?»

«Davvero. Neanche quelle che le piacevano di più. L'ho vista che le prendeva dagli altri.»

«Quelle dure, i sassi?»

«Wren Maxwell me le dà per gli stuzzicadenti e io l'ho visto che le dava a lei.»

«Ed era sola, quando stava tornando a casa con la chitarra, quella sera?»

«Sì.»

«Dove?»

«Sulla strada. A un chilometro e mezzo dalla chiesa.»

«Allora non aveva preso la scorciatoia lungo il lago?»

«Era sulla strada. Faceva buio.»

«E gli altri compagni del suo gruppo dov'erano?»

«Lontani, dietro di lei, quelli che ho visto. Erano tre o quattro. Lei camminava svelta e piangeva. Quando ho visto che piangeva ho rallentato, ma lei

continuava a camminare e a piangere. Per un po'
l'ho tenuta d'occhio, perché avevo paura che era
successo qualcosa.»

«Come mai l'ha pensato?»

«Perché piangeva.»

«L'ha seguita finché è arrivata a casa?»

«Sì.»

«Quindi sa dove abita?»

«Sì.»

«E poi cos'è successo?» gli chiesi. Ora sapevo
perché la polizia lo cercava: comprendevo i loro sospetti e sapevo anche che si sarebbero soltanto ag-
gravati se in quel momento qualcuno avesse sentito ciò che mi stava raccontando.

«L'ho vista entrare in casa.»

«E lei la vide?»

«No. Da un po' non avevo i fari accesi.»

"Signore Iddio" pensai. «Creed, lei capisce perché la polizia è preoccupata?»

Fece girare ancora il liquore nel barattolo, gli occhi leggermente strabici e di uno strano miscuglio
di verde e castano.

«Io non le ho fatto niente» disse, e gli credevo.

«Lo so, la stavi solo tenendo d'occhio perché ti
eri accorto che stava male. E ti piaceva» ripetei, passando al tu.

«Ho visto che stava male, sì.» Bevve un sorso
dal barattolo.

«Lo sai dov'è stata ritrovata? Dove l'ha ritrovata il pescatore?»

«Sì.»

«E ci sei andato.»

Questa volta non rispose.

«Sei andato sul posto e le hai lasciato delle caramelle. Quando era già morta.»

«Ci è andata tanta gente. Vanno per guardare. Ma lei che è più vicina no.»

«Lei che è più vicina? Intendi dire sua madre?»

«Lei non ci va.»

«Qualcuno ti ha visto andarci?»

«No.»

«Così le hai lasciato delle caramelle. Un regalo per lei.»

Il labbro aveva ripreso a tremare, gli occhi si erano inumiditi. «Le ho dato i sassi.»

«Ma perché proprio lì? Perché non sulla sua tomba?»

«Non volevo che mi vedevano.»

«Perché?»

Tornò a fissare il barattolo. Non aveva alcun bisogno di dirlo: lo sapevo già, perché. Riuscivo a figurarmi benissimo le canzonature dei ragazzi della scuola, mentre lui passava lo straccio su e giù per i corridoi. Riuscivo a immaginarmi le boccacce e le risate, le impietose prese in giro ogni volta che Creed Lindsey lasciava capire di avere un debole per qualcuno. E lui aveva avuto un debole per Emily Steiner che aveva un debole per Wren Maxwell.

Era ormai molto buio quando uscii da quella casa, e mentre tornavo alla macchina Deborah mi seguì come una gatta silenziosa. Sentivo letteralmente una fitta al cuore, come se mi avessero strappato i muscoli del petto. Avrei voluto darle dei soldi, ma sapevo che non dovevo farlo.

«Mi raccomando, stai attenta che non sforzi la mano e che la tenga pulita» le dissi, aprendo la portiera della Chevrolet. «Avrà anche bisogno di un dottore. C'è un dottore, qui intorno?»

Fece segno di no con la testa.

«Allora di' a tua madre di farne venire uno. Qualcuno la aiuterà, al Burger Hut. Prometti che lo farai?»

Mi guardò e mi prese la mano.

«Ascolta, Deborah, puoi telefonarmi al Travel-Eze. Non ho qui il numero, ma lo trovi sull'elenco. Ecco, questo è il mio biglietto da visita, così ti ricordi il nome.»

«No, abbiamo il telefono» disse lei, fissandomi intensamente e restando aggrappata alla mia mano.

«Lo so. Ma se avrai bisogno di chiamare, puoi cercare una cabina, giusto?»

Annuì.

Una macchina stava risalendo la collina.

«Ecco mamma.»

«Quanti anni hai, Deborah?»

«Undici.»

«E frequenti la scuola di Black Mountain?» chiesi, impressionata all'idea che avesse la stessa età di Emily.

Annuì di nuovo.

«Conoscevi Emily Steiner?»

«Era più avanti.»

«Non eravate dello stesso anno?»

«No.» Mi lasciò andare la mano.

La macchina, una vecchia Ford malandata con un solo fanale, ci superò rumorosamente e io ebbi una visione fugace della donna che guardava nella nostra direzione. Non avrei mai dimenticato la stanchezza dipinta su quel volto flaccido, le labbra

avvizzite e risucchiate all'indentro, i capelli tratte-
nuti da una retina. Deborah seguì la madre a grandi passi, e io richiusi la portiera.

Quando tornai al motel mi concessi un lungo bagno caldo, pensando a cosa avrei potuto mangiare,
ma mentre consultavo il menu del servizio in camera scoprii che la mia mente era altrove, così op-
tai per la lettura di un libro. Il telefono mi svegliò
alle dieci e mezzo.

«Sì?»

«Kay?» Era Wesley. «Devo parlarti. È importante.»

«Vengo io nella tua camera.»

Ci andai immediatamente. «Sono Kay» dissi,
bussando.

«Un attimo solo» mi rispose la sua voce dall'altra parte.

Una breve pausa, quindi la porta si aprì. Dal suo
viso capii subito che la situazione era grave.

«Che cosa succede?»

«Lucy.»

Richiuse la porta, e dallo stato in cui si trovava
la sua scrivania dedussi che doveva avere passato
il pomeriggio al telefono. C'erano fogli con appunti sparsi dappertutto. La cravatta era sul letto, la camicia gli penzolava fuori dai pantaloni.

«Ha avuto un incidente.»

«Cosa?» Mi sentii gelare il sangue nelle vene.

Benton aveva l'aria sconvolta.

«Sta bene?» Non riuscivo a pensare.

«È successo questa notte, sulla I-95, a nord di
Richmond. A quanto pare, era stata a Quantico, poi
era uscita per mangiare e stava rientrando a casa.

Ha cenato all'Outback, hai presente, la griglieria australiana? Sappiamo che si è fermata al Green Top, l'armeria di Hanover, e poco dopo ha avuto l'incidente.» Parlava camminando avanti e indietro per la stanza.

«Benton, sta bene sì o no?» Ero pietrificata.

«In questo momento si trova all'MCV. È stato un brutto incidente, Kay.»

«Oh, mio Dio.»

«Sembra che sia finita fuori strada all'uscita di Atlee/Elmont, perdendo il controllo. Quando dalla targa sono risaliti a te, la polizia di stato ha contattato il tuo ufficio dal luogo dell'incidente, incaricando Fielding di rintracciarti. Lui ha chiamato me perché non voleva darti la notizia per telefono. Sai com'è, trattandosi di un medico legale temeva una brutta reazione da parte tua se ti avesse detto che Lucy aveva avuto un incidente…»

«Benton!»

«Scusa.» Mi appoggiò le mani sulle spalle. «Cristo. Non sono proprio capace, quando si tratta… quando si tratta di te, insomma. Ha riportato alcune ferite e una commozione cerebrale, è un vero miracolo che sia ancora viva. La macchina si è capottata più volte ed è andata distrutta. Per estrarre Lucy hanno dovuto tagliare le lamiere e chiamare l'elisoccorso. In tutta sincerità, quando hanno visto i rottami hanno pensato che fosse un incidente mortale. È un miracolo che ce l'abbia fatta.»

Chiusi gli occhi e sedetti sul bordo del letto. «Aveva bevuto?»

«Sì.»

«Raccontami il resto.»

«È accusata di guida in stato di ebbrezza. In ospedale le hanno fatto l'esame del sangue e il tasso di alcol era elevato. Non so quanto, di preciso.»

«Ci sono altri feriti?»

«Non è rimasta coinvolta nessun'altra macchina.»

«Dio sia lodato.»

Sedette accanto a me, accarezzandomi il collo. «È già sorprendente che fosse arrivata fin lì senza fare altri incidenti. A cena doveva aver alzato parecchio il gomito.» Mi circondò la vita con un braccio, attirandomi a sé. «Ti abbiamo già prenotato un aereo.»

«Cosa ci faceva al Green Top?»

«Ha comprato una pistola. Una Sig Sauer P230. L'hanno trovata nella macchina.»

«Devo tornare immediatamente a Richmond.»

«Fino a domattina è impossibile, Kay. Ma cerca di stare tranquilla.»

«Ho freddo» dissi.

Prese la giacca e me la appoggiò sulle spalle. Cominciai a tremare. Il terrore che avevo provato nel vedere la faccia di Wesley e la tensione nella sua voce mi riportarono alla memoria la notte in cui lui mi aveva chiamato per darmi la notizia di Mark.

Quella volta era bastata una sola parola per capire che era successa una disgrazia, e nel giro di pochi secondi mi stava raccontando della bomba esplosa a Londra, di come Mark si era trovato a passare in stazione proprio in quel momento, del fatto che non c'entrava nulla, che non era lui il bersaglio; però era morto. Il dolore mi aveva devastata come un tornado, lasciandomi esausta come non mi ero mai sentita in vita mia, nemmeno il giorno in cui era morto mio padre. Allora non ero riuscita a reagire, ero troppo giovane, mia madre piangeva e ogni cosa sembrava perduta.

«Andrà tutto bene» disse Wesley, versandomi un drink.

«Che altro sai di questa storia?»

«Niente, Kay. Tieni, bevi questo, ti aiuterà.» Mi porse uno scotch liscio.

Se nella stanza ci fosse stata una sola sigaretta, me la sarei infilata tra le labbra e l'avrei accesa, ponendo fine alla mia astinenza e cancellando in un attimo ogni fermo proposito.

«Conosci il medico che l'ha in cura? Dove è ferita? E gli airbag hanno funzionato?»

Riprese a massaggiarmi il collo, senza rispondere perché, come aveva già dichiarato, non sapeva niente di più. Buttai giù lo scotch in poche sorsate, avevo proprio bisogno di una sferzata.

«Partirò domattina.»

Le sue dita si infilarono tra i miei capelli, procurandomi una sensazione meravigliosa.

Chiusi gli occhi, iniziando a raccontargli del mio pomeriggio. Gli dissi della visita a Mote, in ospedale. Gli dissi della gente di Rainbow Mountain, della ragazzina che non sapeva parlare e di Creed, che sapeva invece che Emily Steiner non aveva affatto preso la scorciatoia per il lago, quella sera, dopo la riunione in chiesa.

«È così triste, perché mentre mi parlava era come se stessi vedendo la scena con i miei occhi» proseguii, ripensando al suo diario. «Doveva incontrarsi con Wren, prima della riunione, e naturalmente lui non si presentò. Quindi la ignorò per tutto il pomeriggio, così lei se ne andò prima, corse via senza aspettare gli altri.

«Si sentiva ferita e umiliata e non voleva farlo vedere a nessuno. Creed la incontrò per caso, era fuori con il furgone. La vide, volle sincerarsi che arrivasse a casa sana e salva perché capì che stava male. La corteggiava a distanza, proprio come Emily corteggiava Wren. E adesso è morta in questa maniera orribile. Sembra quasi una semplice storia di amori non ricambiati, di dolore causato dall'indifferenza.»

«Come tutti gli omicidi, Kay.»

«Marino dov'è?»

«Non lo so.»

«Sta sbagliando tutto. E lo sa benissimo.»

«Temo si sia lasciato coinvolgere sentimentalmente da Denesa Steiner.»

«Io ne sono sicura.»

«Posso ben immaginare come sia successo. Lui è solo, non ha mai avuto fortuna con le donne, anzi, prima che Doris lo lasciasse non sapeva neanche cosa fosse, una donna. Denesa Steiner è distrutta, bisognosa di aiuto, lo stimolo ideale per la virilità offesa di Marino.»

«E a quanto pare, ha un sacco di soldi.»

«Già.»

«Ma come ha fatto, se suo marito insegnava a scuola?»

«Credo che la famiglia di lui fosse ricca. Petrolio, forse, o comunque qualche fortuna all'Ovest. Dovrai riferire i dettagli del tuo incontro con Creed Lindsey, Kay. Non credo che la cosa gli farà piacere.»

Lo sapevo già.

«So come ti senti, ma neanche io so bene come

prendere questa storia. Vedi, mi preoccupa il fatto che l'abbia seguita a fari spenti. E mi preoccupa che sapesse dove abitava, così come che l'avesse notata a scuola. Senza contare che si è recato sul luogo del ritrovamento a lasciarle le caramelle.»

«Come mai la pelle di Emily è finita nel freezer di Ferguson? Cosa c'entra Creed Lindsey con tutto questo?»

«O è stato lo stesso Ferguson a metterla lì, oppure l'ha fatto qualcun altro. Tutto qui. Ma personalmente non credo alla prima ipotesi.»

«Perché?»

«Perché il suo profilo non calza. E lo sai anche tu.»

«E Gault?»

Wesley non rispose.

Alzai gli occhi per guardarlo. Ormai conoscevo bene i suoi silenzi: potevo seguirli come le pareti fredde di una caverna. «Mi stai tacendo qualcosa» dissi.

«Ho appena ricevuto una telefonata da Londra. Pensiamo che abbia ucciso ancora. Lì, questa volta.»

Chiusi gli occhi. «Oddio, no.»

«La vittima è un ragazzino. Quattordici anni. Assassinato pochi giorni fa.»

«Stesso modus operandi di Eddie Heath?»

«Segni di morsicature cancellati. Un colpo d'arma da fuoco alla testa, il cadavere bene in vista. Ci siamo quasi.»

«Il che non esclude che Gault sia passato anche da Black Mountain» obiettai, mentre in realtà i miei dubbi aumentavano.

«Ora come ora non possiamo escluderlo, certo. Gault potrebbe trovarsi ovunque. Ma sono perplesso. Fra i casi Heath e Steiner esistono indubbiamente delle analogie, ma anche delle differenze.»

«Questo perché sono due casi diversi» dissi. «Ma non credo che a mettere quei pacchetti nel freezer di Ferguson sia stato Creed Lindsey.»

«Senti, per quanto riguarda la pelle brancoliamo nel buio. Magari qualcuno l'aveva lasciata davanti alla porta di Ferguson e lui l'ha trovata al suo rientro dall'aeroporto e l'ha messa nel freezer così come avrebbe fatto qualunque buon inquirente, solo che non ha vissuto abbastanza per raccontarlo a nessuno.»

«Stai dicendo che Creed avrebbe aspettato il ritorno di Ferguson per recapitargli il trofeo?»

«Sto dicendo che probabilmente la polizia prenderà in considerazione questa possibilità.»

«Ma perché avrebbe dovuto farlo?»

«Rimorso.»

«Mentre per Gault sarebbe una specie di depistaggio.»

«Esatto.»

Rimasi un attimo in silenzio. «Se è stato Creed, allora come spieghi l'impronta di Denesa Steiner sugli slip che indossava Ferguson?» chiesi poi.

«Se aveva bisogno di questo genere di feticci per coltivare le sue pratiche di autoerotismo, potrebbe benissimo averli rubati. Lavorando al caso di Emily ha avuto occasione di entrare e uscire più volte da casa Steiner: rubare un indumento intimo non dev'essere così difficile. E indossarlo mentre si masturbava probabilmente conciliava le sue fantasie.»

«È così che la pensi davvero?»

«Il fatto è che non lo so, come la penso. Se ti parlo così è solo perché so cosa sta per succedere. So cosa penserà Marino. Creed Lindsey è un sospetto. Anzi, quello che ti ha raccontato del suo inseguimento gli frutterà probabilmente una perquisizione in casa e al furgone. E, se trovassimo qualcosa, nel momento in cui la signora Steiner affermasse che assomiglia o ha la stessa voce dell'uomo che fece irruzione in casa sua quella notte, Creed verrà accusato di omicidio, punibile con la pena di morte.»

«E le prove scientifiche?» insistetti. «I laboratori hanno scoperto qualcosa di nuovo?»

Wesley si alzò, infilandosi la camicia nei pantaloni. «Siamo riusciti a stabilire l'origine del nastro adesivo: la Attica Correctional Facility di New York. Qualche amministratore del carcere deve essersi stancato dei furti di nastro e ha deciso di commissionarne uno che fosse più difficile da trafugare.

«Così hanno scelto il color arancione fiammante, peraltro lo stesso della divisa dei detenuti. Poiché nel penitenziario veniva utilizzato anche per la riparazione di oggetti, come per esempio i materassi, doveva essere necessariamente ignifugo. La Shuford Mills ne produsse un lotto nel 1986, in tutto circa ottocento casse, credo.»

«Che strana storia.»

«Per quanto riguarda le tracce rilevate sulle strisce di adesivo utilizzato per immobilizzare Denesa Steiner, si tratta di residui di vernice dello stesso tipo di quella presente sulla cassettiera della sua camera da letto. Risultato attendibile, direi, visto che è stato proprio lì che l'hanno legata. Un'informazione piuttosto inutile, insomma.»

«Gault non ha mai scontato una pena ad Attica?»

Wesley stava facendosi il nodo della cravatta davanti allo specchio. «No. Il che non gli impedisce di essere entrato in possesso dell'adesivo attraverso altri canali. Potrebbe averglielo dato qualcuno. All'epoca in cui il penitenziario di stato si trovava a Richmond, aveva stretto amicizia con il guardiano, l'uomo che poi uccise. Credo che valga la pena di controllare, caso mai qualche rotolo fosse arrivato fin là.»

«Dove stiamo andando?» chiesi, mentre infilava un fazzoletto pulito nella tasca dei pantaloni e la pistola nella fondina della cintura.

«Ti sto portando fuori a cena.»

«E se non ne avessi voglia?»

«Ce l'hai, ce l'hai.»

«Sei sempre così maledettamente sicuro di te.»

Si sporse a baciarmi, togliendomi la sua giacca dalle spalle. «Non mi va di saperti da sola proprio adesso.» Se la mise. Un uomo affascinante, nella sua sobrietà e precisione.

Trovammo un superilluminato punto di ristoro per camionisti che offriva di tutto, dalle bistecche con l'osso a specialità della gastronomia cinese. Ordinai una minestra con uova in camicia e riso cotto a vapore. Non mi sentivo molto in forma. Intorno a me, alcuni uomini in pantaloni e camicia di jeans e scarponi pesanti si riempivano il piatto con montagne di costine di maiale e gamberetti in salsa cocktail, guardandoci come se fossimo appena sbucati dal mondo di Oz. Il bigliettino che accompagna-

264

va il mio dolce metteva in guardia dai falsi amici; quello di Wesley faceva previsioni di matrimonio.

Quando rientrammo, poco dopo mezzanotte, Marino ci aspettava. Lo misi allora al corrente delle mie ultime scoperte, e naturalmente non ne fu affatto felice.

«Era meglio se non ci andavi» disse. Ci trovavamo nella stanza di Wesley. «Non è compito tuo interrogare la gente.»

«Marino, io sono pienamente autorizzata a indagare in qualsiasi caso di morte violenta e a fare tutte le domande che voglio. Trovo ridicolo da parte tua parlare in questo modo, dopo che abbiamo lavorato insieme per anni.»

«Siamo una squadra, Pete» aggiunse Wesley. «È questo lo scopo dell'unità, ed è il motivo per cui ci troviamo tutti e tre qui. E, senti, non per essere fiscale, ma preferirei che non fumassi nella mia stanza.»

Marino rimise in tasca sigarette e accendino. «Denesa mi ha detto che Emily si lamentava spesso di Creed.»

«Sa che la polizia lo sta cercando?» chiese Wesley.

«Non è in città» rispose lui in tono evasivo.

«Dov'è andata?»

«Ha una sorella malata, nel Maryland, così ha deciso di andarci per qualche giorno. Quello che voglio dire è che Creed aveva terrorizzato Emily.»

Lo rividi seduto sul materasso a curarsi il pollice ferito. Rividi il suo sguardo vagamente strabico e la sua faccia pallida, e non mi meravigliai che potesse aver spaventato una bambina.

«Restano ancora molte domande senza risposta» dissi.

«Sì, be', certo, ma abbiamo anche trovato delle risposte a molte domande» ribatté Marino.

«Non ha senso pensare che sia stato Creed Lindsey» insistetti.

«Per me ogni giorno che passa ha più senso.»

«Mi domando se abbia la televisione, in casa sua» disse Wesley.

Ci pensai un momento. «Certo la gente da quelle parti non ha granché, ma la tv pare di sì.»

«Creed potrebbe avere saputo così di Eddie Heath. Molte di queste trasmissioni dedicate ai crimini famosi hanno mandato in onda dei servizi sulla vicenda.»

«Stronzate, il caso Heath era dappertutto» commentò Marino.

«Io vado a letto» annunciai.

«Ah, non vi trattengo di sicuro.» Marino si alzò, lanciandoci un'occhiata. «No, no, non voglio essere certo io a tenervi in piedi.»

«Senti, ne ho abbastanza delle tue insinuazioni» esplosi a quel punto.

«Insinuazioni? Non mi pare. Mi limito a chiamare le cose con il loro nome.»

«Evitiamo l'argomento, per favore» intervenne Wesley, con voce calma.

«E invece no.» Ero stanca, stressata e infervorata dallo scotch. «Affrontiamolo, qui, adesso e insieme. Visto che riguarda tutti e tre.»

«Non credo proprio» replicò Marino. «In questa stanza c'è una sola relazione, e io non ne faccio parte. Quel che penso riguarda soltanto me, e ho il diritto di non parlarne.»

«La tua opinione è ipocrita e sbagliata» sentenziai, furiosa. «Ti stai comportando come un tredicenne con una brutta cotta.»

«Ma tu senti che razza di stronzate mi tocca ascoltare!» Marino aveva la faccia scurissima.

«Sei possessivo e geloso da fare paura.»

«Dove te lo sei sognata?»

«Devi piantarla, Marino. Piantarla. Stai distruggendo il nostro rapporto.»

«Non sapevo neppure che ne avessimo uno.»

«Lo sai benissimo, invece.»

«È tardi» si intromise di nuovo Wesley. «Siamo tutti sotto pressione. E stanchi. Kay, non è il momento giusto, questo.»

«È l'unica possibilità che abbiamo» ribattei. «Marino, accidenti, io ci tengo a te, ma tu mi allontani continuamente. Ti stai ficcando in una situazione che mi spaventa da morire. Non so neanche se te ne rendi conto.»

«Be', lascia che ti dica una cosa, allora.» Il suo sguardo era carico d'odio. «Non penso che tu sia in una posizione da potermi fare la predica. Primo, perché non sai un accidente di niente. E secondo, perché almeno io non mi scopo una persona sposata.»

«Basta così, Pete» sbottò Wesley.

«Basta sì, eccome.» Marino uscì furibondo dalla camera, sbattendo la porta così forte da farsi sentire in tutto il motel.

«Dio mio» sospirai. «È pazzesco.»

«Tu l'hai respinto, Kay, per questo è fuori di sé.»

«Io non l'ho respinto.»

Wesley camminava avanti e indietro, in preda all'agitazione. «Lo sapevo che era affezionato a te. In tutti questi anni ho sempre saputo che ci teneva a te, ma non credevo fino a questo punto. Proprio non avevo idea.»

Non sapevo cosa dire.

«Pete non è uno stupido. Immaginavo che prima o poi avrebbe capito, ma di sicuro non mi aspettavo che la cosa lo sconvolgesse così.»

«Vado a letto» ripetei.

Ci andai, e per un po' dormii. Poi mi svegliai, e rimasi con gli occhi spalancati nel buio, pensando a Marino e a quello che stavo facendo. Avevo una relazione con un uomo sposato, la cosa non mi preoccupava e io stessa non capivo il perché. Marino sapeva che avevo una relazione con un uomo sposato, ed era geloso fino all'inverosimile. Non avrei mai potuto provare un interesse romantico nei suoi confronti. Avrei dovuto dirglielo, ma non riuscivo a immaginare l'occasione adatta per fargli un discorso del genere.

Alle quattro mi alzai e andai a sedermi sulla veranda, al freddo. Il cielo era stellato. L'Orsa Maggiore brillava proprio sopra la mia testa, e mi vennero in mente i giorni in cui Lucy, da bambina, temeva che la costellazione potesse aggredirla con i suoi artigli. Ripensai al suo corpo e alla sua pelle, così perfetti, ai suoi incredibili occhi verdi. Ripensai al modo in cui aveva guardato Carrie Grethen, e mi dissi che gran parte del problema stava proprio lì.

14

Lucy era ricoverata in una stanza a più letti e io la superai senza nemmeno riconoscerla. I capelli, impastati di sangue rappreso, le stavano piantati diritti sulla testa, e gli occhi erano cerchiati da aloni blu e nerastri. Stava seduta sul letto con una pila di cuscini dietro la schiena, in uno stato di stupore chimico che la rendeva presente e assente al tempo stesso. Mi avvicinai e le presi la mano.

«Lucy?»

Socchiuse le palpebre. «Ciao» biascicò.

«Come stai?»

«Non troppo male. Mi dispiace, zia Kay. Come sei venuta?»

«Ho noleggiato una macchina.»

«Quale?»

«Una Lincoln.»

«Scommetto che ha gli airbag laterali» disse con un pallido sorriso.

«Lucy, cos'è successo?»

«Mi ricordo solo di essere andata al ristorante. E poi c'era qualcuno che mi stava ricucendo la testa al pronto soccorso.»

«Hai una commozione cerebrale.»

«Dicono che ho battuto la testa contro il tettuccio mentre la macchina capottava. Mi sento così in colpa per la tua macchina.» Gli occhi le si colmarono di lacrime.

«Non ti preoccupare di questo, non è importante. Piuttosto, non ricordi proprio niente dell'incidente?»

Scosse la testa, prendendo un fazzolettino.

«E della cena all'Outback, o di quando ti sei fermata al Green Top?»

«Come fai a saperlo? E va be'.» Si assopì per un attimo, le palpebre pesanti. «Sono andata al ristorante verso le quattro.»

«Chi hai incontrato?»

«Solo un amico. Alle sette mi sono rimessa in viaggio per venire qui.»

«Devi aver bevuto molto» dissi.

«Non mi era sembrato così tanto. Non so perché sono uscita di strada, credo sia successo qualcosa.»

«In che senso?»

«Non lo so, non ricordo, ma è come se fosse successo qualcosa.»

«Che mi dici dell'armeria? Ricordi di esserti fermata?»

«Non ricordo di essere ripartita.»

«Hai comprato una semiautomatica .380, Lucy. Questo lo sai?»

«So che è il motivo per cui ci sono andata.»

«Insomma, entri in un negozio di armi dopo che hai bevuto. Mi spieghi che cos'avevi in mente?»

«Non mi andava di restare a casa da sola senza protezione. La pistola me l'ha consigliata Pete.»

«Marino?» esclamai, scioccata.

«L'ho chiamato l'altro giorno. Mi ha suggerito

di procurarmi una Sig, ha detto che a Hanover va sempre da Green Top.»

«Ma Marino è nel North Carolina» obiettai.

«Non so dov'era. L'ho chiamato al cercapersone e lui mi ha ritelefonato.»

«Anch'io ho delle pistole. Perché non ti sei rivolta a me?»

«Ne voglio una mia, ormai sono abbastanza grande.» Poco dopo richiuse gli occhi.

In corridoio, un attimo prima di uscire, trovai il medico che l'aveva in cura. Era un dottorino molto giovane che mi trattò come se fossi una zia o una madre in preda all'ansia e incapace di distinguere un rene da una milza. Quando, in tono piuttosto brusco, mi spiegò che per commozione cerebrale si intendeva sostanzialmente un ematoma al cervello causato da un colpo violento, non dissi una parola né modificai la mia espressione. Ma di lì a poco fummo superati da uno studente di medicina, un mio ex allievo, che mi salutò chiamandomi per nome: allora vidi il giovane medico arrossire fino alle orecchie.

Uscita dall'ospedale andai in ufficio, dal quale mancavo da più di una settimana. La mia scrivania era esattamente nelle condizioni in cui temevo di trovarla, così trascorsi le ore successive a tentare di mettere un po' d'ordine e provai anche a rintracciare l'agente di polizia che si era occupato dell'incidente. Non c'era. Gli lasciai un messaggio, quindi telefonai a Gloria Loving, all'archivio anagrafico.

«Allora, hai avuto fortuna?» esordii.

«Non riesco a crederci: ci parliamo per la seconda volta in una settimana! Sei di nuovo qui?»

«Sì.» Non riuscii a trattenere un sorriso.

«Purtroppo ancora niente, Kay» mi disse. «In California non abbiamo trovato nessun caso di morte neonatale improvvisa a nome di Mary Jo Steiner. Stiamo cercando con altri codici. Non riesci proprio a fornirci la data e il luogo del decesso?»

«Vedrò cosa posso fare.»

Pensai di chiamare Denesa Steiner, ma di lì a poco mi ritrovai imbambolata a fissare il telefono. Stavo finalmente per sollevare la cornetta, quando mi chiamò l'agente della polizia di stato Reed, che avevo cercato di contattare.

«Mi piacerebbe ricevere il suo rapporto via fax» gli dissi.

«Be', è alla centrale di Hanover.»

«Credevo che l'incidente fosse successo sulla I-95» commentai, visto che l'interstatale era sotto la giurisdizione della polizia di stato.

«L'agente Sinclair è arrivato contemporaneamente a me e mi ha dato una mano. Quando abbiamo scoperto che la targa era sua, ho pensato fosse importante controllare subito.»

Stranamente, fino a quell'istante non mi era nemmeno passato per la testa che quel fatto potesse aver provocato un certo scompiglio.

«Come si chiama di nome l'agente Sinclair?» chiesi allora.

«Le sue iniziali sono A.D., se non sbaglio.»

Fui dunque molto fortunata a trovare Andrew D. Sinclair al primo colpo, nel suo ufficio. Mi disse che Lucy era rimasta coinvolta in un incidente mentre guidava a grande velocità in direzione sud, sulla I-95, poco prima del confine della contea di Henrico.

«A grande velocità cosa significa?» volli sapere.

«Centodieci all'ora.»

«Segni di sbandate?»

«Abbiamo trovato un segno lungo dieci metri lasciato dagli pneumatici nel punto in cui si suppone abbia cominciato a frenare e sia uscita di strada.»

«E perché dovrebbe aver frenato?»

«Stava andando forte ed era in stato di ebbrezza, signora. Forse si è appisolata e quando ha riaperto gli occhi si è accorta di essere troppo vicina a un'altra macchina.»

«Agente Sinclair, io so che per stabilire che un'autovettura viaggiava a una velocità di centodieci chilometri orari occorre un segno di circa novanta metri. Voi ne avete uno lungo dieci, quindi non capisco come facciate ad affermare che stava andando così forte.»

«In quel tratto di strada il limite è di cento chilometri all'ora» fu l'unica cosa che riuscì a rispondere.

«Qual era il tasso alcolemico rilevato nel sangue?»

«Zero virgola dodici.»

«Le spiacerebbe mandarmi subito per fax i diagrammi dei suoi rilevamenti e il rapporto, specificando anche l'officina dove si trova adesso la mia macchina?»

«È alla stazione Texaco di Covey, a Hanover. Sulla Route One. È distrutta, signora. Se mi dà il suo numero di fax, le invio immediatamente la documentazione.»

Ricevetti il tutto nel giro di un'ora, e dopo aver studiato il rapporto mi convinsi che il colpo di sonno e lo stato di ebbrezza di Lucy erano semplici supposizioni da parte di Sinclair. Risvegliatasi di soprassalto, aveva schiacciato il pedale del freno perdendo il controllo della macchina, era uscita di strada e aveva sterzato. In questo modo si era quindi riportata in carreggiata e aveva saltato due corsie, capottandosi e schiantandosi a testa in giù contro un albero.

Simili supposizioni però mi lasciavano molto scettica, soprattutto per un dettaglio: la mia Mercedes era dotata di un dispositivo antiblocco, ragion per cui quando Lucy aveva premuto il pedale del freno non avrebbe dovuto sbandare come invece sosteneva l'agente Sinclair.

Uscii dall'ufficio e scesi in obitorio. Il mio vice, Fielding, e due giovani patologhe forensi da me assunte l'anno precedente erano impegnati su tre casi ai rispettivi tavoli operatori. Lo stridio dell'acciaio contro l'acciaio si levava al di sopra del rumore d'acqua che scrosciava nei lavandini, del ronzio del sistema di aerazione e di quello dei generatori. L'enorme porta della cella frigorifera si spalancò con un risucchio, mentre uno degli assistenti di sala portava fuori un altro cadavere.

«Dottoressa Scarpetta, potrebbe venire a dare un'occhiata qui?» La dottoressa Wheat veniva da Topeka; i suoi occhi grigi e intelligenti mi guardavano attraverso una maschera di plastica trasparente picchiettata di sangue.

Mi avvicinai al suo tavolo.

«Secondo lei si tratta di fuliggine?» Indicò con un guanto insanguinato una ferita d'arma da fuoco tra il collo e la nuca della vittima.

Mi chinai. «I margini sono bruciacchiati, quindi potrebbe essere il prodotto dell'ustione. Indossava qualcosa?»

«No, era senza camicia. È successo in casa.»

«Uhm, l'aspetto è ambiguo. È necessario un esame al microscopio.»

«Entrata o uscita?» chiese Fielding, esaminando una ferita della sua vittima. «Mi piacerebbe avere un tuo parere, visto che sei qui.»

«Entrata» dissi.

«Anche secondo me. Ti fermi?»

«Farò un po' dentro e fuori.»

«Nel senso dall'ufficio o fuori città?»

«Tutte e due le cose. Comunque ho il cercapersone.»

«Come va, tutto bene?» si informò, e i suoi formidabili bicipiti si gonfiarono mentre tagliava le costole da parte a parte.

«Io lo chiamerei un incubo» risposi.

Mi ci volle circa mezz'ora per arrivare all'area Texaco con servizio di soccorso stradale che aveva recuperato la mia macchina. La individuai subito in un angolo, vicino a un reticolato di ferro, distrutta; uno spettacolo che mi serrò la bocca dello stomaco.

La parte anteriore era schiacciata e rincagnata contro il parabrezza, il lato di guida simile a fauci spalancate: le portiere erano state aperte e rimosse con delle speciali attrezzature idrauliche. Sentii i battiti del cuore accelerare a ogni passo, e quando una voce profonda e strascicata disse qualcosa alle mie spalle trasalii.

«Serve aiuto?»

Mi girai, trovandomi di fronte un vecchio dai capelli brizzolati, con un berretto rosso sbiadito su cui spiccava la scritta PURINA.

«Quella è la mia macchina» dissi.

«Spero non fosse lei alla guida.»

Notai che le gomme erano ancora gonfie e che gli airbag si erano aperti.

«Un vero peccato, eh?» Scosse la testa, contemplando la mia povera Mercedes-Benz. «Sa che è la prima che vedo, così? Una 500E, voglio dire. Uno dei ragazzi, qui, che si intende di Mercedes, mi ha detto che la Porsche ha contribuito al progetto del motore, e che non ce ne sono molte in circolazione. Cos'è? Del '93? Immagino che suo marito non l'abbia comprata da queste parti.»

Vidi che il fanale posteriore sinistro era rotto, e che proprio lì di fianco c'era una lieve ammaccatura con tracce di vernice verdastra. Mi chinai a guardare meglio, con i nervi sempre più tesi.

L'uomo continuò a parlare. «Be', considerati i pochi chilometri che ha fatto, è più probabile che sia del '94. Scusi la domanda, ma quanto costa un gioiellino del genere? Una cinquantina?»

«È stato lei a rimorchiarla fin qui?» Mi rialzai, mentre i miei occhi rimbalzavano allarmati da un dettaglio all'altro.

«È stato Toby, ieri sera. Non è che sa quanti cavalli ha?»

«E quando l'avete trovata era *esattamente* in queste condizioni?»

L'uomo mi guardò con aria vagamente spaesata.

«Per esempio,» proseguii «il telefono è sganciato.»

«Be', certo che dopo aver capottato ed essere finita contro un albero…»

«E lo schermo parasole è alzato.»

Si sporse a guardare il parabrezza posteriore, quindi si grattò il collo. «Oddio, io pensavo che fosse così il vetro, non mi ero accorto che c'era lo schermo alzato. Strano però, era buio.»

Con cautela mi allungai nell'abitacolo per controllare lo specchietto retrovisore: era sistemato in posizione notturna, per attenuare il bagliore dei fari. Tirai fuori le chiavi e mi sedetti di traverso sul sedile di guida.

«Se fossi in lei non lo farei, signora. Quelle lamiere sono affilate come rasoi. E poi c'è sangue dappertutto.»

Riagganciai il cellulare e girai la chiave. Il segnale di linea c'era, il telefono funzionava e subito la spia rossa si accese avvertendomi di non consumare la riserva delle batterie. Radio e CD, invece, erano muti. I fari e gli antinebbia si illuminarono regolarmente. Sollevai la cornetta e pigiai il tasto di ripetizione dell'ultimo numero. Dopo qualche squillo, mi rispose una voce femminile.

«Nove-uno-uno.»

Riappesi. Aveva chiamato il Pronto intervento. Le vene del collo mi pulsavano con ferocia e avvertivo dei brividi alla radice dei capelli. Lanciai un'occhiata alle macchie rosse sui sedili di pelle grigio scuro, sul cruscotto, sulla console e sull'interno della capote. Macchie troppo rosse e troppo spesse. Qui e là, pezzi di spaghetti incollati alle pareti e al pavimento della macchina.

Estrassi una limetta per le unghie e grattai via un po' della vernice verdastra dall'ammaccatura posteriore, quindi depositai le scaglie in un fazzoletto di carta e cercai di asportare il blocco del fanale danneggiato. Alla fine, dovetti chiedere un cacciavite al tizio col cappellino.

«È del '92» dissi mentre mi allontanavo in fretta, lasciandolo fermo che mi guardava a bocca aperta. «Trecentoquindici cavalli. Costa ottantamila dollari, e in tutto il paese ce ne sono solo seicento, anzi, ce n'erano. L'ho comprata a Richmond, da McGeorge. Non ho marito.» Quando salii sulla Lincoln, avevo il respiro affannato. «Non è sangue! Maledizione maledizione maledizione!» sibilai, sbattendo la portiera e mettendo in moto.

Partii con uno stridore di ruote e imboccai la statale a tutta velocità, sfrecciando verso la I-95 in direzione sud. Appena superata l'uscita di Atlee/Elmont rallentai e mi fermai sul ciglio della strada, il più lontano possibile dalla carreggiata, dove a ogni passaggio di camion o automobile venivo investita da un massiccio muro d'aria.

Secondo il rapporto di Sinclair, la Mercedes era uscita di strada a circa venticinque metri dal cartello dell'ottantaseiesimo chilometro. A una sessantina di metri almeno da quel punto scoprii per terra la striscia di una brusca sterzata, e nelle immediate vicinanze, sulla corsia di destra, i vetri di un fanale rotto. Il segno, una specie di grosso sbaffo diagonale lungo una sessantina di centimetri, distava tre o quattro metri da un altro gruppo di segni lunghi circa nove. Schizzando avanti e indietro in mezzo al traffico, raccolsi i vetri.

Quindi ripresi a camminare, e finalmente, dopo altri trenta metri, arrivai ai segni riportati da Sinclair nel diagramma allegato al rapporto. Davanti alle strisce nere di gomma bruciata lasciate dai miei pneumatici due sere prima, provai un altro tuffo al cuore. Non si trattava affatto di sbandate, bensì dei classici segni di accelerazione prodotti dall'attrito di gomme che partono bruscamente e in linea retta, gli stessi che dovevo essermi appena lasciata alle spalle uscendo dall'area Texaco.

Ed era proprio subito dopo aver lasciato quei segni che Lucy aveva perso il controllo della macchina ed era uscita di strada. Ritrovai le impronte degli pneumatici sulla terra, le tracce di bruciato dove aveva sterzato di colpo urtando con una gomma contro il bordo dell'asfalto; poi vidi i solchi profondi sulla strada, dove aveva capottato, lo squarcio proprio al centro dell'albero e i frammenti di plastica e metallo sparsi tutt'intorno.

Tornai a Richmond senza sapere cosa fare né a chi rivolgermi. A un tratto mi venne in mente l'investigatore McKee, della polizia di stato. Avevamo lavorato insieme sulla scena di molti incidenti mortali, trascorrendo ore e ore nel mio ufficio a spostare pacchetti di fiammiferi fino a ricostruire l'esatta dinamica di una disgrazia. Gli lasciai un messaggio, e lui mi richiamò poco dopo il mio rientro a casa.

«Non ho chiesto a Sinclair se ha fatto prendere i calchi dei segni nel punto in cui è uscita di strada, ma credo proprio che non ci abbia pensato» gli dissi, dopo avergli più o meno illustrato la situazione.

«No, credo anch'io» convenne McKee. «Ho sentito parlare molto di questo incidente, dottoressa. Le chiacchiere si sprecano. Il fatto è che la prima cosa che Reed ha notato è stata la targa a sole tre cifre.»

«Sì, gli ho parlato brevemente. Lui non si è occupato molto della faccenda.»

«Infatti. In circostanze normali, nel momento in cui l'agente di Hanover... insomma, quel Sinclair, si fosse presentato, Reed gli avrebbe detto che era tutto sotto controllo e avrebbe provveduto personalmente alle rilevazioni e ai diagrammi. Ma appena ha visto la targa, gli è suonato il campanello d'allarme e ha capito che era la macchina di qualche pezzo grosso del governo.

«Allora Sinclair si è messo al lavoro, mentre Reed si precipitava alla radio e al telefono. Chiama un supervisore e controlla la targa ASAP. Risalgono subito alla proprietaria, così il suo primo pensiero è che là dentro ci sia lei. Insomma, le lascio immaginare l'atmosfera.»

«Chissà che circo.»

«Esatto. Vengono a sapere che Sinclair è fresco fresco d'Accademia: questo è il suo secondo incidente.»

«Sì, ma anche se fosse stato il ventesimo, l'errore sarebbe stato comprensibile. Non aveva nessun motivo per mettersi a cercare altri segni cinquanta o sessanta metri prima del punto in cui Lucy era uscita di strada.»

«È proprio sicura che si tratti del segno di una sbandata?»

«Assolutamente. Eseguite dei calchi, e vedrete che il segno di rientro sul ciglio coincide con quello della sterzata più a monte. E l'unica cosa che può produrre un segno simile è una forza esterna che costringa la macchina a cambiare repentinamente direzione.»

«E quelle impronte da accelerazione più indietro...» pensò McKee a voce alta. «La tamponano, Lucy pigia sul freno ma continua ad andare. Qualche secondo più tardi, di colpo accelera e perde il controllo.»

«Probabilmente mentre sta chiamando il nove-uno-uno» commentai.

«Controllerò presso la compagnia dei telefoni cellulari e mi farò dare l'ora esatta della chiamata. La troveremo tra quelle registrate.»

«Qualcuno le stava incollato al paraurti con gli abbaglianti accesi, così lei prima mette lo specchietto in posizione notturna, e poi decide di alzare anche lo schermo parasole posteriore. La radio e il CD sono spenti perché è concentratissima, e soprattutto è perfettamente sveglia e terrorizzata dall'inseguitore che le sta addosso.

«Alla fine, l'individuo in questione la tampona ed è allora che Lucy tocca i freni» proseguii, cercando di ricostruire quello che pensavo fosse accaduto. «Continua a guidare, ma l'inseguitore le è di nuovo addosso. In preda al panico, schiaccia l'acceleratore a tavoletta e perde il controllo della macchina. Il tutto, nel giro di una manciata di secondi.»

«Se le misurazioni sono esatte, le cose potrebbero essere andate proprio così.»

«Controllerà?»

«Ci può contare. E la vernice?»

«Consegnerò le scaglie, il blocco del fanale e tutto il resto ai laboratori, chiedendo che seguano la procedura d'urgenza.»

«Firmi la richiesta a nome mio. E dica di avvisarmi immediatamente non appena avranno i risultati.»

Quando finalmente mi staccai dal telefono dello studio al piano superiore, erano ormai le cinque e si era fatto buio. Mi guardai intorno stordita, sentendomi un'estranea nella mia stessa casa.

La fame che mi contraeva lo stomaco fu subito seguita dalla nausea, così cercai qualcosa nella confusione dell'armadietto dei medicinali: durante l'estate la mia ulcera si era sopita, ma, a differenza degli ex amori, continuava a tornare alla ribalta.

Entrambe le linee telefoniche ripresero ben presto a suonare, ma lasciai rispondere la segreteria. Mentre mi crogiolavo nella vasca da bagno, sorbendo un imprudente bicchiere di vino, sentii entrare in funzione il fax. Mi aspettavano un mucchio di cose da fare. Sapevo che mia sorella Dorothy avrebbe voluto precipitarsi subito a Richmond: le situazioni di crisi erano una specie di droga per lei, perché alimentavano il suo bisogno di drammi. Ne avrebbe approfittato a fini di ricerca e, senza dubbio, nel suo prossimo libro per bambini uno dei protagonisti sarebbe rimasto coinvolto in qualche incidente automobilistico. Così, la critica avrebbe intessuto nuove lodi alla sensibilità e alla saggezza di Dorothy, più capace di accudire i suoi personaggi di fantasia che di prendersi cura della sua unica vera figlia.

Come volevasi dimostrare, il fax mi comunicava i programmi di mia sorella: sarebbe arrivata l'indomani nel tardo pomeriggio per restare accanto a Lucy, a casa mia.

«Tanto non la terranno in ospedale per molto, vero?» mi chiese non appena la richiamai pochi minuti più tardi.

«Credo che la riporterò qui domani dopo pranzo.»

«Chissà che aspetto orribile avrà.»

«Come tutte le vittime di un incidente stradale.»

«Pensi che abbia subito qualche danno permanente?» mi sussurrò. «E la ferita alla testa?»

«L'MCV ha un ottimo reparto di traumatologia cranica» la rassicurai. «Non potrebbe essere in mani migliori.»

«Non resterà sfigurata, vero?»

«No, Dorothy, non resterà sfigurata. Senti, tu sapevi che beve?»

«E come diavolo facevo a saperlo, scusa? La scuola è lì, così lontana, e sembra che non abbia mai voglia di venirmi a trovare. Comunque, anche quando viene non si confida certo con me o con sua nonna. Se qualcuno poteva accorgersene, quella eri tu.»

«Se la condanneranno per guida in stato di ebbrezza, dovrà sottoporsi a un trattamento» dissi, il più pazientemente possibile.

Silenzio.

«Oh, Signore Iddio» esclamò poi.

«Ma anche se non succedesse, sarebbe il caso che ci pensasse da sola. E per due ragioni. La più evidente è che ha un problema da risolvere. La seconda, che il giudice potrebbe mostrare maggiore clemenza se lei decidesse spontaneamente di farsi aiutare.»

«Be', senti, io mi rimetto a te. Sei tu il medico e l'avvocato in famiglia. Però conosco la mia bambina, e so che non avrà nessuna voglia di farlo. Figurati se è disposta ad andare in un centro d'igiene mentale dove non ci siano dei computer. Non riuscirebbe più a guardare in faccia nessuno.»

«Non dovrebbe andare in nessunissimo centro d'*igiene mentale*, Dorothy, e non c'è proprio niente di cui vergognarsi in una terapia di riabilitazione dall'alcol o dalla droga. La vergogna semmai è lasciare che queste cose continuino a rovinarti la vita.»

«Io sono sempre riuscita a fermarmi al terzo bicchiere.»

«Esistono molti tipi di dipendenza» ribattei. «La tua riguarda gli uomini.»

«Oh, Kay» ridacchiò. «Senti da che pulpito! A proposito, ti vedi con qualcuno?»

15

Anche al senatore Frank Lord giunse voce che ero rimasta vittima di un incidente, e il mattino seguente mi telefonò prima ancora che si levasse il sole.

«No» gli dissi, semivestita e seduta sul letto. «A bordo c'era soltanto Lucy.»

«Oh, santo cielo!»

«Sta bene, Frank. La riporterò a casa oggi pomeriggio.»

«Uno dei giornali di qui ha pubblicato la notizia che alla guida c'eri tu e che probabilmente avevi bevuto.»

«Lucy è rimasta intrappolata nei rottami. Senza dubbio l'idea sarà venuta a qualche poliziotto quando sono risaliti a me attraverso la targa, quindi la voce sarà corsa all'orecchio di un giornalista.» Mi venne in mente l'agente Sinclair: non mi sarei certo scordata di quel colpo basso.

«Posso fare qualcosa per te, Kay?»

«Hai qualche nuova teoria su quanto potrebbe essere accaduto all'ERF?»

«Ci sono interessanti sviluppi. Per caso Lucy ti ha mai parlato di una certa Carrie Grethen?»

«Lavorano insieme. L'ho conosciuta anch'io.»

«Pare che abbia rapporti con uno spy shop, uno di quei negozi dove vendono dispositivi di sorveglianza ad alta tecnologia.»

«Stai scherzando?»

«Purtroppo no.»

«Be', a questo punto il suo interesse nei confronti dell'ERF mi pare evidente, ma mi stupisce che il Bureau abbia accettato di assumerla con precedenti simili.»

«Il fatto è che nessuno lo sapeva. Sembra che il proprietario del negozio sia il suo ragazzo. Sappiamo che ci va spesso perché l'abbiamo fatta seguire.»

«Esce con un uomo?»

«Scusa?»

«Il proprietario del negozio è un uomo?»

«Sì.»

«Chi è stato a dire che è il suo ragazzo?»

«Lei. Lo ha affermato dopo essere stata vista là dentro.»

«Non puoi dirmi qualcosa di più sul loro conto?»

«Non così su due piedi, ma se hai un momento di pazienza posso fornirti l'indirizzo del negozio. Dammi solo il tempo di trovarlo in mezzo a tutte queste carte.»

«Senti, e dove abitano lo sai?»

«Purtroppo gli indirizzi di casa non li ho.»

«Be', mi accontenterò di qualsiasi altra informazione.»

Mi guardai intorno in cerca di una matita, e mentre il mio cervello galoppava presi nota dei dati. Il negozio si chiamava Eye Spy e si trovava nel centro commerciale di Springfield, poco distante dalla I-95. Se mi fossi messa in moto subito, sarei arrivata là verso metà mattina e sarei potuta tornare in tempo per prelevare Lucy dall'ospedale.

«Affinché tu lo sappia,» aveva ripreso il senatore Lord «la signorina Grethen è stata espulsa dall'ERF proprio a causa del suo legame con quel negozio, legame che ovviamente aveva tenuto per sé all'atto della richiesta d'assunzione. Ma, per il momento, non abbiamo alcuna prova di un suo coinvolgimento nella violazione della sicurezza dell'istituto.»

«È chiaro che un movente l'aveva» commentai, cercando di controllare la rabbia. «L'ERF è come il paese della cuccagna, per una persona che vende materiale spionistico.» Feci una pausa di riflessione. «Per caso sai quando è stata assunta dal Bureau, e se è stata lei a fare domanda per il posto o l'ERF a offrirglielo?»

«Vediamo un po'. Ce l'ho qui da qualche parte, tra i miei appunti. Allora, dice solo che l'aprile scorso ha inoltrato domanda di assunzione e che è entrata in servizio a metà agosto.»

«Più o meno lo stesso periodo in cui ha iniziato Lucy. Cosa faceva Carrie, prima di lavorare lì?»

«Sembra che si sia sempre interessata di computer. Hardware, software, programmazione. E progettazione, anche, cosa che in parte spiega l'interesse del Bureau nei suoi confronti. È una ragazza molto creativa, molto ambiziosa e, sfortunatamente, disonesta. Alcune persone interpellate di recente hanno fornito il ritratto di una donna che per anni si è fatta largo a colpi di imbrogli e menzogne.»

«Ascolta, Frank, di sicuro ha presentato domanda all'ERF per poter lavorare per il negozio» dissi. «Magari è una dei tanti che odiano l'FBI.»

«Sono valide entrambe le possibilità» convenne. «Tutto sta nel trovare le prove. Ma, anche se ci riuscissimo, per emettere un'accusa nei suoi confronti sarebbe necessario dimostrare che ha rubato qualcosa.»

«Prima che succedesse tutta questa storia, Lucy mi aveva parlato di una ricerca sul sistema di sicurezza biometrico dell'ERF. Ne sai niente?»

«Non ho mai sentito parlare di nulla del genere.»

«Ma se una ricerca simile fosse effettivamente in corso, tu verresti a saperlo?»

«Con buona probabilità sì. Vedi, ho già ricevuto molte informazioni dettagliate in merito a progetti coperti da segreto, sai, per via del disegno di legge sul crimine e dei fondi che ho cercato di assegnare al Bureau.»

«Be', è strano che Lucy mi dica di stare lavorando a un progetto che non esiste» dissi.

«Oltretutto, un particolare del genere non farebbe altro che aggravare la sua posizione.»

Sapevo che era così: vista la posizione sospetta di Carrie Grethen, quella di Lucy si sarebbe ulteriormente aggravata.

«Frank,» proseguii «potresti riuscire a sapere che macchina hanno Carrie Grethen e il suo ragazzo?»

«Certo, posso senz'altro cercare di procurarmi questa informazione. Ma perché ti interessa tanto?»

«Ho motivo di sospettare che l'incidente di Lucy non sia stato affatto un incidente, e che la sua vita possa essere seriamente in pericolo.»

Rimase in silenzio un istante. «Pensi che sarebbe una buona idea tenerla per un po' nell'area di sicurezza dell'Accademia?»

«In circostanze normali sarebbe un posto perfetto» risposi. «Ma adesso come adesso non credo che debba restare nei paraggi di Quantico.»

«Capisco. Be', d'altronde è logico. Comunque ci sono altre soluzioni. Se vuoi, posso occuparmene io.»

«Credo di avere un'alternativa.»

«Senti, domani andrò in Florida, ma tu hai i miei numeri di telefono.»

«Un'altra raccolta di fondi?» chiesi. Sapevo che era stanco morto: alle elezioni mancava solo una settimana.

«Anche. E a spegnere i soliti incendi locali. L'Organizzazione nazionale delle donne ha organizzato dei picchetti, e il mio avversario continua a darsi da fare per dipingermi come un misogino con le corna e la coda a punta.»

«Tra tutti quelli che conosco, sei quello che ha fatto di più per le donne» dissi. «Specie per la sottoscritta.»

Finii di vestirmi, e alle sette e mezzo stavo già bevendo la mia prima tazza di caffè lungo la strada, a bordo della mia auto a noleggio. Il tempo era freddo e grigio, e mentre puntavo verso nord mi soffermai ben poco a osservare il paesaggio circostante.

Per aggirare una serratura biometrica, come del resto qualsiasi altro sistema di sicurezza, occorreva in qualche modo neutralizzarla. Per certe serrature poteva bastare una carta di credito, per altre era necessario ricorrere a veri e propri strumenti di scasso; ma per violare un sistema basato sull'analisi delle impronte digitali, mezzi meccanici così semplici non erano più sufficienti. Ripensai all'incursione avvenuta all'ERF e al modo in cui qualcuno era riuscito a farla franca; parecchie idee mi frullavano per la testa.

L'impronta di Lucy era stata rilevata dal sistema verso le tre del mattino, cosa possibile solo a patto che a quell'ora il suo dito si trovasse lì, o un facsimile del suo dito. Ricordavo infatti da alcune riunioni della International Association of Identification a cui avevo partecipato che molti famosi criminali avevano tentato in modo alquanto creativo di alterare le proprie impronte.

Il celebre gangster John Dillinger si era cosparso di acido le creste cutanee, mentre il meno celebre Roscoe Pitts si era fatto asportare chirurgicamente le impronte dalla prima falange in su. Questi e altri metodi erano regolarmente falliti, e i succitati gentiluomini avrebbero sofferto molto meno se si fossero accontentati delle impronte che il Signore aveva dato loro. Le impronte alterate, infatti, erano semplicemente finite nell'archivio FBI dei mutilati, in realtà molto più semplice da consultare. Senza dimenticare che, nel caso di un sospetto, delle dita bruciate o storpiate lasciano alquanto scettici.

A folgorarmi, però, fu il ricordo di un caso verificatosi qualche anno prima, il cui protagonista era uno scassinatore particolarmente ingegnoso, con un fratello impiegato in un'impresa di pompe funebri. Lo scassinatore, già più volte incarcerato, aveva tentato di confezionarsi dei guanti con delle impronte non sue. Per fare questo aveva intinto ripetutamente le mani di un morto nella gomma liquida, fino a creare, strato dopo strato, un guanto sfilabile.

Il piano non aveva funzionato per almeno due

ragioni. L'uomo si era dimenticato di far uscire le vescicole d'aria formatesi fra gli strati di gomma, il che rese alquanto strane le impronte rilevate in seguito sul luogo di una rapina. Inoltre, non si era curato di verificare l'identità del defunto: se l'avesse fatto, avrebbe scoperto che si trattava di un ex detenuto morto mentre si trovava in libertà provvisoria.

Mi tornò così in mente la visita all'ERF, in quel pomeriggio lontano ormai anni luce. Quando Carrie Grethen era arrivata mescolando una sostanza vischiosa in un barattolo, avevo subito percepito il suo fastidio nel trovare Wesley e me nell'ufficio; col senno di poi, quella sostanza poteva benissimo essere silicone o gomma allo stato liquido. Ed era stato proprio in occasione di quella visita che Lucy mi aveva accennato alla ricerca sul sistema di sicurezza biometrico in cui stava "annegando". Forse avrei dovuto prenderla alla lettera. Forse proprio in quel momento Carrie stava meditando di prendere un'impronta in gomma del suo pollice.

Se la mia ipotesi era corretta, allora esistevano anche le prove. Mi chiesi per quale ragione nessuno di noi avesse ancora posto una semplice e fatidica domanda: l'impronta rilevata dallo scanner della serratura biometrica corrispondeva fisicamente a quella di Lucy, o ci stavamo solo fidando della parola di un computer?

«Be', immagino di sì» mi rispose Benton Wesley, quando lo chiamai dal cellulare della macchina.

«Ovvio, tutti lo darebbero per scontato. Ma se qualcuno ha preso un calco del pollice di Lucy e l'ha inserito nel sistema, dovrebbe trattarsi di un'impronta capovolta rispetto a quella allegata al dossier completo di Lucy in possesso del Bureau. Un'immagine speculare, insomma.»

Wesley tacque per un istante, quindi riprese a parlare in tono sorpreso. «Accidenti, e tu vuoi dirmi che lo scanner non è in grado di distinguere un'impronta diritta da una capovolta? E di rifiutarla?»

«Pochissimi sistemi ci riuscirebbero. In compenso, per un perito esaminatore non dovrebbe essere un problema» dissi. «L'impronta rilevata dallo scanner della serratura biometrica dovrebbe essere tuttora conservata negli archivi del database.»

«Ma se dietro a tutta questa storia c'è Carrie Grethen, non pensi che abbia già provveduto a cancellarla?»

«Ne dubito» replicai. «Carrie non è un'esperta di impronte digitali. Non credo si renda conto che ogni impronta latente rilevata appare capovolta, e che quindi corrisponde a quella registrata sulle schede personali perché anch'esse lo sono. Se hai preso un calco di polpastrello e lo usi per lasciare una latente, di fatto ti servi del rovescio di un rovescio, capisci?»

«Quindi un'impronta latente derivata da questo teorico pollice di gomma corrisponderebbe a un rovescio della medesima latente lasciata dal pollice originale?»

«Esatto.»

«Cristo, c'è da perderci la testa in queste cose.»

«Non ti preoccupare, Benton. Lo so che è un pasticcio, ma fidati di me.»

«È quello che faccio sempre, Kay, perciò a questo punto mi pare necessario che ci procuriamo una copia molto contrastata dell'impronta in questione.»

«Sì, certo, e subito. Ma c'è un'altra cosa che vorrei chiederti. Tu eri al corrente di un certo progetto di ricerca riguardo al sistema di sicurezza biometrico dell'ERF?»

«Un progetto del Bureau, intendi?»

«Sì.»

«No, non ne so niente.»

«Come pensavo. Grazie, Benton.»

Restammo entrambi in silenzio, aspettandoci un accenno più personale da parte dell'altro. Ma io non sapevo cosa aggiungere, tali e tante erano le questioni che si agitavano dentro di me.

«Stai attenta» riprese lui, dopodiché ci salutammo.

Mezz'ora più tardi giunsi finalmente allo spy shop, che si trovava in una gigantesca area commerciale traboccante di macchine e pedoni. L'Eye Spy dava sull'interno del centro ed era vicino ai negozi di Ralph Lauren e Crabtree & Evelyn; aveva una piccola vetrina espositiva stracolma degli articoli per spionaggio legale più sofisticati in circolazione sul mercato. Attesi a distanza di sicurezza che un cliente al banco si spostasse, permettendomi di vedere la faccia del commesso. Scorsi così un tizio di mezza età, affetto da problemi di sovrappeso, che parlava al telefono; non potevo credere che fosse l'amante di Carrie Grethen. Senza dubbio, si trattava di un'altra delle sue bugie.

Quando il primo cliente uscì, nel negozio rimase solo un giovane in giacca di pelle che stava esaminando dei registratori ad attivazione vocale e degli analizzatori vocali portatili in esposizione. Il tizio grasso dietro il banco indossava occhiali spessi e svariate catenine d'oro, e sembrava proprio il tipo che ha sempre qualche ottimo affare da proporre a tutti.

«Mi scusi,» esordii con la massima calma «stavo cercando Carrie Grethen.»

«È uscita a prendere un caffè, ma sarà qui a momenti.» Mi squadrò con attenzione. «Nel frattempo posso aiutarla io?»

«Oh, darò un'occhiata in giro finché non torna, grazie.»

«Faccia pure.»

Mi ero appena lasciata attirare da una particololare valigetta contenente un registratore nascosto, segnalatori di intercettazione telefonica, dispositivi descrambler e apparecchiature a raggi infrarossi, quando Carrie Grethen fece ritorno in negozio. Istantaneamente si bloccò, e per qualche snervante secondo temetti che potesse lanciarmi in faccia il bicchierino di caffè. Il suo sguardo affondò nel mio come una lama d'acciaio.

«Ho bisogno di scambiare qualche parola con lei» dissi.

«Purtroppo capita nel momento sbagliato.» Si sforzò di sorridere e di usare un tono civile, visto che adesso i clienti nell'angusto negozio erano ben quattro.

«Ma sì, che è il momento giusto» ribattei, sostenendo il suo sguardo.

«Jerry?» Lanciò un'occhiata al tizio grasso. «Ce la fai da solo per qualche minuto?»

L'uomo mi guardò come un cane rabbioso pronto all'attacco.

«Prometto che non starò via molto» lo rassicurò lei.

«Sì, certo» rispose lui, con la sfiducia tipica dei disonesti.

La seguii fuori, fino a una panchina libera nei pressi di una fontana.

«Ho sentito dell'incidente di Lucy. Mi dispiace. Spero che stia bene» riprese Carrie con voce gelida, sorbendo il suo caffè.

«Come sta Lucy non le interessa affatto» ritorsi io. «E si risparmi pure la fatica di sprecare il suo fascino con me, perché so già tutto. So che cos'ha fatto.»

«Lei non sa niente.» Mi offrì il suo sorriso congelato, con i rumori d'acqua di sottofondo.

«So che ha preso un calco in gomma dell'impronta di Lucy, dopodiché scoprire il suo numero di identificazione personale non deve essere stato difficile, visto che passavate tanto tempo insieme. Bastava tenere gli occhi aperti e memorizzare il suo codice. Ecco come ha imbrogliato e violato il sistema di sicurezza biometrico dell'ERF quella notte.»

«Certo che lei ha una bella fantasia!» Rise, e i suoi occhi si fecero ancora più duri. «Be', le consiglio di andarci piano con le accuse.»

«I suoi consigli mi lasciano indifferente, signorina Grethen. L'unica cosa che mi interessa è metterla sull'avviso: presto sarà dimostrato che non è stata Lucy a penetrare nell'ERF. Lei ha avuto un'idea brillante, ma non abbastanza da evitare una distrazione fatale.»

Questa volta rimase in silenzio, però dietro la sua facciata gelida intuii il tumulto dei suoi pensieri. Moriva dalla curiosità.

«Non so di cosa stia parlando» disse, ma la sua sicurezza era già incrinata.

«Vede, lei forse si intende di computer, ma certo non è una scienziata forense. La prova della sua colpevolezza è semplicissima.» Le esposi la mia teoria con la convinzione dell'avvocato che conosce bene il gioco delle parti. «Lei ha chiesto a Lucy di assisterla in un fantomatico progetto di ricerca sul sistema di sicurezza biometrico dell'ERF.»

«Progetto di ricerca? Non c'è nessun progetto di ricerca» ribatté lei astiosamente.

«È proprio questo il punto, signorina Grethen: non esiste nessun progetto di ricerca. Le ha mentito solo per convincerla a lasciarsi prendere il calco del pollice con la gomma liquida.»

Emise una breve risatina. «Santo cielo, lei ha visto troppi film di James Bond. Non penserà davvero che qualcuno sia disposto a credere...»

«Il pollice di gomma così realizzato» la interruppi «è stato quindi utilizzato da lei e dai suoi eventuali complici di spionaggio industriale, e sappia che di questo si tratta, per superare la barriera del sistema. Ma avete commesso un errore.»

Il suo volto era livido.

«Le piacerebbe sapere quale?»

Dietro l'ostinato silenzio, il suo desiderio era quasi tangibile. E anche la sua paranoia.

«Vede, signorina Grethen,» ripresi, conservando il mio tono misurato «quando si fa un calco, l'impronta rilevata è di fatto un'immagine capovolta, o speculare, dell'originale. L'impronta del suo pollice di gomma, dunque, era un'inversione di quella di Lucy. In altre parole, era rovesciata. E un esame dell'impronta rilevata dallo scanner quella notte alle tre lo dimostrerà al di là di ogni dubbio.»

La vidi deglutire a fatica, e ciò che disse poi servì solo a convalidare ulteriormente le mie congetture. «Non può dimostrare che sono stata io.»

«Oh, lo dimostreremo, non abbia paura. Ma c'è un'altra cosa, ancora più importante, che deve sapere.» Mi avvicinai fino a sentire l'odore di caffè di cui era impregnato il suo alito. «Lei ha approfittato dei sentimenti di mia nipote. Ha approfittato della sua giovinezza, della sua ingenuità e della sua discrezione.»

Ero quasi incollata alla sua faccia. «Non si avvicini mai più a Lucy. Eviti anche solo di rivolgerle la parola. Non la chiami più e bandisca dalla sua mente *ogni pensiero* che la riguarda, intesi?»

Nella tasca del cappotto, la mia mano stringeva il calcio della .38. Avevo quasi voglia che mi costringesse a usarla.

«E se mai dovessi scoprire che a farla uscire di strada è stata lei,» proseguii con voce fredda e inesorabile come un bisturi «stia sicura che verrò a cercarla personalmente. Non le darò pace per il resto della sua vita, e ogni volta che chiederà la libertà provvisoria io sarò lì, a spiegare a tutte le commissioni, a tutti i governatori d'America che soffre di un grave disordine caratteriale e che dunque rappresenta una minaccia per la società. Ha capito bene?»

«Va' all'inferno» mi sibilò.

«No, io non ci andrò, ma lei ci si trova già.»

Si alzò di scatto, e a passi rabbiosi tornò in negozio. Mentre il cuore mi batteva forte nel petto, vidi un uomo seguirla all'interno e rivolgerle la parola. Non so quale particolare mi indusse a trattenermi ancora un istante; forse il suo profilo affilato, la V snella e muscolosa disegnata dalla sua schiena, o i suoi capelli lucidi e di un nero innaturale. Indossava un magnifico completo di seta blu notte e reggeva una valigetta portadocumenti in pelle di coccodrillo. Stavo già per andarmene, quando l'uomo si voltò e i nostri occhi si incontrarono per una frazione di secondo: i suoi erano di un azzurro folgorante.

Non mi misi subito a correre: ero come uno scoiattolo che schizza impazzito di qua e di là in mezzo alla strada, solo per ritrovarsi ogni volta esattamente al punto di partenza. Cominciai a camminare a passo svelto, e soltanto dopo i passi si trasformarono in corsa, una corsa incalzata dal rumore d'acqua della fontana che diventò alla fine un inseguimento. Non mi precipitai neanche al telefono più vicino, perché l'idea di fermarmi mi spaventava; sentivo il cuore martellarmi fin quasi a esplodere.

Attraversai in volata il parcheggio, e con mani tremanti aprii la portiera. Osai prendere il cellulare solo quando ormai viaggiavo spedita ed ero sicura che non ci fosse nessuno dietro di me.

«Benton! Oddio, Benton!»

«Kay? Cos'è successo?» La sua voce era una specie di gracchiare allarmato: la Virginia settentrionale è nota per il sovraccarico delle linee telefoniche cellulari.

«Gault!» esclamai senza fiato, inchiodando appena in tempo per evitare di tamponare una Toyota. «Ho visto Gault!»

«Gault? Dove?»

«All'Eye Spy.»

«Dove? Che cos'hai detto?»

«Nel negozio dove lavora Carrie Grethen. Era lì, Benton! È arrivato mentre me ne stavo andando, si è messo a parlare con lei, poi mi ha vista e io sono scappata via.»

«Calmati, Kay!» Wesley sembrava teso come non lo ricordavo da tempo. «Dove ti trovi, adesso?»

«Sulla I-95, direzione sud. Sto bene.»

«Non ti fermare per nessun motivo, hai capito? Lui ti ha vista salire in macchina?»

«Non credo. Merda, non lo so!»

«Kay» ripeté in tono autoritario. «Calmati, Kay.» Cominciò a parlarmi lentamente. «Voglio che tu stia calma e che non faccia incidenti. Adesso farò delle telefonate. Lo troveremo.»

Invece sapevo che non lo avremmo trovato. Sapevo che Gault sarebbe sparito prima ancora che il primo agente potesse muoversi. Mi aveva riconosciuta, lo avevo capito dal suo sguardo di ghiaccio. Anche lui sapeva esattamente ciò che avrei fatto appena ne avessi avuto la possibilità, per questo sarebbe sparito di nuovo dalla circolazione.

«Pensavo avessi detto che era in Inghilterra» commentai stupidamente.

«Ho detto che credevamo fosse là» rispose Wesley.

«Ma non capisci, Benton?» continuai, perché il mio cervello rifiutava di placarsi e continuava a stabilire nuovi collegamenti. «Gault è coinvolto. È coinvolto nella storia dell'ERF. *Forse è stato proprio lui a mandare Carrie Grethen a fare quello che ha fatto. È la sua spia.*»

Wesley tacque, cercando di sottrarsi a quel pensiero terribile.

Poi riprese a parlare con voce rotta. Stava agitandosi; conversazioni simili non si addicono a un telefono cellulare. «A che scopo?» gracchiò. «A che scopo entrare in una storia del genere?»

Io lo sapevo. Sapevo esattamente qual era lo scopo. «CAIN» dissi, mentre cadeva la linea.

16

Riuscii ad arrivare a Richmond senza avvertire l'ombra malvagia di Gault alle mie spalle: aveva altri programmi e altri demoni da combattere, e questo mi induceva a credere che avesse scelto di non seguirmi. Anche così, tuttavia, reinserii l'allarme non appena ebbi messo piede in casa ed evitai di compiere qualunque spostamento, foss'anche solo andare in bagno, senza portarmi dietro la pistola.

Poco dopo le due andai all'MCV, dove, con l'aiuto di una sedia a rotelle, Lucy si trasferì a bordo della mia macchina. Insistette per farlo da sola, rifiutando di lasciarsi spingere da me, nonostante le mie promesse di prudenza e delicatezza. Non voleva assolutamente che la aiutassi. Appena fummo a casa, tuttavia, dovette arrendersi alle mie attenzioni e la misi subito a letto, rimboccandole bene le coperte; Lucy si sistemò in posizione seduta appisolandosi.

Io andai a preparare una zuppa di aglio fresco, una ricetta tradizionale delle colline di Brisighella che per lungo tempo ha nutrito anziani e bambini. Quella e un bel piatto di ravioli con ripieno di zucca e castagne le avrebbero fatto senz'altro bene, e quando il fuoco prese finalmente a scoppiettare nel camino del salotto e nell'aria si diffuse un aroma delizioso, sentii il mio umore riacquistare quota. Ogni volta che mi capitava di non cucinare per un po' di tempo, avevo la sensazione che la mia bella casa fosse come disabitata, e che, di conseguenza, si intristisse.

Più tardi, sotto un cielo che prometteva pioggia, andai in aeroporto a prendere mia sorella. Non la vedevo da parecchi mesi, e la trovai abbastanza cambiata. In realtà succedeva così tutte le volte: l'insicurezza era alla base della meschinità di Dorothy, così come del suo costante bisogno di rinnovare abbigliamento e pettinatura.

Quel pomeriggio tardi, al cancelletto dell'US Air, scrutai dunque la processione di facce appena sbarcate alla ricerca di qualcosa che mi risultasse almeno vagamente familiare. La riconobbi dal naso e dalla fossetta sul mento, gli elementi più difficili da alterare. Aveva i capelli neri incollati alla testa come una sorta di elmetto di cuoio, portava dei grandi occhiali da sole e un foulard rosso fuoco intorno al collo. Magra e alla moda, con pantaloni alla cavallerizza e stivaletti stringati alla caviglia, mi venne incontro con decisione schioccandomi un bacio sulla guancia.

«Kay, che bellezza rivederti! Hai l'aria stanca.»

«Come sta la mamma?»

«Cosa vuoi, con la sua anca… Come sei venuta?»

«Ho una macchina a noleggio.»

«La prima cosa a cui ho pensato è stata la tua Mercedes: adesso sarai senza, poverina. Io non riesco a immaginare come farei.»

Dorothy guidava una 190E rimediata nel periodo in cui frequentava un poliziotto di Miami. L'auto era stata confiscata a un narcotrafficante e rimessa all'asta per una miseria. Era color blu scuro, con spoiler e bordature fuori serie.

«Hai bagagli?» mi informai.

«Solo questa borsa. A quanto andava?»

«Non ricorda niente dell'accaduto.»

«Tu non sai come mi sono sentita quando è squillato il telefono. Dio mio! Il cuore ha letteralmente smesso di battermi.»

Pioveva, e io non avevo portato l'ombrello.

«Un'esperienza indescrivibile! Solo chi ci è passato sa cosa significa vivere quel momento atroce in cui non sai ancora di preciso che cosa è successo, ma capisci che ci sono brutte notizie riguardo a una persona amata. Spero tu non abbia parcheggiato troppo lontano... Forse è meglio se ti aspetto, eh?»

«Per venire qui devo uscire, pagare e rifare tutto il giro. Mi ci vorranno almeno dieci minuti.» Da dove ci trovavamo, invece, si vedeva già la mia auto.

«Oh, va benissimo. Non ti preoccupare per me. Resterò dentro e terrò gli occhi aperti. Devo anche fare un salto alla toilette. Dev'essere così bello non dover più pensare a certe cose.»

Non scese nei dettagli finché non fu in macchina e ripartimmo.

«Usi degli ormoni?»

«Per che cosa?» Pioveva forte e poderose gocce di pioggia tamburellavano sul tetto come un branco di minuscoli animaletti al trotto.

«Per il cambiamento.» Dorothy estrasse un pacchettino di plastica dalla borsa e si mise a sbocconcellare uno snack al ginger.

«Il cambiamento?»

«Ma sì. Per le scalmane, gli sbalzi d'umore. Conosco una donna che ha cominciato a prenderli appena ha compiuto quarant'anni. Eh, la mente è una cosa meravigliosa.»

Accesi la radio.

«Ci hanno rifilato della roba orribile da mangiare, lo sai che effetto mi fa la fame, vero?» Aprì un'altra merendina al ginger. «Solo venticinque calorie, me ne concedo otto al giorno, quindi dovremo fermarci a fare un po' di rifornimento. Ah, delle mele, anche. Hai una bella fortuna, tu, a non doverti preoccupare della linea, ma probabilmente con il lavoro che fai l'appetito ti scappa.»

«Senti, Dorothy, c'è un centro a Rhode Island di cui volevo parlarti.»

Emise un sospiro. «Sono così in pena per Lucy.»

«Il programma dura quattro settimane.»

«È che non so se riuscirei a sopportare il pensiero di saperla così lontana e rinchiusa.» Terzo snack.

«Be', dovrai farti forza, Dorothy. La situazione è molto seria.»

«Dubito che accetterà di andarci. Lo sai com'è cocciuta.» Rifletté per un attimo. «Oddio, magari sarebbe anche una buona cosa.» Un altro sospiro. «Forse potrebbero approfittarne per metterle a posto anche un altro paio di cosette.»

«Quali cosette, Dorothy?»

«Insomma, tanto vale che lo dica: io non so cosa fare con lei. Non capisco che cosa possa essere andato storto.» Cominciò a piangere. «Con tutto il rispetto, ma tu non hai idea di cosa significhi vederti davanti una figlia che prende questa piega. Che viene su contorta come un ramo. Non so cosa sia successo. Di sicuro, non dipende da cattivi esempi familiari. Sono disposta ad assumermi alcune responsabilità, però questa no.»

Spensi la radio e la guardai. «Di che cosa stai parlando, esattamente?» le chiesi, e di nuovo rimasi colpita dal disprezzo che nutrivo per mia sorella. D'altronde, non riuscivo nemmeno a sentirla come tale, dato che in comune avevamo solo nostra madre e qualche ricordo dei tempi in cui vivevamo insieme.

«Non riesco a credere che tu non ti sia posta il problema, o forse a te sembra una cosa normale.» Si stava inalberando, e il nostro incontro puntava già rovinosamente in picchiata. «Da parte mia non sarebbe onesto tacere il fatto che spesso mi sono chiesta quanta influenza di quel tipo esercitassi su di lei, Kay. Non per giudicarti, beninteso, la tua vita privata non è affar mio, e poi ci sono cose a cui non si è capaci di resistere.» Si soffiò il naso, mentre lacrime e pioggia scorrevano copiose. «Oh, accidenti! È tutto così difficile.»

«Per l'amor del cielo, Dorothy, di che cosa diavolo stai parlando?»

«Lucy sta sempre lì a osservare tutto quel che fai. Se ti lavi i denti in un certo modo, prima o poi lo farà anche lei. E, questo ci tengo a dirlo, io sono stata molto più comprensiva di tante altre persone. Zia Kay di qui e zia Kay di là. Insomma, per tutti questi anni!»

«Dorothy...»

«Non una volta! Non una volta mi sono lamentata o ho cercato di allontanarla da te. Ho sempre desiderato il meglio per lei, e così sono stata indulgente anche nei confronti dell'adorazione della sua eroina.»

«Dorothy...»

«Non hai idea del sacrificio.» Un'altra sonora soffiata di naso. «Come se non fosse stato già abbastanza spiacevole sentirmi sempre paragonata a te ai tempi della scuola, o dover sopportare i commenti di mamma perché tu eri così maledettamente perfettina. Voglio dire, Cristo! Lei cucina, aggiusta le cose, sta dietro alla macchina, paga le bollette: un vero uomo di casa. E poi diventa anche il padre di mia figlia! No, scusa, dimmi tu...»

«Dorothy!»

Ma non era ancora disposta a fermarsi.

«Be', mica posso competere, io. Certo non posso farle da padre. Okay, diciamo pure che tu sei più maschile di me. Oh, sì, certo, sono bei successi, i tuoi, *Dottor Avvocato Scarpetta*. Accidenti, è così ingiusto! In più, hai le tette! L'uomo di famiglia ha anche le tette!»

«Piantala, Dorothy!»

«No, non la pianto, e tu non puoi chiudermi la bocca» mi sibilò furiosa.

Rieccoci nella nostra piccola stanza con il piccolo letto in comune, dove avevamo imparato a odiarci in silenzio mentre papà moriva. Rieccoci intorno al tavolo di cucina, sedute a mangiare maccheroni mentre lui dominava la nostra vita dal suo capezzale in fondo al corridoio. Ed eccoci in procinto di entrare nella mia casa, dove Lucy giaceva malata: possibile che Dorothy non riconoscesse il copione? Quel copione tanto prevedibile, e ormai tanto vecchio?

«Insomma, di cosa mi accusi, esattamente?» dissi, aprendo la saracinesca del garage.

«Mettiamola così. Se Lucy non esce con gli uomini, certo non ha preso da me. Questo è poco ma sicuro.»

Spensi il motore e la guardai.

«Nessuno ama e capisce gli uomini più di me, e la prossima volta che avrai voglia di criticarmi di nuovo come madre, ti consiglio di riflettere bene sul contributo che tu hai dato allo sviluppo di Lucy! A chi credi che assomigli, eh?»

«Lucy non assomiglia a nessuno di mia conoscenza» risposi.

«Stronzate. È la tua copia sputata. E adesso beve, e pende dall'altra parte.» Scoppiò di nuovo in lacrime.

«Stai dicendo che sono lesbica?» Ormai avevo superato anche la fase della rabbia.

«Be', da qualcuno deve pur avere preso.»

«Credo che adesso faresti meglio a entrare.»

Aprì la portiera, ma poiché non accennavo a scendere a mia volta, mi guardò confusa. «Tu non vieni?»

Le consegnai le chiavi e il codice dell'impianto antifurto. «Faccio un salto in negozio.»

Da Ukrop's comprai le merendine al ginger e le mele, quindi restai ad aggirarmi tra gli scaffali senza nessuna voglia di tornare a casa. A essere sincera, non mi era mai piaciuto stare con Lucy quando nei dintorni c'era anche sua madre, e quest'ultima visita era indubbiamente cominciata peggio del solito. In parte capivo quello che Dorothy provava, e la sua gelosia e i suoi insulti non erano certo una novità.

A trasmettermi tanto malessere non era il suo comportamento, bensì il fatto che mi rammentasse la mia solitudine. Mentre sfilavo accanto a biscotti, caramelle, sughi e formaggi spalmabili, pensai che, purtroppo, nessuno stravizio alimentare avrebbe risolto il mio problema, e nemmeno riempirmi di scotch sarebbe servito a colmare i miei vuoti, altrimenti forse l'avrei fatto. Rientrai dunque con una piccola borsa della spesa e servii la cena alla mia striminzita e triste famigliola.

Dopo mangiato Dorothy si rifugiò in una poltrona davanti al fuoco, a leggere e sorseggiare Rumple Minze, mentre io aiutavo Lucy a prepararsi per la notte.

«Hai dolori?» le chiesi.

«No, però non riesco a stare sveglia. Di colpo mi si chiudono gli occhi.»

«Be', dormire è l'unica cosa di cui hai veramente bisogno.»

«È che faccio certi sogni orribili...»

«Ti va di raccontarmeli?»

«C'è sempre qualcuno che mi segue, che mi dà la caccia, di solito in macchina. E poi i rumori dell'incidente mi svegliano.»

«Che genere di rumori?»

«Di metallo che sbatte. Di airbag che si aprono. Di sirene. A volte è come se dormissi, invece non dormo, ma queste immagini mi ballano dietro le palpebre. Vedo le luci rosse che pulsano sull'asfalto e uomini in impermeabili gialli. Allora mi agito e comincio a sudare.»

«Si chiama stress post-traumatico, Lucy, è una cosa normale e può durare anche parecchio tempo.»

«Pensi che mi arresteranno, zia Kay?» I suoi occhi spaventati mi guardarono da una massa di lividi che mi spezzò il cuore.

«Andrà tutto bene, però volevo parlarti di una cosa che forse non ti piacerà molto.»

Le spiegai del centro di cura privato di Newport, a Rhode Island, e dopo un minuto stava già piangendo.

«Lucy, se ti processano per guida in stato di ebbrezza probabilmente nella sentenza ti ordineranno comunque di sottoporti a un periodo di trattamento. Non sarebbe meglio se fossi tu a deciderlo e non ci pensassi più?»

Si asciugò adagio gli occhi. «Non riesco a credere che stia succedendo proprio a me. Tutti i miei sogni si sono infranti.»

«Niente di più falso, Lucy. Tu sei viva e non ci sono altre persone coinvolte nell'incidente. I tuoi problemi si possono risolvere e io farò di tutto per aiutarti. Ma è necessario che ti fidi di me e che mi ascolti.»

Si fissò le mani abbandonate sulle coperte, mentre le lacrime continuavano a sgorgare.

«Anch'io però ho bisogno che tu sia sincera con me.»

Evitò di guardarmi.

«Lucy, tu non hai cenato all'Outback... a meno che improvvisamente non abbiano aggiunto gli spaghetti al loro menu. Ne ho trovati parecchi in giro per la macchina, suppongo fossero i resti che ti avevano incartato da portare via. Dov'eri stata?»

Finalmente mi guardò negli occhi. «Da Antonio's.»

«A Stafford?»

Annuì.

«Perché hai mentito?»

«Perché non ne voglio parlare. Dove sono andata sono affari miei e basta.»

«Con chi eri?»

Scosse la testa. «Non c'entra niente.»

«Carrie Grethen, giusto? E qualche settimana fa lei ti aveva convinta a prender parte a un piccolo progetto di ricerca, da cui poi sono nati tutti i problemi. Anzi, proprio il giorno in cui sono venuta a trovarti all'ERF, lei stava preparando la gomma liquida.»

Distolse lo sguardo.

«Perché non vuoi dirmi la verità?»

Un'ennesima lacrima le rotolò giù per la guancia. Cercare di affrontare l'argomento Carrie era impossibile, così inspirai profondamente e ripresi: «Lucy, io credo che qualcuno abbia voluto mandarti fuori strada».

La vidi spalancare gli occhi.

«Ho controllato la macchina e il luogo dell'incidente, e purtroppo ci sono un sacco di particolari che mi preoccupano. Ricordi di avere chiamato il nove-uno-uno?»

«No. Perché, l'ho fatto?» Aveva l'aria disorientata.

«Chiunque abbia usato per ultimo il telefono ha composto quel numero, e penso che sia stata proprio tu. In questo momento un investigatore della polizia sta rintracciando la registrazione della telefonata, così sapremo esattamente quando e perché è stata fatta.»

«Oh, mio Dio.»

«Inoltre, ho ragione di credere che qualcuno possa esserti rimasto attaccato al paraurti con gli abbaglianti accesi: lo specchietto retrovisore era in posizione notturna e lo schermo parasole sollevato. Immagino, visto che era sera e viaggiavi su un'autostrada buia, che l'unica spiegazione fosse la presenza di una forte luce proveniente dal parabrez-

za posteriore.» Feci una pausa, spiando il suo viso
scioccato. «Non ricordi niente di tutto ciò?»

«No.»

«Non ricordi nulla di una macchina verde? Verde pallido, forse?»

«No.»

«Ma conosci qualcuno che abbia un'auto di quel colore?»

«Devo pensarci.»

«Carrie, magari?»

Scosse la testa. «Ha una BMW decappottabile. Rossa.»

«E il tizio con cui lavora? Ti ha mai parlato di un certo Jerry?»

«No.»

«Be', comunque sia, un veicolo ha lasciato delle tracce di vernice verdastra in corrispondenza di una zona ammaccata sulla parte posteriore della mia macchina e anche sul fanalino di coda. In sostanza, credo che dopo la tua visita al Green Top qualcuno ti abbia seguita e speronata. Quindi, all'improvviso tu hai accelerato, perdendo il controllo dell'auto e finendo fuori strada. La mia ipotesi è che tu abbia chiamato il nove-uno-uno più o meno mentre acceleravi. Eri spaventata, forse stavano per tamponarti di nuovo.»

Lucy si tirò le coperte fino al mento. Era pallida. «Hanno cercato di uccidermi.»

«Sembra che ci siano quasi riusciti. Ed è per questo che ti ho rivolto delle domande così personali: prima o poi qualcuno doveva farlo. Non è meglio se certe cose le racconti a me?»

«Sai già abbastanza.»

«Vedi qualche relazione fra la vicenda dell'ERF e questo incidente?»

«Certo che sì» rispose accalorandosi. «Mi hanno incastrata, zia Kay. Io non sono mai entrata là dentro alle tre del mattino. Non ho mai rubato nessun segreto!»

«Dobbiamo dimostrarlo.»

Mi rivolse un'occhiata dura. «Io non so neanche se tu stessa mi credi.»

Le credevo, ma non potevo dirglielo. Non potevo raccontarle del mio incontro con Carrie. Dovetti fare leva su tutta la mia autodisciplina per comportarmi in maniera professionale e corretta con lei, perché in quel momento assumere un ruolo di comando sarebbe stato un errore.

«Se non mi parli liberamente non posso aiutarti sino in fondo» dissi. «Sto facendo del mio meglio per rimanere comprensiva e lucida e agire nel modo giusto. Francamente, però, non so cosa pensare.»

«Non posso credere che saresti pronta a... Oh, al diavolo. Pensa quel che ti pare.» Le si riempirono di nuovo gli occhi di lacrime.

«Ti prego, non prendertela con me. È una faccenda maledettamente seria e la tua vita dipende dal modo in cui la affrontiamo. Senti, ci sono due priorità. La prima è la tua sicurezza personale, e visto quanto ti ho appena raccontato, forse adesso capirai meglio perché voglio che tu vada in quel centro. Nessuno saprà dove sei, lì starai davvero al sicuro. L'altra priorità è tirarti fuori da questa situazione, affinché il tuo futuro non resti compromesso.»

«Non diventerò mai un'agente dell'FBI. È troppo tardi.»

«Non se riusciremo a riabilitare il tuo nome a Quantico e a convincere il giudice a ridurre l'accusa.»

«E come?»

«Sei stata tu a giocare pesante. Bene, adesso dimostrati all'altezza.»

«Io?»

«L'unica cosa che ti serve sapere adesso è che hai buone possibilità di farcela se solo mi dai retta e fai quel che ti dico.»

«Mi sento come se mi stessi mandando in un centro di detenzione.»

«La terapia ti gioverà sotto molti aspetti.»

«Preferirei stare qui con te. Non ho voglia di ritrovarmi etichettata come alcolista per il resto dei miei giorni. E poi, non lo sono neanche.»

«Forse no, ma certo hai bisogno di guardarti dentro e di capire perché ti sei data all'alcol.»

«Magari è solo perché mi piace la sensazione di assenza. In fondo, nessuno mi ha mai voluta veramente, qui... I conti tornano, no?» rispose lei con amarezza.

Restammo a chiacchierare ancora un po', quindi mi attaccai al telefono e parlai con linee aeree, personale ospedaliero e con un mio amico psichiatra. Edgehill, un centro di riabilitazione di Newport di ottima fama, avrebbe potuto accoglierla a partire dal pomeriggio successivo. Naturalmente avrei voluto accompagnarla io, ma Dorothy non ne volle sapere. In un momento simile una madre aveva il dovere di restare accanto alla figlia, mi disse, e la mia presenza era tanto inutile quanto fuori luogo. Quando a mezzanotte il telefono si mise a squillare, ero molto depressa.

«Spero di non averti svegliata» esordì Wesley.

«Sono felice che tu abbia chiamato.»

«Avevi ragione, a proposito dell'impronta. È rovesciata. Quindi non può averla lasciata Lucy, a meno che il calco non l'abbia fatto lei stessa.»

«Ovvio che no. Oh, Benton,» sospirai con una certa impazienza «avevo tanto sperato che questa storia finisse presto.»

«Non è ancora conclusa del tutto, Kay.»

«E Gault?»

«Nessuna traccia. E quello stronzo dell'Eye Spy nega che sia mai stato lì.» Fece una pausa. «Sei proprio sicura di averlo visto?»

«Sono pronta a giurarlo davanti alla corte.»

Avrei riconosciuto Temple Gault ovunque. A volte vedevo i suoi occhi in sogno, occhi brillanti come cristalli azzurri incastonati su una porta socchiusa che conduceva in una stanza strana e scura, satura di un odore putrido. Vedevo Helen, la guardia carceraria, decapitata, con indosso l'uniforme, appoggiata sulla sedia dove Gault l'aveva lasciata, e immaginavo lo sfortunato contadino che aveva commesso l'errore di aprire la borsa da bowling trovata nel suo campo.

«Mi dispiace» stava dicendo Benton. «Mi dispiace da morire.»

Allora gli raccontai di Lucy e del centro di Rhode Island. Gli dissi tutto quello che mi passava per la testa e di cui sapevo di non avergli ancora parlato, e quando infine toccò a lui aggiornarmi, spensi la lampada sul comodino e restai ad ascoltarlo al buio.

«Le cose non vanno molto bene. Come ho già detto, Gault è sparito di nuovo. Ci sta facendo impazzire. Non sappiamo più in cosa è coinvolto e in cosa no. Abbiamo un caso nel North Carolina più un altro in Inghilterra, e di colpo lui salta fuori a Springfield e sembra essere coinvolto nei fatti di spionaggio dell'ERF.»

«Non *sembra* essere coinvolto, Benton. Lui è di fatto penetrato nel cervello del Bureau. La domanda è: che provvedimenti intendete prendere?»

«Ora come ora stanno cambiando tutti i codici e le password interne. Speriamo solo che non sia arrivato troppo in profondità.»

«Continua pure a sperare.»

«Per quanto riguarda Black Mountain, è stato emesso un mandato di perquisizione della casa e del furgone di Creed Lindsey.»

«L'hanno già trovato?»

«No.»

«Marino cosa ne dice?» chiesi.

«E chi lo sa?»

«Non vi siete visti?»

«Non molto. Credo che passi gran parte del suo tempo con Denesa Steiner.»

«Pensavo fosse fuori città.»

«È tornata.»

«Secondo te fanno sul serio, Benton?»

«Per Pete è una vera ossessione. Non l'ho mai visto così. Non credo che riusciremo a smuoverlo di qui.»

«E tu?»

«Io farò avanti e indietro, ma per adesso non so dirti di più.» Sembrava scoraggiato. «Tutto quello che posso fare è dare consigli, Kay, ma la polizia dà retta a Pete, e Pete non ascolta nessuno.»

«La signora Steiner ha rilasciato delle dichiarazioni sul conto di Lindsey?»

«Dice che quella notte poteva essere lui, in casa sua, ma in realtà non l'ha visto bene.»

«Però ha un modo di parlare molto caratteristico.»

«Gliel'hanno detto. Lei sostiene di non ricordare granché della voce dell'intruso, a parte il fatto che le sembrava la voce di un bianco.»

«E ha anche un odore molto forte.»

«Non possiamo sapere se fosse così anche la notte in questione.»

«Dubito che la sua igiene personale sia mai particolarmente accurata.»

«Il fatto è che l'insicurezza di Denesa Steiner aggrava la sua posizione e la polizia locale è sommersa da una miriade di telefonate. Dicono di averlo visto in giro in atteggiamento sospetto, che guardava un ragazzino mentre lo superava col furgone. Oppure di avere notato un camioncino come il suo nei pressi del lago Tomahawk poco dopo la scomparsa di Emily. Insomma, lo sai come funziona quando la gente si mette in testa un'idea, no?»

«E tu, che idea ti sei messo in testa?» L'oscurità si stendeva su di me come una morbida e confortevole coperta, e io avvertivo ogni minima sfumatura nel timbro della sua voce. Così come il suo corpo, anche la voce di Benton era snella e muscolosa, dotata di un fascino e di un potere sottili.

«Il profilo di questo tizio, Creed, non calza, e ho ancora dei dubbi riguardo a Ferguson. A proposito, sono arrivati i risultati dell'esame del DNA: i tessuti erano di Emily.»

«Be', non mi sorprende.»

«Non lo so, c'è qualcosa che non mi torna, in Ferguson.»

«Hai scoperto altri particolari sul suo conto?»

«Sto verificando un paio di cose.»

«E Gault?»

«Dobbiamo ancora tenerlo in considerazione come possibile colpevole.» Fece una pausa. «Ho voglia di vederti.»

Me ne stavo appoggiata ai cuscini, al buio, le palpebre pesanti e la voce trasognata. «Be', io dovrò andare a Knoxville. Non è molto lontano da te.»

«Ti incontrerai con Katz?»

«Lui e il dottor Shade stanno facendo un esperimento per me, ormai dovrebbero avere quasi finito.»

«Se c'è un posto dove non ho voglia di andare, è la Fabbrica dei corpi.»

«Quindi mi stai dicendo che non ci vedremo là.»

«In realtà non è questo il motivo.»

«Tornerai a casa per il weekend» dissi.

«Partirò domattina.»

«È tutto a posto?» Era imbarazzante chiedergli della famiglia, e raramente parlavamo di sua moglie.

«Ormai i ragazzi sono un po' troppo cresciuti per Halloween, così almeno eviterò festicciole e mascherate.»

«Nessuno è mai troppo grande per Halloween.»

«Sai, il fatto è che in casa nostra gli scherzi e i dolci abbondavano sempre, e io dovevo caricare i ragazzi in macchina, portarli in giro e tutto il resto.»

«Scommetto che uscivi armato ed esaminavi le loro caramelle ai raggi X.»

«Senti chi parla» ribatté lui.

17

Sabato mattina presto mi preparai per andare a Knoxville e aiutai Dorothy a mettere insieme il bagaglio adatto per un luogo come quello dove Lucy era diretta. Non fu semplice farle capire che non avrebbe avuto alcun bisogno di vestiti eleganti, né di tintorie o ferri da stiro. Quando poi insistetti sul fatto che non doveva portarsi oggetti di valore, mia sorella apparve sconvolta.

«Oh, mio Dio! Mi sembra di mandarla in un penitenziario!»

Eravamo nella sua stanza, per non svegliare Lucy.

Misi una felpa piegata nella valigia aperta sul letto. «Ti dico solo che secondo me non è consigliabile portarsi dietro dei gioielli nemmeno quando si alloggia in un bell'albergo.»

«Io ho un sacco di gioielli e vado sempre in begli alberghi. La differenza è che non devo preoccuparmi dei tossici nel corridoio.»

«Ascolta, Dorothy, di tossici ce n'è dappertutto. Non occorre certo arrivare fino a Edgehill per trovarne uno.»

«Le verrà un colpo, quando scoprirà di non potersi portare il suo laptop.»

«Le spiegherò che non è permesso, e sono sicura che capirà.»

«A me sembra molto rigido da parte loro.»

«Lo scopo di mandare Lucy in questo posto è di farla lavorare su se stessa, non al computer.»

Quando presi le Nike di mia nipote, ripensai all'incontro che avevamo avuto negli spogliatoi di Quantico, a com'era infangata e sanguinante, alle sue corse in Yellow Brick Road. Allora mi era sembrata così felice, eppure non doveva esserlo. Soffrivo all'idea di non avere capito in anticipo le sue difficoltà; se solo avessi trascorso più tempo con lei, forse niente di tutto questo sarebbe accaduto.

«Io continuo a pensare che sia ridicolo. Se dovessi andarci io, non potrebbero certo impedirmi di scrivere. Anche perché è la miglior terapia che esista. È un peccato che Lucy non abbia qualcosa del genere, perché sono convinta che a quest'ora non avrebbe tutti questi problemi. Perché non hai scelto la Betty Ford Clinic?»

«Non vedo la ragione di mandare Lucy sulla West Coast, e poi per entrare devi aspettare più tempo.»

«Oh, immagino abbiano una bella lista d'attesa.» Piegò con aria pensosa un paio di jeans sbiaditi. «Pensa un po', potrebbe anche capitarti di passare un mese con qualche star del cinema. Magari potresti innamorarti e, *zac*, senza nemmeno accorgertene ti ritroveresti in una bella casa a Malibu.»

«Incontrare star del cinema non è esattamente la cosa di cui Lucy ha più bisogno in questo momento» ribattei con una certa irritazione.

«Be', spero solo tu sappia che Lucy non è l'unica a doversi preoccupare di ciò che pensa la gente.»

Smisi di fare quel che stavo facendo e la fissai. «Certe volte ti riempirei di sberle, sai?»

Dorothy parve sorpresa e anche leggermente spaventata. Non le avevo mai espresso tutta la mia rabbia, mai le avevo sbattuto davanti uno specchio perché ci si vedesse riflessa come la vedevo io, con la sua vita insignificante e narcisistica. Ma il guaio era che non si sarebbe comunque accorta di nulla.

«Ah, certo, tanto non sei tu che devi lanciare un nuovo libro. Fra pochi giorni partirò per il giro promozionale. Cosa pensi che dovrò rispondere quando i giornalisti mi chiederanno di mia figlia? Come credi che la prenderà il mio editore?»

Mi guardai intorno, in cerca delle ultime cose da mettere in valigia. «Non me ne frega un accidente, di come la prenderà il tuo editore. Anzi, non me ne frega un accidente di quello che il tuo editore pensa in generale, cara Dorothy.»

«Una cosa simile rischia di screditare completamente il mio lavoro» proseguì lei come se non mi avesse neanche sentito. «E dovrò dirlo *per forza* al mio agente, in modo da scegliere la strategia migliore.»

«Tu non gli dirai una sola parola riguardo a Lucy, chiaro?»

«Stai diventando molto violenta, Kay.»

«Forse lo sono già.»

«Immagino sia un rischio professionale, visto che passi le tue giornate a squartare la gente» replicò lei con asprezza.

Avrebbe dovuto portarsi il sapone, perché di sicuro al centro non avevano quello che usava lei.

Andai in bagno a prendere la sua saponetta all'argilla e il suo Chanel, mentre la voce di Dorothy mi seguiva fino in camera di Lucy, che peraltro trovai seduta sul letto.

«Non sapevo fossi già sveglia.» La baciai. «Io uscirò fra poco. Più tardi verrà una macchina a prendere te e tua madre.»

«E i punti che ho in testa?»

«Nel giro di qualche giorno verranno via da soli, comunque potrà provvedere chiunque in infermeria. Ho già lasciato detto tutto a loro: sono perfettamente al corrente della tua situazione.»

«Mi fanno male i capelli.» Si toccò la sommità della testa, facendo una smorfia.

«Hai riportato un lieve danno ai nervi. Ma col tempo passerà.»

Il tragitto fino all'aeroporto fu nuovamente accompagnato da una fitta pioggia. Le foglie coprivano l'asfalto come un tappeto di fiocchi di cereali bagnati, e la temperatura era scesa a undici gradi.

Volai prima a Charlotte, perché da Richmond sembrava impossibile poter prendere un aereo senza dover fare qualche scalo intermedio; poi, quando molte ore più tardi arrivai a Knoxville, venni accolta da una giornata altrettanto piovosa ma più fredda e più buia di quella che avevo lasciato.

Presi un taxi, e l'autista, uno del posto che si faceva chiamare Cowboy, mi raccontò che nei momenti liberi scriveva canzoni e suonava il pianoforte. Quando mi scaricò allo Hyatt ormai sapevo perfino che una volta all'anno si recava a Chicago per fare piacere alla moglie, e che molto spesso gli capitava di andare a prendere delle signore di Johnson City che venivano a fare shopping nei centri commerciali. Quell'uomo mi rammentò l'innocenza che la gente come me aveva ormai perduto, e gli lasciai una mancia particolarmente generosa. Cowboy aspettò che prendessi possesso della mia camera, quindi mi portò da Calhoun's, un locale affacciato sul fiume Tennessee dove promettevano le migliori costolette di tutti gli Stati Uniti.

Il ristorante era superaffollato, per cui dovetti aspettare al bar. Quel weekend, mi informarono, si festeggiava l'inizio del semestre dell'Università del Tennessee, e in effetti ovunque guardassi vedevo solo giacche e maglioni di un arancione fiammante, e studenti di ogni età che bevevano, ridevano e discutevano della partita svoltasi nel pomeriggio. Da ogni angolo del locale si levavano i loro animati commenti, e se non mi concentravo su nessuna conversazione in particolare, quello che udivo era solo un boato costante.

I Vols avevano battuto i Gamecocks, e a sentir loro era stata un'impresa paragonabile alle grandi battaglie della storia mondiale. Quando qualcuno si girava dalla mia parte, io mi affrettavo ad annuire, e lo facevo sinceramente poiché, in quella situazione, ammettere di non esserci stati sarebbe stato sicuramente considerato un alto tradimento. Alla fine mi accomodai a un tavolo; mancavano pochi minuti alle dieci, e la mia inquietudine era decisamente aumentata.

Quella sera non mangiai né sano né italiano, perché erano ormai giorni che non mi riempivo lo stomaco e stavo morendo di fame. Ordinai costolette d'agnello, pane, insalata e mi lasciai perfino tentare da una salsa Sunshine Hot Pepper. Quindi ordinai una fetta di torta Jack Daniel's. Nel complesso, fu una cena squisita. La consumai sotto la luce di lampade Tiffany, in un angolo tranquillo che dava sul fiume; le sue acque rilucevano dei bagliori di varia intensità e lunghezza riflessi dal ponte, come se misurassero i livelli del suono di una musica che non riuscivo a sentire.

Mi sforzai di non pensare agli ultimi delitti, ma tutt'intorno a me danzava quell'arancione fiammante ed era impossibile non immaginare i polsi della piccola Emily immobilizzati dal nastro adesivo, o non rivedere la sua bocca incerottata. La mia mente si soffermò sugli orribili esseri che popolavano il penitenziario di Attica, su Gault e su quelli come lui. Quando alla fine chiesi al cameriere di chiamarmi un taxi, Knoxville mi appariva spaventosa come qualsiasi altra città in cui ero stata.

Il malessere non fece che aumentare quando mi ritrovai ad attendere nella veranda per un quarto d'ora, e poi per mezz'ora, senza che Cowboy si facesse vivo. A mezzanotte mi sentivo sola e abbandonata, e guardai la sfilata di camerieri e cuochi che si accingevano a rincasare.

Rientrai nel ristorante per l'ultima volta.

«Senta, ormai è più di un'ora che aspetto» dissi al giovane che mi aveva chiamato il taxi e che stava finendo di riordinare il bar.

«È il weekend del grande rientro, signora.»

«Capisco, ma io devo tornare in albergo.»

«Dove alloggia?»

«Allo Hyatt.»

«Hanno un servizio navetta. Vuole che provi a chiamarli?»

«Mi farebbe una cortesia.»

La navetta era un furgone e il giovane autista mi sottopose a un vero e proprio interrogatorio su una partita di football che non avevo neanche visto, mentre io riflettevo sulla buona fede con cui si può accettare l'aiuto da individui come un Bundy o un Gault. Era così che Eddie Heath aveva perso la vita. Sua madre l'aveva mandato a comprare una minestra in scatola nel vicino negozio di alimentari, e un'ora dopo era nudo, mutilato e con un proiettile in testa. Anche nel suo caso era stato usato del nastro adesivo. Ma di che colore fosse non lo sapevamo, perché non l'avevamo mai trovato.

La perversione di Gault aveva incluso, dopo il ferimento con un colpo di pistola, l'immobilizzazione dei polsi di Eddie per mezzo di nastro adesivo, e quindi la rimozione dello stesso prima che il corpo del ragazzo venisse abbandonato per strada. Non avevamo mai capito il perché di quello stratagemma, ma raramente riuscivamo a trovare una spiegazione per particolari che erano in realtà manifestazioni di altrettante fantasie aberranti. Perché un cappio invece di un nodo scorsoio, più semplice e sicuro? Perché un nastro adesivo arancione fiammante? Mi chiesi se quell'ultimo dettaglio poteva rientrare fra le scelte di Gault, e sentii che era così: indubbiamente era portato agli eccessi, e senz'altro amava schiavizzare le sue vittime.

Anche uccidere Ferguson e mettere nel freezer brandelli di pelle di Emily era nel suo stile. Ciò che invece non mi sembrava proprio da lui era il fatto che l'avesse molestata. Gault aveva già ucciso due donne senza mostrare interesse sessuale nei loro confronti; semmai, era stato il ragazzo che aveva spogliato e morsicato. Per procurarsi il suo perverso divertimento aveva istintivamente adescato Eddie, e adesso c'era andato di mezzo un altro ragazzo in Inghilterra, o almeno così sembrava.

Tornata in albergo trovai il bar e la lobby occupati da una folla rumorosa, e anche sul mio piano riecheggiavano vivaci risate. Entrai in camera pensando di accendere la tv, quando sulla cassettiera il cercapersone si mise a ronzare. Probabilmente si trattava di Dorothy, o forse era Wesley che cercava di contattarmi. Il numero sul display cominciava per 704, il prefisso del North Carolina. Marino, pensai allora, stupita ed elettrizzata al tempo stesso. Sedetti sul letto e composi il numero.

«Pronto?» rispose una delicata voce di donna.

Spiazzata, per un attimo non riuscii a parlare.

«Pronto?»

«Ho ricevuto una chiamata al mio cercapersone» dissi finalmente. «Mi dava questo numero.»

«Oh. È la dottoressa Scarpetta?»

«Chi parla?» chiesi, ma ormai lo sapevo. Avevo già sentito quella voce nello studio del giudice Begley e in casa Steiner.

«Sono Denesa Steiner. Chiedo scusa per l'ora, ma sono così felice di trovarla.»

«Come si è procurata il numero del mio cercapersone?» Avevo evitato di stamparlo sui biglietti da visita per non essere sommersa di chiamate, e in realtà erano in pochissimi a conoscerlo.

«Me l'ha dato Pete. Il capitano Marino. Sto passando un brutto momento, così gli ho detto che forse parlare con lei mi avrebbe giovato. Però mi dispiace disturbarla.»

Ero sbigottita al pensiero che Marino avesse fatto una cosa del genere, e quella era soltanto la riprova del suo profondo cambiamento. Mi chiesi se in quel momento fosse lì con lei. Cosa poteva esserci di tanto importante da dovermi chiamare a quell'ora di notte?

«Signora Steiner, in cosa posso aiutarla?» dissi, incapace di scortesia verso una donna che aveva subito tante perdite.

«Be', ho sentito parlare del suo incidente.»

«Chiedo scusa?»

«Sono così contenta che lei stia bene.»

«Non ero io la persona coinvolta» dissi, perplessa e turbata. «Alla guida c'era qualcun altro.»

«Oh, che gioia. Il Signore la protegge. Però mi era venuto un pensiero e volevo…»

«Signora Steiner,» la interruppi «come faceva a sapere dell'incidente?»

«Sul giornale c'era un articolo e ho sentito i miei vicini che ne stavano parlando. La gente sa che lei era qui per aiutare Pete. Lei, e anche quel signore dell'FBI, il signor Wesley.»

«E cosa diceva, esattamente, l'articolo?»

Denesa Steiner esitò, come in preda all'imbarazzo. «Be', purtroppo diceva che lei era stata arrestata per guida in stato di ebbrezza, e che era uscita di strada.»

«E questo sul giornale di Asheville?»

«Poi la notizia è arrivata anche al "Black Mountain News", e qualcuno l'ha sentita persino alla radio.

Ma sono tanto felice di sapere che sta bene. Sa, gli incidenti sono esperienze così traumatiche, non so se lei ne ha mai avuti, ma è difficile immaginare quel che si prova. Io rimasi coinvolta in un bruttissimo incidente quando ancora vivevo in California, però non ho mai smesso di avere incubi.»

«Mi dispiace» commentai, non sapendo che altro dire. Trovavo l'intera conversazione quanto meno bizzarra.

«Accadde di notte. Un tizio cambiò corsia, probabilmente ero nel suo angolo morto di visuale. Mi tamponò e io persi il controllo della macchina, attraversai le altre corsie e finii contro una Volkswagen. Al volante c'era una povera donna anziana che morì sul colpo. Io non ho mai superato completamente lo shock. Certi ricordi possono lasciare brutte cicatrici.»

«Eh, sì» convenni. «Proprio così.»

«E quando penso a quel che è successo a Calzina… In realtà credo di avere chiamato per questo.»

«Calzina?»

«Sì, ricorda? La gattina che è stata uccisa.»

Non risposi.

«Vede, è stato un gesto contro di me, e come lei sa ho ricevuto delle telefonate anonime.»

«Le arrivano ancora, signora Steiner?»

«Qualcuna. Pete vorrebbe che mettessi l'apparecchio sotto controllo.»

«Forse dovrebbe farlo.»

«Quello che sto cercando di dirle è che prima sono successe delle cose a me, poi all'investigatore Ferguson, poi a Calzina, e adesso lei ha questo incidente. Insomma, temo che sia tutto collegato. Naturalmente ho detto a Pete di guardarsi alle spalle, soprattutto dopo che ieri è scivolato. Avevo appena lavato il pavimento della cucina, è stato come se i piedi gli fossero schizzati via di colpo. Mi sembra una specie di maledizione da Vecchio Testamento.»

«E adesso sta bene?»

«Ha qualche livido, ma poteva andargli anche peggio, visto che gira sempre con quella pistola infilata nella tasca dei pantaloni. È un uomo così gentile. Non so come farei senza di lui in questo periodo.»

«E dov'è, adesso?»

«Credo che stia dormendo» disse, mentre io iniziavo a rendermi conto della sua abilità nel fornire risposte evasive. «Ma sarò lieta di dirgli di richiamarla, se mi lascia detto dove si trova.»

«Ha il numero del mio cercapersone» risposi, e la breve pausa che seguì mi confermò che aveva intuito la mia diffidenza.

«Ah, d'accordo. Sì, certo, naturalmente ha il suo numero.»

Dopo quella conversazione non riuscii più a prendere sonno, così alla fine fui io a chiamare Marino al suo cercapersone. Il telefono squillò pochi minuti dopo, ma smise prima ancora che potessi sollevare la cornetta. Allora feci il numero della reception.

«Scusi, per caso ha appena cercato di passarmi una telefonata?»

«Sì, signora. Ma credo che abbiano riappeso.»

«Sa chi era?»

«No, signora, mi dispiace, non saprei.»

«Un uomo o una donna?»

«Una donna che ha chiesto di lei.»

«Grazie mille.»

Mentre ricostruivo l'accaduto, la paura mi svegliò del tutto. Immaginai Marino addormentato nel letto di Denesa, il cercapersone appoggiato sul comodino, la mano di lei che nel buio si allungava a prenderlo. Aveva letto il numero sul display, quindi era andata in un'altra stanza per richiamare.

Una volta scoperto che si trattava dello Hyatt di Knoxville, aveva chiesto di me per vedere se ero ospite dell'albergo. Quindi aveva riappeso mentre dalla reception la collegavano con la mia stanza: non aveva nessuna intenzione di parlarmi. Il suo unico interesse era scoprire dove mi trovavo, e adesso lo sapeva. Maledizione! Knoxville distava solo un paio d'ore di macchina da Black Mountain. Be', certo non sarebbe venuta fin lì, ragionai, tuttavia non riuscivo a scrollarmi di dosso l'ansia, spaventata all'idea di seguire i miei pensieri verso gli oscuri meandri in cui mi stavano trascinando.

All'alba mi attaccai al telefono. La prima persona che chiamai fu l'investigatore McKee, della polizia di stato della Virginia, e dalla voce con cui mi rispose capii subito di averlo strappato a un sonno profondo.

«Sono la dottoressa Scarpetta. Scusi se la disturbo così presto» esordii.

«Oh. Un momento.» Si schiarì la voce. «Buongiorno a lei. No, anzi, è un bene che abbia chiamato. Ci sono novità.»

«Magnifico» dissi, enormemente sollevata. «Lo speravo proprio.»

«Allora. Il fanale di coda è di metilacrilato, come la maggioranza dei fanali, ormai, ma grazie ad alcuni frammenti siamo riusciti a ricostruire il blocco luci proveniente dalla sua macchina. Inoltre, su uno dei pezzi c'era un logo che lo identificava chiaramente come appartenente a una Mercedes.»

«Ottimo,» confermai «è ciò che sospettavamo. E per quanto riguarda i vetri del faro anteriore?»

«In questo caso è stato più difficile, ma alla fine ce l'abbiamo fatta. Sulla base delle analisi delle schegge da lei raccolte, considerati l'indice di rifrazione, la densità, il design, il marchio e via dicendo, siamo approdati a una Infiniti J30. Il che ci ha aiutati a restringere il campo di provenienza della vernice. Esiste un modello verde chiaro di Infiniti J30 chiamato Bamboo Mist. Insomma, per farla breve, dottoressa Scarpetta, lei è stata tamponata da una Infiniti J30 del '93, modello Bamboo Mist di colore verde.»

Ero tanto scioccata quanto confusa. «Mio Dio» mormorai, la schiena percorsa da ondate di brividi.

«La conosce?» chiese McKee in tono sorpreso.

«Non può essere.» Avevo accusato Carrie Grethen, l'avevo addirittura minacciata. Ero così sicura.

«Conosce qualcuno con una macchina del genere?» insistette lui.

«Sì.»

«Chi?»

«La madre della bambina di undici anni assassinata nel North Carolina» risposi. «Sto seguendo il caso e ho avuto diversi contatti con lei.»

McKee taceva. Mi rendevo conto che quanto avevo appena detto doveva sembrargli una follia.

«Al momento dell'incidente, la donna non si trovava a Black Mountain» proseguii. «In teoria era andata al Nord, a trovare una sorella malata.»

«Dunque la sua auto dev'essersi danneggiata»

commentò McKee. «Ma se è così, avrà già provveduto a farla riparare.»

«Sì, però dalla vernice trovata sulla mia Mercedes si potrà sempre risalire a lei» dissi.

«Speriamo.»

«La sento dubbioso.»

«Se la verniciatura è originale e non è mai stata ritoccata da quando la macchina è uscita di fabbrica, potremmo avere qualche problema. Le tecnologie sono cambiate. Quasi tutte le industrie automobilistiche adesso usano una base di smalto al poliuretano. Nonostante costi meno, ha un'ottima resa estetica, ma è composta da pochi strati, mentre ciò che è necessario per l'identificazione delle vernici per auto è proprio la disposizione degli strati.»

«Insomma, se dalla catena di montaggio sono uscite contemporaneamente diecimila Infiniti Bamboo Mist, siamo fregati.»

«Superfregati. In tribunale la difesa sosterrebbe che è impossibile dimostrare la provenienza della vernice, tanto più che l'incidente è avvenuto su un'interstatale percorsa da gente di tutto il paese. Quindi non ci servirebbe nemmeno scoprire quante Infiniti di quel colore sono state vendute nella zona. Senza contare che questa signora non è dell'area in cui è avvenuto l'incidente.»

«E la registrazione del nove-uno-uno?» chiesi.

«L'ho riascoltata. La chiamata è stata effettuata alle venti e quarantasette. Sua nipote ha detto: "È un'emergenza", ma subito dopo si sentono solo rumori di fondo e scariche elettriche. Dal tono sembrava in preda al panico.»

Era una storia orribile, e quando telefonai a casa

di Wesley e mi rispose sua moglie non mi sentii affatto meglio.

«Aspetta, te lo vado a chiamare.» Era gentile e premurosa come sempre.

Nell'attesa scoprii di indugiare in pensieri fastidiosi. Mi chiedevo se dormivano in camere separate, o se lei si era semplicemente alzata prima di lui e per questo doveva andare ad avvisarlo in un'altra stanza.

Naturalmente, lei poteva anche essere a letto e lui in bagno. Simili fantasie mi snervavano. La moglie di Wesley mi era simpatica, eppure contemporaneamente non mi andava che fosse sua moglie. Non volevo che nessun'altra fosse sua moglie. Quando finalmente Benton venne al telefono cercai di parlargli con calma, ma ebbi scarso successo.

«Un momento, Kay» mi disse dopo un po', e dalla voce sembrava che avessi appena svegliato anche lui. «Hai passato tutta la notte in piedi?»

«Più o meno. Senti, devi subito tornare lassù. Non possiamo fidarci di Marino, basta anche solo che cerchiamo di contattarlo, e lei lo viene a sapere.»

«Non puoi essere così sicura che fosse lei a chiamarti.»

«E chi altri, scusa? Nessuno sa che mi trovo qui, e avevo appena lasciato il numero dell'albergo sul cercapersone di Marino. Sono passati solo un paio di minuti prima che lei ritelefonasse.»

«E se invece era Marino?»

«L'impiegato della reception ha detto che era una donna.»

«Cristo» esclamò Wesley. «Oggi è anche il compleanno di Michelle.»

«Mi dispiace.» Stavo per mettermi a piangere, e non sapevo perché. «Dobbiamo scoprire se la macchina di Denesa Steiner ha subito dei danni. Bisogna che qualcuno controlli. Devo sapere perché stava inseguendo Lucy.»

«Ma perché mai avrebbe dovuto? Come faceva a sapere dov'era diretta quella sera e che auto guidava?»

Ricordavo che Lucy mi aveva accennato alla conversazione avuta con Marino quel giorno, quando lui le aveva consigliato l'acquisto della pistola. Forse la signora Steiner aveva ascoltato di nascosto. Lo dissi a Wesley.

«Senti, Lucy aveva già programmato quando passare di lì, oppure si è fermata d'impulso, tornando da Quantico?» mi chiese.

«Non lo so, ma posso scoprirlo.» Cominciavo a tremare dalla rabbia. «Quella puttana. Poteva ucciderla.»

«Cristo, è *te* che avrebbe potuto uccidere.»

«Quella maledetta puttana.»

«Ascoltami, Kay.» Iniziò a parlare lentamente e con voce tranquillizzante. «Adesso io tornerò nel North Carolina per capire cosa diavolo sta succedendo. Giuro che andremo sino in fondo. Ma intanto voglio che tu esca da quell'albergo il più in fretta possibile, d'accordo? Quanto tempo devi fermarti a Knoxville?»

«Posso ripartire subito dopo l'incontro con Katz e il dottor Shade. Mi vengono a prendere alle otto. Dio, spero che non stia ancora piovendo. Non ho guardato fuori dalla finestra.»

«Qui c'è il sole» disse lui, come se per forza dovesse esserci anche dalle mie parti. «Senti, se salta fuori qualcosa e decidi di restare, cambia albergo.»

«Lo farò.»

«Poi torna a Richmond.»

«No» ribattei. «A Richmond non potrei fare niente. Non c'è neanche Lucy. Be', almeno lei so che è al sicuro. Se senti Marino, per favore, non dirgli niente di me. E non lasciarti sfuggire dov'è Lucy. C'è il rischio che lo dica a Denesa Steiner. Ormai, Benton, è incontrollabile, si fida ciecamente di lei, lo sento.»

«Non credo che per te sarebbe saggio tornare subito nel North Carolina.»

«Ma devo.»

«Perché?»

«Devo trovare le vecchie cartelle cliniche di Emily Steiner, ho assolutamente bisogno di esaminarle. E voglio anche che tu scopra tutti i posti in cui Denesa Steiner ha abitato. Voglio sapere di altri figli, altri eventuali mariti e parenti. Potrebbero esserci altre morti, o rendersi necessarie altre esumazioni.»

«A che cosa stai pensando?»

«Tanto per cominciare, scommetto che verrà fuori che non ha nessunissima sorella malata nel Maryland. L'unico scopo per cui voleva andare al Nord era provocare un incidente mortale a Lucy.»

Wesley non disse nulla. Intuivo la sua ambiguità e non mi piaceva affatto, e pur temendo l'idea di dar voce a ciò che pensavo veramente, non potevo tacere.

«Fino adesso non è saltato fuori nessun certificato di morte per sindrome neonatale improvvisa. Parlo della prima figlia. L'ufficio anagrafico della California non ha trovato niente del genere. Personalmente non credo nemmeno che la bambina sia mai esistita, il che rientra nel quadro.»

«Che quadro?»

«Benton,» dissi «non sappiamo se a uccidere Emily Steiner non sia stata proprio sua madre.»

Lo sentii emettere un sospiro profondo. «Hai ragione. Non lo sappiamo. Non sappiamo molte cose.»

«E nel corso della riunione Mote disse che Emily non stava bene.»

«Dove vuoi arrivare?»

«Sindrome di Münchausen per procura.»

«Oh, senti, Kay, non ci crederà nessuno. Io stesso non ho voglia di crederci.»

Si tratta di un'incredibile sindrome in cui delle figure primarie – in genere madri – abusano segretamente e abilmente dei loro figli per attirare l'attenzione. Li feriscono, li avvelenano, rompono loro le ossa e li soffocano fin quasi alla morte. Poi si precipitano negli studi medici e ai pronto soccorso raccontando storie strazianti sul modo in cui si sarebbero ammalati o feriti. Tutti allora si commuovono e compatiscono queste povere madri, che finiscono così al centro dell'attenzione e diventano tanto esperte nel manipolare i medici da mettere in serio pericolo la vita dei propri figli.

«Immagina al centro di quanta attenzione si è ritrovata la signora Steiner dopo l'omicidio della figlia» dissi.

«Non lo metto in dubbio. Ma un caso di Münchausen come spiegherebbe la morte di Ferguson o ciò che ritieni sia accaduto a Lucy?»

«Una donna capace di fare quello che è stato fatto a Emily sarebbe in grado di fare qualsiasi cosa a chiunque. Inoltre, è possibile che la signora Steiner stia ormai esaurendo i parenti da assassinare. Sarei sorpresa di scoprire che il marito è morto davvero per infarto. Più probabilmente avrà ucciso anche lui con qualche tecnica sottile e ben camuffata. Queste donne sono delle bugiarde patologiche, non sanno cosa sia il rimorso.»

«Mi pare che la tua ipotesi vada al di là di una semplice sindrome di Münchausen per procura, Kay. Qui stiamo parlando di omicidi in serie.»

«Non sempre i casi sono chiari e univoci, Benton, perché non sempre le persone sono chiare e univoche. Tu lo sai. E le donne serial killer spesso uccidono mariti e parenti, così come altre figure particolarmente significative. I loro metodi si discostano da quelli dei killer uomini. Le donne psicopatiche non violentano e non strangolano, ma prediligono i veleni. Inoltre soffocano vittime incapaci di difendersi perché troppo giovani, troppo anziane o impedite per altri motivi. Le fantasie sono diverse perché le donne sono diverse dagli uomini.»

«Nessuna delle persone che le gravitano intorno vorrà credere a una storia simile» commentò Wesley. «Dimostrare che hai ragione, ammesso che sia così, sarà un'impresa titanica.»

«Come succede sempre in questi casi.»

«Mi consigli di accennare la possibilità a Marino?»

«Direi proprio di no, Benton. Non vorrei mai che Denesa Steiner intuisse qualcosa. Anzi, devo poterle rivolgere qualche altra domanda e ottenere la sua piena collaborazione.»

«D'accordo» disse infine, e subito dopo aggiunse qualcosa che sapevo quanto doveva costargli. «La verità è che non possiamo più permettere a Marino di occuparsi di questo caso. È come minimo sentimentalmente coinvolto con una potenziale sospetta, e forse va addirittura a letto con l'assassina.»

«Già, proprio come l'ultimo investigatore» gli ricordai.

Non mi rispose. Inutile dare voce ai nostri timori sulle sorti di Marino. Max Ferguson era morto, e su un indumento trovatogli addosso era stata rinvenuta un'impronta di Denesa Steiner. Non doveva essere stato difficile attirarlo in qualche giochetto particolare per poi levargli da sotto lo sgabello con un calcio.

«Odio l'idea che tu debba continuare con tutta questa faccenda» disse poi.

«Un'altra delle complicazioni derivanti dalla nostra conoscenza reciproca. Anch'io vorrei che tu non fossi coinvolto, Benton.»

«Sì, ma è diverso. Tu sei una donna e un medico. Se ciò che temi è vero, andrai a toccare i tasti giusti. Di sicuro lei cercherà di attirarti nella sua trappola.»

«L'ha già fatto.»

«Di trascinarti più a fondo, allora.»

«Spero che lo faccia.» Di nuovo sentii la rabbia crescermi dentro.

«Ho voglia di vederti» mi sussurrò lui.

«Mi vedrai. Presto.»

18

L'Istituto di ricerca sulla decomposizione della Università del Tennessee era semplicemente noto con il nome di "Fabbrica dei corpi" e così si chiamava da tempo immemorabile. Per gente come me non si trattava certo di un insulto, visto che nessuno rispetta i morti più di chi ci lavora insieme e ascolta le loro storie silenziose, anche se lo scopo è sempre quello di aiutare i vivi.

E proprio aiutare i vivi era lo scopo della Fabbrica dei corpi, quando venne inaugurata più di vent'anni fa, allorché gli scienziati avevano sentito l'esigenza di imparare nuove tecniche per determinare l'ora del decesso. In qualsiasi giorno dell'anno, l'enorme superficie dell'Istituto accoglieva decine di corpi in vari stadi di decomposizione. I programmi di ricerca mi avevano periodicamente condotto in quel luogo, e anche se non sarei mai stata capace di stabilire con precisione assoluta il momento della morte dei miei pazienti, sicuramente avevo fatto grandi passi avanti.

La Fabbrica dei corpi apparteneva ed era gestita dalla Facoltà di antropologia dell'Università, sotto la direzione del dottor Lyall Shade, e, stranamente, aveva sede nei seminterrati dello stadio di football. Alle otto e un quarto, Katz e io scendemmo, superando i laboratori di archeozoologia sui primati e i molluschi neotropicali, la collezione di *tamarin* e *marmoset* e misteriosi progetti contrassegnati da numeri romani. Su molte porte erano state incollate vignette della serie Far Side e citazioni divertenti che mi fecero sorridere.

Trovammo il dottor Shade alla sua scrivania, intento a esaminare alcuni frammenti di ossa umane carbonizzate.

«Buongiorno» lo salutai.

«Buongiorno, Kay» mi rispose lui con un sorriso distratto.

Il nome Shade, "dottor Ombra", gli si addiceva per ragioni che andavano ben al di là della semplice ed evidente ironia. Certo trascorreva il suo tempo in compagnia dei fantasmi di coloro che non erano più, insieme alla loro carne, alle loro ossa e a ciò che essi rivelavano dopo mesi di abbandono.

Ma era anche un personaggio umile e introverso, uno spirito gentile molto più antico dei suoi effettivi sessant'anni di età. Portava i capelli grigi tagliati corti, e aveva un viso gradevole dall'aria però eternamente preoccupata. Alto, aveva un corpo robusto e stagionato, da contadino. La madre, che viveva in una casa per anziani, gli confezionava con scampoli di tessuto delle fasce craniche. Lui me ne aveva spedite alcune e, nonostante assomigliassero a dei krapfen di cotone, funzionavano molto bene quando mi trovavo alle prese con qualche cranio scomodo da maneggiare e dissennatamente incline a rotolare via, a dispetto della materia grigia che un tempo poteva avere ospitato.

«Di chi erano?» chiesi avvicinandomi ai frammenti d'osso, che sembravano schegge di legno carbonizzato.

«Di una donna assassinata. Dopo averla uccisa, il marito cercò di farla sparire bruciandola. Gran bel lavoro, devo dire, migliore di qualsiasi cremazione. Peccato che fu così stupido da fare il rogo nel giardino di casa.»

«Sì, davvero stupido, in effetti. Come gli stupratori che perdono il portafoglio allontanandosi dalla scena del delitto.»

«Una volta mi capitò un caso del genere» disse Katz. «Trovai un'impronta del colpevole sulla macchina della vittima e mi sentii così orgoglioso... finché non mi dissero che il tizio aveva dimenticato il portafoglio sul sedile posteriore. Ovviamente l'impronta non serviva più.»

«Come funziona il tuo marchingegno?» chiese Shade a Katz.

«Oh, non mi ci arricchirò di sicuro.»

«È riuscito a rilevare una magnifica latente da un paio di slip» dissi io.

«Be', il latente era *quello là*. Un uomo che si veste in quel modo...» Katz sorrise. A volte riusciva a fare delle battute decisamente gratuite.

«Il tuo esperimento è pronto, e sono molto ansioso di dargli un'occhiata» dichiarò Shade, alzandosi dalla scrivania.

«Non hai ancora controllato di persona?»

«No, oggi no. Ti volevamo con noi per il grande momento.»

«Come sempre» ribattei.

«E come sempre vorrò, a meno che tu non desideri altrimenti. C'è gente che non ci tiene affatto a presenziare.»

«Non è certo il mio caso. Il giorno in cui succederà, sarà meglio che io cambi lavoro.»

«Anche il tempo ci ha dato una mano» aggiunse Katz.

«È stato perfetto» fu lieto di annunciare Shade. «Esattamente le stesse condizioni che dovevano esserci nel periodo compreso fra la scomparsa e il ritrovamento della ragazzina. E abbiamo avuto fortuna con i corpi, perché ce ne occorrevano due e fino all'ultimo momento ho pensato che non arrivassero. Sai come vanno, queste cose.»

Lo sapevo.

«A volte ce ne mandano più di quanti riusciamo ad accettarne. Poi, di colpo, niente» proseguì il dottor Shade.

«Be', questi due sono proprio una storia triste» commentò Katz, mentre salivamo le scale.

«Sono sempre storie tristi» lo corressi.

«Hai ragione. Hai ragione, sì. Lui aveva il cancro e ci ha telefonato per sapere se poteva donare il suo corpo alla scienza, quindi è venuto a riempire i nostri moduli. Dopodiché è andato nel bosco e si è sparato un colpo alla testa. Il mattino successivo, la moglie, a sua volta malata, ha ingoiato un flacone di Nembutal.»

«Allora avete usato loro?» Ebbi la sensazione che il mio cuore perdesse qualche battito, come spesso accadeva quando sentivo storie simili.

«È successo subito dopo che mi hai spiegato quello che volevi fare» disse Shade. «Una coincidenza interessante, perché in quel momento non avevo corpi freschi su cui lavorare. Poi mi telefona quel poveretto. Insomma, alla fin fine anche loro sono serviti a una buona causa.»

«Sì, certo.» Avrei tanto voluto poter dire grazie a quei due infelici che avevano cercato la morte perché la vita stava congedandosi da loro con troppo dolore, un dolore insopportabile.

Fuori ci accolse una mattinata tersa e pungente. Prendemmo posto sul furgone bianco con lo stemma dell'Università che Katz e il dottor Shade usavano per raccogliere i corpi donati o non reclamati e portarli dove anche noi eravamo ora diretti.

All'orizzonte, le colline pedemontane si fondevano con la remota catena delle Smoky Mountains, tutt'intorno a noi era un incendio di alberi e di foglie e io ripensai alle baracche lungo la strada sterrata alle porte di Montreat. Ripensai a Deborah e ai suoi occhi strabici. Ripensai a Creed. C'erano momenti in cui quel mondo così splendido e orribile al tempo stesso rischiava di sommergermi completamente. Se non fossi intervenuta per impedirlo, presto Creed Lindsey sarebbe finito in prigione. Temevo che Marino morisse, e non avevo nessuna intenzione di conservare come suo ultimo ricordo un'immagine analoga a quella dell'agente Ferguson.

Durante il tragitto continuammo a parlare, e ben presto superammo gli edifici dell'Istituto di veterinaria e i campi di granoturco e frumento usati per la ricerca agricola. Mi chiesi come se la passava Lucy a Edgehill, e anche per lei provai una fitta di angoscia. In quel momento mi sembrava di temere per tutte le persone che amavo. Eppure continuavo a essere così riservata, così razionale. Forse il mio vero punto debole stava nell'incapacità di esternare i sentimenti, e mi rammaricavo all'idea che nessuno riuscisse mai a sapere quanto ci tenevo ai miei cari. Alcuni corvi becchettavano lungo il ciglio della strada e la luce attraverso il parabrezza era accecante.

«Cosa ne pensate delle foto che vi ho mandato?» chiesi.

«Le ho con me» rispose il dottor Shade. «Abbiamo inserito vari materiali sotto uno dei corpi, per vedere cosa sarebbe successo.»

«Dei chiodi e un tubo di drenaggio in ferro» spiegò Katz. «Un tappo di bottiglia, e poi monete e altri oggetti di metallo.»

«Perché proprio di metallo?»

«Perché sono quasi sicuro che si tratta di questo.»

«E prima degli esperimenti avevate già qualche idea?»

«Sì» rispose Shade. «La bambina era rimasta appoggiata su qualcosa che iniziava a ossidarsi. Anche il suo corpo aveva cominciato a ossidarsi, quando era già morta.»

«Qualcosa di che genere? Che cosa potrebbe aver lasciato quel segno?»

«Non lo so. Ma fra qualche minuto dovremmo saperne molto di più. Tuttavia, lo scoloramento sul gluteo è stato senz'altro causato da un oggetto in fase di ossidazione su cui era appoggiata. Ne sono convinto.»

«Spero che non sia già arrivata la stampa» disse Katz. «Faccio davvero fatica a sopportarli, soprattutto in questo periodo dell'anno.»

«Colpa di Halloween?» chiesi io.

«Non puoi nemmeno immaginartelo. Ce ne sono di quelli che si infilano nella rete di filo spinato tagliente come un rasoio e finiscono in ospedale. L'ultima volta erano degli studenti della scuola di legge.»

Entrammo in un'area di parcheggio che nella stagione calda rischiava puntualmente di trasformarsi in un incubo per i dipendenti dell'ospedale. Un'alta staccionata di legno grezzo sormontata da rotoli di filo tagliente si levava in corrispondenza della linea in cui cessava l'asfalto: al di là, c'era la Fabbrica dei corpi. Appena smontammo dal furgone, mi parve quasi che un vago sentore di marcio oscurasse la luce del sole; nonostante avessi ormai respirato quel puzzo centinaia di volte, non riuscivo ancora ad abituarmi. Semplicemente avevo imparato a tenerlo a una certa distanza, senza però arrivare a ignorarlo, e non cercavo nemmeno di coprirlo fumando un sigaro, usando del profumo o succhiando una Vicks. Gli odori sgradevoli facevano parte del linguaggio dei morti così come le cicatrici o i tatuaggi.

«Quanti ne ospitate attualmente?» domandai, mentre il dottor Shade digitava la combinazione di un massiccio lucchetto.

«Quarantaquattro.»

«Sono già tutti qui da un po', a parte i tuoi» aggiunse Katz. «Loro sono arrivati esattamente sei giorni fa.»

Mi inoltrai insieme ai due colleghi in quel regno bizzarro ma preziosissimo. In realtà l'aria condizionata rendeva l'odore sopportabile, e poi quasi tutti gli ospiti erano lì da abbastanza tempo per avere ormai superato gli stadi degenerativi peggiori. Si trattava comunque di uno spettacolo talmente fuori dell'ordinario, da indurmi ogni volta a rispettare una pausa di riflessione. Vidi alcune barelle parcheggiate, pile di argilla rossa e vasche di plastica in cui i corpi venivano tenuti immersi nell'acqua, ancorati a blocchi di cemento. Vecchie automobili arrugginite nascondevano putrescenti sorprese nei bagagliai o dietro il volante, e passai addirittura accanto a una Cadillac bianca guidata da uno scheletro.

Naturalmente anche per terra era un tripudio di cadaveri, ma si fondevano così bene con l'ambiente circostante che avrei perfino potuto ignorarne qualcuno, non fosse stato per l'improvviso luccichio di un dente d'oro o per qualche mandibola spalancata. Le ossa avevano l'aspetto di sassi e bastoni, e nessun discorso avrebbe mai più potuto nuocere ad alcuno, eccezion fatta per i donatori di arti amputati che mi auguravo si trovassero ancora in vita.

Un cranio mi guardò sogghignando da sotto un gelso e il foro che un proiettile gli aveva aperto tra le due orbite sembrava un terzo occhio; scorsi poi una magnifica dentatura rosa (causata probabilmente da emolisi, la rottura dei globuli rossi, fenomeno tuttora discusso in ogni convegno di scienziati forensi). Tutt'intorno erano sparse delle noci, ma non avrei osato mangiarne neanche una, perché quel terreno era letteralmente impregnato di morte e di fluidi organici. La morte era nell'acqua e nel vento, saliva fino alle nuvole, per poi ripiovere sulla Fabbrica dei corpi, e di lei si cibavano insetti e animali, che spesso non finivano nemmeno i loro banchetti, tale era la scelta a disposizione.

Quello che Katz e Shade avevano fatto per me era stato ricreare due scene: la prima in cui si simulava la conservazione di un corpo in un seminterrato per monitorarne il processo degenerativo *post mortem* al buio e alle basse temperature; l'altra in cui, per lo stesso intervallo di tempo e in condizioni analoghe, un corpo veniva invece tenuto all'aperto.

La prima scena era stata allestita nell'unico edificio della Fabbrica dei corpi, una semplice baracca di calcestruzzo. Il nostro collaboratore, il marito affetto da cancro, era stato adagiato su una tavola di cemento e riparato da una scatola di compensato per proteggerlo da eventuali predatori e variazioni meteorologiche. Ogni giorno erano state scattate numerose fotografie, che adesso il dottor Shade mi porse. Per quanto riguardava i primi giorni, il corpo non aveva subito alterazioni visibili, anche se cominciai a notare che gli occhi e le dita si stavano disidratando.

«Sei pronta?» volle sapere Shade.

Rimisi le foto nella busta. «Vediamo pure.»

Sollevarono la gabbia, e io mi inginocchiai accanto al corpo per studiarlo attentamente. Era un uomo esile e di bassa corporatura, con una barbetta ispida e bianca sul mento e il tatuaggio di un'ancora su un bicipite, in perfetto stile Braccio di Ferro. Dopo sei giorni trascorsi in quella cripta di compensato, gli occhi gli erano sprofondati nelle orbite, la pelle si presentava pastosa e il quadrante inferiore sinistro appariva visibilmente scolorito.

La moglie, invece, se l'era passata decisamente peggio, sebbene le condizioni atmosferiche esterne fossero state molto simili a quelle nella baracca.

Aveva piovuto un paio di volte, il cadavere era rimasto parte del tempo esposto al sole, e alcune piume di poiana sparse lì intorno indicavano l'origine inequivocabile di altri danni visibili. In questo caso lo scolorimento era molto più evidente e la pelle era piuttosto viscida, anziché pastosa.

La osservai a lungo, in silenzio, in un'area boscosa poco distante dalla baracca; la donna giaceva supina, nuda, su un letto di foglie di robinia, di noce americano e di legno ferro, tutti alberi che crescevano nelle immediate vicinanze. Sembrava più vecchia del marito ed era così piegata e avvizzita dall'età, che il suo corpo era scivolato in uno stato di androginia infantile. Aveva le unghie smaltate di rosa, usava la protesi e aveva i buchi ai lobi delle orecchie.

«Se adesso vuoi dare un'occhiata a lui, abbiamo fatto girare il cadavere» mi gridò Katz.

Tornai nella baracca di calcestruzzo e di nuovo mi inginocchiai accanto al corpo del marito, mentre il dottor Shade illuminava con una torcia i segni sulla schiena. La traccia lasciata dal tubo di drenaggio era facilmente riconoscibile, mentre quelle dei chiodi erano delle impronte rosse e diritte più simili a delle bruciature. Ciò che mi affascinò più di tutto furono i segni delle monete, soprattutto quello lasciato da un quarto di dollaro: da un esame ravvicinato dell'epidermide riuscii persino a riconoscere il profilo discontinuo di un'aquila. Estrassi le foto di Emily e le confrontai con ciò che avevo davanti.

«Naturalmente,» spiegò Shade «le impurità del metallo fanno sì che a contatto con la pelle la moneta si ossidi in maniera irregolare. Abbiamo così delle zone vuote, per cui il segno appare impreciso, come del resto accade quando lasciamo un'impronta per terra: in genere non è mai completa, a meno che il peso del corpo non sia distribuito uniformemente sulla suola della scarpa e il soggetto non sia fermo su una superficie assolutamente piatta.»

«Le fotografie del corpo di Emily Steiner sono già state sottoposte a raffinamento progressivo?» volle sapere Katz.

«I laboratori dell'FBI stanno provvedendo» risposi.

«Be', allora rischiamo di andare per le lunghe. Sono perennemente oberati di lavoro, e il costante aumento dei casi non può che peggiorare la situazione.»

«Senza contare i problemi di budget.»

«Oh, per quello anche noi siamo ridotti all'osso.»

«Thomas, Thomas, che brutta battuta.»

In effetti ero stata io a pagare personalmente il compensato utilizzato nell'esperimento, e mi ero anche offerta di fornire un condizionatore d'aria, che date le condizioni meteorologiche non si era però reso necessario.

«Il punto è che nessun politico si prende a cuore il nostro lavoro, oppure il tuo, Kay.»

«Il punto è che i morti non hanno facoltà di voto» ribattei io.

«In certi casi sì.»

Tornammo indietro lungo Neyland Drive, e per tutto il tragitto seguii con lo sguardo il corso del fiume. A una svolta intravidi la sommità della staccionata posteriore della Fabbrica dei corpi spuntare al di sopra delle cime degli alberi, e istintivamente pensai allo Stige. Immaginai di attraversarne le acque, per approdare in quel luogo in cui si erano recati il marito e la moglie del nostro esperimento. Li ringraziai allora mentalmente, perché i morti erano un esercito silenzioso a cui ogni volta mi appellavo per la salvezza di tutta la razza umana.

«Peccato che tu non sia potuta venire prima» commentò Katz, gentile come sempre.

«Ieri ti sei persa una bella partita» aggiunse Shade.

«Fate conto che l'abbia vista» dissi.

19

Invece di seguire il consiglio di Wesley, tornai allo Hyatt. Con tutte le telefonate che dovevo fare e l'aereo da prendere, non avevo nessuna voglia di passare il resto della giornata alla ricerca di un altro albergo in cui trasferirmi.

Tuttavia, mentre attraversavo la hall diretta agli ascensori tenni gli occhi bene aperti. Controllavo soprattutto le donne, ma poi mi sovvenne che avrei dovuto guardarmi anche dagli uomini, perché Denesa Steiner era molto furba: aveva trascorso la maggior parte della sua esistenza architettando trappole e piani incredibili, e purtroppo conoscevo per esperienza la scaltrezza del male.

Fortunatamente non notai figure sospette, e a passo spedito raggiunsi la mia stanza. Una volta entrata, estrassi la pistola dalla cartella che in aeroporto avevo consegnato come bagaglio viaggiante e la appoggiai sul letto accanto a me mentre prendevo in mano il telefono. Prima di tutto chiamai il Green Top, e Jon, che mi rispose, fu straordinariamente gentile. Mi aveva servito in varie occasioni, e quel giorno non esitai a porgli alcune domande precise sul conto di mia nipote.

«Non sa come mi dispiace» disse lui. «Quando ho letto la notizia sul giornale, non riuscivo a crederci.»

«Se l'è cavata bene. Il suo angelo custode le era vicino, l'altra sera.»

«È una signorina speciale. Deve esserne fiera.»

A quella frase mi resi conto che non ne ero più tanto sicura, e la cosa mi fece sentire malissimo. «Jon, ho bisogno di conoscere alcuni dettagli importanti. Quando è entrata nel negozio per comprare la Sig, tu eri di servizio?»

«Certo. Sono stato io a vendergliela.»

«E ha preso qualcos'altro?»

«Una rivista e alcune scatole di munizioni speciali. Uhm… degli Hydra-Shok Federal, credo. Anzi, ne sono sicuro. Aspetti, le ho venduto anche una fondina Uncle Mike's e un'altra da caviglia uguale a quella che ha acquistato lei la primavera scorsa. Un modello di punta Bianchi, in cuoio.»

«Come ha pagato?»

«In contanti, e in effetti questo mi ha sorpreso un po'. Insomma, era un bel conticino, come può immaginare.»

Negli anni Lucy aveva risparmiato parecchi soldi, e per il suo ventunesimo compleanno le avevo regalato un sostanzioso assegno. Pur avendo delle carte di credito, immaginai avesse preferito non usarle per non lasciare tracce dell'acquisto, il che non mi sorprendeva più di tanto. Come molte persone venute a contatto col mondo delle forze dell'ordine, era piuttosto paranoica e spaventata. Per quelli come noi, chiunque può essere sospetto: tendiamo a reagire in maniera esagerata, e alla minima sensazione di minaccia cancelliamo le nostre tracce.

«Quando è venuta aveva un appuntamento con te, o è capitata all'improvviso?» domandai.

«Mi aveva telefonato dicendomi esattamente a che ora sarebbe stata qui. Anzi, mi ha chiamato una seconda volta per confermare.»

«E ha parlato con te tutte e due le volte?»

«No, solo la prima. La seconda ha risposto Rick.»

«Potresti ripetermi esattamente cosa ti ha detto nella prima telefonata?»

«Non molto. Che aveva parlato con il capitano Marino, il quale le aveva consigliato una Sig P230 e anche di trattare direttamente con me. Sa, io e il capitano andiamo a pescare insieme. A ogni modo, mi chiese se sarei rimasto in negozio fin verso le otto di mercoledì sera.»

«E ricordi che giorno ti chiamò?»

«Be', saranno stati un paio di giorni prima. Lunedì, credo. Naturalmente, mi ero subito informato se avesse almeno ventun anni.»

«E ti disse fin dall'inizio che era mia nipote?»

«Sì, comunque vi assomigliate molto, voi due. Anche la voce è abbastanza simile, profonda e tranquilla. Ma lei mi ha colpito molto anche per telefono, sa, è così intelligente ed educata. Mi sembrava avesse molta dimestichezza con le armi, e poi era chiaro che doveva essersi esercitata parecchio a sparare. Anzi, mi ha detto che è stato proprio il capitano a darle lezioni.»

Il fatto che Lucy si fosse identificata come mia nipote fu un sollievo: significava che non doveva essere troppo spaventata dall'eventualità che io scoprissi il suo acquisto. Pensai che forse lo stesso Marino prima o poi me ne avrebbe par-

352

lato. Però mi rattristava l'idea che non lo avesse fatto lei stessa.

«Jon,» proseguii «hai detto che ti ha chiamato una seconda volta. Che altro mi sai dire? Anzi, prima di tutto, quand'è stato?»

«Sempre lunedì. Forse un paio d'ore più tardi.»

«E questa volta parlò con Rick?»

«Sì, ma brevemente. Ricordo che stavo servendo un cliente e che Rick andò a rispondere. Mi disse che era Scarpetta e che non ricordava per quando avevamo fissato l'appuntamento. Io gli dissi mercoledì alle otto, e lui glielo riferì. Fine della telefonata.»

«Scusa, scusa,» intervenni «cos'aveva detto lei?»

Jon esitò. «Non capisco.»

«La seconda volta Lucy si è identificata come *Scarpetta*?»

«Così mi disse Rick, che c'era Scarpetta al telefono.»

«Ma il suo cognome non è Scarpetta.»

«Ehi» mormorò lui stupito, dopo una pausa. «Sta scherzando. Be', io credevo di sì. Insomma, è strano.»

Immaginai Lucy che chiamava Marino al cercapersone, e Marino che le ritelefonava, molto probabilmente da casa Steiner. Denesa doveva aver creduto che parlasse con me, e certo per lei non era stato un problema aspettare che Pete uscisse dalla stanza per poi chiamare il centralino e farsi dare il numero del Green Top. Le sarebbe bastata una semplice telefonata come quella che aveva appunto fatto a Rick. Ciò che provai allora fu uno strano senso di sollievo, misto a un'ira furibonda: Denesa Steiner non aveva cercato di uccidere Lucy, e nemmeno Carrie Grethen o qualcun altro. La vera vittima avrei dovuto essere io.

A quel punto rivolsi a Jon l'ultima domanda. «Non vorrei metterti in imbarazzo, ma Lucy ti è parsa sotto effetto di qualche sostanza, mentre la servivi?»

«Se lo fosse stata, non le avrei venduto nulla.»

«Come si è comportata?»

«Era di fretta, però scherzava ed era molto gentile.»

Se Lucy avesse bevuto quanto sospettavo avesse fatto negli ultimi mesi, certo poteva avere un tasso alcolemico di zero virgola dodici e sembrare ancora normale. Tuttavia, la sua capacità di giudizio e i suoi riflessi sarebbero stati compromessi, e non avrebbe potuto reagire con tanta prontezza a quanto successe poi lungo la strada. Riappesi il telefono e mi feci dare il numero dell'«Asheville-Citizen Times», il cui redattore della cronaca cittadina mi disse che l'autrice dell'articolo era una certa Linda Mayfair. Fortunatamente si trovava in ufficio, così me la passarono.

«Sono la dottoressa Scarpetta» mi presentai.

«Oh! Caspita, cosa posso fare per lei?» Dalla voce sembrava molto giovane.

«Volevo farle alcune domande su un articolo che lei ha scritto. Riguardava un incidente occorso alla mia vettura, in Virginia. Lei sa di avere fornito delle informazioni sbagliate scrivendo che alla guida c'ero io e che successivamente ero stata arrestata per guida in stato di ebbrezza?» Il mio tono era calmo ma fermo.

«Oh, sì, signora. Mi dispiace davvero, ma lasci

che le spieghi com'è andata. La sera dell'incidente, ormai era molto tardi, è arrivata qui una breve nota di agenzia in cui si diceva solo che la macchina, una Mercedes, era stata identificata come di sua proprietà, che si sospettava lei fosse rimasta coinvolta nell'incidente e che forse c'entrava l'alcol. Caso vuole che io fossi ancora qui per finire un lavoro, e a un certo punto il caporedattore è entrato con il foglio dicendomi di mandare in stampa la notizia, se potevo confermare che alla guida c'era proprio di lei. Il fatto è che ormai non avevo più tanto tempo, quindi non sapevo come fare.

«Poi, all'improvviso, ricevo la telefonata di questa signora che sostiene di essere una sua amica e di trovarsi in un ospedale della Virginia. Vuole comunicarci che lei non è rimasta gravemente ferita, e che ha creduto bene avvisarci in quanto la dottoressa Scarpetta... cioè lei, da queste parti ha ancora dei colleghi che stanno lavorando al caso Steiner. Preferiva evitare che ricevessimo informazioni da altre fonti, per poi magari pubblicare delle notizie che avrebbero rischiato di mettere in allarme i suoi colleghi il giorno dopo.»

«E lei si è fidata della parola di una sconosciuta e ha fatto uscire un articolo del genere?»

«Mi ha lasciato il nome e il recapito telefonico, abbiamo controllato entrambi. E poi, se non fosse stata una persona molto in confidenza con lei, come avrebbe fatto a sapere dell'incidente o che lei stava lavorando al caso Steiner?»

Avrebbe potuto saperlo benissimo se si trattava di Denesa Steiner, che chiamava da una cabina telefonica in Virginia dopo avere cercato di assassinarmi.

«E che tipo di controlli ha eseguito?» chiesi.

«Ho richiamato subito il numero e lei mi ha risposto. Inoltre il prefisso era della Virginia.»

«Per caso ha ancora quel numero?»

«Oh, be'. Cioè, sì, dovrei averlo qui sul blocco.»

«Potrebbe cercarmelo subito?»

Udii un fruscio di pagine, e dopo un lungo minuto il numero arrivò.

«Grazie mille. Spero abbiate tempestivamente rettificato la notizia» conclusi, e già mentre lo dicevo intuii di averla spaventata. La cosa mi dispiacque, poiché ero sicura che non lo avesse fatto apposta; semplicemente era giovane e inesperta, e certo non poteva competere con una psicopatica determinata a giocare a nascondino con me.

«Il giorno dopo abbiamo pubblicato un'errata corrige. Se vuole gliene mando una copia.»

«Non è necessario» dissi, ripensando ai giornalisti che si erano presentati in cimitero per l'esumazione. Ora sapevo chi aveva fatto partire la soffiata: la signora Steiner, più che mai incapace di rinunciare a un po' di attenzioni da parte del mondo esterno.

Composi il numero datomi dalla giovane reporter, e prima che qualcuno rispondesse dovetti aspettare un bel po'.

«Mi scusi» esordii.

«Pronto?» disse una voce maschile.

«Sì, mi scusi, avrei bisogno di sapere dove si trova questo apparecchio.»

«Quale apparecchio? Il suo o il mio?» Il tizio rise. «Perché se lei non sa dove si trova è proprio messa male, eh!»

«Il suo.»

«È un telefono pubblico fuori da un Safeway. Stavo per telefonare a mia moglie per sapere di che gusto voleva il gelato. Si è dimenticata di dirmelo. Poi il telefono si è messo a suonare, e così ho risposto.»

«Quale Safeway? Dove?»

«In Carey Street.»

«A *Richmond*?» gridai, orripilata.

«Sì. Perché, lei dov'è?»

Lo ringraziai e riappesi, quindi mi alzai e cominciai a camminare avanti e indietro per la stanza. Era andata a Richmond. Perché? Per vedere dove abitavo? Era passata in macchina davanti a casa mia?

Dalla finestra lanciai un'occhiata a quel pomeriggio radioso, il cielo era azzurro e cristallino e gli intensi colori delle foglie sembravano dire che nulla di tanto orribile poteva accadere al mondo. Nessuna forza oscura era all'opera. Nulla di quanto stavo scoprendo era reale. Mi succedeva sempre così quando fuori il tempo era bello, o quando nevicava e la città era piena di musica e di luci natalizie. Invece ogni volta tornavo in obitorio e trovavo qualche nuovo caso ad aspettarmi. Le vittime di sparatorie, di stupri e di incidenti non finivano mai.

Prima di lasciare la stanza feci un tentativo presso i laboratori dell'FBI e fui sorpresa di trovarvi proprio la persona con cui avevo sperato di parlare. È pur sempre vero che per quelli come noi, che sembrano non fare altro che lavorare, i weekend non esistono.

«Ho fatto tutto quello che ho potuto» disse, a proposito del processo di raffinamento delle immagini a cui si stava dedicando da giorni.

«Quindi niente?» chiesi, delusa.

«Sì, l'immagine è un po' più chiara, ma è assolutamente impossibile riconoscere di cosa si tratta.»

«Quanto rimarrà ancora in laboratorio?»

«Un paio d'ore.»

«E dove abita?»

«Ad Aquia Harbour.»

Personalmente non avrei apprezzato andare e venire ogni giorno fino a Washington per dodici mesi all'anno, ma sta di fatto che un numero sorprendente di agenti con famiglia viveva tra Aquia Harbour, Stafford e Montclair. Aquia Harbour distava circa una mezz'ora di macchina dalla casa di Wesley.

«Senta, mi dispiace doverglielo chiedere,» ripresi «ma è assolutamente necessario che io abbia una stampa del raffinamento il più in fretta possibile. Per caso le sarebbe possibile lasciarne una copia a casa di Benton Wesley? La deviazione le porterà via circa un'ora.»

Una breve esitazione. Poi: «Be', se esco adesso dovrei farcela. Lo chiamerò a casa per farmi dare le indicazioni».

Afferrai la mia borsa da viaggio, ma prima di rimettere la pistola nella cartella aspettai di chiudermi in uno dei bagni dell'aeroporto di Knoxville. Quindi mi sottoposi ai controlli di routine e, dopo aver dichiarato cosa conteneva, consegnai la cartella al personale perché vi apponesse il sigillo arancione fosforescente, che tanto per cambiare mi riportò alla memoria la faccenda del nastro adesivo. Mi chiesi come mai Denesa Steiner fosse in possesso di quel particolare nastro e dove se lo fosse procurata. Non vedevo alcuna ragione per cui dovesse essere in contatto con il penitenziario di Attica, e mentre attraversavo la pista e salivo a bordo del piccolo aereo decisi che in effetti il penitenziario non aveva niente a che fare con questo caso.

Sprofondata com'ero in questi pensieri, mi sistemai nel mio posto di corridoio senza minimamente notare la tensione che regnava tra gli altri passeggeri, circa una ventina, finché d'un tratto mi resi conto della presenza a bordo di alcuni poliziotti. Uno di loro stava dicendo qualcosa a una persona a terra, mentre gli occhi saettavano furtivamente di viso in viso. Mi adeguai alla situazione senza nemmeno accorgermene, e anche il mio sguardo prese subito a vagare inquieto. Conoscevo fin troppo bene quel modo di fare, e mentre mi chiedevo chi stessero cercando e per quale motivo, il mio cervello si mise in moto. Rapidissimamente pensai a come avrei reagito se il ricercato fosse balzato con uno scatto dal suo sedile. Gli avrei fatto lo sgambetto. Oppure lo avrei afferrato non appena mi avesse superato lungo il corridoio.

C'erano tre agenti, sudati e ansimanti; uno di loro si fermò accanto a me e lo sguardo gli cadde sulla mia cintura. La sua mano scivolò quasi impercettibilmente verso la pistola semiautomatica, sganciandola dalla fondina. Io rimasi immobile.

«Signora,» disse quindi, sfoggiando la voce più ufficiale del suo repertorio di poliziotto «la prego di seguirmi.»

Ero letteralmente scioccata.

«I bagagli sotto il sedile sono suoi?»

«Sì.» Sentii l'adrenalina scorrermi nelle vene come un fiume in piena. Gli altri passeggeri non fiatavano.

L'agente si piegò di scatto a raccogliere la mia

borsetta e la borsa da viaggio, senza mai staccarmi gli occhi di dosso. Appena mi alzai, mi condussero fuori. L'unica cosa a cui riuscivo a pensare era che mi avessero infilato della droga nei bagagli. Che Denesa Steiner mi avesse infilato della droga nei bagagli, e stupidamente mi guardai intorno sulla pista, quindi spiai le vetrate del terminal in cerca di qualcuno che mi stesse osservando, di una donna rimasta a contemplare nell'ombra l'ultima situazione imbarazzante in cui mi aveva gettato.

Un membro dell'equipaggio di terra in tuta rossa mi indicò gridando in tono concitato: «È lei! Ce l'ha sulla cintura!».

Di colpo capii di cosa si trattava.

«È solo un telefono.» Lentamente alzai i gomiti, affinché potessero vedere sotto la mia giacca. Spesso, quando indossavo i pantaloni, infilavo il portatile alla cintura per non doverlo ogni volta recuperare dalle profondità della borsa.

Uno degli agenti levò gli occhi al cielo. Il membro dell'equipaggio assunse un'espressione sconvolta.

«Oh, no» mormorò. «Sembrava proprio una nove millimetri… Io ne ho visti di agenti dell'FBI, e lei ha tutta l'aria di essere una di loro.»

Mi limitai a fissarlo.

«Signora,» riprese uno dei poliziotti «lei porta un'arma in una di queste borse?»

Scossi la testa. «No.»

«Siamo spiacenti, ma questo signore pensava che lei avesse una pistola appesa alla cintura, e quando i piloti hanno controllato la lista passeggeri non hanno trovato nessuno autorizzato a salire a bordo con una pistola.»

«Le ha detto qualcuno che ero armata?» chiesi perentoriamente al tizio in tuta rossa. «E se sì, chi?» Poi mi lanciai un'altra occhiata intorno.

«No. No, non me l'ha detto nessuno. Mi è solo sembrato mentre passava» si difese lui debolmente. «Sono costernato.»

«D'accordo, non importa» dissi, la mia affabilità era messa a dura prova. «Stava solo facendo il suo lavoro.»

«Può tornare sull'aereo» mi comunicò uno degli agenti.

Quando fui di nuovo al mio posto, le ginocchia mi tremavano ormai così forte da sbattere una contro l'altra; sentivo tutti gli sguardi puntati su di me. Ignorandoli, aprii il giornale e cercai di concentrarmi nella lettura. Il pilota fu abbastanza premuroso da informare i viaggiatori dell'accaduto.

«La signora era armata di un telefono portatile nove millimetri» spiegò, tra le risate generali.

Certo non potevo dare la colpa di un simile imprevisto a Denesa Steiner, eppure, mentre ci pensavo, mi resi conto con impressionante chiarezza di avere tratto quella conclusione in maniera del tutto automatica. La mia vita era in sua balia, le persone che più amavo erano diventate sue pedine. Denesa Steiner era riuscita a dominare ogni mio pensiero e azione, mi stava costantemente addosso, e l'improvvisa consapevolezza di ciò mi diede il capogiro. Avevo la sensazione di stare impazzendo. In quel momento una mano leggera mi sfiorò il braccio, facendomi trasalire.

«Siamo davvero spiacenti» mi disse un'assistente di volo, una graziosa biondina con permanente. «Ci permetta almeno di offrirle qualcosa da bere.»

«No, la ringrazio» declinai.

«Uno stuzzichino, allora? Purtroppo però abbiamo solo noccioline salate.»

Scossi la testa. «Non c'è bisogno, stia tranquilla. Anzi, mi auguro siate sempre così solerti nel controllare qualunque cosa possa mettere in pericolo la sicurezza dei vostri passeggeri.» Continuai a chiacchierare scegliendo esattamente le parole giuste per quella circostanza, ma il mio cervello stava volando per tutt'altri cieli.

«È gentile da parte sua non essersela presa.»

Atterrammo ad Asheville mentre il sole tramontava, e ben presto la mia cartella fece capolino sul piccolo nastro trasportatore dell'area ritiro bagagli. Quindi andai in bagno e ritrasferii la pistola nella borsetta. All'uscita dell'aeroporto presi un taxi. L'autista era un uomo anziano con un berretto di lana calcato fin sotto le orecchie; indossava una giacca a vento frusta e consumata ai polsi, e le mani appoggiate al volante erano grosse e ruvide. Guidava con prudenza, e si premurò di farmi intendere che per Black Mountain c'era un bel pezzo di strada: era preoccupato perché il viaggio sarebbe potuto costare anche una ventina di dollari. Chiusi gli occhi; cominciavano a lacrimarmi, ma attribuii quel fatto al riscaldamento.

Il rombo all'interno della vecchia Dodge bianca e rossa mi ricordava quello dell'aereo. Stavamo puntando verso est, in direzione di una cittadina incredula e sconvolta i cui abitanti stentavano ancora a spiegarsi quello che era accaduto a una ragazzina di undici anni mentre se ne tornava a casa sola con la sua chitarra. E tanto meno potevano immaginare quello che stava accadendo a noi, mandati lì apposta per aiutarli.

A nostra volta, infatti, eravamo diventati vittime l'uno dopo l'altro di un nemico dotato di un'eccezionale capacità di intuire i nostri punti deboli. Marino era prigioniero e complice inconsapevole di questa donna. Mia nipote, per me come una figlia, era ferita alla testa e ricoverata in un centro di riabilitazione, ed era un miracolo che fosse ancora viva. Un povero sempliciotto di montagna, che spazzava i pavimenti e beveva liquore distillato in casa, stava per essere linciato per un crimine odioso che non aveva commesso. Mote era destinato alla pensione per invalidità, e Ferguson era morto.

Le cause e gli effetti del male si allargavano a macchia d'olio, come la fitta chioma di un albero che oscurava ogni luce. Era impossibile trovare il bandolo di quella devastante matassa, così come era impossibile prevederne la fine, e io temevo di scoprire che uno dei suoi perversi cappi aveva intrappolato anche me. Non avevo nessuna voglia di pensare che presto avrei potuto restarvi appesa con i piedi sollevati da terra.

«Posso fare altro per lei, signora?» Lentamente mi resi conto che il tassista mi stava parlando.

Aprii gli occhi. Eravamo di fronte al Travel-Eze, ma non sapevo da quanto tempo.

«Mi dispiace doverla svegliare, ma forse il suo letto è più comodo. E le costa anche meno.»

Fui accolta dallo stesso impiegato dai capelli giallo paglierino che mi aveva registrato la prima volta.

Mi chiese in quale ala del motel preferissi alloggiare. Ricordavo che un lato si affacciava sulla scuola che era stata di Emily, e l'altro offriva un panorama dell'interstatale. In realtà non c'era alcuna differenza, visto che le montagne ci circondavano a trecentosessanta gradi, lucenti di giorno e nere contro il cielo stellato la notte.

«Basta che sia una zona per non fumatori. Il signor Pete Marino è ancora qui?»

«Sì, certo, anche se non lo si vede spesso. Desidera una camera vicino alla sua?»

«No, grazie. È un fumatore incallito, meglio stargli lontani.» Naturalmente non era quello il vero motivo.

«Allora le assegnerò un'altra ala.»

«Perfetto. E, per favore, quando arriverà il signor Benton Wesley, gli vuole dire di chiamarmi subito?» Quindi lo pregai di telefonare a un autonoleggio e di prenotarmi una vettura dotata di airbag per l'indomani mattina presto.

Salii in camera e chiusi la porta a chiave, bloccando la maniglia con una sedia. Poi, dopo aver preventivamente appoggiato la pistola sul coperchio del gabinetto, mi concessi un lungo bagno caldo, aggiungendo alcune gocce di Hermès nell'acqua. Il profumo mi accarezzava come una mano amorevole, lisciandomi la pelle della gola e del viso, penetrandomi dolcemente tra i capelli. Per la prima volta negli ultimi giorni provavo un senso di calma. Ogni tanto facevo scorrere un po' d'acqua calda, che disegnava nuovi e mobili cerchi di profumo oleoso. Avevo tirato la tenda della doccia, e in quella sauna fragrante cominciai a sognare.

Ormai non contavo più le volte in cui avevo rivissuto i momenti d'amore trascorsi con Benton. Non volevo ammettere la frequenza con cui le immagini affioravano tra i miei pensieri, eppure non sapevo resistere alla tentazione di cedere al loro abbraccio. Non avevo mai provato sensazioni così intense, e avevo memorizzato ogni minimo dettaglio del nostro primo incontro, avvenuto proprio lì, in quel motel, anche se in una stanza diversa, di cui non avrei mai più scordato il numero.

In verità avevo avuto pochi amanti, ma erano stati tutti uomini eccezionali, non privi di sensibilità e in grado di accettare il fatto che io fossi una donna non propriamente femminile. Avevo il corpo e la sensibilità di una donna uniti alla forza e alla volontà di un uomo, e negare quegli attributi in me equivaleva a negarli in loro stessi: per questa ragione ciascuno aveva dato il massimo, persino il mio ex marito, Tony, il meno emancipato di tutti, e la sessualità si era espressa sempre sotto forma di competizione erotica. Come due creature di pari forza che si incontravano nel cuore della giungla, ci rotolavamo e ognuno prendeva all'altro tanto quanto dava.

Benton però era così diverso, che ancora stentavo a crederci. Le nostre componenti maschili e femminili combaciavano perfettamente, ed era come se lui incarnasse l'altra mia metà. O forse, invece, eravamo la stessa cosa.

Non sapevo cosa mi aspettassi da lui, ma certo avevo già immaginato che saremmo stati insieme molto tempo prima che ciò accadesse. Sotto la sua dura scorza di riservatezza sapevo che sarebbe stato tenero, come un guerriero sonnolento su un'amaca tesa tra alberi possenti. Ma quando avevamo iniziato a toccarci, sul balcone, quella notte, le sue mani mi avevano sorpreso.

Mentre mi spogliavano, cercandomi, le sue dita si erano mosse come se conoscessero il corpo femminile così come lo conosce una donna, e io avevo avvertito in lui qualcosa di più della passione. Avevo sentito la sua empatia, come se avesse desiderato curare quei punti che tanto spesso aveva visto odiati e feriti. Era consapevole e partecipe per ogni singolo corpo vittima di stupri, percosse e mancanza di rispetto, quasi che i peccati collettivi lo avessero privato del diritto di godere del corpo femminile così come in quel momento stava godendo del mio.

A letto gli avevo confessato che non avevo mai conosciuto un uomo capace di trarre davvero piacere dal corpo di una donna, e che non amavo essere divorata come una preda o dominata, motivo per cui il sesso per me era così raro.

«Posso capire che un uomo desideri divorare il tuo corpo» mi aveva risposto lui in tono pacato, nell'oscurità.

«Posso capire che una donna desideri divorare il tuo» avevo ribattuto io con candore. «Ma è proprio perché la gente cerca sempre di dominare il prossimo che noi facciamo il lavoro che facciamo.»

«Allora bandiremo le parole divorare e dominare, d'accordo? Creeremo un linguaggio nuovo.»

Le parole del nostro nuovo linguaggio erano venute con facilità, e noi le avevamo imparate in fretta.

Dopo il bagno mi sentivo decisamente meglio, perciò frugai nella borsa in cerca di qualcosa di pulito e di diverso da mettermi. Peccato fosse un'impresa impossibile, così alla fine dovetti ripiegare sul dolcevita, i pantaloni e la giacca blu scuro che indossavo ormai da giorni. La bottiglia di scotch era quasi vuota, e io centellinai il fondo rimasto guardando il notiziario alla tv. Più di una volta pensai di chiamare Marino nella sua camera, ma regolarmente riagganciavo prima ancora di avere composto il numero. Tornai con la mente a Newport, e sentii il desiderio di parlare con Lucy. Anche in quel caso, frenai l'impulso: se me l'avessero passata, non avrei sicuramente agito nel suo interesse. Adesso Lucy doveva concentrarsi esclusivamente sul trattamento, non su quanto aveva lasciato a casa. Così alla fine telefonai a mia madre.

«Dorothy passerà la notte al Marriott e tornerà a Miami domattina, in aereo» mi disse. «E tu, Katie, dove sei? È tutto il giorno che ti cerco.»

«Sono in viaggio» risposi.

«Be', questo la dice lunga. Sempre con quel lavoraccio che fai! Ma con tua madre potresti anche confidarti.»

La immaginai con la cornetta in mano e una sigaretta fra le labbra. Mia madre aveva un debole per gli orecchini grandi e il trucco vistoso, e, contrariamente a me, non aveva per niente l'aspetto di un'italiana del Nord.

«Mamma, come sta Lucy? Che cosa ti ha detto Dorothy?»

«Tanto per cominciare, dice che è omosessuale, e che è colpa tua. Io le ho risposto che è ridicolo. Il fatto che tu non esca con gli uomini e che magari non ti piaccia il sesso non significa che sei dall'altra parte. È come per le suore, no? Anche se pure lì gira voce che...»

«Mamma,» la interruppi «Lucy sta bene sì o no? Com'è stato il viaggio a Edgehill? Com'era la sua condotta?»

«Be', cos'è diventata, adesso, una testimone? *La sua condotta?* Che modo complicato di parlare è questo con la tua povera madre! Comunque, se proprio vuoi saperlo, strada facendo si è ubriacata, ecco.»

«Non posso crederci!» sbottai, arrabbiandomi nuovamente con Dorothy. «Pensavo che il fatto di mandarla con sua madre avrebbe evitato che succedesse proprio una cosa del genere!»

«Dorothy dice che se al momento del ricovero non fosse stata ubriaca, l'assicurazione non avrebbe pagato. Così sull'aereo si è bevuta anche il cervello.»

«Non me ne frega niente se l'assicurazione non paga. E comunque Dorothy non è certo povera.»

«Sì, ma sai com'è, con i soldi.»

«Provvederò io a qualsiasi cosa di cui Lucy abbia bisogno, e tu lo sai, mamma.»

«Parli come se fossi Ross Perot.»

«Che altro ha detto Dorothy?»

«Ma, in sostanza, che Lucy era in uno dei suoi giorni no e che ce l'aveva su con te perché non l'avevi accompagnata a Edgehill. Soprattutto visto che sei stata tu a scegliere il posto e che sei un dottore.»

Emisi un grugnito rabbioso, ma sapevo che era come prendersela con un muro. «È stata Dorothy a non volere che io ci andassi.»

«Come sempre, la tua parola contro la sua. Quand'è che vieni a trovarmi? Per il Giorno del Ringraziamento?»

Inutile dire che, alla fine della telefonata, cioè quando non ne potei più e decisi di chiudere, l'effetto del bagno era ormai svanito. Stavo per versarmi dell'altro scotch ma mi fermai, consapevole che quando i miei parenti mi facevano arrabbiare non c'era quantità d'alcol al mondo in grado di restituirmi il buonumore. E pensai anche a Lucy. Rimisi quindi via la bottiglia, e poco dopo udii bussare alla porta.

«Sono Benton» disse la sua voce.

Restammo abbracciati a lungo e lui intuì tutta la mia disperazione dal modo in cui gli stavo avvinghiata. Mi condusse verso il letto e sedette accanto a me.

«Comincia dall'inizio» disse, stringendomi entrambe le mani.

Lo feci. Quando ebbi finito, il suo volto aveva assunto l'espressione impassibile tipica delle situazioni di lavoro, cosa che in quel momento mi fece saltare i nervi. Non volevo vedere quella faccia mentre eravamo noi due soli.

«Kay, ti prego, ti prego. Ti rendi conto della portata di un'accusa del genere? Non possiamo escludere totalmente la possibilità che Denesa Steiner sia innocente. Non lo sappiamo ancora. Inoltre, quello che è successo sull'aereo dovrebbe dimostrarti che nemmeno tu riesci a essere obiettiva al cento per cento. Voglio dire, non mi piace. Un idiota qualsiasi si mette a giocare all'eroe, e tu pensi subito che dietro di lui ci sia Denesa Steiner, che sia sempre lei a divertirsi con la tua testa.»

«Non è solo con la mia testa, che si diverte» ribattei, sfilando una mano dalle sue. «Ha cercato di uccidermi.»

«Anche questa è solo un'ipotesi.»

«Non dopo quello che ho scoperto per telefono.»

«Ma non puoi dimostrarlo. Non credo che ce la farai mai.»

«Dobbiamo trovare la sua auto.»

«Vuoi passare da casa sua stasera?»

«Sì, ma non ho ancora una macchina» risposi.

«Ce l'ho io.»

«Ti hanno portato la stampa del raffinamento progressivo?»

«È nella mia ventiquattr'ore. Le ho già dato un'occhiata.» Si alzò, stringendosi nelle spalle. «Non mi dice niente. Una semplice macchia sfocata che è stata riempita da un miliardo di gradazioni di grigio fino a diventare una macchia più densa e dettagliata, tutto qui.»

«Dobbiamo fare qualcosa, Benton.»

Mi guardò per un lungo istante, serrando le labbra come faceva sempre quand'era combattuto fra la determinazione e lo scetticismo. «È per questo che siamo qui, Kay. Perché dobbiamo fare qualcosa.»

Aveva noleggiato una Maxima rosso scuro, e quando uscimmo mi resi conto che l'inverno era ormai alle porte, soprattutto lì, tra le montagne. Il tempo di arrivare alla macchina e tremavo dalla testa ai piedi, anche se sapevo che in parte era dovuto allo stress.

«A proposito, come stanno la tua gamba e la tua mano?» mi informai.

«Sono come nuove, direi.»

«Un vero miracolo, non trovi? Quando ti sei tagliato non lo erano affatto.»

Scoppiò a ridere, più per la sorpresa che altro:

in quel frangente, l'ultima cosa che si aspettava da parte mia era una battuta.

«C'è una novità per quanto riguarda il nastro adesivo» riprese poi. «Abbiamo controllato se qualcuno della zona aveva per caso lavorato per la Shuford Mills nel periodo in cui è stato prodotto il nastro.»

«Ottima idea.»

«C'era un tale Rob Kelsey, un caporeparto, che all'epoca abitava vicino a Hickory. Ma cinque anni fa si è ritirato a Black Mountain.»

«Vive ancora qui?»

«Purtroppo è deceduto.»

Maledizione, pensai. «E cosa avete scoperto su di lui?»

«Maschio, bianco, morto a sessantotto anni per un infarto. A Black Mountain aveva un figlio, credo sia stato il motivo per cui ha deciso di trasferirsi qui una volta andato in pensione. Il figlio vive ancora qui.»

«Hai l'indirizzo?»

«Posso procurarmelo.» Mi lanciò un'occhiata.

«E come si chiama, di nome?»

«Come il padre. Senti, casa Steiner è dietro la prossima curva. Guarda com'è buio il lago. Sembra un pozzo di catrame.»

«Infatti. E tu sai che Emily non avrebbe mai percorso quel sentiero di notte. La versione di Creed lo conferma.»

«Niente da eccepire. Neanch'io lo farei.»

«Non vedo la sua macchina, Benton.»

«Forse è fuori.»

«Quella di Marino però c'è.»

«Il che non significa che non possano essere fuori.»

«Né che lo siano.»

Non disse nulla.

Le finestre erano illuminate, e avevo la netta sensazione che Denesa Steiner fosse in casa. Naturalmente non avevo prove, né indizi, ma sentivo che lei avvertiva la mia presenza, anche se in maniera inconscia.

«Cosa pensi che stiano facendo là dentro?» chiesi.

«Tu cosa dici?» mi rispose lui, ed era chiaro ciò che intendeva.

«Oh, che banalità. Pensare sempre che la gente stia facendo sesso.»

«È facile pensarlo perché è facile farlo.»

In un certo senso ero offesa, perché da Wesley pretendevo una maggiore profondità. «Mi sorprende, detto da te.»

«Sì, ma non dovrebbe sorprenderti fatto da loro. È questo che intendevo.»

Io però continuavo a non essere convinta.

«Senti, Kay, non stiamo parlando della *nostra* relazione» aggiunse.

«Non lo pensavo di certo.»

Sapeva che non gli stavo dicendo tutta la verità, e a mia volta non mi era mai parso così evidente per quale ragione le relazioni tra colleghi fossero tanto sconsigliabili.

«Dovremmo tornare indietro. Non abbiamo nient'altro da fare, qui» disse.

«Come faremo a sapere qualcosa della macchina?»

«Domattina ci penseremo. Ma per adesso abbiamo già scoperto qualcosa: che l'auto non è qui intatta a negare di essere mai stata coinvolta in un incidente.»

Il mattino dopo era domenica e io mi svegliai al suono delle campane, chiedendomi se quel concerto provenisse dalla piccola chiesa presbiteriana dov'era sepolta Emily. Socchiudendo gli occhi decisi che no, era improbabile, visto che erano da poco passate le nove. La funzione sarebbe cominciata verso le undici, immaginavo, nonostante sapessi assai poco di ciò che fanno i presbiteriani.

Wesley dormiva ancora su quella che consideravo la mia metà del letto, e questa era forse l'unica incompatibilità fra noi. Entrambi eravamo abituati a scegliere il lato più lontano dalla finestra o dalla porta da cui poteva penetrare un intruso, come se una differenza di qualche decina di centimetri potesse darti chissà quale vantaggio nell'afferrare la pistola. La sua riposava adesso sul suo comodino, la mia sul mio. Il problema era che, da qualunque parte fosse entrato un eventuale intruso, esisteva la probabilità che Benton e io ci sparassimo a vicenda.

Le tende emanavano un bagliore simile a quello dei paralumi, annunciando una bella giornata di sole. Mi alzai e ordinai del caffè in camera, quindi chiesi notizie sulla mia macchina e l'impiegato mi assicurò che era in arrivo. Poi andai a sedermi su una sedia, con la schiena rivolta verso il letto per non lasciarmi distrarre dalla visione delle spalle e delle braccia nude di Benton che spuntavano dall'intrico delle lenzuola. Presi la stampa, alcune monete, una lente d'ingrandimento, e mi misi al lavoro. Wesley aveva ragione a dire che il processo di raffinamento progressivo aveva semplicemente aggiunto qualche tonalità di grigio a una macchia comunque irriconoscibile. Tuttavia, più guardavo ciò che era rimasto del gluteo della ragazzina, più mi sembrava di cominciare a distinguere qualcosa.

La colorazione raggiungeva il massimo d'intensità in una zona sfalsata rispetto al centro del segno semicircolare, ma non avrei potuto collocare meglio il punto in un ipotetico quadrante d'orologio, in quanto mi mancava ogni riferimento di alto e basso e di destra e sinistra in relazione all'oggetto ossidato.

La forma che mi interessava di più ricordava vagamente la testa di un'anatra o di qualche altro uccello. Scorgevo una specie di cupola, quindi una sporgenza simile a un solido becco o alla visiera di un cappellino, ma era troppo grande per trattarsi dell'aquila riprodotta sul retro di un quarto di dollaro. Quel profilo occupava un buon quarto della superficie totale, e in corrispondenza del dorso del collo dell'ipotetico uccello c'era una specie di piccola tacca.

Presi la moneta da un quarto e cominciai a girarla, lentamente, osservandola con attenzione, e all'improvviso ecco la risposta. Era tanto semplice e tanto perfetta, che ne fui sbalordita ed esaltata al tempo stesso. Ciò che aveva iniziato a ossidarsi sotto il corpo di Emily Steiner era effettivamente un quarto di dollaro: ma a faccia insù, quindi la sagoma simile a un uccello corrispondeva alla rientranza degli occhi di George Washington, mentre la testa e il becco erano l'orgogliosa zucca con ricciolo posteriore della parrucca incipriata del nostro primo presidente. La cosa funzionava solo se tenevo il lato della moneta rivolto dalla parte del tavolo, con l'aristocratico naso di Washington puntato verso le mie ginocchia.

Ma dove poteva essere rimasto disteso il corpo di Emily? mi domandavo. In qualunque luogo in cui potesse essere inavvertitamente caduta a terra una moneta da un quarto di dollaro. Ma c'erano anche le tracce di vernice e pithwood. Dove potevano trovarsi riuniti una moneta da un quarto e del pithwood? Be', in uno scantinato, naturalmente. Uno scantinato in cui in passato si fossero svolte attività che comportavano l'uso di pithwood, vernici e altri tipi di legno come il noce e il castagno.

Uno scantinato adibito a stanza degli hobby, per esempio. Un hobby come lucidare gioielli? No, non aveva senso. E riparare orologi? Neanche quello mi sembrava possibile. Poi ripensai agli orologi che avevo notato in casa di Denesa Steiner e sentii il cuore accelerare impercettibilmente il battito. Mi chiesi se il suo ex marito avesse arrotondato lo stipendio aggiustando bilancieri e ingranaggi. Forse aveva allestito un angolo del seminterrato a quello scopo, e forse per tenere fermi e pulire i componenti più piccoli si era servito di supporti in pithwood.

Wesley aveva il respiro profondo e lento di chi sta dormendo. Si passò una mano sulla guancia come se vi fosse passato un insetto, quindi si tirò le coperte fin sopra le orecchie. Io presi l'elenco del telefono e cercai il numero del figlio dell'ex caporeparto alla Shuford Mills. C'erano due Robert Kelsey: un Kelsey junior, e un Kelsey terzo. Presi il telefono.

«Pronto?» mi rispose una voce di donna.

«Parlo con la signora Kelsey?»

«Dipende se cerca me o Myrtle.»

«Sto cercando Rob Kelsey junior.»

«Oh.» La donna si mise a ridere, comunicandomi un'immediata sensazione di giovialità e dolcezza. «Allora, tanto per cominciare non cerca me. Rob però non c'è. È in chiesa. Sa, delle volte aiuta per la comunione, perciò deve uscire presto.»

Ero stupita che mi desse tutte queste informazioni senza nemmeno preoccuparsi di sapere chi fossi, e di nuovo mi ritrovai commossa al pensiero che al mondo esistessero ancora posti dove la gente si fidava del prossimo.

«E di quale chiesa si tratta?» chiesi.

«Della Terza presbiteriana.»

«Quindi la funzione comincia alle undici?»

«Come sempre. A proposito, se le interessa sentirlo, il reverendo Crow è proprio bravo. O preferisce lasciare un messaggio per Rob?»

«Riproverò a chiamare più tardi.»

La ringraziai per l'aiuto e riappesi. Quando mi girai, Benton era seduto nel letto e mi guardava con aria insonnolita. I suoi occhi vagarono dalla stampa alle monete, quindi alla lente d'ingrandimento appoggiata sul tavolo. Poi cominciò a ridere e si stirò.

«Cosa c'è da ridere?» domandai indignata.

Si limitò a scuotere la testa.

«Sono le dieci e un quarto» dissi allora. «Se hai intenzione di accompagnarmi in chiesa, ti conviene sbrigarti.»

«In chiesa?» Inarcò le sopracciglia.

«Sì. Quel posto dove la gente va ad adorare il Signore.»

«Perché, qui intorno c'è una chiesa cattolica?»

«Non ne ho idea.»

Adesso il suo sguardo era interrogativo.

«Io ho intenzione di andare a una funzione presbiteriana» gli comunicai. «Se tu hai altre cose da fare, potresti darmi un passaggio. Fino a un'ora fa, la mia macchina non era ancora arrivata.»

«Ma se ti do un passaggio, poi tu come torni qui?»

«Non è un problema.» In una città dove la gente era disposta a darti una mano per telefono, sentivo che potevo permettermi di non fare troppi programmi. Preferivo stare a vedere cosa succedeva.

«Be', io mi porto il cercapersone» commentò Wesley, appoggiando i piedi per terra mentre io prelevavo una pila di scorta dal caricabatterie attaccato vicino alla tv.

«Bene» dissi, e infilai il telefono portatile in borsa.

20

Benton mi depositò davanti ai gradini della chiesa in pietra con un certo anticipo, ma i fedeli stavano già arrivando. Li osservai scendere dalle loro macchine e strizzare gli occhi al sole, radunando i bambini e sbattendo le portiere nell'angusta stradina. Mentre percorrevo il vialetto di ghiaia piegando a sinistra in direzione del cimitero, mi sentii seguita da parecchi sguardi curiosi.

Era una mattinata rigida, e nonostante la luce fosse accecante, si trattava di un velo sottilissimo, simile a un gelido lenzuolo appoggiato sulla mia pelle. Spinsi il cancello in ferro battuto arrugginito, una barriera del tutto inutile, esclusivamente ornamentale e semplice simbolo di rispetto; certo non sarebbe servita a tener fuori nessuno, né in quel luogo c'era bisogno di tener dentro nessuno.

Le lapidi più nuove di lucido granito brillavano fredde nel mattino, mentre quelle più antiche pendevano con varia inclinazione come lingue esangui dalle bocche delle tombe. Anche i morti parlavano. Parlavano ogni volta che noi li ricordavamo. Sotto i miei passi la brina crocchiava leggera, e io avanzai verso l'angolo in cui giaceva sepolta Emily.

La sua tomba, recentemente aperta e richiusa, era una cicatrice fresca di terra rossa, e mentre tornavo a leggere il triste epitaffio e a contemplare la dolce statua d'angelo, sentii le lacrime salirmi agli occhi.

Nessun altro vi è al mondo –
mio era l'unico caro

Adesso, però, i versi di Emily Dickinson racchiudevano per me un altro significato. Riuscivo a leggerli con occhi nuovi e con una consapevolezza profondamente diversa rispetto alla donna che li aveva scelti. A colpirmi fu la parola "mio". *Mio.* Emily non aveva mai avuto un'esistenza propria, ma era stata solo il prolungamento di una donna narcisista e malata di mente con un'insaziabile fame di gratificazione personale.

Per sua madre Emily era stata una semplice pedina, proprio come lo eravamo noi adesso. Eravamo le bambole che Denesa vestiva e spogliava, abbracciava e smembrava. Non potei trattenermi dal ripensare ai volant, ai fronzoli e ai motivi infantili dei tessuti che arredavano la sua casa. Denesa era una bimba assetata di attenzioni e cresciuta senza sapere come ottenerle. Aveva distrutto ogni vita cui si era avvicinata, e ogni volta aveva pianto sul seno compassionevole del mondo circostante. Povera, povera Denesa, dicevano tutti di quella creatura materna e assassina dalle zanne insanguinate.

Minuscoli pinnacoli di ghiaccio crescevano sulla terra rossa della tomba di Emily. Non mi intendevo di leggi fisiche, ma pensai che quando l'umidità contenuta nell'argilla non porosa congelava, questa si espandesse come il ghiaccio e tutto ciò che poteva fare fosse crescere in altezza. Era come se il suo spirito fosse rimasto intrappolato nel gelo mentre cercava di elevarsi dalla terra, e ora brillava nel sole come l'acqua e il cristallo puro. In preda alla commozione mi accorsi di amare quella ragazzina che avevo conosciuto solo attraverso la morte. Avrebbe potuto essere Lucy, o Lucy avrebbe potuto essere lei. A entrambe era mancato il giusto affetto materno, e mentre una era stata rispedita nella sua casa celeste, l'altra era riuscita a scamparla. Per adesso. Mi inginocchiai e recitai una preghiera, quindi mi voltai con un sospiro verso la chiesa.

Quando entrai, dall'organo si diffondevano le note di *Rock of Ages*; ero in ritardo, e la congregazione cantava già il primo inno. Mi sedetti in fondo, cercando di non dare nell'occhio, tuttavia alcune teste si voltarono lanciandomi sguardi indagatori. Là dentro non dovevano transitare molti forestieri, e i fedeli notavano subito gli estranei. La funzione procedeva. Mi feci il segno della croce, mentre un ragazzino sulla mia stessa panca contemplava i disegni che la sorella andava ricamando sul bollettino della chiesa.

Naso aguzzo e tonaca nera, il reverendo Crow era decisamente all'altezza del suo nome. Le sue braccia gesticolanti sembravano ali, e nei passaggi più salienti del sermone pareva quasi sul punto di spiccare il volo. Le vetrate artistiche, splendenti come gioielli, illustravano i miracoli di Gesù, e le venature di mica delle pietre sembravano cosparse di polvere d'oro.

Al momento della comunione intonammo *Just As I Am*, mentre intorno a me la folla si preparava all'evento. Invece di disporsi su un'unica fila per andare a ricevere l'ostia e il vino, però, furono alcuni assistenti a percorrere le navate portando minuscoli bicchieri di succo d'uva e piccole croste di pane secco. Presi ciò che mi veniva offerto, tutti cantarono la dossologia e la benedizione, e di colpo stavano già uscendo. Decisi di temporeggiare e aspettai che il reverendo restasse solo vicino alla porta, dopo aver salutato tutti i parrocchiani. Allora, mi rivolsi a lui chiamandolo per nome.

«Grazie per il bel sermone, reverendo Crow» dissi. «Ho sempre amato la parabola del buon samaritano.»

«È una storia che può insegnarci molte cose. Io la racconto spesso ai miei figli.» Sorrise, stringendomi la mano.

«Ascoltarla fa bene a chiunque.»

«Siamo felici di averla tra noi quest'oggi. Immagino che lei sia la dottoressa dell'FBI di cui ho tanto sentito parlare. L'altro giorno l'ho anche vista sul giornale.»

«Dottoressa Scarpetta» mi presentai. «Mi chiedevo se per caso potrebbe indicarmi Rob Kelsey. Spero non se ne sia già andato.»

«Oh, no» rispose il reverendo, ma d'altronde me l'aspettavo. «Rob ci ha aiutati per la comunione. Probabilmente starà mettendo in ordine.» Lanciò un'occhiata in direzione del tabernacolo.

«Le dispiace se lo cerco?» chiesi.

«Assolutamente. Anzi, volevo dirle» il suo viso si fece triste «che apprezziamo molto la vostra opera, qui. Nessuno di noi sarà mai più lo stesso.» Scosse la testa. «E la sua povera, povera mamma. Dopo aver passato tutto quello che ha passato lei, certe persone voltano le spalle a Dio. Ma non Denesa, no. Lei è qui ogni domenica, una delle migliori cristiane che abbia mai conosciuto.»

«C'era anche oggi?» mi informai, mentre un brivido sinistro mi correva su per la schiena.

«Era a cantare nel coro, come sempre.»

Non l'avevo vista. Ma, d'altronde, c'erano almeno duecento persone presenti alla funzione, e il coro si trovava sulla balconata alle mie spalle.

Rob Kelsey jr era un uomo solido e muscoloso sulla cinquantina; indossava un completo gessato blu di qualità scadente e stava raccogliendo i bicchierini della comunione dagli schienali delle panche. Mentre mi presentavo temetti che quella visita potesse allarmarlo, invece rimase piuttosto impassibile. Sedette accanto a me su una panca e prese a stropicciarsi pensosamente un lobo dell'orecchio, spiegandomi ciò che volevo sapere.

«Sì, è esatto» disse. «Papà ha lavorato tutta la vita in quella fabbrica. Quando andò in pensione gli regalarono un bellissimo televisore a colori e una spilla d'oro massiccio.»

«Doveva essere stato un ottimo caporeparto» commentai.

«Be', caporeparto lo era diventato negli ultimi anni. Prima faceva il controllore dei pacchi, e prima ancora era un semplice inscatolatore.»

«Cosa faceva, di preciso? Come inscatolatore, per esempio?»

«Verificava che i rotoli di nastro venissero messi tutti nelle scatole, e alla fine controllava gli altri inscatolatori perché non sbagliassero gli imballaggi.»

«Capisco. E per caso ricorda se vi fu un periodo in cui la fabbrica produceva un nastro arancione fiammante?»

Rob Kelsey, occhi castani scuri e capelli tagliati a spazzola, rifletté per un istante. Poi, il suo viso si illuminò. «Ehi, sì, ma certo. Me lo ricordo perché era un colore insolito. Da allora non ne ho più visti di simili. Credo fosse per qualche prigione.»

«Infatti» confermai. «Ma mi chiedevo se per caso uno o due rotoli potevano essere usciti dalla fabbrica finendo sul mercato locale. Voglio dire, da queste parti.»

«Be', in teoria non doveva succedere. Però capita sempre, per via delle restituzioni o degli scarti. Sa, dei rotoli con qualche difetto.»

Pensai alle macchie di grasso sul bordo di quello usato per immobilizzare la signora Steiner e la figlia. Forse un rotolo era rimasto impigliato nell'ingranaggio di qualche macchina, o si era sporcato in qualche fase di lavorazione.

«E, di solito, quando ci sono articoli che non superano il controllo,» dissi «i dipendenti riescono a portarseli a casa a prezzo scontato, no?»

Kelsey non commentò. Sembrava un po' perplesso.

«Signor Kelsey, lei conosce qualcuno a cui suo padre potrebbe aver dato un rotolo di quell'adesivo?»

«Mi viene in mente solo una persona: Jake Wheeler. Purtroppo se n'è andato qualche tempo fa, ma in passato era il proprietario della lavanderia vicino a Mack's Five-and-Dime. Se non ricordo male, era anche il padrone del drugstore all'angolo.»

«E per quale ragione suo padre potrebbe avergli dato quel nastro?»

«Be', vede, a Jake piaceva andare a caccia. Ricordo che papà diceva sempre che aveva così paura di restare impallinato da qualcuno che lo scambiava per un tacchino, che nessuno voleva mai andar per boschi con lui.»

Evitai di fare commenti. Non avevo idea di dove mi stesse portando quella conversazione.

«Girava facendo un baccano del diavolo e usava quei vestiti tipo catarifrangenti. Ogni tanto era lui a far prendere qualche spavento agli altri cacciatori. Comunque non credo che sia mai riuscito a sparare a niente di più di uno scoiattolo.»

«E tutto questo cosa c'entra con il nastro adesivo?»

«Sono quasi certo che papà glielo abbia dato per scherzo. Forse gli disse di rivestirci il fucile, o di appiccicarselo sulla giacca.» Kelsey fece un ghigno, e io notai che gli mancavano vari denti.

«Dove abitava, questo Jake?»

«Vicino a Pine Lodge. A metà strada fra Black Mountain e Montreat.»

«E ritiene possibile che lui, a sua volta, abbia dato il nastro a qualcun altro?»

Kelsey guardò il vassoio di bicchierini che stringeva tra le mani, aggrottando la fronte in atteggiamento cogitabondo.

«Per esempio,» insistetti «lei sa se andava a caccia con qualcuno? Magari qualcuno che poteva avere bisogno di quell'adesivo perché era dello stesso arancione fiammante usato dai cacciatori?»

«Guardi, non so proprio se può averlo dato ad altre persone, ma di sicuro era amico di Chuck Steiner.

Ogni anno andavano insieme a caccia di orsi, mentre tutti noi speravamo che non ne trovassero. Non capisco perché uno debba aver voglia di incontrare un grizzly! E poi, una volta che lo ammazzi, cosa ci fai, a parte un tappeto? Non puoi mica mangiartelo, a meno di non stare per morir di fame come Daniel Boone o Mingo.»

«E Chuck Steiner era il marito di Denesa Steiner?» chiesi, senza lasciar trapelare alcuna emozione dalla voce.

«Esatto. Un gran simpaticone. La sua morte fu un brutto colpo per tutti noi. Se avessimo saputo che il suo cuore faceva le bizze, gli saremmo stati più dietro, lo avremmo costretto a prendersela con più calma.»

«Però andava a caccia di orsi, giusto?» Dovevo assolutamente sapere.

«Oh, quello sì. Anch'io sono uscito spesso con lui e con Jake. A quei due piaceva proprio andar per boschi. Io dicevo sempre che dovevano andare ad Aferca, là sì che si caccia bene. Vede, io non sarei capace di sparare neanche a uno stecco.»

«Se è come la mantide religiosa, meglio così, perché le porterebbe sfortuna.»

«Non è la stessa cosa» ribatté lui in tono sicuro. «La mantide religiosa è un insetto completamente diverso. Però sono d'accordo con lei. No, signora, io non li toccherei mai.»

«Signor Kelsey, lei conosceva bene Chuck Steiner?»

«Be', lo frequentavo in chiesa e quando andava a caccia.»

«Era un insegnante?»

«Insegnava catechismo in quella scuola religiosa privata. Se avessi potuto mandarci anche mio figlio, l'avrei fatto.»

«Che altro può raccontarmi di lui?»

«Conobbe la moglie in California, mentre era sotto le armi.»

«Lo sentì mai parlare di una figlia morta? Una certa Mary Jo, nata in California e morta ancora in fasce.»

«Ma no!» Adesso era sorpreso. «Avevo sempre pensato che Emily fosse la sua unica figlia. Così hanno perso anche una piccolina? Oh, Signore santissimo, poveretti.» Il suo viso tradiva un autentico dolore.

«Cosa fecero quando se ne andarono dalla California?» proseguii. «Lei lo sa?»

«Vennero qui. A Chuck l'Ovest non piaceva, e da ragazzo veniva qui in vacanza con i suoi. Di solito stavano in una casetta di legno sulla Graybeard Mountain.»

«Dove si trova?»

«A Montreat. Dove abita anche Billy Graham. Ora, non che il reverendo si veda spesso in giro, da queste parti, però io ho incontrato sua moglie.» Fece una pausa. «Le hanno già raccontato che Zelda Fitzgerald è morta bruciata in un ospedale qui vicino?»

«Sì, lo so» confermai.

«Chuck ci sapeva fare, con gli orologi. Li riparava per hobby, e alla fine si ritrovò ad aggiustare tutti quelli di Biltmore House.»

«E dove li riparava?»

«Quelli di Biltmore House li aggiustava là. Ma la gente del posto glieli portava direttamente a casa. Aveva una specie di laboratorio nel seminterrato.»

Il signor Kelsey avrebbe continuato a chiacchierare per tutta la giornata, così cercai di congedarmi con la massima delicatezza. Fuori dalla chiesa chiamai subito il cercapersone di Benton, lasciandogli un semplice codice 10-25, che in polizia significava "Vieni". Sapeva dove trovarmi. Stavo considerando l'idea di tornare in chiesa per ripararmi dal freddo, quando da stralci di conversazione di alcune persone che uscivano alla spicciolata capii che si trattava dei membri del coro. Rischiai di cadere in preda al panico. L'istante in cui pensai a lei, era già lì: Denesa Steiner aspettava sul portone della chiesa, sorridendomi.

«Benvenuta» mi disse calorosamente, gli occhi duri come il marmo.

«Buongiorno, signora Steiner» risposi. «Il capitano Marino è con lei?»

«Lui è cattolico.»

Indossava un cappotto di lana nero lungo fino alle scarpe alte e stringate e si stava infilando dei guanti di capretto dello stesso colore. Non era truccata, tranne un'ombra di rossetto sulle labbra sensuali, e i capelli biondo miele le ricadevano in morbidi boccoli sulle spalle. In quel momento la sua bellezza mi appariva fredda quanto la giornata, e mi chiesi come avevo potuto provare un senso d'istintiva simpatia nei suoi confronti o credere alla sincerità del suo dolore.

«Cosa la porta in questa chiesa?» mi chiese poi. «Ad Asheville ce n'è anche una cattolica.»

Stavo pensando a quante altre cose poteva sapere di me. Chissà cosa le aveva raccontato Marino. «Sono venuta per sua figlia, volevo salutarla» dissi, fissandola dritta negli occhi.

«Oh, ma che gentile.» Sostenne il mio sguardo, continuando a sorridere.

«In realtà è una fortunata coincidenza, che ci siamo incontrate» ne approfittai. «Volevo rivolgerle un paio di domande. Le dispiace?»

«Qui?»

«Meglio a casa sua.»

«Veramente non avevo pensato a un pranzo domenicale. Non me la sento proprio di cucinare, e Pete sta cercando di mettersi a dieta.»

«Oh, ma io non intendevo trattenermi.» Per una volta non dovetti faticare a mascherare i miei reali sentimenti. Il mio cuore era duro quanto l'espressione del mio viso. Aveva cercato di uccidermi. Aveva quasi ammazzato mia nipote.

«Bene, allora, ci vediamo da me.»

«Le spiace darmi un passaggio? Non ho la macchina.»

Volevo vedere la sua. Dovevo.

«La mia è in officina.»

«Ah, sì? Strano, mi sembrava nuova.» Se i miei occhi fossero stati dei laser, l'avrei trapassata da parte a parte.

«Purtroppo me n'è capitata una difettosa. Ho dovuto lasciarla da un concessionario di un altro stato. Mi ha mollato per strada mentre ero in viaggio. Sono venuta con una vicina, ma naturalmente può unirsi a noi. Sta già aspettando.»

La seguii lungo il vialetto di ghiaia, quindi su un marciapiede verso altri gradini. Per strada erano ancora parcheggiate alcune vetture, una o due stavano partendo in quel momento. La vicina era una donna di una certa età con un cappellino rigido rosa e un apparecchio acustico. Se ne stava al volante di una vecchia Buick bianca, con il riscaldamento al massimo e la radio sintonizzata su un programma di musica gospel. Quando la signora Steiner mi offrì il posto davanti, rifiutai. Non avevo nessuna intenzione di trovarmela alle spalle, anzi, ero determinata a controllare ogni suo movimento, e purtroppo non avevo con me la mia .38. Non mi era parso appropriato entrare in chiesa armata, e certo non avevo previsto quell'incontro.

Denesa e la sua vicina continuarono a chiacchierare per tutto il tragitto, mentre io me ne stavo in silenzio sul sedile posteriore. Nel giro di pochi minuti arrivammo a casa Steiner. Notai che l'auto di Marino era ancora parcheggiata nel punto in cui si trovava la sera prima, e cercai di immaginarmi che effetto mi avrebbe fatto rivederlo. Non sapevo cosa dire né quale sarebbe stata la sua reazione. La signora Steiner aprì la porta ed entrammo. Vidi subito le chiavi del motel e della macchina di Pete appoggiate su un piatto Norman Rockwell sul tavolino dell'ingresso.

«Il capitano dov'è?» chiesi.

«Di sopra, a letto. Ieri sera non si sentiva bene.» Si tolse i guanti. «Sa, c'è in giro una brutta influenza.»

Si sbottonò il cappotto, scrollando leggermente le spalle per sfilarselo. Quindi lo tolse guardando altrove, quasi fosse un'abitudine quella di concedere a eventuali interessati l'occasione di ammirare un seno che nessun abbigliamento, neanche il più matronale, sarebbe riuscito a nascondere. Il suo corpo aveva un linguaggio seduttivo, e in quel momento stava parlando per me. Mi tormentava, ma non per le stesse ragioni per cui normalmente avrebbe tormentato un uomo. Denesa Steiner ostentava se stessa. Era estremamente competitiva nei confronti delle donne, e questo mi chiarì un altro aspetto di quello che doveva essere stato il suo rapporto con Emily.

«Forse dovrei dargli un'occhiata» dissi.

«Oh, Pete ha solo bisogno di riposare. Gli porterò una tazza di tè caldo e sarò subito da lei. Perché intanto non si mette comoda in salotto? Preferisce tè o caffè?»

«Niente, grazie» declinai, turbata dal silenzio che regnava in quella casa.

Appena la udii salire, cominciai a guardarmi intorno. Tornai nell'ingresso, mi infilai in tasca le chiavi della macchina di Marino e andai in cucina. Sulla sinistra del lavandino c'era una porta che dava sull'esterno; di fronte, un'altra con una serratura a chiavistello. Lo aprii e abbassai la maniglia.

Una folata d'aria fredda e viziata mi disse che là sotto c'era la cantina, e a tentoni cercai un interruttore lungo il muro. Finalmente le mie dita lo trovarono e lo fecero scattare, inondando di luce le scale di legno color rosso scuro. Scesi. Dovevo sapere cosa c'era laggiù e nulla mi avrebbe fermata, nemmeno la paura che Denesa Steiner mi scoprisse. Il cuore mi batteva violentemente contro le costole, quasi volesse fuggirmi dal petto.

Il piano di lavoro di Chuck Steiner era ancora lì, ingombro di arnesi e ingranaggi, un vecchio quadrante d'orologio congelato nel tempo. Intorno c'erano disseminati ovunque pezzi di pithwood, e quasi tutti recavano l'impronta oleosa dei delicati componenti ospitati per la pulitura. Alcuni erano sparsi sul pavimento, insieme a pezzetti di fil di ferro, piccoli chiodi e vitine. I gusci vuoti di antichi cucù montavano una silenziosa guardia nell'ombra, e poco dopo vidi anche degli apparecchi radio e dei televisori, oltre a mobili vari coperti di polvere.

Le pareti erano di cemento bianco, prive di finestre, e su un enorme ripiano erano ordinatamente disposte matasse di fili di prolunga, nonché corde e funi di materiali e spessori diversi. Pensai al macramè che decorava i mobili al piano di sopra, ai pizzi elaborati che ricoprivano i braccioli e gli schienali delle poltrone, alle piante pensili attaccate ai ganci nel soffitto. Rividi il laccio con il cappio reciso al di sopra del collo di Max Ferguson. Col senno di poi, mi sembrava incredibile che nessuno avesse perquisito prima il seminterrato. Perfino mentre la polizia l'aveva cercata, Emily doveva essere già nascosta qui sotto.

Tirai una cordicella per accendere un'altra luce, ma la lampadina era fulminata. Io ero senza torcia, e mentre continuavo ad avanzare il cuore mi martellava così forte nel petto da togliermi il respiro. Accanto a una parete nascosta dalle cataste di legna da ardere, da cui pendevano svariate ragnatele, trovai un'altra porta chiusa che conduceva all'aperto; poi, di fianco alla caldaia, una quarta porta che immetteva in un bagno. Accesi la luce.

Mi guardai intorno: vecchia porcellana bianca macchiata di vernice. Probabilmente erano anni che nessuno azionava lo sciacquone, perché l'acqua stagnante aveva colorato la tazza di ruggine. Nel lavandino c'era una spazzola a setole rigide, piegata come una mano. Guardai nella vasca: il quarto di dollaro giaceva quasi al centro, la faccia di George Washington rivolta all'insù. Vicino al foro di scolo, rinvenni una piccola traccia di sangue. Retrocedetti fino a uscire dal bagno, quando di colpo la porta in cima alle scale sbatté. Denesa Steiner mi aveva chiusa dentro.

Mi misi a correre a destra e a sinistra, con gli occhi che saettavano da un oggetto all'altro mentre cercavo di pensare al da farsi. Mi lanciai verso la porta di fianco alla catasta di legna, girai il meccanismo di blocco sul pomello, sfilai la catena antirapina e d'un tratto mi ritrovai nel giardinetto posteriore inondato di sole. Non vidi né sentii nessuno, ma ero certa che lei mi stesse spiando. Sicuramente sapeva che sarei uscita da quella parte, e, in preda a un orrore crescente, capii cosa stava accadendo. Denesa Steiner non voleva affatto imprigionarmi: semmai, stava cercando di chiudermi fuori, affinché non potessi rientrare in casa e salire al piano superiore.

Pensai a Marino, e mentre svoltavo di corsa l'angolo del vialetto, le mani mi tremavano con tale violenza da impedirmi quasi di estrarre dalla tasca le chiavi della macchina. Aprii la portiera del passeggero della Chevrolet di Marino: il Winchester d'acciaio era sotto il sedile anteriore, dove lui teneva sempre la pistola.

Lo presi, sentii il contatto gelido contro la pelle. Poi tornai di corsa verso la casa, lasciando la portiera spalancata. Come immaginavo, la porta d'ingresso era chiusa, ma ai lati c'erano due pannelli decorativi di vetro. Ne sfondai uno con il calcio del fucile. Una pioggia di schegge precipitò leggera sulla moquette. Quindi avvolsi una mano nel foulard e cautamente infilai il braccio all'interno per aprire la porta. Una frazione di secondo dopo, stavo correndo su per le scale ed era come se al mio posto ci fosse un'altra persona, o come se io avessi abbandonato la mia testa. Più che un essere umano, mi sentivo una macchina. Ricordai la stanza illuminata della sera precedente e mi precipitai in quella direzione.

La porta era chiusa, ma quando l'aprii lei era lì, placidamente seduta sul bordo del letto in cui giaceva Marino, con un sacchetto di plastica della spazzatura infilato sulla testa e chiuso col nastro adesivo intorno al collo. Ciò che accadde allora fu una serie di azioni simultanee. Mentre io toglievo la sicura e sollevavo il fucile, Denesa afferrava dal tavolo la pistola di Marino e si alzava. Le nostre armi puntarono l'una contro l'altra e io sparai. L'assordante esplosione la colpì come una poderosa folata di vento. La vidi cadere contro il muro, mentre io ricaricavo e sparavo, ricaricavo e sparavo.

Denesa Steiner scivolò lungo la parete, deturpando con una scia di sangue la tappezzeria a motivi infantili. L'aria era satura di fumo e di odore di polvere bruciata. Strappai il sacchetto che imprigionava la testa di Marino. Aveva la faccia blu, nessun battito nelle carotidi. Gli percossi il torace, gli insufflai aria nella bocca, quindi esercitai quattro pressioni sul petto. Marino emise un gemito e ricominciò a respirare.

Afferrai il telefono, chiamai il nove-uno-uno e mi sentii gridare come se fossi in mezzo a un campo di battaglia con in mano una ricetrasmittente della polizia.

«Agente ferito! Agente ferito! Mandate un'ambulanza!»

«Dove si trova?»

Non avevo la più pallida idea dell'indirizzo. «Casa Steiner! Presto! Presto!» Non riagganciai.

Tornai da Marino, cercando di metterlo a sedere sul letto, ma era troppo pesante.

«Forza. Forza.»

Gli girai la faccia di lato e gli presi la mascella, tirandola in avanti per impedire alle vie respiratorie di otturarsi. Poi mi guardai intorno alla ricerca di boccette di medicinali o di qualsiasi altro indizio di ciò che Denesa poteva avergli somministrato. Sul comodino c'erano dei bicchieri di liquore vuoti. Li annusai: era bourbon. Allora la guardai stordita. Tremando come un animale in agonia, vidi sangue e pezzi di cervello schizzati dappertutto. Sussultavo in preda a spasmi indicibili. Denesa si era accasciata in posizione quasi seduta, con la schiena contro la parete, in una pozza di liquido rosso. Il vestito nero era intriso di sangue e crivellato di buchi, la testa pendeva da una parte, sgocciolando sul pavimento.

D'un tratto udii ululare le sirene, ma mi parve un'eternità prima di sentire i passi affrettati su per le scale e i colpi di una barella che veniva sbattuta e aperta. Poi, non so come, Wesley era lì. Mi abbracciò stretta, mentre alcuni uomini in tenuta da paramedici circondavano Marino. Fuori dalla finestra era un pulsare di luci rosse e blu, e all'improvviso mi resi conto che i vetri erano andati in frantumi. Spirava una corrente gelida che agitava le tende macchiate di sangue e decorate da palloncini che volavano liberi in un cielo azzurro. Guardai il piumino sul letto e gli animaletti di pezza sparsi tutt'intorno. Sullo specchio erano incollate decalcomanie di arcobaleni, alla parete era appeso un poster di Winnie the Pooh.

«È la sua cameretta» dissi a Benton.

«Va tutto bene.» Mi accarezzò i capelli.

«È la cameretta di Emily.»

21

Lasciai Black Mountain il mattino seguente, un lunedì. Wesley avrebbe voluto venire con me, ma io preferii partire da sola. Dovevo finire un lavoro e lui doveva restare accanto a Marino, ricoverato in ospedale dopo una lavanda gastrica. Si sarebbe rimesso presto, almeno dal punto di vista fisico, e in seguito Wesley lo avrebbe portato a Quantico. Aveva bisogno di un buon debriefing, proprio come un agente al termine di una missione supersegreta. E gli occorrevano riposo e protezione. E amici.

Sull'aereo mi diedero un posto in una fila vuota, così potei scrivere liberamente i miei appunti. Il caso dell'omicidio di Emily Steiner si era concluso nel momento in cui avevo sparato alla madre. Avevo già fornito la mia deposizione alla polizia e, nonostante le brevi indagini di rito che sarebbero seguite, non nutrivo alcun timore e non avevo ragione di farlo. Solo, non sapevo cosa provare, e in un certo senso mi sentivo in colpa per quell'assenza di rimorso.

L'unica cosa di cui ero consapevole era la stanchezza, e ogni minimo sforzo diventava una fatica. Era come se mi avessero fatto una trasfusione di piombo nelle vene. Persino spostare la penna sulla carta mi risultava difficile, e il mio cervello si rifiutava di lavorare in fretta. A intervalli mi ritrovavo con lo sguardo fisso nel vuoto, senza sapere da quanto tempo né dove aveva vagato la mia mente.

Il mio primo compito fu di stendere una relazione completa sul caso: in parte per le indagini svolte per conto dell'FBI, in parte per quelle che adesso la polizia avrebbe svolto nei miei confronti. I pezzi del mosaico si incastravano alla perfezione, ma alcune domande sarebbero rimaste prive di risposta, perché ormai non c'era più nessuno a cui rivolgerle. Per esempio, non avremmo mai saputo cos'era successo esattamente la sera della morte di Emily. Io, però, avevo una teoria.

Ero convinta che Emily fosse tornata a casa prima della fine della riunione in chiesa e che avesse avuto un litigio con la madre. Forse era accaduto durante la cena, e probabilmente la signora Steiner aveva punito la figlia mettendole una gran quantità di sale nel cibo. Purtroppo, questa pratica atroce costituisce una forma di abuso abbastanza frequente nei confronti dell'infanzia.

Forse Emily era stata costretta a bere dell'acqua e sale. Aveva iniziato a vomitare, il che aveva reso la madre ancora più furibonda. Quindi erano subentrati una ipernatriemia e, infine, lo stato di coma. Quando Denesa l'aveva trasportata nello scantinato, probabilmente la figlia era in punto di morte, se non addirittura già morta. Quel tipo di scenario avrebbe spiegato le apparenti contraddizioni nei reperti fisici di Emily, giustificando l'elevato tasso di sodio e la mancanza di risposte vitali alle ferite.

In quanto alla ragione per cui la madre aveva

scelto di emulare l'assassinio di Eddie Heath, riuscivo solo a immaginare che una donna affetta da sindrome di Münchausen potesse essere fortemente attratta da un caso così noto. Denesa Steiner, infatti, doveva aver immediatamente pensato a tutta l'attenzione che avrebbe potuto ottenere perdendo una figlia in un modo così orrendo.

Doveva essersi trattato di una fantasia tanto eccitante, da indurla a elaborare un piano per trasformarla in realtà. A tale scopo, quella domenica notte poteva avere deliberatamente avvelenato e ucciso la figlia; o forse aveva approfittato dell'avvelenamento provocato in modo accidentale in un accesso di rabbia. Non lo avrei mai saputo con sicurezza, ma ormai la cosa non era più importante: il caso Steiner non sarebbe mai finito in tribunale.

Denesa aveva messo il corpo della figlia nella vasca da bagno del seminterrato. Probabilmente era stato allora che le aveva sparato alla testa, così il sangue sarebbe finito nello scolo; dopodiché aveva inscenato l'aggressione a sfondo sessuale. L'aveva spogliata, e qui era entrato in gioco il quarto di dollaro che quel pomeriggio Emily non aveva donato, perché a ritirare le offerte era stato il ragazzino che lei amava. La moneta era scivolata fuori da una tasca mentre la madre le sfilava i pantaloni, e i glutei nudi vi erano rimasti appoggiati sopra per i successivi sei giorni.

Immaginavo inoltre che, una settimana più tardi, di notte, la signora Steiner avesse deciso di liberarsi del corpo. Di fatto, il cadavere si era conservato come se fosse rimasto in frigorifero. Probabilmente l'aveva avvolto in una coperta, e ciò spiegava le fibre di lana rinvenute; quindi l'aveva chiuso in un sacco di plastica. Anche le microscopiche tracce di pithwood erano giustificabili, in quanto là sotto il signor Steiner ne aveva fatto uso per anni aggiustando orologi. Il nastro adesivo arancione utilizzato da Denesa per immobilizzare la figlia e se stessa non era ancora saltato fuori, né avevamo rinvenuto la pistola .22, ma dubitavo che ce l'avremmo mai fatta. La signora Steiner era troppo furba per conservare due prove tanto incriminanti.

Col senno di poi sembrava una storia molto semplice, per certi versi addirittura scontata. L'ordine in cui le strisce di adesivo erano state utilizzate diventava per esempio facilmente spiegabile. Come è ovvio, Denesa Steiner aveva immobilizzato prima la figlia, e in quel caso non le era stato necessario preparare in anticipo i pezzi e lasciarli in attesa sul bordo di un mobile: non aveva avuto nessun bisogno di sottomettere la figlia perché Emily non si muoveva affatto, dunque aveva potuto agire liberamente con entrambe le mani.

Legarsi da sola, invece, era stato più difficile. Aveva predisposto tutti i segmenti di nastro attaccandoli alla cassettiera, e con grande sforzo si era autoimmobilizzata per potersi poi discolpare. Però non si era accorta di aver seguito l'ordine sbagliato, sebbene forse non avesse nemmeno motivo di ritenere che un simile particolare fosse di alcuna importanza.

A Charlotte cambiai i miei programmi e decisi di proseguire per Washington, dove presi un taxi fino al Russell Building per andare a trovare il senatore Lord. Quando arrivai, alle tre e mezzo, era impegnato in una votazione. Lo aspettai pazientemente nella sala di attesa, dove giovani impiegati di ambo i sessi rispondevano alle incessanti telefonate di tutti coloro che avevano bisogno del suo aiuto. Mi chiesi come potesse vivere con quel fardello sulle spalle. Dopo un po' lo vidi arrivare. Mi sorrise, e dall'espressione dei suoi occhi capii che sapeva già tutto.

«Kay, sono così felice di rivederti.»

Lo seguii attraverso un'altra sala piena di scrivanie e di gente al telefono, e quando finalmente entrammo nel suo ufficio richiuse la porta alle nostre spalle. Le pareti erano decorate da numerosi quadri di ottimo gusto, ed era chiaro che amava anche le buone letture.

«Il direttore mi ha già telefonato. Un bell'incubo. Non so cosa dire» esordì.

«Sto bene, grazie.»

«Vieni, siediti qui.» Mi condusse verso il divano, accomodandosi di fronte a me su una modesta poltrona. Raramente il senatore Lord metteva la scrivania fra sé e gli ospiti. Del resto non ne aveva alcun bisogno, perché, come accade con tutte le persone realmente di potere, e io ne avevo conosciute molte, la sua grandezza lo rendeva umile e gentile.

«Mi aggiro in preda a una specie di stupore. È uno strano stato mentale» ripresi. «Ma i veri problemi salteranno fuori dopo. Stress post-traumatico, eccetera. Purtroppo, il fatto di saperlo non ti rende immune.»

«Voglio che tu ti prenda cura di te stessa. Vattene in qualche bel posto e concediti un meritato riposo.»

«Senatore, che cosa posso fare con Lucy? Vorrei tanto poter salvare il suo nome…»

«Mi pare che tu l'abbia già fatto, no?»

«Non completamente. Il Bureau sa che l'impronta rilevata dallo scanner del sistema di sicurezza biometrico non può essere quella di Lucy. Ma questo non la scagiona del tutto. O, almeno, tale è la mia impressione.»

«No, no.» Il senatore Lord accavallò le gambe e sembrò guardare lontano. «Forse c'è qualche problema per quanto riguarda le voci che girano al Bureau. I pettegolezzi, intendo dire. Essendo stato tirato in causa Temple Gault, certo ci sono molte cose che non possono più essere discusse apertamente.»

«Quindi Lucy dovrà tenere duro sotto lo sguardo di tutti, perché non le sarà permesso di divulgare la verità» terminai per lui.

«Esatto.»

«Il che significa che qualcuno continuerà a non darle fiducia e a pensare che non avrebbe dovuto tornare a Quantico.»

«Certo, questo è possibile.»

«Non mi basta.»

Mi guardò con aria paziente. «Non puoi continuare a proteggerla in eterno, Kay. Lascia che si lecchi le ferite da sola. Vedrai che alla fine le gioverà, ne sono sicuro. Limitati a far sì che non infranga la legge.» Mi sorrise.

«Se è per questo, ce la sto mettendo tutta» risposi. «In questo momento ha ancora un'accusa pendente per guida in stato di ebbrezza.»

«È stata vittima di un incidente con omissione di soccorso, forse addirittura di un tentato omicidio. Credo che questo modificherà un po' l'ottica del giudice. Inoltre, proporrò che si offra come volontaria per svolgere qualche servizio per la comunità.»

«Hai già in mente qualcosa?» chiesi, ma sapevo che era così, o non si sarebbe espresso in quei termini.

«In realtà sì. Mi chiedevo se sarebbe disposta a tornare all'ERF. Non sappiamo quanto Gault abbia trafficato con il programma CAIN, ma vorrei suggerire al direttore di impiegare Lucy per ripercorrere i suoi movimenti all'interno del sistema e salvare il salvabile.»

«Oh, Frank, sarà elettrizzata all'idea» esclamai, con il cuore colmo di gratitudine.

«Non riesco a pensare a nessuno di più qualificato di lei» proseguì. «E sarà anche una buona occasione per riscattarsi. Pur non avendo commesso errori materiali, ha peccato di poco discernimento.»

«Glielo dirò» promisi.

Dal suo ufficio mi recai al Willard e presi una stanza. Ero troppo stanca per tornare a Richmond, e l'unica cosa che desideravo veramente era andare a Newport. Volevo vedere Lucy, anche solo per un'ora o due. Volevo comunicarle subito la proposta del senatore Lord, dirle che il suo nome era pulito, che l'aspettava un futuro radioso.

Ogni cosa si sarebbe aggiustata. Lo sentivo. Volevo dichiararle tutto il mio amore. Volevo scoprire se sarei mai riuscita a pronunciare quelle parole così difficili per me. Tenevo l'amore prigioniero dentro il mio cuore perché temevo che, una volta esternato, potesse abbandonarmi come tante persone avevano già fatto nella mia vita. E così, finivo col portarmi sempre dietro le mie paure.

Una volta in camera, telefonai a Dorothy. Non rispose nessuno. Allora chiamai mia madre.

«Dove sei stavolta?» mi chiese con un sottofondo d'acqua scrosciante.

«A Washington. E Dorothy dov'è?»

«È proprio qui che mi aiuta a preparare la cena. Pollo al limone e insalata... Oh, Katie, dovresti vedere l'albero dei limoni in giardino! E i pompelmi sono enormi. In questo momento sto lavando la lattuga. Se una volta ogni morte di papa ti degnassi di venire a trovare tua madre, potremmo anche mangiare insieme. Un bel pasto come una famiglia normale.»

«Mi passi Dorothy, per favore?»

«Aspetta un attimo.»

La cornetta atterrò contro qualcosa di duro, poi sentii la voce di Dorothy.

«Come si chiama il tutore di Lucy a Edgehill?» le chiesi senza tanti preamboli. «Immagino che l'avranno affidata a qualcuno, ormai.»

«Non ha importanza. Lucy non è più lì.»

«Che cosa?»

«Il programma non le piaceva, mi ha detto che voleva andarsene. Non potevo obbligarla. Insomma, è una persona adulta. E poi non ha commesso niente di grave, mi pare.»

«Che cosa?» ripetei. Ero allibita. «Senti, è lì? È tornata a Miami?»

«No» rispose mia sorella, decisamente calma. «Ha preferito restarsene un po' a Newport. Ha detto che tornare subito a Richmond non era sicuro, per il momento, o qualche altra sciocchezza del genere. E non ha voluto venire qui.»

«È a Newport da sola con una maledetta ferita alla testa e dei problemi con l'alcol, e tu non fai niente?»

«Come al solito hai una reazione esagerata, Kay.»

«Dove dorme?»

«Non ne ho idea. Le andava di gironzolare per qualche giorno.»

«Dorothy!»

«Vorrei ti ricordassi che è figlia mia, non tua.»

«Questa sarà sempre la più grande tragedia della sua vita!»

«Senti, perché per una volta non tieni il tuo fottuto naso fuori da questa storia?» ribatté lei.

«Dorothy!» udii urlare mia madre. «Non voglio sentire certe parole!»

«Lascia che ti dica una cosa» ripresi, con la freddezza tipica della rabbia omicida. «Se le succederà qualcosa, ti riterrò responsabile al cento per cento. Non solo sei un disastro come madre, ma anche come essere umano. E mi dispiace profondamente di averti come sorella.»

Dopodiché riattaccai, presi l'elenco del telefono e cominciai a chiamare tutte le compagnie aeree. C'era un unico volo che sarei riuscita a prendere se mi fossi sbrigata. Uscii di corsa dalla stanza e, sotto gli sguardi attoniti dei clienti, attraversai come un razzo la hall dell'albergo.

L'usciere mi chiamò un taxi e disse al conducente che avrei pagato il doppio se mi avesse portato in aeroporto di corsa. Arrivai al terminal mentre il volo veniva annunciato, e quando finalmente mi sedetti sentii le lacrime salirmi in gola; dovetti compiere uno sforzo per ricacciarle indietro. Mi feci portare un tè caldo e chiusi gli occhi. Stavo andando in un posto che non conoscevo e non sapevo in quale albergo alloggiare.

Il tragitto da Providence a Newport sarebbe durato circa un'ora, mi avvisò il tassista, perché stava nevicando. Attraverso i finestrini rigati d'acqua rimasi a contemplare le facciate scure dei lunghi muri di granito che fiancheggiavano le strade. La pietra era perforata e ricamata dai ghiaccioli, e la corrente d'aria che saliva dal pavimento dell'auto era umida e impietosamente fredda. Grandi fiocchi di neve precipitavano in ampie volute contro il parabrezza, simili a delicati insetti bianchi, e se li fissavo troppo a lungo mi girava la testa.

«Quale hotel mi consiglierebbe, a Newport?» chiesi.

«Be', il Marriott è il migliore. Dà proprio sul mare e a piedi può raggiungere negozi e ristoranti. Oppure il Doubletree di Goat Island.»

«Proviamo al Marriott.»

«Sì, signora. Il Marriott.»

«Senta, se lei fosse nei panni di una ragazza giovane in cerca di lavoro da queste parti, dove andrebbe? Ho una nipote di ventun anni che vorrebbe trasferirsi qui per un po'.» Mi sembrava strano porre una domanda del genere a un perfetto estraneo, ma non sapevo che altro fare.

«Tanto per cominciare, non sceglierei questo periodo dell'anno. Newport è un mortorio.»

«Ma mettiamo che fosse adesso. Che avesse le vacanze semestrali.»

«Uhm.» Restò a pensare per un attimo, mentre io mi lasciavo ipnotizzare dal ritmo dei tergicristalli.

«Magari nei ristoranti?» buttai lì.

«Ah, ma certo. Ce ne sono parecchi di giovani che lavorano nei ristoranti, soprattutto in quelli in riva al mare. La paga è buona, perché l'industria turistica è quella che tira di più, qui. Non creda a chi le racconta che è la pesca: oggi come oggi, una barca da quindici tonnellate torna in porto con al massimo venti quintali di pesce. E nelle giornate buone, dico.»

Continuò a parlare mentre io ripensavo a Lucy e a dove poteva essere finita. Cercai di mettermi al suo posto, di leggerle nella testa, di raggiungerla con il pensiero. Recitai alcune preghiere in silenzio e lottai contro le lacrime e la peggiore delle paure. Non avrei sopportato un'altra tragedia. Non Lucy. Quella perdita sarebbe stata l'ultima. Sarebbe stata troppo per me.

«Fino a che ora stanno aperti, questi posti?»

«Quali posti?»

Solo allora mi resi conto che nel frattempo il tassista era arrivato a parlare di non so quali pesci utilizzati come mangime in scatola per gatti.

«I ristoranti» spiegai. «Adesso saranno ancora aperti?»

«No, signora. No, ormai è quasi l'una di notte. La cosa migliore, se vuole trovare un lavoro per sua nipote, è andarci la mattina. Quasi tutti aprono entro le undici, certi anche prima, se servono la colazione.»

Naturalmente aveva ragione. In quel momento potevo solo andarmene a letto e sperare di riuscire a chiudere occhio. La stanza che presi al Marriott si affacciava sul porto. Dalla finestra l'acqua era una distesa nera, e le luci dei pescherecci ballonzolavano su un'invisibile linea dell'orizzonte.

Mi alzai alle sette. Restare ancora a letto era inutile: avevo passato la notte in bianco, terrorizzata dall'idea di fare brutti sogni.

Mentre ordinavo la colazione, aprii le tende e gettai la prima occhiata su una giornata plumbea in cui mare e cielo si fondevano in un'unica massa grigia. In lontananza, uno stormo di oche volava in formazione compatta come una squadriglia di aerei. La neve si era trasformata in pioggia. Il fatto di sapere che a quell'ora non avrei trovato molti locali aperti non mi impedì di fare qualche tentativo, e alle otto ero già fuori armata di una lista di pub, taverne e ristoranti che andavano per la maggiore. A fornirmela era stato il portiere.

Per un po' camminai lungo i moli, popolati da marinai in pesanti tute impermeabili gialle. Mi fermai a parlare con tutti quelli che erano disposti ad ascoltarmi, ma la domanda era sempre la stessa, così come erano sempre uguali le risposte. Descrivevo mia nipote, e nessuno era certo di averla vista. C'erano così tante ragazze impiegate nei locali sul mare.

Camminai senza ombrello, il foulard attorno alla testa non riusciva a ripararmi dalla pioggia. Passeggiai fra lucide barche a vela e yacht incappucciati da enormi guaine protettive, superando montagne di gigantesche ancore spezzate e divorate dalla ruggine. Anche se in giro non c'era molta gente, quel giorno numerosi negozi erano aperti, e solo quando nelle vetrine di Brick Market Place notai la sfilata di fantasmi, folletti e altre sinistre creature mi resi conto che era Halloween.

Vagabondai per ore sulle pietre di Thames Street, spiando nelle vetrine di negozi che vendevano oggetti d'arte più o meno pregiati. Quindi svoltai in Mary Street e superai l'Inntowne Inn, dove il receptionist non aveva mai sentito il nome di mia nipote. Così come nessuno l'aveva sentito da Christie's, dove mi fermai a bere un caffè osservando dai vetri la Narragansett Bay. I dock erano bagnati e costellati dalle macchie bianche dei gabbiani, tutti rivolti dalla stessa parte. Due donne uscirono per andare a guardare il mare; erano infagottate con guanti e cappelli, e qualcosa in loro mi fece pensare che fossero più che semplici amiche. Così il turbamento tornò ad assalirmi, e sentii che dovevo rimettermi in marcia per cercare Lucy.

Entrai al Black Pearl del Bannister's Wharf, poi da Anthony's, al Brick Alley Pub e all'Inn di Castle Hill. Il Cafe Zelda di Callahan e un pittoresco locale che vendeva strudel con panna non mi furono di alcun aiuto. Misi piede in così tanti bar da perdere il conto, e qualche volta tornai nello stesso anche due volte. Nessuna traccia di Lucy. Nessuno poteva darmi una mano. In realtà, non ero nemmeno certa che a qualcuno importasse qualcosa, e dopo un po' mi ritrovai a percorrere il Bowden Wharf in preda alla disperazione e sotto una pioggia sempre più fitta. L'acqua cadeva da un cielo grigio come una lastra d'ardesia, e una signora di una certa età passando mi lanciò un sorriso.

«Non ti annegare, tesoro» mi disse. «Non c'è niente per cui ne valga la pena.»

La guardai entrare all'Aquidneck Lobster Company, in fondo al molo, e dopo un po' decisi di seguirla, perché era stata l'unica persona che si fosse dimostrata in qualche modo gentile. Sparì in un piccolo ufficio al di là di una parete divisoria di vetro, talmente affumicata e tappezzata di fatture da lasciar intravedere negli spiragli solo qualche ricciolo di capelli tinti e un vago gesticolare di mani.

Per raggiungerla dovetti passare accanto a delle vasche verdi grandi come barche, piene di aragoste, granchi e molluschi. Mi ricordavano il sistema con cui noi impiliamo i cadaveri all'obitorio. Le vasche erano accatastate l'una sull'altra dal pavimento fino al soffitto e in esse veniva costantemente riversata dell'acqua salata pompata dalla baia e fatta scorrere attraverso dei tubi sopra la mia testa. Per terra si erano formate delle minuscole pozze, e l'interno di quella specie di magazzino risuonava come un monsone e odorava di mare. Dei tizi in stivaloni di gomma e salopette arancione parlavano concitatamente fra loro, e le loro facce erano segnate da tempeste e mareggiate.

«Mi scusi» dissi una volta giunta sulla soglia del piccolo ufficio, non aspettandomi di trovare insieme a lei anche un pescatore, che prima non potevo vedere. L'uomo aveva mani ruvide e rosse, sedeva su una sedia di plastica e stava fumando.

«Ma sei fradicia, tesoro. Vieni dentro a scaldarti.» La donna, decisamente sovrappeso e sovraccarica di lavoro, mi sorrise di nuovo. «Vuoi delle aragoste?» Fece per alzarsi.

«No» mi affrettai a rispondere. «Ho perso mia nipote. Non so cosa sia successo, forse abbiamo preso strade diverse. Dovevamo trovarci e… be', mi chiedevo solo se per caso non l'avesse incontrata in giro.»

«Che aspetto ha?» volle sapere il pescatore.

Gliela descrissi.

«E dove l'hai vista l'ultima volta?» La donna sembrava confusa.

Tirai un respiro profondo, rendendomi conto che l'uomo aveva mangiato la foglia e sapeva già tutto: glielo si leggeva negli occhi.

«È scappata. A volte lo fanno, i ragazzi» disse, aspirando dalla sua Marlboro. «Il punto è: da dove? Se me lo dice, forse mi faccio anche un'idea di dove potrebbe essere andata.»

«Era a Edgehill.»

«Appena uscita?» Il pescatore era di Rhode Island, la sua parlata era inconfondibile.

«No, ha mollato.»

«Quindi non ha terminato il programma. O forse è l'assicurazione che ha smesso di pagare. Succede spesso. Conosco gente che è stata là dentro e che dopo quattro o cinque giorni ha dovuto andarsene perché la cassa non pagava. Sai che bene gli fa.»

«Non ha terminato il programma» dissi.

L'uomo si sollevò il cappello, lisciandosi la chioma nera e ribelle.

«Chissà che pena, poveretta» intervenne la donna. «Aspetta che ti preparo un caffè.»

«Lei è molto gentile, ma non importa, grazie.»

«Quando mollano così in fretta, di solito riprendono a bere o a farsi» continuò il pescatore. «Mi dispiace dirlo, ma purtroppo è così. Forse avrà trovato lavoro come cameriera o come barista per stare nella zona che le interessa. I ristoranti qui intorno pagano bene. Io proverei da Christie's, al Black Pearl e da Anthony's, sul Waites Wharf.»

«Li ho già girati tutti.»

«E il White Horse? Lì sì che si guadagnano dei bei soldi.»

«Dov'è?»

«Da quella parte.» Indicò la direzione opposta alla baia. «Vicino a Marlborough Street, nei pressi del Best Western.»

«Ma dove potrebbe alloggiare? Non è una che ama spendere.»

«Dammi retta, tesoro» disse la donna. «Se fossi al tuo posto, proverei al Seaman's Institute. È proprio qui di fronte, ci sei passata davanti per venire qui.»

Il pescatore annuì, accendendosi un'altra sigaretta. «Già, è un buon posto da cui partire. E poi anche lì ci sono delle cameriere e delle ragazze che lavorano in cucina.»

«Che genere di posto è?»

«Un posto dove dormono i marinai sfortunati. Una specie di piccolo YMCA, con delle stanze al piano di sopra, una sala mensa e uno snack bar.»

«È gestito dalla chiesa cattolica. Chiedi di padre Ogren, che è il prete.»

«Ma perché una ragazza di ventun anni dovrebbe finire proprio lì?»

«Ah, non ci finirebbe, infatti» confermò l'uomo. «A meno che non avesse deciso di smettere di bere. L'alcol non è ammesso, là dentro.» Scosse la testa. «È proprio il posto dove andresti se avessi mollato la riabilitazione ma volessi dare un taglio all'alcol e alla droga. Conosco varie persone che l'hanno fatto. Anch'io ci sono andato una volta.»

Quando uscii, pioveva così forte che da terra le gocce rimbalzavano di nuovo verso il cielo liquido e fragoroso. Ero zuppa fino alle caviglie, affamata, infreddolita e senza un posto dove rifugiarmi, proprio come la maggioranza di coloro che approdavano al Seaman's Institute.

Aveva l'aspetto di una piccola chiesa in mattoni, con un menu scritto su una lavagna esposta all'ingresso, vicino a uno striscione che recitava CHIUNQUE È IL BENVENUTO. Appena entrata, vidi alcuni uomini che bevevano caffè seduti a un bancone, mentre altri stazionavano intorno ai tavoli di una sala mensa assolutamente spoglia, di fronte alla porta principale. I loro occhi mi guardarono con blanda curiosità e i loro volti rispecchiavano anni di tempo impietoso e di bevute selvagge. Una cameriera pressappoco dell'età di Lucy mi chiese subito se volevo mangiare.

«Sto cercando padre Ogren» dissi.

«Veramente non l'ho visto, ma può provare in biblioteca o in cappella.»

Salii una scalinata e varcai la soglia di una piccola cappella, vuota tranne che per i santi affrescati sulle pareti a intonaco. Era un luogo delizioso, con cuscini sui quali erano ricamati soggetti marinari e un pavimento di marmo variegato con inserti a forma di conchiglia. Rimasi immobile a contemplare san Marco che si reggeva a un pennone, mentre sant'Antonio di Padova benediceva le creature del mare. Sant'Andrea aveva le braccia colme di reti, e lungo il profilo superiore della parete erano dipinti dei versetti della Bibbia.

> Ridusse la tempesta a un lieve venticello,
> Si chetarono i flutti del mare
> Si rallegrarono costoro per la bonaccia
> ed egli li condusse al porto desiderato.

Intinsi le dita in una grossa conchiglia piena d'acqua benedetta e mi feci il segno della croce, quindi rimasi a pregare un momento davanti all'altare e depositai un'offerta in un piccolo cesto di paglia. Un dollaro per Lucy e per me, e un quarto di dollaro per Emily. Al di là della porta, lungo le scale, udii il fischiettare e l'allegro vociare di alcuni ospiti dell'istituto. Sul tetto, la pioggia batteva simile a un rullio di tamburi, e dietro le finestre opache stridevano i gabbiani.

«Buongiorno» disse una voce pacata alle mie spalle.

Mi girai, trovandomi di fronte padre Ogren, vestito di nero.

«Buongiorno, padre» risposi.

«Deve aver fatto una lunga camminata sotto la pioggia.» I suoi occhi erano dolci, il viso gentile.

«Sto cercando mia nipote. Sono disperata, padre.»

Non dovetti parlarne a lungo. Mi bastò una breve descrizione per capire che il prete la conosceva, e subito sentii il mio cuore schiudersi come una rosa.

«Dio è buono e misericordioso» disse lui con un sorriso. «L'ha condotta qui così come ha condotto altri che si erano smarriti nel mare. Ha portato sua nipote qualche giorno fa. Credo sia in biblioteca. Le ho affidato il compito di catalogare i libri e altre piccole incombenze. È una ragazza molto intelligente, e la sua idea di mettere tutto quanto su computer è fantastica.»

La trovai a un tavolo da refettorio in una stanza fiocamente illuminata, rivestita con assi di legno scuro e libri consunti. Mi dava le spalle, stava scrivendo un programma sulla carta, senza l'aiuto del computer, e il suo raccoglimento silenzioso mi ricordò quello dei grandi musicisti nell'atto di com-

porre una sinfonia. Padre Ogren mi diede un colpetto sul braccio e uscì, chiudendo piano la porta.

«Lucy» dissi.

Si girò, fissandomi con aria sbigottita.

«Zia Kay? Mio Dio» esclamò senza alzare la voce,
come si fa nelle biblioteche. «Cosa ci fai qui? Come
hai fatto a saperlo?» Era arrossita fino alla punta
delle orecchie, la cicatrice sulla fronte sembrava un
segno infuocato.

Mi accomodai su una sedia e le presi una mano,
stringendola fra le mie.

«Per favore, torna a casa con me.»

Continuò a fissarmi come se fossi uno zombie.

«Il tuo nome è stato riabilitato.»

«Completamente?»

«Completamente.»

«Allora mi hai trovato il pezzo grosso?»

«Ti avevo detto che l'avrei fatto.»

«E sei tu, vero?» bisbigliò, distogliendo lo sguardo.

«Il Bureau ha riconosciuto e accettato il fatto che
sia stata Carrie a metterti nei guai» dissi, senza rispondere alla sua domanda.

Gli occhi le si riempirono di lacrime.

«È stata un'esperienza orribile, Lucy, so quanta
rabbia e quanto dolore stai provando. Però tu sei
pulita. Adesso conoscono la verità e l'ERF ti rivuo-
le. Ci occuperemo anche dell'accusa pendente, vedrai che il giudice sarà più comprensivo dopo aver
saputo che è stato qualcun altro a mandarti fuori
strada. Abbiamo le prove per dimostrarlo. Ma io voglio che tu ti sottoponga lo stesso a un trattamento.»

«Non posso farlo a Richmond? Stando da te?»

«Certo che sì.»

Abbassò la testa, mentre le lacrime sgorgavano ormai liberamente.

Non volevo procurarle altro dolore, ma dovevo chiederglielo. «La sera in cui ti vidi nell'area picnic eri con Carrie, vero? Dev'essere una che fuma.»

«Ogni tanto.» Si asciugò gli occhi.

«Mi dispiace.»

«Non capiresti.»

«Certo che capisco, invece. Tu la amavi.»

«La amo ancora.» Cominciò a singhiozzare. «È questo che mi fa impazzire. Come posso? Eppure è così, non riesco a farne a meno. E per tutto il tempo...» Si soffiò il naso. «Per tutto il tempo lei stava con Jerry, o chi per lui. Mi ha usata.»

«Carrie usa chiunque, Lucy. Non solo te.»

Da come piangeva, sembrava che non avrebbe fatto altro per il resto della sua vita.

«Capisco quello che provi» dissi, attirandola a me. «Non si può smettere di colpo di amare una persona, Lucy. Ci vuole tempo.»

La strinsi a lungo, il mio collo era bagnato dalle sue lacrime. La strinsi finché l'orizzonte divenne una linea blu scuro nella sera; allora andammo a fare i bagagli nella sua cameretta spartana. Insieme percorremmo strade di ciottoli e d'asfalto costellate di profonde pozzanghere, mentre Halloween brillava a tutte le finestre e la pioggia si trasformava in ghiaccio.